BAIÔA SEM DATA PARA MORRER

RUI COUCEIRO

BAIÔA SEM DATA PARA MORRER

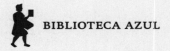
BIBLIOTECA AZUL

Copyright © 2022 by Rui Couceiro e Porto Editora s. a.
Copyright © 2023 by Editora Globo s. a.

Todos os direitos reservados. Nenhuma parte desta edição pode ser utilizada ou reproduzida — em qualquer meio ou forma, seja mecânico ou eletrônico, fotocópia, gravação etc. — nem apropriada ou estocada em sistema de banco de dados sem a expressa autorização da editora. Este texto mantém a grafia original portuguesa.

Editor responsável: Lucas de Sena
Assistente editorial: Renan Castro
Revisão: Fernanda Marão
Diagramação: Crayon Editorial
Capa: Mateus Valadares
Arte de capa: Fernando Vilela

CIP-BRASIL. CATALOGAÇÃO NA PUBLICAÇÃO
SINDICATO NACIONAL DOS EDITORES DE LIVROS, RJ

C891b

Couceiro, Rui
 Baiôa sem data para morrer / Rui Couceiro. - 1. ed. - Rio de Janeiro: Biblioteca Azul, 2023.
 416 p.

 ISBN 978-65-5830-183-7

 1. Ficção portuguesa. I. Título.

23-83597
CDD: P869.3
CDU: 82-3(469)

Meri Gleice Rodrigues de Souza - Bibliotecária - CRB-7/6439

1ª edição, 2023

Direitos de edição em língua portuguesa para o Brasil adquiridos por Editora Globo s.a.
Rua Marquês de Pombal, 25 – 20230-240 – Rio de Janeiro – rj
www.globolivros.com.br

*Nenhum livro se faz sem essa rendição à maravilha
em detrimento da verdade.*
VALTER HUGO MÃE

*Não há qualquer dúvida de que a ficção
trata melhor a verdade.*
DORIS LESSING

*A verdade não é só aquilo de que nos apercebemos,
pelos nossos sentidos e pela nossa inteligência,
mas também o que poderia ter acontecido e
possa vir a acontecer.*
DOMINGOS MONTEIRO

*Sabemos que vamos morrer e que estaremos mortos
tanto tempo como não estivemos à espera para nascer.*
MIGUEL ESTEVES CARDOSO

*Todas as histórias, se prolongadas o suficiente,
acabam em morte.*
ERNEST HEMINGWAY

À minha Mãe e ao meu Pai, pontos cardeais.
À Helena, rosa dos ventos.

0

Pó, memórias e fantasmas

Aqui se fixam memórias e fantasmas – tantas vezes, se não todas, a mesma coisa. Aqui se grava (até quando?) o que foi vivido apenas por meia dúzia. Aqui se junta o pó de um pedaço de nada, que de outro modo pouco mais seria além de cacos de diferentes cores espalhados no castanho-avermelhado daquela terra.

0.1

Mentira e verdade

Bem sei que as pessoas por vezes mentem porque lhes custa desperdiçar o potencial de uma boa história. Sucede que ainda hoje continuo a ignorar se o que se passou durante os dezanove meses que vivi naquela aldeia aconteceu mesmo; ainda hoje não sei se os acontecimentos que vou relatar nestas páginas são ou não fruto de um aprisionamento que determinados lugares parecem fazer de uma parte de nós. Por outro lado, e dado que, quando no dia a dia aludo de forma breve ao que aqui apresentarei com maior detalhe e de forma razoavelmente organizada, muitas são as vezes em que me perguntam se se trata de histórias verdadeiras, pois que fique claro que não sou nem pretendo ser responsável pela definição de verdade de ninguém. O que pode o leitor tomar como certo é que os vi morrer a todos.

I

UMA ALDEIA CADUCANDO

DESEJOSO DE QUE DEUS ou o governo pegasse nas pontas daquela serpentina diabólica e as puxasse em direções opostas, esticando o asfalto roto e fazendo da tormenta uma verdadeira estrada – de preferência, uma autoestrada, passadeira mais adequada ao binário e à cavalagem dos automóveis modernos –, comecei a avistar o final da descida e, logo depois, a primeira reta em demasiado tempo, prenúncio, indicava-me o GPS, de que me aproximava do meu destino. Pude então parar de praguejar e de maldizer nosso senhor e a sua filha mais devota, que é a minha mãe. O rádio começou a cantar em espanhol, mas, apesar disso, naquele instante, a vida deixou de me parecer pesada como um carro e sinuosa como a estrada que atravessava aquelas serranias. Ainda sem saber que aquele momento mudaria a minha vida, mal transferi os pés de dentro do carro para a rua, avistei um velho e, ao lado, outro velho. Ou seja, não foi nesse momento que percebi que aquele era um lugar significativamente dado ao inesperado.

Antes disso, longas retas desafiaram o meu automóvel. Eram estradas de apenas duas faixas, uma em cada sentido, embelezadas de quando em vez por corredores de sobreiros a penderem para os campos, por estreitos de ciprestes altíssimos, ou por túneis de azinheiras protetoras (para identificar as azinheiras tive de recorrer ao Google, admito). Talvez não tenha sido logo nesta primeira viagem que valorizei os cenários arborícolas, mas guardo de viagens seguintes a visão, através do retrovisor do carro, das árvores a marcharem em silêncio ao encontro do destino.

Durante os primeiros instantes de aproximação ao meu objetivo, depois de sair da autoestrada, tudo o que via me incomodava. Tinha de estar atento ao caminho, em vez de fazer o que me apetecia, que era olhar para o telemóvel. Mas, logo a seguir, já não me fazia assim tanta impressão e, uns segundos depois, já não me provocava mesmo qualquer sensação negativa. Passei, então, a desejar o telemóvel para registar aquilo com que de interessante me cruzava. Tirei fotografias em andamento e parei para registar com cuidado o que me parecia merecer essa dedicação. Daquela primeira vez, e ainda antes de Monsaraz, comecei a avistar o grande lago, um colosso de água enfiada em valas e barrancos. Subi ao castelo e, com o telemóvel, disparei em várias direções, fiz fotografias panorâmicas e vídeos que publiquei nas redes sociais, para me convencer de que a viagem estaria a valer a pena. Espreitei a vila, que é bonita, uma espécie de Óbidos alentejana, pensei, cheia de lojas de produtos típicos geridas por franceses e por outros europeus nada parvos. Depois, cruzei a ponte sobre o Guadiana e deu-se o primeiro contacto próximo, e refrescante só de olhar, com a albufeira: uma massa oceânica que foi chegando sem contar permanecer e que, obrigada, ocupou o que não era dela, ao invés de perseguir a promessa de poder dar-se ao mar. Lembrar-me-ia frequentemente daquela prisão no futuro.

Mourão impressiona ao longe, mas ao perto entristece. O castelo, belíssima fortificação em forma de estrela, sagaz e atenta, apresentou-se-me mais tomado por pombos e por ervas daninhas do que por cuidados ou visitantes para o admirarem, que é o que merece o que resiste – e quem resiste – aos séculos e aos Homens. A vila ergueu-se longe dele, deixando-o esquecido na sua nobreza. À face da estrada, vejo azinheiras e sobreiros secos, velhas fantasmagorias de braços esqueléticos em riste, que dão boas fotografias. Na primavera seguinte, hei de ver os campos cobertos de malmequeres amarelos e, ainda que menos, de malmequeres brancos. Dominadores, permitem, aqui e ali, a presença de outras flores silvestres cujos nomes fui aprendendo: à alfazema chamam ramoninho, que rivaliza na cor com o chupa-mel, as favoritas das abelhas, e de quando em vez a papoila vermelha. Pachorrentos, grupos de bovinos estão sentados entre as ervas, provavelmente já de barriga cheia. Outros, de pé, agitam as caudas enquanto mastigam. São castanhos, alguns beges. Fotografo os vitelos que se aproximam, corajosos ou inconscientes. As mães ficam alerta e apontam-me os chifres.

Aqueles ares produziram em mim um primeiro efeito lenitivo de modo surpreendentemente rápido. Só costumava olhar para o céu para verificar se iria chover, mas, numa daquelas paragens para ver bichos ou paisagens, dei por mim a encantar-me com o vento que penteava as árvores e as ervas e a atentar no azul posto por detrás.

Embora estradas não as haja propriamente macadamizadas, fazem-se os últimos quilómetros rolando por cima de um conjunto de remendos de asfalto alternados com buracos que permitem ver, por baixo, as pedras calcetadas, ou simplesmente a terra barrenta. No improvável caso de nos cruzarmos com outro carro, um dos dois tem de ir à berma, tal como eu fiz para evitar um trator, cujo condutor teve pouca vontade de, como eu, se enfiar numa valeta funda de terra. Sob um sol intolerável, passei Mourão, Amareleja, Santo Aleixo da Restauração e, por fim, Póvoa de Moutedo, até que, ao fundo, tal qual eu as recordava, surgiram, atravessadas por um rio, as casinhas brancas e baixas, de telha torrada pelo calor e pelo tempo, esse que em lugar algum para, mas que ali se mostra afoito a abrandamentos – talvez por isso tenha levado mais tempo a chegar de Lisboa àquela terra perdida do que se tivesse viajado de avião para Londres ou Paris.

De um lado do rio, fica a pouco conhecida Vila Ajeitada e, na outra margem, o pequeno povoado sem história nem tradição que dá pelo bonito nome de Gorda-e-Feia e que me esperava naquela tarde, já que por norma não esperava ninguém. Ensombrada pela vila vizinha, esquecida pelo ritmo do mundo e indiferente ao bulício das cidades e das tecnologias, era aquela a terra dos meus antepassados e seria o meu lugar no mapa nos meses que se seguiriam. Gorda-e-Feia, topónimo que poucos conhecerão, mas que só surpreenderá quem nunca tiver topado com outros de igual normalidade, como Afoga Asnos, Azinheira Amargosa, Bairro das Pilas, Bombom do Bogadouro, Brejo dos Gatunos, Casa das Trancadas, Casais da Gaita, Carne Assada, Coito da Espanadeira, Figueiras Podres de São João, Filha Boa, Fome Aguda, Foros da Pouca Sorte, Horta da Pilota, Jerusalém do Romeu, Malada do Monte dos Mortos, Moinho do Casita da Vinha Pinheiro, Monte da Fome Negra, Monte dos Pinantes, Montijo do Pau Cabeludo, Pai Avô, Papa Toucinho, Património dos Pobres, Picilha, Rabo de Toureiro, Rebenta Boi, Rio Cabrão, Tapada da Marmelada, Telheira do Desvario, Totenique Rachado, Vaquinhas Fundeiras, Várzea do Tufo ou Voz de Cadela.

Em Gorda-e-Feia, o calor era tanto que comecei de imediato a vestir o tempo alentejano. Era um calor que caía pesadamente do sol, mas emanava também do chão. Todas as basálticas pedras da calçada estavam arredondadas, como se fossem grandes ovos escurecidos pelos raios solares e amaciados ao longo de séculos por solas de sapatos, cascos de animais e rodas de viaturas com e sem motor, e sabe-se lá por que entidades mais, vivas ou mortas. Imaginei que talvez se tenha estabelecido um compromisso entre os mandantes da execução daquela obra pública e a entidade que controla a humanidade e o tempo, para que uns fizessem a parte infraestrutural da empreitada e outros os acabamentos, ficando a cargo destes últimos o acarinhar das pedras da rua durante longos anos até coletivamente se atingir o resultado que hoje se vê naquela minúscula aldeia – um amontoado de branco e telhas escurecidas que nunca interessaram a romancistas ou poetas, e à qual cheguei a 9 de julho de 2015.

2

Prontuário Terapêutico

Do lado da vila, no exterior de uma das casas viradas para o rio e para a aldeia, e cuja porta eu via substituída por longos cabelos de plástico, dois homens velhos estavam sentados num banquito de madeira ensebada que corria ao longo da parede. Recordo que, mais tarde, pela janela daquele que viria a ser o meu quarto durante dezanove meses, era comum deter-me longamente a olhar aqueles e outros velhos, gente sábia sem universidade, sentados à porta da taberna. Todos os dias lá estavam, parados, sem falar, a ver como era o sossego das tardes quentes. E se, mais tarde, percebi também que alguns deles tinham a vida entregue ao etilismo, naquela altura eram apenas o que nunca deixaram de ser: gente que, olhando as novidades que se espera que venham das estradas, aguardava por algo que nunca chegava, até que, ao fim do dia, vencida, se arrastava para as casas brancas e baixas, a não mais de cinquenta ou cem passos (só Baiôa destoava). Diferia nisso o meio habitado pelas pessoas daquele outro entregue às plantas e aos animais e que eu apreciara durante a viagem de automóvel: enquanto os da minha espécie se concentravam em conglomerados de casas que se apertavam umas contra as outras, como que buscando refúgio e conforto para elas e para os que as habitavam, o rio, sempre chegando – e nisso igual ao mar que almejava ser –, vivia obstinado em prosseguir, em direção oposta à das cegonhas, que vinham de longe.

Naquele dia, devo reconhecê-lo, foi libertador e inesquecível atravessar a planície, essa sim, já tão cansada de ser descrita em contos e romances, mas nunca farta de ser bela na sua vastidão e secura, terra torturada pela sede. Por várias vezes, parei o carro na berma e desatei a tirar fotografias com o telemóvel, respondendo à pulsão de atualizar as redes sociais, coisa que só a custo não fiz a cada instante. Avistei uns passarões brancos, que só podiam ser cegonhas, descansando no ar, enquanto eu os olhava. À segunda paragem, desliguei o motor, tomando consciência de que havia momentos em que a própria natureza presente naquela planície parecia suster a respiração. Nos meses seguintes, repeti, tanto por deslumbre como por recomendação terapêutica, esses atos de contemplação sem propósito. Só mais tarde percebi que, na planície e nos montes, como decerto noutras geografias esquecidas, as pessoas que restam aceitaram a condenação de ficarem e de se entregarem ao que dita a natureza, por não terem alternativa, ou por não serem capazes de viver de outra forma. Rapidamente fiquei a pensar, desprotegido como ia, que a natureza tanto gera mais bondade, disposição que acreditava ser essencialmente biológica, como cria o fim, depressões e suicídios, porque a humanidade é uma aspiração entrecortada pelo mal. Baiôa disse-me um dia que nenhum lugar se limita a afagar as pessoas, que nunca a natureza é somente mãe sem ser madrasta. Hoje, sei que, para quem trabalha no campo, nunca a natureza é apenas mãe. Devo, aliás, confessar que, em certas alturas, cheguei a desconfiar de que essa mesma natureza possuía uma agenda escondida – disfarçada com árvores tranquilas, cegonhas elegantes e rios mansos –, que passava por expulsar as pessoas. Procurava levá-las à loucura mudando constantemente de feitio. No verão, faz com que as gentes adorem a noite, a mesma que depois hão de maldizer e odiar no inverno. Na estação do calor, a noite é piedosa e oferece a possibilidade de descansar à fresca. Mas, em dezembro, janeiro e fevereiro, o escuro é sinónimo de desconforto. O fogo da lareira não é suficiente para aquecer uma casa inteira, nem a lenha é abundante. Sofre-se com o frio e pena-se com o calor. A terra é infértil e o regadio vindo do grande lago criado pela Barragem de Alqueva nunca passou de uma miragem, dado que não chegou a todo o lado e naquele caso foi só até Safara. Não admira, por isso, que desde sempre esteja pousada sobre a região uma canícula de pobreza. Estas são ideias que resultam das notas finais que tirei a propósito deste inusitado período da minha vida e, se lhes dou uso agora, é com o intuito de tentar circunscrever tanto a melancolia neorrealista como o deslumbre de turista ao começo deste texto.

À hora a que cheguei à aldeia da minha mãe e dos meus avós, perdida num espaço onde as poucas árvores agonizam e só o castanho viceja, as sombras eram raras e, por isso, preciosas. Pensava que, ali, dias e noites se arrastariam, em incontrariável pesadez, e que nesse ritmo me embalariam. Erro meu. Um velho barrigudo e de mãos insufladas ocupava a diagonal de sombra desenhada do telhado para o chão. Tinha os olhos semicerrados, como se quisesse ver apenas parte da vida. Ao lado dele, igualmente abrigado à sombra clemente, com a roupa pintalgada de tinta branca, estava sentado um velho magro, a ler um livro antigo e grosso, de capa dura, acastanhada, titulado assim, a letras douradas e gordas: Prontuário Terapêutico.

3

Mensagens e infusões

Passava já da meia-noite quando a minha mãe, que sempre se deitou cedo, me telefonou a pedir-me que fosse rapidamente a casa dela. Tinha recebido uma mensagem estranha no Facebook – é um assunto muito sério, disse – e precisava da minha ajuda para perceber se era verdadeira. O teu pai, já se sabe, não entende nada do assunto e desconfia sempre de tudo, por isso, vem depressa, meu filho. Não quis explicar-me de que se tratava, mas acrescentou um pormenor que talvez tivesse como duplo objetivo tranquilizar-me e preparar-me para um plano que começava já a formar-se na sua cabeça de mãe: se for verdade, talvez seja bom para ti.

Ao cabo de não mais de meia hora, graças à ausência de trânsito à noite, eu estava de regresso ao bairro onde cresci, sentado ao computador do escritório dos meus pais, com ela encavalitada sobre o meu ombro direito e o meu pai de pé do meu lado esquerdo, a coçar a careca. A mensagem era de uma senhora chamada Zulmira Encerrabodes, da qual eu nunca ouvira falar, mas que a minha mãe me explicou ser uma conterrânea sua lá da aldeia, casada com o Costa da Foice, e que agora deveria andar pelos setenta e sete, setenta e oito. A mensagem dizia: Querida Fatinha, espero que esta mensagem te encontre bem, assim como aos teus. Recuperámos a casa dos teus pais. Foi o Quim Baiôa, talvez te lembres dele. Pediu-me que te contactasse. Liga-me, se cá quiseres vir. Com saudade, um abraço muito amigo da Zulmira.

Éramos gente emigrada em Lisboa. Não íamos à aldeia dos meus avós desde a minha infância. O meu pai odiava o lugar, os meus avós tinham morrido na capital, onde moravam havia décadas, e o telhado da casa da aldeia caíra mais ou menos na mesma altura, segundo a minha mãe fruto de alinhamento cósmico, ou por vontade de deus, porque isto anda tudo ligado, porque nós não somos nada. Desde então, a minha mãe, que pouco ganhava como auxiliar num jardim de infância e não tinha dinheiro para mandar cantar um cego, como costumava dizer, quanto mais refazer a casa, apesar das promessas de prosperidade do Soares com a adesão de Portugal à CEE, poucas vezes mais lá voltara. Dizia que lhe doía o peito só de pensar no assunto e que o espírito lhe era logo acometido de outras tragédias: vão-se-me logo as energias todas, meu filho. Caladinho, o meu pai agradecia não ter de ir para aquela que dizia ser uma terra de cabrestos, e a mim, na verdade, era-me indiferente, porque era um miúdo da cidade a quem o campo pouco ou nada aliciava, especialmente quando comparado com consolas e cassetes de vídeo. Nos anos seguintes, quando a questão surgia, o meu pai lembrava que ainda tinham de pagar o empréstimo do apartamento, que o Cavaco é que haveria de endireitar isto tudo, a minha mãe chateava-se porque gostava era do Bochechas, e o assunto morria ali, tendo morrido cada vez mais a cada ano, a ponto de eu já nem recordar que alguma vez tenha sido tema – pelo menos de conversa – nos anos mais recentes.

Mas, de repente, eis que surgiam aquela Encerrabodes e aquele Baiôa a reabrir-nos a porta do passado e a convidar-nos a regressarmos às origens. Quando confirmei que o perfil da tal Zulmira na rede social não apresentava qualquer indício de falsidade, a minha mãe não conteve as lágrimas. Agarrou nas mãos do meu pai e exclamou: temos de lá ir! Depois, abraçou-me muito e encheu-me de beijos. Apoderou-se dela um fervor tal – os olhos brilhantes como joias e o sorriso a mostrar todo o trabalho recente do Dr. Cardoso – que eu quase esqueci a sua condição natural. Não é que se dê diariamente ao abatimento, mas, quando os assuntos lhe tocam as sensibilidades, o espírito começa-lhe instantaneamente a padecer de maleitas várias, o nível das energias decai sem controlo e não há forma de a arrancar da cama durante três ou quatro horas. Se for ao domingo, e desde que passaram a ter televisão no quarto, fica deitada o dia inteiro. O meu pai leva-lhe infusões cujas propriedades já sabe de cor, mas nunca acerta sequer à segunda. Ela não fala, faz apenas que não com a mão e ele volta à cozinha, resignado, para enfiar o conteúdo das chávenas pelo cano abaixo – ou nos vasos da marquise, como o vi fazer uma vez, não sei se à conta do seu espírito poupado, se com sede de uma ligeiríssima vingança – e preparar nova infusão. Camomila, alfazema, erva-príncipe e flor de laranjeira para a ansiedade e para o stress, com a vantagem de a primeira ser também muito boa para as cólicas, para as insónias e funcionar como desintoxicante; espinheiro-branco para o coração, porque já os meus avós eram hipertensos; cidreira, tília, valeriana e, claro, camomila, para dormir; rosmaninho, salva e cidreira para as dores de cabeça; chá verde, erva-mate e, mais recentemente, matcha, para readquirir energia. Para tudo havia um remédio caseiro e recordo sem grandes saudades as dezenas de vezes em que, miúdo, fui obrigado a beber infusões de funcho a propósito de qualquer dor de barriga que me esquecia de disfarçar, ou de hortelã-pimenta quando não conseguia esconder a tosse. Por vezes, quando o assunto é sério, o ânimo da minha mãe de tal modo se amarfanha, que fica durante dias plantado pelos cantos da casa e regado mais ou menos às escondidas com lágrimas não muito difíceis.

Naquela noite, porém, os astros haviam-se alinhado a seu contento. Não sem antes voltar a lambuzar-me com beijinhos, correu para a cozinha e, pouco depois, ouvi-a pôr água ao lume e aquecer alguma coisa no micro-ondas. Voltou com uma lata vermelha e ferrugenta de chocolates Regina cheia de fotografias antigas e com um prato de vidro verde com bolachas Maria – as que fazem menos mal, até nos hospitais as servem aos doentes, lembra sempre – dispostas em círculo. Depois, regressou à cozinha e passados instantes trazia um chazinho para ela e leite com café para mim e para o meu pai, que continuava calado, na sua costumeira letargia, a coçar a careca.

4

QUE FANTASMAS HABITAM ESTE ESPAÇO, ADORMECIDOS SOBRE AS MESAS?

NEGRO ABSOLUTO. COMO SE, de repente, a noite se tivesse abatido sobre o mundo às duas da tarde. Não dei mais nenhum passo e, quando os meus olhos se habituaram à escuridão da taberna, perguntei-me que fantasmas habitariam aquele espaço, adormecidos sobre as mesas. Tratei de me aviar rapidamente de uma cerveja gelada e de uma grande sandes de queijo e presunto e, logo de seguida, fui obrigado a regressar à alvura do dia e a um odor que talvez pertencesse à cal queimada pelo sol. Que fazer quando o tempero natural do nosso espírito é provido tanto de energia quanto de curiosidade? Intrigou-me de tal modo aquela leitura inusitada, aquele Prontuário Terapêutico, que, só para poder iniciar conversa, devo ter batido o recorde mundial da deglutição da sandes. Apesar de me sentir faminto, cheguei mesmo a ponderar enfiá-la no bolso, para a comer mais tarde, antes de decidir empurrá-la goela abaixo, com o auxílio de cerveja. A cada binómio dentada-descarga – e não terão sido mais do que três, apesar da farteza do pão –, dezenas de interrogações cruzaram os meus pensamentos. Um prontuário terapêutico? A que propósito? Ar de médico não tinha. Estaria à procura de informações sobre a melhor altura para tomar a vacina da gripe? Sobre as varizes que o apoquentavam há mais de trinta anos? Buscaria dados sobre a diabetes, padecimento herdado da mãe, que por sua vez o recebera de presente do avô? Ou seria aquele o único livro da aldeia? Tê-lo-ia encontrado no contentor do lixo e decidido lê-lo, como quem faz palavras cruzadas, para exercitar o cérebro e retardar a demência? Teria sido brinde de um suplemento alimentar milagroso anunciado na televisão e comprado por telefone? Ou a seriedade de uma leitura científica servia de sobrecapa perfeita a uma revista pornográfica que o velho babosamente visitava antes da sesta, em busca de inspiração para o domínio do onírico? A minha curiosidade era da dimensão de um latifúndio e, ao contrário do desejável, os meus pensamentos locomoviam-se a grande velocidade.

Aquele livro não era o motivo da minha viagem até àquela aldeia, mas impusera-se na minha cabeça como o único assunto que interessava. Fiz um comentário qualquer sobre o calor, mas o velho que lia nada disse – creio que nem as pálpebras mexeu. O outro, o barrigudo, que aparentava estar a hipermeditar, pareceu-me ter assentido com a cabeça, mas logo depois me respondeu com um sopro de sono embalado. Não consegui entabular conversa, e menos ainda aproximá-la do livro, e fiquei sem saber o que dizer quando o velho magricela olhou para o relógio que trazia no pulso, pediu licença, se levantou, dizendo ao impassível companheiro pançudo que estava atrasado para ir cortar o cabelo e, levando com ele o livro, entrou na taberna.

5

O TABERNEIRO E O SEU HETERÓNIMO

A FIM DE NÃO parecer indelicado – e talvez para, pelo menos circunstancial-
mente, me comportar ao gosto da minha mãe, que deveria estar já a telefonar
para as autoridades europeias por eu ter o telemóvel desligado há mais de duas
horas (estava em modo de voo, o que me permitia fazer uso da câmara, mas me
impedia de utilizar a internet) –, não o segui de imediato. Enquanto, dormindo,
o barrigudo treinava para a morte, de uma vez só, eu despejei quase toda a cerveja para dentro da boca, ganhando com tão másculo gesto um motivo para
reentrar na taberna. É notável como mesmo os gestos impreparados podem
fazer germinar múltiplas possibilidades. A minha avó, que nunca deixou de
militar no otimismo, dizia-me amiúde que, por detrás de uma porta, podia estar
um jardim e no jardim um tesouro escondido. Foi graças a ela que vi sexo ao
vivo pela primeira vez, não num clube noturno, mas ao entrar, ainda miúdo, no
quarto dos meus pais, transformado em jardim das delícias, e com o meu pai
num apronto de virilidade que nunca nele imaginara. Não me recordo de porta
que eu não quisesse abrir, fosse em casa, na escola, ou, para desespero da
minha mãe, no supermercado, no hospital, ou no restaurante. Por isso, apesar
das reprimendas, cedo descobri haver sempre mais para ver e para experienciar
do que aquilo que é ditado pelo nosso comportamento provável. É verdade indesmentível que a consciência deste facto me trouxe alguns problemas durante
a adolescência e que ainda hoje me meto em sarilhos, mas, se até a forma como
ingiro uma cerveja pode tornar a vida muito mais interessante e transformar o

futuro, como poderei eu resistir a participar na construção do real? Era de certeza essa a verdadeira serendipidade de que a minha mãe tanto falava desde que há uns tempos lera um livro de autoajuda de um autor nórdico. Com aquelas goladas valentes, ganhei duas justificações para regressar ao interior da taberna: a mais óbvia passava pela simples entrega do vasilhame e a mais provável pelo reabastecimento a que obrigavam a garrafa vazia e o calor. Lá dentro, estava mais fresco, mas eu não via o velho magro da roupa pintalgada – teria saído por outra porta? Estaria na casa de banho? – nem, olhando a toda a volta do minúsculo estabelecimento, o taberneiro. Estariam juntos na casa de banho?

Pousei com força a garrafa de cerveja no balcão desasseado, mas a expressão barulhenta da minha sede não produziu resultados. Ao fim de alguns instantes, como acontecera com os olhos, os meus ouvidos habituaram-se àquele ambiente e comecei a escutar, por entre eletrocussões de moscas numa caixa de luz negra e zumbidos contínuos de arcas frigoríficas, um som metálico ritmado, como se alguém estivesse a afiar uma faca. Vão sair dali os dois de cutelos nas mãos e cortar-me aos bocados, para fazerem enchidos, pensei. Traficam o meu fígado e mais dois ou três órgãos e o resto passa por carne de porco. Enquanto devaneio, de trás da porta entreaberta ao fundo do balcão perguntam-me se é para pagar. E acrescentam, com vozinha de sacristia: espere só um bocadinho, que eu vou já, estou só a cortar o cabelo – tic, tic, tic – ao camarada Baiôa, mas quando for encher o copo dele já o atendo a si também. Fez-se luz naquele espaço desalumiado. A roupa pintalgada – como é que eu não o percebera antes? – fazia do velho do Prontuário Terapêutico Joaquim Baiôa, o homem que recuperara a casa dos meus avós. Pouco curioso em relação ao visitante acabado de chegar, ou farto de ler, terá decidido ir cortar o cabelo. Cruzavam-se em mim pensamentos vários, mas entre eles impunham-se a curiosidade suscitada pela figura e o inusitado do que estava a suceder. Ainda que não tenha sido naquela altura que me convenci de que aquele lugar tinha algo de verdadeiramente diferente, fiquei surpreso. O futuro de há pouco começava a tornar-se interessante. Habituado a Lisboa e a usar o telemóvel para marcar encontros, achei espantoso conseguir encontrar à primeira o homem que procurava, como se tivesse sido conduzido até ele pelo destino. Talvez mereça realce, admito, o facto de muito poucos ali morarem, mas não quero com isto tirar mérito à superior providência.

Enquanto o taberneiro tesourava o cabelo de Baiôa, os dois conversavam amenamente. Além das moscas, ouvia somente os pensamentos inquiridores dos presentes, dois ou três velhos sentados em silêncio na parte menos iluminada da taberna. Pouco preocupado com isso, antes entusiasmado com a novidade em que me via, olhei à minha volta, em busca de uma tabela de preços encimada pela expressão serviço de barbearia, ou, melhor ainda, de um preçário que elencasse, lado a lado, comes e bebes e cortes de barba e cabelo: Café – 0,50€, Cerveja de garrafa – 1€, Copo de vinho – 0,80€, Sandes de salpicão – 2€, Corte de cabelo – 5€, Corte de cabelo com lavagem – 6€, Barba e cabelo – 8€. Como o taberneiro-barbeiro não vinha, continuei a imaginar, entusiasmado, outras possibilidades não menos plausíveis do que a agora patente dupla condição daquele profissional. Isto dito, porque não dilatar-lhe a polivalência e visualizar, afixado na parede suja, um quadro semanal? Segunda-feira – Serviço de barbearia; terça-feira – Serviço de sapateiro e engraxador; quarta-feira – Serviços de eletrónica (consertos); quinta-feira – Serviços de informática na ótica do utilizador (datilografia, navegação por conta de outrem e envio de emails); sexta-feira – Torneio de dominó; sábado – Serviços gerais de mecânica (na rua; somente de manhã); domingo – Encerrado para descanso dos clientes. Abaixo, fazia sentido uma pequena nota, certamente registada a uma quinta-feira: todos os artigos para consertos devem ser deixados até às 18h00 da véspera. Vim, aliás, a saber que aquela heteronímia era coisa de família. Já o pai de tão completo artífice fora, além de vendeiro, barbeiro, cirurgião e dentista – e que a navalha do segundo era também o bisturi do terceiro, que, não por acaso, eram a mesma pessoa. A cadeira em que Baiôa se sentava teria, então, e pelo menos, tripla utilidade. Assim, se as tesouras não infligiam sofrimentos aos homens da terra, o mesmo não poderia dizer-se das navalhas usadas para as sangrias e dos alicates empregados para arrancar dentes, pais de rios de sangue que aquele chão escuro recebera e encaminhara para a rua. Quando as febres de alguma alma enfraquecida se revelavam persistentes, o experiente físico investia a barbeira – que, como se sabe, é o nome que se dá à mulher do barbeiro – no papel de enfermeira, pedia aos familiares do doente que lhe agarrassem os braços quando o sentassem na cadeira do barbeiro e, com a navalha com que rapava rostos convenientemente desinfetada, pelo menos na maior parte das vezes, iniciava a sangria salvadora. Por sua vez, sempre que era necessário arrancar dentes apodrecidos, o habilitado profissional da estomatologia convocava os seus dois principais aliados: um alicate universal comprado a um contrabandista de Barrancos, que pertencera a um ferreiro, e um alicate de pontas curvas, preciosa herança de família e que há anos se revelava igualmente útil na relação com as correntes das bicicletas. Tal como o médico sangrador, também o médico dentista não dispensava o auxílio dos familiares do paciente, ainda que nestes casos fosse regra amarrar-lhe pernas, braços e cintura à cadeira do barbeiro. Terminados os trabalhos de remoção dentária, em poucos segundos, já na sua função de taberneiro, daria eficientíssima resposta ao intenso sofrimento no qual o choroso enfermo invariavelmente caía, fornecendo-lhe tantos copos de aguardente – bagaceira, nos casos mais sensíveis, ou de medronho, em todos os outros – quantos fossem necessários – e, por norma, havia urgência de muitos, não só para a correta e eficaz desinfeção gengival, porque o que arde cura, mas também pelos conhecidos efeitos analgésicos do elixir em apreço, dos quais tão precisado ficava aquele tipo de cliente. Na família do taberneiro, vários homens tinham tido carta de sangrador e de cirurgião, e outros, como o seu bisavô, haviam praticado tais artes valendo-se somente da empiria. De facto, sejamos honestos: não há grandes diferenças entre fazer saltar uma carica, ou abrir uma garrafa a saca-rolhas, e arrancar um dente com um alicate de mecânico.

Enquanto se aproximava do balcão, limpando as mãos ao avental cheio de cabelos e vinho, aquele homem multifacetado perguntou-me se queria mais uma cervejinha. Era baixote e tinha um ar datado. Os óculos eram espessos, como aqueles que já não se usam há trinta anos, excetuando sobre o nariz de determinados eruditos, coisa que ele manifestamente não era; o bigode apresentava-se tombado sobre a boca, como aqueles que não se usam no mínimo há trinta anos e não se veem senão no futebol amador e nas tascas de pior fama, coisa que ele talvez não soubesse que aquela era; sob a boina, nasciam-lhe duas suíças em forma de seta, disparadas rosto abaixo, ultrapassando as orelhas, coisa estranha para os dias de hoje e que já não se via há pelo menos trinta anos. Tinha ainda umas orelhas que a partir daquele momento não consegui evitar ver senão como cabides para os casacos. Aceitei mais uma cerveja, observando o homem a encher do pipo um copo de vinho para o cliente da sala contígua. O taberneiro voltou a fazer-se barbeiro e eu deixei-me estar ao balcão, de ouvido atento. Não se percebia quase nada, porque, ao operar a metamorfose profissional, na passagem de uma divisão para a outra, o taberneiro, talvez zelando pelo bem-estar do cliente que deixava sozinho, ou talvez o barbeiro, para criar uma cortina sonora que conferisse privacidade à conversa do cliente a quem cortava o cabelo, havia ligado um rádio velho, preso à parede, ao lado da máquina de café. Um ou outro, Jekyll ou Hyde, pouco importava: preocupava-se com a clientela e isso era inegável. Mas a boa intenção mostrava-se desfavorável aos meus interesses, e essa contrariedade incomodou-me a ponto de, mais uma vez, beber a cerveja quase de um trago e de, irritado, me aventurar a chamar de novo o taberneiro, interrompendo com isso o trabalho do barbeiro, para lhe pedir mais uma. Quando entreabriu a porta para vir atender-me, Baiôa parou de falar e o taberneiro disse-me qualquer coisa que não entendi. O bigode que trazia sobre a boca era como o acento circunflexo que punha na maioria das palavras. Regressou à barbearia e eu conformei-me com a impossibilidade de escutar mais do que a palavra reumatismo e logo a seguir algo que me pareceu casa do senhor.

A taberna não tinha telefone, mas a barbearia sim. Quando alguém para lá ligava, e aconteceu instantes depois, o barbeiro atendia assim: sou Adelino Reis, bom dia, queira fazer o favor de dizer. Ficava claro, portanto, que Adelino Reis era o nome do barbeiro, mas, nesse caso, ou nesses momentos, qual era o nome do taberneiro? Será que, nas alturas em que encarnava o papel de barbeiro, o taberneiro deixava de existir, e que, portanto, Adelino Reis era um nome partilhado por ambos os profissionais, que existiam à vez? Em todo o caso, em poucos segundos, consegui abstrair-me da música, ensaiando a explicação para o facto de ter vindo antes do dia combinado e sozinho, ao invés de vir com a minha mãe. Depois, surgiu Adelino Reis, o taberneiro, levantando do balcão, um a um, os copos dos clientes e passando um pano molhado e escuro pelo lioz. Como adiante se verá, naquela terra, tirando as mulheres, e não todas, não havia quem não fosse amigo de beber. À medida que o pano do taberneiro Adelino absorvia – ou espalhava – os pequenos círculos avermelhados e húmidos, eu fui mergulhando para dentro de mim. Se tinha chegado àquela aldeia em busca de uma indefinida forma de ascese, sentir aquele conforto por estar numa taberna talvez não fosse um bom princípio.

6

A CASA DO SENHOR

É A CONSELHO DE quem me conhece que incluo neste relato as brevíssimas páginas que agora começo. Achamos – essa pessoa e eu – que escrevê-las não só poderá ajudar-me a tomar consciência de determinado processo estruturante do meu ser, como também apresentar uma parte importante de mim a quem possa, um dia, dar-se ao trabalho de as ler.

Fundamentalmente, interessará dizer que imaginei que a casa do senhor não correspondia a uma igreja ou capela, mas sim à casa de um cidadão comum. Não me refiro a uma pessoa que, por algum motivo, vive dentro de um edifício religioso, mas a uma pessoa em quase tudo normal, como o leitor que me acompanha, ou até como Baiôa, não fosse o nome. A casa do senhor era, de acordo com o que na altura imaginei, e muito provavelmente, a casa de um indivíduo chamado Senhor. O Sr. Senhor, ou apenas Senhor, como lhe chamara Baiôa, era um indivíduo – ou um senhor, porque não? – que tinha Senhor como nome de família. Tão estranho apelido trouxera-o o pai, juntamente com bastante dinheiro, do outro lado do mar, de São Luís do Maranhão, no Brasil, onde enriquecera na indústria de transformação de alumínio. Outra versão plausível passava por um engano do funcionário do registo civil. Acontecia com frequência e, por isso, constitui postulado merecedor de consideração. Portanto, a casa do Senhor a que se referia Baiôa não mais era, acreditava eu, do que uma habitação particular, pertencente a um indivíduo chamado Senhor. Quiseram, pois, as circunstâncias que a onomástica equilibrasse o grau de distinção social deste homem de poucos estudos e o dos titulados do mundo académico. Digo-o porque, pese embora estes sejam conhecidos por Dr. Fulano, Prof. Sicrano, ou Eng. Beltrano, e ele não o pudesse ser, o facto é que poucos são elevados à condição de Sr. Dr. Fulano, Sr. Prof. Sicrano ou Sr. Eng. Beltrano, tendo de contentar-se com Dr. Fulano, Prof. Sicrano ou Eng. Beltrano, e muitos chegam até a ver o grau académico ou profissional substituir-lhes o nome, sendo nesses casos tratados apenas por doutor, professor ou engenheiro. Com o Sr. Senhor, nada disto acontecia. Mesmo que o interlocutor não o distinguisse com o título de cortesia, não teria alternativa senão tratá-lo igualmente por Senhor, pois era essa a graça com que fora registado. A menos que o tratassem por João, que era por certo o seu nome próprio, ou Sr. João. Mas isso era algo que raramente acontecia. Como é hábito por aqui, toda a gente tratava o Sr. Senhor pelo nome de família.

Também é fácil percebermos que, quando o chamavam sem acrescentar senhor antes do nome, isso gerava problemas. Surgiam com frequência confusões (umas provocadas, outras não) com aquele nome. Já na escola isso acontecia. Quando a professora procurava apurar quem era o responsável por determinada asneira, todos respondiam: foi o Senhor. Ou ainda, pela boca dos que não temiam as reguadas: foi obra do Senhor. Surgiam sempre problemas com o nome do Senhor, que na altura não tinha sequer idade para ser tratado por senhor. Mesmo quando passou, de facto, a ser senhor, o Sr. Senhor não terá deixado de ter problemas. Entre amigos e pessoas que não o tratavam por senhor, sempre que se invocava o nome do homem, haveria certamente confusões como a que me trouxe a este assunto, a da casa do Senhor. Imagino a anarquia que podia instalar-se quando alguém se referia a deus como o senhor. Atentemos em alguns exemplos: foi o senhor que o livrou da multa; graças a deus, foi o senhor que naquela noite levou a tua filha direitinha a casa; foi o senhor que me ajudou; ainda bem que o senhor esteve comigo naquela noite... e por aí fora. Não pensemos, no entanto, que os imbróglios causados por este nome incomum se ficam pelo domínio do divino. Em determinadas circunstâncias, ele foi tratado por senhor (por Senhor, na verdade), enquanto outros, insatisfeitos, apenas pelos nomes. Por isso, pensei, se de facto houver por aqui uma casa pertencente ao Senhor, chame-se ele João, António ou Manuel Senhor, eu, a fim de não criar mal-entendidos, procurarei tratá-lo sempre como imagino que ele próprio gostaria: por Sr. Senhor. Facilmente, o leitor conseguirá imaginar outras hipóteses, mais ou menos plausíveis e de igual modo com propósitos meramente ilustrativos, pelo que podemos retomar o relato. Poucos minutos depois de o taberneiro ter limpado o balcão para de novo me servir e ter regressado à barbearia para os finalmentes no parecer de Baiôa, a luz do dia que entrava pela porta desapareceu e a taberna ficou escura. Já não sei se me apareceu o sorriso no rosto, mas concebi em mim aquele momento de eclipse como sendo de sagração do espaço no qual me encontrava, em que os fiéis bebiam o rubro néctar até durante um ritual que envolvia tanto de libertação do passado, por via do corte das partes mais antigas dos cabelos, como de rejuvenescimento, em virtude do cuidado com a aparência. Faziam-no com devoção, porque, como é evidente, aquelas uvas não poderiam ter sido sacrificadas em vão. A claridade começou a ressurgir quando o obscurecimento atravessou o espaço com apenas três passadas apoiadas numa bengala e eu, perdido em efabulações e quimeras, voltei à terra.

7

ZÉ PATIFE

Não era empreiteiro, nem governante, nem banqueiro, nunca tinha sido membro de uma claque de futebol, traficante, ou bandido de espécie alguma, nem tinha outra atividade tão bem cotada nos jornais e nos noticiários da rádio e da tv, ainda que fosse gordo como os que se alimentam da corrupção. Pouco tinha de ator ou de falsário, em nada se assemelhava a um vidente, a um astrólogo, ou a outro tipo de impostor, a não ser no uso de uma bengala. Quando caminhava, parecia que transportava dentro da camisa uma enorme massa de gelatina. Como o ventre, tinha as bochechas volumosas de gula. Conta-se que ficou dez meses na barriga da mãe. Começou aos nove anos a trabalhar como aguadeiro, foi ardina e trapeiro e ainda ajudante do padeiro, chegou a aprender para calafate, fez as vezes de um amolador, quando este caiu de cama às contas com uma pneumonia que haveria de lhe ser fatal, e depois estabeleceu-se numa vila próxima como abegão: primeiro como foleiro, suplício que lhe valeu um assobio no respirar que manteve até ao final, mais tarde a bater o ferro todo o dia, porque não era alérgico ao suor, como outros, e por fim como mestre, até lhe dizer o Dr. Bártolo que era imperioso parar, à conta da bronquite crónica que há anos o coabitava. A reforma veio antecipada, ainda que pouca, assim como poucas eram as dúvidas de que o que tinha feito toda a vida não tinha sido senão malhar em ferro frio.

Vindo da inércia em que o vira à porta da taberna, e enquanto o barbeiro finalizava o serviço contratado por Baiôa, dirigiu-se para uma portinhola que supus ser a da casa de banho. Andava como se carregasse pedregulhos às costas. No regresso, ouvi-lhe uma articulação a estalar. Parou ao balcão, de cotovelo encostado ao meu, e deixou-se estar, a respirar como se os pulmões lhe pesassem. Deu-me as boas-vindas, com uma voz de estertor. Chamo-me Zé, terá dito também, rodando o copo entre as pontas dos dedos gordos. O rosto favoso, do tempo das bexigas, era daqueles que, apesar do avanço da idade, é preciso barbear duas vezes ao dia, imagino que recorrendo a uma tesoura de poda ou mesmo a uma motosserra. A propósito disso, recordo-me que me transmitiu informações da maior importância, como o facto de, palavra de honra, continuar a preferir a listerina como loção para depois de se barbear. Contudo, distintivo na fisionomia daquele a que desde sempre chamavam Zé Patife, além do apêndice de madeira escura que lhe prolongava o braço direito em direção ao chão, e do facto de ser todo ele transbordante, era a vermelhidão do rosto, uma cara gorda que tantas vezes me fez lembrar um tomate coração--de-boi. Tudo o resto, não fosse a minha curiosidade, ter-me-ia passado despercebido no meio daquele acidente de cor. Possuía um aspeto geral de sofrimento: não só tinha cara de tomate, como também de dor de barriga.

Quando o taberneiro voltou, pedi mais uma cerveja e outra para o meu colega de balcão, que com três palavras agradeceu, corrigiu o pedido e declarou o seu clube: só bebo vinho. Depois, por sugestão dele, e já corretamente aviados, sentámo-nos a uma mesa. Eu mais rápido, ele muito cerimonioso com o próprio corpo, estudando cada manobra antes de a executar com a ajuda da bengala lustrosa. Enquanto se acomodava, brindou-me com uma breve lição de cultura geral. Explicou-me que, ao contrário do que se julga, o beijo francês não foi inventado em Paris. Estes beijos, assim – e, já sentado, apontou com a bengala para o televisor, que mostrava um casal apaixonado beijando-se à beira-mar –, nasceram até aqui bem perto, nasceram na Andaluzia. Como eu não sabia o que responder – creio ter mostrado somente algum espanto –, ele prosseguiu, dando-me conta de que o beijo linguado, tal como o conhecemos e praticamos, foi inventado por Don Simon de La Fortuna – um antepassado seu, por sinal –, há muitos, muitos anos. Vossemecê nã imagina, disse, mas naquelas bandas a moda pegou e andava para lá tudo aos beijos: novos com velhos, irmãos e irmãs, tios e primas, mulheres com mulheres, homens com homens…

Nessa altura, começou o noticiário e a história ficou por ali. Porque achei que deveria dizer alguma coisa, tentei explicar-lhe que vinha de Lisboa, para ali morar, mas ele ergueu a mão direita – a esquerda segurava o copo, não fosse ele fugir – e pediu-me que esperasse por Baiôa e por Adelino, para assim contar tudo aos três, sobretudo a Baiôa, que estava à minha espera. Mastigou um pouco o silêncio e depois disse-me que já o pai de Adelino fora barbeiro. Chamava-se Alberto, mas era conhecido como Rapa-Caveiras, por ser, em toda esta região, o único que aceitava barbear e aprontar os mortos para os funerais. É claro que não deve ser fácil, disse depois, sobretudo não deve ser fácil de imaginar para si, que vem da cidade, onde se tem tudo à mão e as caveiras de certeza já aparecem rapadas. Mas saiba que há coisas bem piores, acrescentou, mergulhando o olhar no vinho durante alguns segundos. Como passar a vida numa oficina escura e barulhenta a trabalhar o ferro. Palavra de honra. Vossemecê sonha lá! Se acha que cortar cabelos a mortos é difícil, é porque nunca entrou numa oficina a sério! Palavra de honra, acha que o pai do Adelino sofreu a cortar cabelinhos e a fazer barbinhas? E eu?! Ganhei esta bengala e este respirar! Vossemecê sabe lá o quanto eu, ainda hoje, com setenta e três anos no lombo, sofro à conta disso. Eu meneei a cabeça, em sinal de respeito pelo que ouvia e convencido por aquele preâmbulo para meninos da cidade dito com um vigor que não voltaria a ver naquele homem que não passaria dos setenta e quatro.

Enquanto Baiôa e o barbeiro Adelino não regressavam da atividade que os unia na divisão contígua, aquele Zé da bengala, barrigudo e de mãos inchadas, despejou em cima de mim um camião de sofrimentos e lamúrias. Às segundas--feiras – é sempre às segundas – dá-me uma dor neste pé, que você nem imagina. Já chegaram a ponderar amputá-lo, mas eu protestei e ainda cá anda. Só que dá-me muitas dores. Sobretudo às segundas-feiras de manhã, embora também doa bastante nos outros dias. É isso e a cervical. A doutora que agora vem aqui à terra diz que o ideal era ser operado, mas que com a minha idade já não vale a pena. Faz-nos falta o médico que era o nosso, era o doutor que nos conhecia e cuidava, sabe? Morreu no começo do ano e era muito amigo da gente, resolvia tudo, era um médico como deve ser. Também tenho andado com uma dor de dentes terrível, não é bem nos dentes, é na gengiva. Aqui, está a ver? Por segundos, temi que abrisse a bocarra e retirasse a dentadura para apontar o local ou comprovar a inflamação, mas felizmente poupou-me a esse espetáculo e limitou-se a espetar o indicador na bochecha.

Do mesmo modo que não pode pedir-se ao vento norte que sopre de sul, ou ao rio que corra no sentido oposto, não podia pedir-se a Zé Patife que fosse de outro modo. Vez nenhuma ele deixaria de afirmar padecimentos piores – muito piores – do que os de toda a gente. E eu?!, exclamava sempre. Ouvia-o relatar dores e doenças maiores do que as dos outros clientes da taberna, como quem compara o tamanho do membro viril (digo assim, porque a minha mãe nunca gostou que eu usasse a palavra pila). Imaginava-o, e desejava que tal construção pudesse ser real, a esgrimir maleitas, como quem expõe condecorações, com a D. Lurdes e a D. Dália, duas contínuas da primeira escola em que dei aulas e que eram muito dadas à temática da saudinha.

Zé Patife sofria de coisas estranhas. Falava em palatites, estomatites e diverticulites. Dizia que a pior coisa do mundo, ainda pior do que não ter mulher, do que perder o campeonato no último minuto, do que a Guerra do Iraque, ou do que ficar sem tusa, era um gajo querer ir à sanita e não conseguir.

8

Afinidades anímicas

Joaquim Baiôa regressou da sala do barbeiro aos domínios do taberneiro – o que me levou a pensar que, por possuir várias lojas, aquele espaço constituía como que uma versão primordial de um centro comercial – e disse-me que não contava conhecer-me antes do fim de semana. Surpreendido, e ainda longe de poder supor o que entre nós se viria a estabelecer e menos ainda o fim que tudo teria, perguntei-lhe se sabia quem eu era. Claro que sei, é o filho da Fatinha, respondeu, enquanto puxava uma cadeira e se sentava junto a nós. Depois, pediu a Adelino que encostasse a porta da barbearia, por causa da corrente de ar.

No glorioso 7 de julho de 2015, Dia Mundial do Chocolate, véspera do Dia do Padeiro, exatamente trinta e um anos, cinco meses e dez dias depois de, sem ter sido consultado, me terem posto no mundo, de mais a mais – veja-se tal sorte – num país tão eternamente em crise como o nosso, e já findo o ano letivo, decidi ir conhecer a reabilitada casa dos meus avós e perceber se ela possuía aquilo a que vulgarmente se chama condições de habitabilidade. Tinha combinado com os meus pais que iríamos conhecer a casa no fim de semana, mas a curiosidade com a qual a minha mãe me contagiara o sangue e o espírito constituíam um rio depois de abertas as comportas de uma grande barragem. Por azar, tinha o carro na oficina, não fosse quase regra as máquinas falharem às pessoas quando estas mais delas necessitam, e o meu pai precisava do automóvel dele para trabalhar. Mas isso não me demoveu: pedi emprestado o carro a um amigo e resolvi o problema. Assim, a 9 de julho, uma quinta-feira, bem cedo, com o rádio a dizer-me que o PS estava à frente do PSD nas sondagens, que havia médicos a receberem vales de compras em troca de receitas e que Iker Casillas iria assinar pelo Futebol Clube do Porto, segui em direção àquele a que chamam Alentejo profundo.

Quando cheguei ao espaço ocupado pela pequena Vila Ajeitada e pela minúscula aldeia que dava pelo belo nome de Gorda-e-Feia, e dividido pela ribeira Encalhada, parei o carro do lado da vila, defronte de uma tasca cuja existência mal se percebia, e, com o primeiro olhar, num daqueles momentos de sorte por norma reservados aos principiantes, encontrei o homem que procurava. Demorei um pouco a conseguir começar a conversar com ele. Queria dizer-lhe quem era e ao que ia, por isso, como caçador astuto, pus-me a aguardar pelo momento certo. É claro que, durante a espera, tive de me entreter com alguma coisa: bebi cervejas, comi, fumei, conheci um taberneiro que possuía um heterónimo barbeiro, conversei com o outro velho que avistei à chegada e que dava pelo nome de Zé Patife, fiz guiões para partes de filmes e imaginei atos inteiros de peças de um teatro muito amador que tenho montado dentro de mim. Admito que, por diversas vezes, me agarrei também ao telemóvel – quase tantas quantas aquelas em que me lembrei das palavras da psicóloga e o devolvi ao bolso –, primeiro, com o intuito de enviar uma tranquilizadora mensagem à minha mãe, garantindo que estava tudo bem e que lhe ligaria em breve, mas também, confesso, para ler notícias, consultar a meteorologia, o email e, claro, as redes sociais. O facto é que, embora eu aguardasse o momento ideal para abordar Baiôa, pelos vistos, o caçador era ele e eu, a tenra presa.

A sua mãe telefonou-nos a dizer que você vinha hoje e mais tarde a perguntar se já tinha chegado, porque pelos vistos você tinha o telefone desligado. Estava sem bateria, menti. Inexpressivo, Baiôa rematou: ao menos não desistiu. Depois, levou à boca o copo que trouxera da barbearia e bebeu um gole rápido, antes de acrescentar um abrupto silêncio à conversa. Confesso que esperava um certo entusiasmo da parte dele. Que se dissesse, ao menos, ansioso pela minha chegada. E que sorrisse. Como tal não aconteceu, arrisquei eu um sorriso, buscando um encontro positivo de ânimos, e disse: eu estava cheio de vontade de vir e de ver a casa. Ele manteve-se calado, o rosto permaneceu imóvel durante uma eternidade, até que bebericou um pouco mais de vinho e regressou ao seu silêncio.

9

A casa nova e a Gorda-e-Feia

Era exatamente como eu a imaginara, mas possuía a vantagem da forma vívida oferecida pelo momento presente e que falta sempre ao que as ideias concebem com recurso ao que se viu no passado. A parede tosca de alvenaria moldada à mão reluzia à conta da cal, a janelita emoldurada em azul alinhava-se simetricamente pelo topo da porta, também ela separada do branco por um caixilho azul que se estendia pelo chão, uma e outras em madeira esmaltada de castanho, ambas com vidros pequeninos – quatro na janela e quatro à mesma altura, na porta. O telhado parecia um boné bem enfiado na cabeça, começava logo acima da porta, que não teria mais de um metro e oitenta, altura suficiente para os meus antepassados, mas desadequada para mim. A chaminé, largueirona, fazia adivinhar uma grande lareira e que provavelmente constituiria quase uma só divisão, de tão pequena que era a casa. Com o telemóvel, eu fotografava cada pormenor e pensava no quão interessante poderia ser criar uma conta no Instagram só para documentar a minha experiência em Gorda-e-Feia.

Já somos só cinco aqui, disse Baiôa. Quer dizer, somos seis, uma agora mora sozinha ali num monte. Ficou em silêncio durante algum tempo e depois acrescentou: já fomos muitos mais, claro, mas os mais velhos foram morrendo, outros foram para os lares ou para casa dos filhos, que os novos nunca por cá quiseram ficar. Do meu tempo poucos foram também os que ficaram, queria tudo fugir ao campo. As mulheres casavam com qualquer um para abalarem daqui. Os homens prometiam tirá-las do campo. Mal casavam, partiam logo para outras paragens. Às vezes, eles iam trabalhar para as obras, para a apanha da fruta, ou até para fábricas, como eu, embora eu tenha tido a sorte de ficar perto, mas aqui ninguém queria ficar. Entre cada frase, introduzia um silêncio longo, de trinta ou quarenta segundos, sem exagero. Eu ouvia-o sem saber ainda que deveria aproveitar a circunstância rara em que aquele homem falava tanto, mas queria mais do que tudo ver a casa.

Ansioso por entrar, queixei-me do calor. Ele olhou para cima e disse: francamente, o importante é evitar o sol direto na cabeça, precisamos muito de conservar a saúde, porque a qualquer momento pode dar-nos a doença. Depois, continuou a mostrar-me o exterior da casa. Queria dar-me a ver todos os pormenores. Aqui – e apontava com o indicador para um dos vidros da janela – havia uma rachadela grande, por isso substituí-o por um que tinha lá no meu barracão. Quedou-se então longamente em silêncio, como se quisesse que eu analisasse cada milímetro do vidro, para comprovar que estava novo. Foi só preciso cortá-lo num dos lados, mas felizmente tenho ferramenta para isso. Eu assentia com a cabeça e virava-me para a porta, mas ele, ao cabo de alguns segundos, prosseguia: os outros estavam todos partidos, por isso entrava na casa todo o tipo de bichezas. Fitei-o, por certo de olhos um pouco arregalados, na expectativa de saber a que bichezas se referia. Havia para aí cobras e ratos com fartura, acrescentou, por fim, e sem me olhar, o que foi bom para não reconhecer o pavor no meu rosto.

Eu observava em redor e, apesar de ver tudo seco, sentia vida em mim. Por fora, a casa parecia-me ótima, perfeitamente habitável, e, no meio dessa renitência da paisagem em mostrar-se elegante, coisa que só voltaria a acontecer dali a quase um ano, com a chegada de uma nova primavera, o rebentar otimista de uma semente por entre pedras da calçada, mesmo junto à porta, aos primeiros calores do verão, constituía uma afirmação maravilhosa de beleza e de esperança.

A porta não tinha puxador e, quando Baiôa enfiou a chave na fechadura, o meu coração batia depressa e alguma emoção terá passado rente a mim, porque senti um arrepio bom, como quando, nas nossas costas e sem aviso, alguém nos toca ao de leve no pescoço, junto à orelha. Baiôa avançou para o escuro e, com um gesto treinado, fez a eletricidade correr dentro do filamento de uma lâmpada de vidro transparente que pendia de uma trave no teto. Não resistindo à curiosa natureza com que vim ao mundo, desatei a olhar em todas as direções. O chão era em tijoleira de cor barrenta, com ar novo. À direita, estendia-se a lareira e logo depois um pequenino balcão com lava-loiça em pedra antiga. Do lado esquerdo da casa, havia uma parede nova, a propósito da qual Baiôa elogiou bastante as maravilhosas possibilidades das placas de gesso cartonado, e que dava forma a um quarto minúsculo, no qual cabia apenas uma cama velha, mas recentemente envernizada, e uma arca de madeira escura, que por certo recebera o mesmo tratamento. Dentro da casa pairava uma fragrância que se sente nas casas em obras ou acabadas de cuidar – uma mistura de perfume de tinta, com água de colónia de verniz e essência de cimento – e que por norma se designa por cheiro a novo. Atrás do quarto, havia uma portinha que, aberta, revelava um quintal inculto e de dimensões diminutas e, no canto esquerdo, uma pequeníssima construção de paredes finas, por certo de tijolo, encostada à habitação, onde ficava a casa de banho. Possuía uma janelita, uma espécie de postigo, do qual se avistavam os imensos dez ou quinze metros quadrados descobertos da propriedade; o chão tinha a mesma tijoleira avermelhada do interior da casa; o lavatório parecia novo e estava encaixado a um canto, e a sanita era claramente um reaproveitamento; entre os dois havia um chuveiro fixo à parede, mais ou menos ao nível da minha cabeça e cuja altura me fez imaginar-me a tomar banho sentado numa cadeira de plástico. Tudo ali era de dimensões reduzidas, mas o facto é que nada disso verdadeiramente me preocupava. Ao invés, tentava descobrir de que forma os meus avós ali haviam vivido e criado filhos. Não fossem as fotografias que tirei sem cessar, não teria sido capaz de descrever adequadamente a casa à minha mãe. Estava tão encantado que nem consegui ver as coisas através desse grande amigo da clarividência a que chamamos distanciamento.

A minha mãe, com os olhos a afogarem-se em lágrimas, enquanto deslizava o dedo da direita para a esquerda no ecrã do meu telemóvel, e depois da esquerda para a direita, para rever pormenores, dizia apenas que Baiôa era um anjo na terra caído dos céus, que por certo teria gastado muito dinheiro com aquela obra e que, embora o gesto dele não tivesse preço, era imperioso pagar-lhe, porque na nossa família nunca se ficava a dever nada a ninguém. Calado, o meu pai soerguia as sobrancelhas e coçava a cabeça.

Não se ficaria por ali, todavia, a intervenção de Baiôa na nossa casa. Quando me mudei para lá, dormia com lençóis antigos, de cor bege, que lavava numa bacia e procurava secar no mesmo dia, com auxílio do sol e do vento, pendurando-os como bandeiras horizontais num fio branco que atravessava o quintal, seguindo indicações da minha mãe. Na mesma arca, a tal que Baiôa deixara preparada no quarto, com a ajuda da Ti Zulmira, encontrei um cobertor de papa castanho e vermelho, que me oferecia um conforto infantil e que de imediato preferi ao edredão que levara comigo. Também com a ajuda deles, reabilitei uma manta típica, que passei a usar no sofá com chaise longue que improvisámos a partir de um cadeirão e de umas caixas de fruta mais velhas do que eu e ainda capazes de desafiar a minha longevidade. Dispus esse conforto em frente à lareira na qual, ensinou-me Baiôa, os meus avós terão assado bolotas com sal. Também decerto as comiam cozidas, como todos por ali faziam, com canela e açúcar, explicou. A minha mãe depois confirmou tudo, e eu não descansei enquanto não experimentei esses sabores da infância dela.

Saímos para a rua e Baiôa mostrou-me onde morava quem, ou, em rigor, onde tinha morado quem. Além da nossa, só mais três casas aparentavam cuidados recentes: a de Baiôa, muito idêntica à minha, mas com um quintal maior e um acrescento curioso construído no fundo do mesmo e ao qual se acedia por um engenhoso corredor erigido junto ao muro que o separava do terreno do vizinho. Na parte da frente, equivalente em área a toda a minha casa, ficava um espaço amplo que correspondia, em simultâneo, à cozinha e à sala. No canto, havia um cubículo com uma casa de banho a que chamou de serviço – agora usa-se assim, explicou-me. Para as visitas, acrescentou. Mais ou menos no mesmo sítio em que, na minha casa, se abre uma porta para o quintal, na casa de Baiôa começa um corredor de paredes e teto muito brancos, iluminados através de uns vidros estreitos e largos, quase junto ao teto, e virados para o quintal, ao qual se acede através de uma porta de vidro. Ao fundo do corredor, no anexo que construiu quando nasceu o segundo filho, ficam dois quartos e uma casa de banho. Também a casa da Ti Zulmira, que tinha ido ao médico no táxi do Sr. António, apresentava um ar fresco. Ao contrário do que acontecia nas nossas, o branco caiado não se fazia acompanhar por azul, mas sim por um ocre vivo, quase laranja. Havia uma outra casa pronta, mas cujos proprietários Baiôa ainda não conseguira contactar – moram há muitos anos para os lados do Porto e também nunca mais cá voltaram, disse. Se calhar até já morreram, acrescentou. As demais casas apresentavam-se bastante tristes e esquecidas. Junto a uma delas, porém, havia um bidão que escorria um líquido branco, um monte de areia grossa e meia dúzia de tijolos.

Gorda-e-Feia apresentava-se como uma pequeníssima aldeia quase deserta, que noutros tempos não havia sido tão pequena nem tão deserta. Algumas pessoas foram partindo, outras morrendo e certas casas acabaram por ruir, abandonadas. Havia várias no chão, as paredes espalhadas entre ervas secas. Quando a própria aldeia ameaçava desaparecer, Joaquim Baiôa decidiu pôr mãos à obra e fazer uso do saber acumulado enquanto caleiro e caiador. Era uma aldeia sem ruas. Tinha alguns caminhos em terra e sem direito a nome e apenas três pequenas ruelas empedradas, que davam corpo ao centro da aldeia e a cuja hodonímia eu talvez devesse ter dado mais atenção quando ali cheguei: a Rua do Além, a Rua das Almas Idas, curiosamente aquela onde eu iria viver e à qual o povo chamava apenas Rua das Almas, e a Travessa da Doce Malquerença, onde ficava a casa de Baiôa, e à qual corriqueiramente se chamava Travessa da Defunta.

O dia foi-se escurecendo, o que sobrava do rio dessedentava agora as terras sem oposição do sol, e deixar aquele lugar com os vidros do carro abertos, concedendo caminho ao ar morno e perfumado pela esteva, gerava em mim ânimo bastante para querer regressar e instalar-me o mais depressa possível.

10

SONHOS

QUANDO CHEGUEI À ALDEIA, tinha como um dos meus objetivos deixar os comprimidos para dormir. Alguns davam-me sonhos estranhos. Partia um ovo para o fritar e saía-me de dentro da casca um pintainho. Agarrava a rama de uma cenoura, para a arrancar da terra, e puxava um coelho. Subia uma escada para umas águas-furtadas e ia dar a uma cave. Erguia os olhos para o céu e via a lua. Sentia vontade de espirrar e desatava a tossir. Comia um chocolate e sabia-me a peixe. Enfiava os pés na areia e sentia-a gelada como a neve. Atirava uma pedra para dentro de um poço e ela caía-me na cabeça. Via passar um gato e ele ladrava-me. Abria a torneira, enchia um copo e levava-o à boca, mas a água era salgada. Abria uma garrafa de vinho tinto e ela continha vinho branco ou, pior ainda, néctar de pêssego. Queria urinar e deitava bolhinhas de sabão pela uretra. Entrava num supermercado para fazer as compras da semana e reparava que afinal estava numa sucata. Anotava as compras a fazer num bloquinho e escrevia com o alfabeto cirílico. Trincava um pão e ele revelava a consistência de algodão doce. Juntava caruma para acender uma fogueira e ela desatava a esguichar água como um repuxo. Tudo isto eu anotei no bloco de notas do telemóvel. Durante quatro noites seguidas não sonhei de outra maneira. E quando, dias mais tarde, voltei aos comprimidos, sucedeu novamente. Está tudo registado.

Certa manhã, o pesadelo tornou-se real. Acordei e não sentia o braço direito. Ergui o tronco, assustado, e sentei-me na cama. Estava caído, morto, e não respondia às minhas ordens. Toquei-lhe com a mão esquerda e percebi que estava insensível, como se tivesse deixado de ser meu. Qual é a probabilidade de acordarmos sozinhos, levarmos a mão a um braço e percebermos que é de outra pessoa? Aquele braço, aparentemente igual ao que toda a vida fora meu, não me pertencia. Comecei a ficar muito abalado. O que teria acontecido durante a noite para o meu braço ter morrido? Olhei para o lençol, em busca de sangue, e depois para os quatro cantos do quarto, à procura de insetos desconhecidos, cobras ou outros bichos. Junto ao roupeiro, vi um objeto estranho e escuro. Aterrorizado, levantei-me e fiquei de pé na cama, a observá-lo. Não se mexia. Talvez estivesse morto, talvez o meu sangue lhe tivesse feito mal. Se calhar estava apenas a fingir-se de morto, para depois voltar ao ataque. Por outro lado, era possível que houvesse mais daqueles seres debaixo da cama ou noutros recantos do quarto, escondidos, à espera do momento certo para me atacarem. Possivelmente, até debaixo dos lençóis, ao fundo da cama. Assemelhavam-se a sanguessugas gigantes e podia até haver um exército delas para lá da porta fechada do meu quarto. O braço, esse, continuava inerte. Tocava-lhe com a mão esquerda, beliscava-o e não sentia nada. Abaixo do cotovelo, apertei a carne com tanta força entre as unhas do polegar e do indicador, que rasguei a pele e duas gotinhas de sangue despontaram da carne, engordando rapidamente, até se transforarem em dois estreitos fios rubros, que logo depois se uniram num mais grosso e pesado. Tentei beber o sangue, para que não escorresse para a cama e com isso atraísse os animalejos com ar de vermes, mas não consegui chegar com a boca ao cotovelo. Tapei a ferida com a palma da mão esquerda, o braço direito ao dependuro, como nas marionetas. Cada vez mais inquieto, abanei o tronco com força, para um lado e para o outro, obrigando o braço a agitar-se também. Repeti o gesto algumas vezes e senti um ligeiro formigueiro. Talvez o efeito do veneno estivesse a passar. Com o braço esquerdo, peguei no braço falecido e abanei-o para cima e para baixo, sem parar, até a vida regressar àquela parte do corpo. Mordi o ombro e senti os dentes a cravarem a pele e a carne. À medida que a circulação se restabelecia naquele membro, o meu cérebro começava a operar com maior discernimento e tudo ganhou nitidez. Desci da cama e percebi que o pequeno monstro, a lombriga preta e gorda, era, na verdade, uma meia atirada para o chão.

11

REGRESSO A LISBOA

MÃE NENHUMA GOSTA DE se deslaçar de um filho, mas, indo este para uma terra que é a dela, e sendo no sentir dela um moço tão bonito e que tão bem a representa, uma mãe aguenta melhor a separação do seu menino e agarra-se a algo que de imediato cria: um laço sentimental ao qual por norma chamamos saudade. Felizmente, para as mães, e por particular preocupação com a minha, nosso senhor providenciou a invenção dos telemóveis, bênção idealizada especificamente para aliviar as ansiedades breves, as angústias pesadas e as saudades diárias que elas sentem. Creio até que as mães da geração da minha foram dotadas de uma propensão genética para a inabilidade no que toca ao manuseamento e à interação com dispositivos digitais e informáticos. A natureza é muito hábil nestas coisas: através da criação dessa inaptidão, permite às mães que se aliviem um pouco das saudades que sentem dos filhos, pois a ativação de tal mecanismo – consideremos o seguinte exemplo: filho, não consigo abrir o email no telemóvel – obriga-as a telefonarem-lhes, para que estes as ajudem a resolver o problema. E, claro está, astutas, elas usam e abusam de tal recurso.

Durante o caminho de regresso, e depois de ter garantido doze vezes à minha mãe que estava com o auricular, expliquei, entusiasmado, tudo o que vira e tudo o que por ali se passara. Vindo de uma lentidão enorme, cheguei a casa com o cérebro acelerado. No dia seguinte, à mesa com os meus pais, a minha mãe perguntou-me se eu não achava graça à ideia de ir para a aldeia passar uns meses, sei lá, podia ser bom para ti, percebes, aquela calma, as raízes, o silêncio... pode ser bom para os teus problemas.

O que se seguiu explica-se rapidamente: depois de criticar com violência o despropósito da ideia da minha mãe, e instalando-me durante uns minutos no silêncio próprio do meu pai, retomei o assunto, facto que por certo não a surpreendeu. Bom, disse eu, só se fosse mesmo para passar o tempo e tomar conta da casa. Os olhos da minha mãe brilharam e instaram-me a continuar. Realmente, poderia até ser bom para mim, pela mais que provável falta de colocação no ano letivo seguinte e também por um significativo conjunto de tretas de que me lembrei no momento, para procurar conferir motivos lógicos a uma vontade que os dispensava. Agarrei-me àquelas justificações como às cordas de uma ponte suspensa e avancei sem olhar senão em frente. Por fim, agradeci a ideia à minha mãe e disse-lhe que estava de facto decidido a mudar-me para a aldeia o mais rapidamente possível – o que a comoveu a ponto de me elogiar ainda mais do que quando, na quarta classe, por distração, eu tirara um excelente a matemática. Pode ser bom para os teus problemas, disse-me ela, sabendo de antemão que eu reagiria discordando de modo veemente. As mães conhecem e antecipam as reações dos filhos com uma naturalidade que aos poucos deixa de nos surpreender e por isso começamos a aceitar. A passagem da adolescência à idade adulta dá-se à medida que, regressando à nitidez de visão que a infância proporciona, o jovem aceita de novo a superioridade dos pais. Primeiro, numa lógica de progenitores, mais tarde no papel de conselheiros. Pelo meio, fica a fase durante a qual, incrivelmente, os pais deixam de saber seja o que for e de perceber o que quer que seja. Admito, contudo, e consubstanciam a seguinte afirmação as minhas próprias experiências de observação e de prática, que muitas vezes tendo a crer que o que distingue o rapaz adolescente do homem adulto, e que me perdoem os meus semelhantes, tem sobretudo que ver com a barba no rosto, o surgimento da calvície ou o volume da barriga.

Recebidos os abraços e lambuzado de beijos pela minha mãe – o meu pai, esse, estava de pé, sem saber bem o que dizer –, fiz ainda outro telefonema muito importante para comunicar a minha decisão e, até chegar a casa, construí mentalmente – e, confesso, através de anotações no telemóvel – um orçamento a contar com o provável subsídio de desemprego, bem como uma lista de necessidades.

Depois, reuni os meus haveres em duas malas grandes, coloquei vários livros numa caixa, certo de que iria ter muito tempo morto que poderia preencher

Baiôa sem data para morrer 45

com leitura, fui com a minha mãe às compras ao supermercado e depois instalei-me com ela na cozinha. Enquanto cozinhava umas coisitas para eu levar, pedia-me que lhe mostrasse vezes sem conta as fotografias que tinha tirado à casa e lamentava continuamente o facto de eu não ter fotografado o resto da aldeia. Entre fritos e assados, exigia-me que lhe descrevesse tudo: os cheiros de cada espaço, as temperaturas na aldeia e, antes de lá chegar, o caudal do rio, o estado de conservação da ponte, o tamanho de um zambujeiro velho que havia atrás da casa – como é que eu não sabia o que era um zambujeiro? –, o apetrechamento da cozinha, a cor das portadas ou das cortinas – como é que eu não me lembrava se a casa tinha portadas ou cortinas? –, o aparente estado de saúde de Baiôa, a idade do taberneiro, o cultivo dos campos, a força do sol, o bater das asas dos pássaros, entre algumas centenas de outros aspetos mais ou menos relevantes ou memoráveis. Enquanto eu falava, ela ia confecionando alguns mantimentos que me permitissem desenrascar-me nos primeiros dias.

Findos tais preparos, e enquanto eu enfiava na generosa bagageira do carro de dois lugares, juntamente com as malas, um micro-ondas e um pequeno frigorífico que já me havia acompanhado noutras circunstâncias da minha vida de professor não efetivo, a mãe enchia tupperwares com panados de frango acompanhados com arroz de ervilhas, ovos verdes com feijão-fradinho, que convinha que comesse depressa, os panados, esses, aguentavam mais tempo, filetes de pescada, que era melhor comer antes dos panados, almôndegas com molho de tomate, lombo de porco assado recheado com farinheira, vitela assada com batata-doce, uma panela de sopa, arroz-doce, leite-creme e maçãs assadas com mel e canela. Lamentando a pobreza do envio, prometeu que, da próxima vez, porque desta o tal pequeno frigorífico precisaria ainda de ser ligado, levaria também refeições em doses individuais congeladas em caixinhas, com polvo à lagareiro, frango de caril, canelones recheados com carne ou com atum, feijoada de coelho bêbedo, rojões à minhota, pataniscas de bacalhau, bacalhau à brás, bacalhau com grão, perna de cabrito no forno e outros pratos que por norma só fazia quando eu os visitava e cuja confeção para o filho o meu pai certamente agradeceria, porque pela primeira vez não se coibira de dizer, ciumento, que muito come o tolo e mais tolo é quem lho dá.

12

AS MINHAS PRÓPRIAS E REDUZIDAS FERRAMENTAS

NÃO TINHA MULHER, NÃO tinha namorada, não tinha filhos, não tinha emprego estável, não tinha dinheiro, não tinha aquilo a que supunha poder chamar-se felicidade, pelo que contava apenas com as minhas próprias e reduzidas ferramentas – além de mais uma ou outra indicação de quem percebe – para lidar com a vida. Que supostas verdades me afastavam então de uma mudança de vida? Porque não procurar o que me faltava – e que eu, em boa verdade, não sabia o que era – no Alentejo dos meus antepassados?

Ainda que há muito tenham deixado de tentar fazer daquela região o celeiro da nação, é possível avistar, de quando em vez, dentro da velocidade dos carros, campos de cereais. Lembro-me de, naquela viagem de regresso à aldeia, ter abrandado, para, de vidros abertos, poder acompanhar o vento a dar o tom para a dança e para o cantar das searas. O carro dos meus pais, à frente, continuou à mesma velocidade, provavelmente por a minha mãe estar desejosa de chegar, e eu fiquei a admirar aquela ondulação verde, bege e amarela, que duvido que alguma vez venha a esquecer.

À parte as cores, impressiona o facto de ser possível cruzar quilómetros e quilómetros com pouquíssimos sinais visíveis da presença humana, pelo menos no que respeita ao edificado. Casas, quase nem vê-las e muros, poucos, porque, como um dia me disse Baiôa, não há porque dividir o que é da mesma pessoa.

Também parei quando vi uma banca a vender fruta na berma da estrada. Era uma carrinha de caixa de madeira de taipal aberto e com um toldo cinzento por cima, atado a duas árvores. Lá dentro, amontoava-se um meloal. Havia também umas caixas de nectarinas bem vermelhas. Dei os bons-dias ao homem – um pequenito pouco maior do que alguns dos melões que vendia –, apontei para as nectarinas e perguntei-lhe se eram boas. Ele respondeu: são espanholas, uma delícia, doces como mel. Comprei uma caixa. Sentado no banco do passageiro, com os pés de fora e os cotovelos assentes nos joelhos, lambuzei-me logo com três. Eram verdadeiramente doces e, quando as trincava, desfaziam-se num sumo amarelo que me escorria pelo queixo e pingava para a terra, onde as formigas lhe chamavam um figo. Antigamente, chamávamos-lhes pêssegos carecas.

Arranquei com o cheiro frutado nas mãos. Levava a caixa ao meu lado e por vezes pegava numa nectarina e encostava-a ao nariz para inalar o perfume. Noutras alturas, pegava no telemóvel e revia o número de gostos da foto da banca de fruta que tinha publicado nas redes sociais. Fazia-o uma e outra vez. O desafio era enorme: passar mais tempo sem ele; levava até horários definidos pela Dra. Isabel e, diga-se, alguma coragem própria.

Perto do meu destino, começou o sobe e desce, mas ultrapassá-lo já não me parecia tão custoso. Quando, logo depois de Santo Aleixo da Restauração, reentrei na também já minha conhecida estrada rasgada no barro e repleta de buracos, como pequenas úlceras, começou também a minha mãe a telefonar-me (levas o auricular posto, filho?), a fim de saber se me tinha acontecido alguma coisa mais ou menos desgraçada: um furo, contratempo muito aborrecido e que, por vezes, à conta de buracos terríveis como aqueles, até surge a dobrar, no pneu da frente e no de trás, como aliás aconteceu uma vez aos meus padrinhos quando iam para o Algarve e também lá na nossa rua ao Vítor Hugo, filho da D. Antónia do primeiro direito, como eu certamente recordava; uma avaria daquelas mesmo chatas, que obrigam a chamar o reboque e a esperar horas por ele, ao sol, um grande infortúnio (o que vale é que a comida veio connosco, caso contrário, se o teu carro tivesse tido uma avaria, ainda se estragava com o calor); ou até um acidente daqueles que não deixam as pessoas incapacitadas – os melhores, graças a deus –, se bem que, quando me ligava, a minha mãe só tinha a certeza absoluta de que eu não sofrera um desastre fatal depois de eu dizer a segunda frase – ou, por vezes, mesmo a terceira.

Pintada a spray verde, na parede branca de uma casa em ruínas, podia ler-se: aproximam-se as eleições, amanhem a estrada! Parei para fotografar. Mais uma para o Instagram. Seria difícil não ter muitos likes. E mais outra, publicada entre anúncios a transplantes capilares e fotografias de raparigas em biquíni.

Cheguei à última reta antes da aldeia. Pus-me a correr o horizonte com o olhar. Umas casitas em primeiro plano, algumas árvores aqui e ali, campos e mais campos, terra a perder de vista, um rio. Ao longe, era uma pequeníssima aldeia anémica, separada por um risco preto de uma vilazeca sem graça. Dizem que não é tudo uma vila só, dividida por um modesto curso de água, porque nasceram de gentes diferentes, vindas de direções opostas, e não de natural crescimento que tivesse levado gente da vila a instalar-se do outro lado do rio. A pequeníssima Gorda-e-Feia faz parte, no entanto, da freguesia que dá pelo nome de Vila Ajeitada, que por sua vez integra o esquecido concelho de Póvoa de Moutedo, o menos populoso do Alentejo, com menos de mil e setecentos habitantes (quase metade de Mourão, que ocupa o segundo lugar a contar do fundo da lista da desertificação), mas cujo primeiro foral data de 1274.

Parei o carro junto ao dos meus pais. Poucos metros adiante, já a minha mãe choramingava abraçada a Baiôa e a uma mulher que fiquei a saber ser a tal Zulmira que lhe enviara a mensagem via Facebook. Mais de metade dos pêssegos estava podre por ter viajado ao sol.

13

A PACIÊNCIA DOS CAMPOS E A MANSIDÃO DAS ÁRVORES

NA PRIMEIRA MANHÃ EM que acordei como morador da aldeia, ainda sem estar convencido da veracidade da música ouvida na véspera, e depois de quase uma hora a vaguear sem rumo pela internet, entre leituras diagonais de notícias, deslizes aborrecidos de dedo pelas redes sociais e outras necessidades de importância duvidosa, saí para a rua, a fim de respirar ar puro e de apreciar o dia a abrir-se como uma arca e a luz a sair dela para esse novo mundo a conhecer. Foi, pelo menos, isso que escrevi no post que publiquei nas redes sociais, com uma fotografia do sol a espreitar por entre as portadas.

Incansável, o calor do dia anterior perdurava. A comunicação social afirmava que aquele poderia ser o verão mais quente de que havia registo, recomendando a ingestão de muitos líquidos e o uso de protetor solar, convidando a pouca e lenta atividade – a um refrear do ritmo que todos acreditavam ser melhor para mim. E, de facto, a imobilidade dominava a paisagem, mas somente no grande plano. Quando, mais tarde, ao caminhar pelas redondezas, me aproximava e via de perto, dava conta de filas de formigas que serpenteavam pela terra, de pequenas ervas que, contra todas as probabilidades, brotavam do chão, enquanto, desapiedado, o sol enlouquecia a planície, e o pó, de tempos a tempos, redemoinhava por não saber para onde fugir da quentura. Caminhava pelos campos nas horas em que o sol poupava mais a terra e por vezes parava para observar os bichos, ouvir sons desconhecidos, tentar descortinar evoluções no crescimento das plantas e novos perfumes entre os ventos.

Se, à distância, irradiava uma brancura extrema, ao perto, a aldeia surpreendia com um colorido inusitado. Nas poucas ruas, injetando vida em corpos moribundos, canteiros de gerânios e buganvílias faziam esquecer o vazio das casas, o castanho das terras desertas e o cenário que não era senão de morte. Faixas azuis ou ocres emolduravam portas e janelas, completando um quadro ilusório. Faltavam as crianças, viço e rebuliço já distantes. Começavam a faltar também os velhos, vida muda das aldeias, trapos de grande sabedoria. Nas cidades, os netos iriam perder os avós da aldeia. Gorda-e-Feia, pintada de fresco mas deserta, seria cenário de telenovela aguardando atores.

Talvez eu pudesse tentar reproduzir a paciência dos campos, mas não aguentava ficar à espera de algo que fecundasse o meu dia. Saí para a rua e, no primeiro grande plano dessa manhã inaugural, o sol atirava-se obliquamente ao arvoredo que protege o rio. Caminhei nessa direção, por uma vereda que se dizia estar semeada de ossos humanos, e, vinte minutos ou meia hora mais tarde, quando regressei pelo outro lado da aldeia, vi Baiôa com uma espécie de escova de cabo de madeira e pelos avermelhados na mão, como a que o meu pai usava há muitos anos para lavar o carro, antes de se ter rendido à maquinaria rotativa dos postos de combustível. Talvez ele pudesse imitar a mansidão das árvores, mas caiava depressa.

14

O MÉDICO DAS CASAS

SOMOS TANTOS NESTE MUNDO, somos tão diversos os que habitamos estas terras, que não me espanta que haja por aí muito quem saiba fazer bem melhor do que eu esta coisa de viver. Mas eu cá me entretenho caiando e até ver não tenho desgostado. Assim me respondeu Baiôa quando lhe perguntei porque pintava e recuperava as casas.

De início, fez de conta que não se tinha apercebido da minha presença, até que, enfim, nos cumprimentámos e eu fiquei a observá-lo, ganhando coragem para iniciar uma conversa. De seis em seis passagens, e apesar da pouca carne que lhe cobria os ossos, mergulhava o pincel de caiar numa grande lata metálica, toda ela caiada pela função que lhe cabia, e voltava a fazer movimentos ascendentes e descendentes na parede da casa que ficava em frente à dos meus avós. A cal brilhava na parede e o suor reluzia na testa de Baiôa. Pouco restava dele além da ossatura e das peles fininhas, tipo bandeiras. Tinha o corpo a descompasso do ânimo de fazer. Queria fazer, apesar de fraco. E fazia, de todo o modo, mas notava-se-lhe uma fragilidade latente que me levava a temer pela vida dele. Custava a entender de onde lhe vinham tamanhas forças. Talvez os braços conservassem a memória dos músculos de outrora. As casas, de resto, não ficavam grande coisa, se comparadas com o conforto dos apartamentos das cidades, mas, que diabo, o homem dedicava-se-lhes com uma obstinação e um amor admiráveis.

Enquanto o via trabalhar, ecoavam na minha memória aquelas palavras enviadas à minha mãe: recuperámos a casa dos teus pais. O emprego da primeira pessoa do plural fez-me crer que havia uma equipa – mesmo que peque-na – dedicada às obras de restauro e conservação. Imaginei alguma maquinaria, mesmo que não muita, supus a existência de ferramentas várias e até de um armazém ou estaleiro permanente, ao qual chegariam, numa carrinha própria, talvez cedida pela Junta de Freguesia, donativos de pessoas e instituições que faziam questão de contribuir para aquela causa. Mas a equipa tinha apenas um trabalhador reformado e com ar subnutrido e um servente gordo e de bengala. Baiôa, o reformado, mostrou-me um barracão escuro, no qual uma única telha transparente de plástico ondulado permitia a entrada de alguma luz. Lá dentro, consegui distinguir ferramentas velhas, cal, baldes e bidões, restos de portas e de janelas, pedaços de pedra, lava-loiças velhos, sacos de cimento, tijolos in-teiros e partidos, tábuas e paus de diferentes tamanhos, ferros e ferrinhos, azulejos das mais variadas cores e formas, vidros partidos e inteiros, torneiras velhas e outras não tão velhas, autoclismos de plástico e de loiça e um sem-fim de outras coisas que recolhia no lixo ou em vazadouros que visitava regular-mente, que lhe ofereciam nas herdades ou nas empresas, que comprava na drogaria da vila, ou, com a ajuda da Ti Zulmira, através da internet num site de compra e venda de coisas usadas – e tudo aquilo em não mais de quinze me-tros quadrados. Pode facilmente imaginar-se, portanto, a minha surpresa pe-rante o tamanho diminuto da equipa e a falta de especialização dos recursos humanos, o nível de apetrechamento técnico, ou as condições de higiene e segurança no trabalho.

Baiôa reclamava para ele uma tarefa que em tempos pertencera às mu-lheres, mas que hoje não tem já quem a assegure – uns por estarem mortos, outros por estarem quase mortos. Começava a caiação bem cedo, nas paredes em que não batia o sol, dado que o calor prejudica a eficácia da aplicação da cal. Naquela manhã, aprendi bastante sobre a pintura caiada e documentei todos os passos com fotografias que fui partilhando no Instagram, sem contudo mostrar a cara do artista, aquele rosto talhado em madeira. Fotografei também Zé Patife a chegar com as duas mãos ocupadas, uns minutos depois de mim, na sua habitual combinação entre redondeza extrema e equilíbrio precário. Na imagem que ainda guardo, percebe-se o caminhar arrastado pela calçada, cujas brechas entre as pedras servem de casa a ervas secas. A imagem não guarda o facto de ele se ter aproximado, assobiando, ainda que sem reproduzir qualquer melodia. Talvez devesse ter feito antes um vídeo, mas lembro-me de toda a dimensão audiovisual daquele momento. Trazia um ar avinhado. Tossiu que ainda havia de vomitar os pulmões e, apoiando-se na bengala, continuou barafustando: não digas que cheguei atrasado, trouxe aquilo que pediste. Baiôa, sem desviar o olhar do serviço, limitou-se a responder: eu pedi-te um garrafão de água destilada, tu trouxeste-me um garrafão de lixívia. Zé Patife levantou o boné, coçou a cabeça com os dedos rotundos, e disse: faz assim tanta diferença? Se é para puxar a brancura da cal também deve servir. Eu dei-lhe os bons-dias e ofereci-me para ir à vila desfazer o desconcerto entre o pedido e o levado, Zé Patife sentou-se à sombra e Baiôa continuou a caiar, em ritmo bem mais certo do que a respiração do amigo. Zé Patife, por vezes, olhava-o com raiva, ainda que logo depois voltasse ao seu ar submisso e companheiro. Por certo, saberiam ambos que para eles já terminara há muito o tempo em que a violência surge como forma de resposta aos conflitos, pelo que cada um aceitava sem queixas as respetivas tarefas.

15

Um esforço inútil, mas belo

Em miúdo, eu tinha um robô inspirado na Guerra das Estrelas. Chamava-se Mordomo e falava quando se lhe punha uma cassete na barriga. A minha mãe tinha uma faca elétrica que, além de servir para fazer inveja às vizinhas, tinha também como função cortar os assados de domingo (uma vez cortou também um dedo do meu pai), uma máquina de fazer sumos que se desmontava em setenta peças e demorava horas a lavar, além de uma iogurteira e uma picadora um-dois-três oferecidas pelo meu pai num aniversário dela. Embora hoje seja chocante percecionar a felicidade feminina circunscrita aos eletrodomésticos e à cozinha, a verdade é que a tecnologia dos anos oitenta prometia resolver tudo nas nossas vidas e libertar-nos das tarefas aborrecidas ou duras. Iríamos trabalhar menos e ter mais tempo para desfrutar. Não passou pela cabeça de ninguém que a tecnologia doméstica viesse tirar-nos tempo. Baiôa aparentemente sabia disso muito melhor do que eu, porque se apresentava de pincel de caiar na mão, sem se distrair com nada que não o próprio trabalho, e eu estava preocupado em dar a conhecer a sei lá que mundo umas fotografiazecas maquilhadas com filtros e truques de luz. Ele, no presente, despreocupado com o facto de estar sozinho; eu, num futuro incerto, buscando validação junto de uma pequena multidão sem corpo. Ao procurar mostrar o momento presente de forma instantânea, eu perdia o contacto com esse instante, apesar de, ao meu lado, Joaquim Baiôa estar a vivê-lo plenamente. Através de um ultramoderno objeto que me cabia no bolso ou na palma da mão, e de uma rede sem fios, eu vivia fora do meu corpo, num futuro que nunca satisfazia porque nunca chegava, e Joaquim Baiôa estava ligado ao presente através de um cabo de madeira. Bem vistas as coisas, ele vivia aparentemente tranquilo com a analógica tarefa que tinha, eu sentia-me inquietado com o meu digitalíssimo smartphone sempre a chamar por mim desde o fundo da algibeira.

Quando voltei com a água destilada, Baiôa tinha ido urinar às traseiras. Zé Patife lembrou-me de que à noite jogava o nosso Benfica e combinámos logo ali encontro no Adelino dez minutos antes do começo, ou seja, um pouco mais cedo do que viria a tornar-se habitual após o jantar. Naquele primeiro dia de trabalho, pouco mais fiz do que observar, fotografar e filmar com o telemóvel. Malandro, dizia a Baiôa que era para depois estudar a matéria em casa. E desatava a publicar tudo no Facebook e no Instagram.

Tive também algumas ideias, como a de o Estado conceder benefícios fiscais pelo desmantelamento de marquises e pela plantação de buganvílias nas varandas, mas, na manhã seguinte, depois de ouvir Zé Patife lembrar Baiôa do horário do jogo do Sporting, para que juntos assistissem e torcessem pelo clube, já estava feito moço a ajudar Baiôa, pondo as mãos verdadeiramente na massa. De meia em meia hora, ele hidratava-se; de hora a hora, ia verter águas. Não me pediu para ir buscar cervejas, mas levei umas moedas no bolso a contar com isso e abasteci-nos aos três. A mim e a Zé Patife com duas cervejas médias, a Baiôa com uma garrafa de água natural, porque a água fresca, dizia, fazia mal à garganta e ao estômago. De dia, acompanhava-o a água, à noite o vinho.

Quando, cheio de cuidados, lhe perguntei se não temia que aquele esforço fosse inútil, se não era como despejar um copo de água no rio, respondeu-me com outra pergunta: e que importa isso? É inútil, mas é belo. Zé Patife concordou: é inútil, mas é belo. Sei que, na verdade, Baiôa não pensava exatamente assim; várias vezes lamentou o facto de gaiola bonita não fazer cantar canário. Mas sentia-se em missão. O meu aparecimento por ali dera-lhe esperança. Baiôa recusava-se a ver a aldeia morrer. Não aceitava paredes a descascar, vidros partidos, telhados caídos ou passeios tomados por ervas daninhas. Era já bastante – na verdade, era excessiva – a desertificação. Por isso, reabilitava as casas na esperança de que as pessoas quisessem voltar. De boné na cabeça, caiava paredes, substituía telhas, consertava janelas. Fazia até pequenos canteiros, nos quais plantava espécies capazes de embelezar de forma

56 *Rui Couceiro*

vistosa as casas e o aspeto geral das ruas. Há que cuidar daquilo que amamos, dizia. E como poderia ele não cuidar, perguntou-me um dia, do sítio onde nascera e no qual passara toda a vida? Por isso, diariamente, pela manhã, transformava-se num técnico de manutenção e desmultiplicava-se em afazeres dignos de um especialista em várias artes: ora estava em cima de uma escada a caiar uma chaminé, ora logo depois o via a lixar uma porta, para depois a esmaltar, ou ajoelhado a calcetar uma parcela de rua que se descompusera. Dava-se ao restauro e à conservação da aldeia com o mesmo afinco com que se prendiam à terra as buganvílias que plantava e cuja beleza pulsava naquele branco. Evitava com o trabalho dos próprios braços a ruína de um povoado já condenado. À medida que finalizava a reabilitação de determinada casa, procurava contactar os proprietários, quase sempre herdeiros com pouca ou nenhuma memória daquele lugar, a dar-lhes conta da boa nova. A Ti Zulmira ajudava-o nisso, mas também regava os canteiros com um regador de plástico verde e tratava do almoço. Naquele dia, para além de Baiôa e Zé Patife, também eu almocei na cozinha da Ti Zulmira. Serviu uma sopa estranha, que por vergonha não perguntei de que era, e um arroz malandro de feijão-vermelho com uns rissóis de carne inesquecíveis, nos quais incluía – isso eu perguntei –, para além da carne picada, pedacinhos de toucinho. Zé Patife e eu bebemos vinho, a Ti Zulmira e Baiôa ficaram-se por uma espécie de limonada que os dois prepararam. Era engraçado ver Baiôa comer. Só quando os restantes iam a meio é que ele começava. Antes, cortava a carne toda em bocadinhos pequeninos – quando o comer era coelho ou frango, separava-a toda dos ossos com precisão milimétrica, dos quais libertava depois o prato – e só finda essa tarefa, quando tudo estivesse preparado, é que começava a comer, independentemente da fome que trouxesse. Os rissóis deram-lhe menos trabalho, mas ainda ficámos a vê-lo comer. No final, ela serviu maçãs assadas e enfiou-se a lavar a loiça. Bebemos café na taberna do Adelino, porque a máquina da Ti Zulmira estava guardada num armário, Zé Patife ficou a dormitar à sombra, Baiôa e eu voltámos ao trabalho.

16

O estranho alento de Baiôa

NAQUELA PRIMEIRA MANHÃ NA aldeia, quatro dias antes de ter iniciado tarefas como servente na construção civil e dois dias depois de termos recebido as chaves da nossa nova casa, num momento em que me senti um desalojado e vi em Baiôa um político a posar para as câmaras, naquela manhã piedosa e por isso prenúncio de um calor pesado, lá estava ele, acobertado pela bandeira da obstinação, a caiar. Apesar do corpo de pouco sustento, a genica e a força ganhara-as ao longo de quarenta e dois anos a percorrer, de bicicleta, um caminho de dezassete quilómetros até à fábrica em que estivera empregado quase uma vida. Só ao fim de mais de dez anos comprou um carro, mas continuava a ir e voltar de bicicleta – a menos que chovesse muito, o que não era comum –, porque dizia que, indo de carro, a viagem era muito rápida e, como não conseguia acordar mais tarde do que era seu hábito há tantos anos, não sabia o que fazer desde o acordar até à hora de sair de casa no automóvel. Chegou a experimentar chegar mais cedo à fábrica, mas o Armindo porteiro dizia que não tinha ordens para deixar entrar ninguém antes das sete.

Quando comecei a ajudá-lo, via-o animado por ter mais dois braços que o auxiliassem e sentia-me feliz por participar, por acompanhar um velho numa tarefa tão exigente e nobre. É claro que houve momentos em que duvidei do acerto da minha decisão de não ter concorrido ao concurso de colocação de professores e de ter ido estagiar para aquilo que no início me parecia o deserto, mas em geral sentia-me motivado, digamos assim.

Por vezes, Baiôa tinha vontades estranhas. Certo dia, depois de almoço, disse que ia tomar um banho, que estava muito transpirado. Deixou o sol expondo o branco das casas, fruto da bela arte da caiação, e, quando voltou, não trazia a roupa de trabalho; vinha vestido como se fosse sair. Disse-me que ia comprar recordações. Como eu não entendi aquele súbito interesse por souvenirs, reformulou: estou a brincar, vou comprar champô. Eu continuei a não perceber nada, mas expliquei-lhe que não se preocupasse, que tinha uma embalagem grande e que lhe cedia metade, que era escusado interrompermos o trabalho. Que não, obrigado. Já tinha previsto ir a uma loja indicada pela Ti Zulmira e convidou-me a acompanhá-lo. Voltámos duas horas depois, vindos de uma loja em Serpa, com um frasco de Timotei de tampa verde e com outro totalmente verde, de champô Foz com cheiro a maçã verde, produtos que eu não via desde criança. Cheirei ambos várias vezes. Devolveram-me perfumes da infância. Baiôa, apesar de ter comprado os dois, só cheirou o Timotei. Disse que iria guardar a surpresa e as memórias do outro para quando acabasse aquele. Da vez seguinte, compraria Timotei com aroma de mel, e Foz com cheiro a ovo.

Falava pouco, o que eu supunha que tivesse que ver com o hábito do silêncio forçado, pelo facto de viver sozinho. Em todo o caso, durante as conversas que íamos tendo, cheguei a procurar nele marcas de egoísmo, mas, por mais fundo que escavasse, tocava sempre na camada da generosidade. Queria encontrar-lhe os defeitos, as incoerências, as fraquezas, as pequenas maldades, enfim, as demonstrações de humanidade. Punha-me a supor, então, que talvez a velhice o tivesse amaciado, como faz o passar do tempo, com ajuda das chuvas e dos ventos, às pedras de contornos agrestes.

Ao início, pensei também que todos ali vivessem sem pressa, e que isso constituísse um prazer de máxima grandeza, só ao alcance dos mais ricos ou dos mais sabedores, mas rapidamente me apercebi de que aquele homem lutava contra o tempo, para terminar a tarefa de deixar todas as casas recuperadas. Cuidava das brancas paredes noutros tempos e por outras mãos levantadas. A minha mãe contava que eram pouco higiénicas as casas da aldeia e que, em criança, dormiam seis numa divisão só, atravessados em diferentes direções. Eram casebres sem água quente, verdadeiros tugúrios, aqueles aos quais Baiôa oferecia o seu diagnóstico e os seus cuidados terapêuticos. E as paredes velhas, roídas pelo sol, pelo frio e pela chuva ao longo de anos readquiriam dignidade, graças à aplicação daqueles cuidados médicos e de enfermagem. A dedicação da medicina habitacional pelo Dr. Baiôa – sem nunca vergar a cerviz – resultava numa aldeia aparentemente renascida, apesar de ser na verdade uma aldeia de onde a vida tinha desaparecido. No nosso primeiro encontro, disse-me: a saúde é o mais importante. Imaginei que se referisse à saúde das casas, não perguntei. E talvez tê-las saudáveis fosse realmente um começo de alguma coisa. Vê-las assim cheirava a roupa lavada acabada de estender ao sol. E ter a noção de que um só homem era o responsável por tudo aquilo fez-me readquirir uma certa esperança na humanidade e quase crer que somos realmente filhos de deus. Não nascera ainda em mim a triste certeza de que casas haveria ali muitas, mas bípedes nenhuns. Senti então desabrochar uma muito clara, e por isso rara, felicidade por estar vivo. Sol de pouca dura, claro está, porque também por ali eu iria ver de forma nítida que há quem seja pelo menos enteado do diabo.

17

O FLAUTISTA SILENCIOSO E A SOLIDÃO
QUE O HABITAVA

No dia seguinte, por conta do calor, decidimos fazer uma pausa na caiação a meio da manhã. Bem cedo era quando se trabalhava melhor, explicara-me Baiôa. Espalha-se melhor a cal com a humidade da manhã. Depois, vem o sol e as paredes puxam a tinta. De facto, à medida que a bruma matinal se fazia diáfana, tocava-nos a pele a concretude extrema do calor alentejano. Oblíquos, os primeiros raios entram na pele como facas; mais tarde, abate-se sobre as pessoas o colossal peso do sol.

Parámos o trabalho, eu disse que iria a casa lavar as mãos, mas ele deteve--me; queria mostrar-me uma coisa. Arrancou uma folha de uma árvore que havia no quintal daquela casa e desfê-la nas mãos; depois, usou-a como se de um sabonete se tratasse e, no final, passou-as por água, numa torneirita que havia presa ao muro de um pequeno tanque. Por fim, deu-mas a cheirar. Cheiravam mesmo a detergente da loiça. Tentei fazer o mesmo, mas não soube arrancar a folha pelo nó e ela partiu-se a meio. Tirei outra, conforme as indicações de Baiôa. Era lustrosa e de um verde muito escuro. Esmaguei-a com os dedos da mão direita contra a palma da mão esquerda feita concha, criando uma espécie de almofariz, e depois dei voltas a ambas com aquela bolinha pastosa. A água tirou os excessos e o resultado fez-me arregalar os olhos. Nunca imaginara que o limoeiro pudesse ter tanta serventia. Dirigi-me para casa a pensar na minha pacovice citadina. Aquele e outros truques da esfera da sobrevivência, que para aquelas gentes é o outro nome da vida, ensinou-me Baiôa ao longo dos meses. Mas daquele dia guardo outro episódio curioso.

Quando regressei de casa, depois de ter fumado um cigarro em sossego (Baiôa passara o dia anterior a lembrar-me de que fumar fazia mal e a sugerir nebulizações naturais desintoxicantes), dei com ele sentado num banquito que utilizávamos como escadote, a retirar uma flauta de uma embalagem castanha que trouxera dentro da mochilita que levava para toda a parte. Observei-o com mais atenção e vi-o abrir uma pastinha e tirar de dentro dela um conjunto de pautas, que pousou nos joelhos. Virou-se para mim e disse: toco para descansar a cabeça, é muito eficaz.

Eram onze horas e, perante a iminência de ter de ouvir o Edelweiss em versão chiadeira, preparei-me para o pior. Então, aquele homem calado começou a tocar, e o que ali aconteceu, naquele intervalo do trabalho, foi absolutamente extraordinário: com a boca da flauta enfiada entre os lábios, tapando e destapando os furinhos do instrumento, reproduzia uma sequência escrita e que ia seguindo com o olhar, mas não produzia qualquer som. Primeiro, pensei que estivesse apenas a ensaiar, talvez a fazer uma espécie de aquecimento, mas foi assim durante uns dois ou três minutos. Perante o meu espanto indisfarçável, talvez até um certo ar de constrangimento, o homem calado afastou dos lábios a flauta silente e justificou-se: habituei-me a tocar em silêncio, só para mim... a minha mulher não gostava do som da flauta, dizia que a irritava. Impressionado, e quero crer que enternecido, disse-lhe que, por mim, poderia estar à vontade, não precisaria de ser um flautista silencioso. Só preciso de tocar uns minutinhos, duas ou três vezes por dia, disse. Depois, arrumou a flauta e sacou de uma bucha de pão escuro, da qual se via transbordar uma fatia fina de queijo, e comeu-a pachorrentamente. Por recomendação do Dr. Bártolo, fazia pelo menos vinte mastigações antes de engolir cada porção de alimento levada à boca.

Quando, com o seu andar macilento, saía para caminhar nos montes onde outrora vivera a fidalguia, o que eu via era um homem antigo a espalhar pelo vento a solidão que o habitava. Percorria campos nos quais ele e outras crianças se tinham abaixado, escondidas pelos mesmos arbustos que, poucos anos depois, haveriam de servir de tapume ao incontrolável desejo de tocar e mexer nos sexos próprios e alheios. Muitas vezes, parecia-me que essa solidão era nele uma procura. Baiôa dava-se à melancolia como quem está cansado se entrega ao sono. Eu desconfiava que vivia nele também uma certa angústia,

62 *Rui Couceiro*

mas não uma daquelas inquietações sem motivo, para as quais se busca propósito em metafísicas ou em caminhos de procura da transcendência. O problema era concreto, palpável, ainda que tivesse que ver com o tombo para o incerto. Enquanto caminhava, eu ouvia-lhe o coração chocalhar lá dentro. Sofria, estou em crer, o fim do tempo que era o dele e, por consequência, o fim dele próprio, assistindo-lhe ao vivo, em todas as dimensões. Hoje, desconfio que, antes de eu chegar, ele teria já pensado em pendurar-se no zambujeiro com o qual costumava conversar. Enquanto vociferava, fosse comigo naquele momento, fosse com as árvores noutras circunstâncias, via-se nele uma boca triste, que se agitava lentamente entre sulcos fundos rasgados pelo arado do tempo na terra queimada – um rosto erodido que dava forma ao que eu imaginava ser o sofrimento campesino.

18

Mr. Beardsley

Moravam na aldeia Joaquim Baiôa, Zé Patife, Maria da Luz (que o destino transformou em Maria da Assombração), Ti Zulmira, a Fadista, o fantasma do Dr. Bártolo e, em part-time, D. Vigência e D. Tomázia. Distantes da fulanização da cidade, todos ali sabiam os nomes uns dos outros e muito mais do que isso. Outra gente morava nos montes e nas herdades. Ao quinto dia, por exemplo, apareceu na taberna um Mr. Beardsley, um sujeito inglês que militava ideias de velho cunho. Cumprimentou toda a gente com um boa tarde mergulhado em british accent e pediu um cerveja. Falava uma espécie de português com sotaque de Bristol.

No inverno, andava envelopado num capote de bonito corte. No verão, escaldava-se diariamente debaixo de um sol que desejava como se buscasse um cancro. Era velho, solitário e, quando chegou, conta-se que veio com um casal amigo, que ficou durante duas ou três semanas. O homem tinha andado com ele nos estudos, era alto e branco, de cabelo igualmente descolorido; a mulher também era alta, tinha a cara enrugada como um leque e talvez menos cabelo do que o marido. Também se disse que Mr. Beardsley andara de amores ilícitos com ela, que se via na maneira como se falavam, mas a veracidade de tais factos foi coisa que não consegui apurar. Chegaram quatro camiões enormes, pretos, carregados de mobília e caixas impossíveis de contar. Havia móveis antigos do tamanho de árvores, dezenas de tapetes enrolados, camas de dossel, pelo menos dois pianos, bicicletas, caixas de madeira às dezenas e de cartão às centenas, com indicações de this side up viradas para um céu que nesse dia se mostrava azul. Algumas pessoas asseguraram-me ter visto um elefante bebé embalsamado, outros disseram que era uma estátua de um rinoceronte feita certamente de marfim, para colocar no jardim, no qual Mr. Beardsley planeava deixar à solta os seus galgos, não tivesse acontecido estes terem passado o verão todo à sombra, recusando-se a correr, até um deles ter aparecido morto, com o quadril dilacerado e o maxilar inferior pendente, motivando a abertura da época de caça ao javali por parte do recém-chegado.

Foi o velho inglês que deu emprego à Fadista e é a ele, a bem dizer, que toda a aldeia deve os noturnos concertos que ela diariamente dava, debruçada à janela. Noturnos, Mr. Beardsley preferia os de Chopin. Quanto a palavras, gostava das dos seus velhos livros em inglês – muitos herdados do pai advogado e do avô advogado e poeta – e estava sempre pronto a declamar Keats, Byron, Milton, Pope e, claro, Shakespeare. Sabia de cor os doze cantos de Paraíso Perdido, de John Milton, e os cinco atos de Macbeth, do sempre presente na sua vida William Shakespeare.

Não gostava de conduzir, por isso viajava sempre atrás no seu Jaguar verde, muitas vezes lendo o The Economist, que lhe chegava com sete dias de atraso, juntamente com as seis edições da semana anterior do The Daily Telegraph e com o The Sunday Telegraph. Aceitou o repto de Dona Zulmira – ela falando em português e ele respondendo em inglês – para se unir a ela e dar força ao seu protesto junto das operadoras de telecomunicações, lutando por uma internet mais rápida, quando esta lhe revelou, veja lá, o senhor não sabia?, que através da net ele poderia ouvir quando quisesse a BBC, bastava que tivesse um computador – máquina até então odiosa, para o inglês – ou até mesmo um tablet ou um smartphone. É muito fácil, carrega num botão, está entendendo?, e ouve lá a rádio inglesa todo o dia.

Tinha dois empregados: um nepalês e um brasileiro. O nepalês não falava e só aparecia na taberna quando ia levar algum recado ao patrão. O brasileiro comparecia quando Mr. Beardsley estava para fora. Era um sujeito muito despachado, que respondia a tudo do mesmo modo, exclamando: beleza. Servia para tudo, sobretudo para responder afirmativamente, mesmo que a uma nega. O patrão já pagou?, perguntava ao nepalês. Com um movimento de cabeça, este indicava que não, e o brasileiro respondia: beleza. Era um sujeito simpático, bem-disposto. Fugia da taberna quando ouvia, ao longe, o galope do puro-sangue lusitano de Mr. Beardsley, vindo da Herdade, para se juntar aos restantes homens. Segundos depois, ouvia-se o refrear do trote, o passar da ponte daquele a que ele chamava o seu Avon alentejano e, por fim, o negro cavalo entrava a passo bem sonoro na calçada, para evitar acidentes. O velho cavaleiro inglês desmontava com treinada agilidade, deixava o animal à sombra e, mais do que anunciado, tirava o chapéu, entrava na taberna, ainda vermelho, e exclamava boa tarde, antes de se dedicar a ficar mais vermelho ainda. Por vezes, o brasileiro vinha buscar-lhe o cavalo. Chamávamos-lhe assim, brasileiro, como se não tivesse Clóvis como nome. Era ele que tratava dos animais. Ao nepalês – que tem Baburam como graça – ficavam confiadas as máquinas, creio que pelo facto de pouco ou nada dizer, muito útil para um motorista de um senhor que gosta de viajar de lunetas no nariz, lendo jornais.

Entre nós, falava do tempo, de política, de caça e sempre da desgraça em que via caído o seu Bristol Rovers. Raramente sorria, ainda que, por vezes, quando as diferenças culturais o impediam de entender hábitos ou ideias, se visse no seu rosto um ligeiro esgar que misturava troça e compaixão. Nessas alturas, dizia baixinho: you portuguese are crazy. Ao fim de alguns copos, porém, terminava sempre a recordar a ex-mulher. Natural detentora de virtudes, como a beleza e o olhar transparente, e praticante de outras, de que eram exemplo a moderação e o respeito, mulher belíssima e sensível, sempre capaz de refrear os ímpetos próprios e de se esquivar aos alheios. Assim fora, até ao dia em que o deixou para ir morar com o segundo homem mais rico da cidade de Douglas, na ilha de Man, ligado ao setor dos transportes marítimos.

19

EM TERRA DE ALMAS ABANDONADAS

Ao FIM DE POUCOS dias, com a manhã a mostrar-se ainda lavada, apercebi-me de que o meu coração ali batia em paz. Dava por mim em silêncio e não procurava o ruído ou as palavras dos outros. Tinha-me em quietude e esse estado não me desagradava. Naquela terra de almas abandonadas, a única ansiedade que sentia era o entusiasmo constante pelo aparentemente pouco mas claramente tanto que por ali acontecia a toda a hora. E assim haveria de ser durante vários meses, até à chegada da morte.

20

Ti Zulmira

Aos onze dias do mês de maio de 1991, ou seja, faz no momento em que escrevo estas linhas precisamente vinte e seis anos, dois meses e seis dias, na casa onde morava – um casotito que o Dr. Bártolo lhe arrendava por sete contos e quinhentos –, a Fadista deixou entreaberta a portada da janela da frente. Até aqui, tudo normal, as pessoas podem deixar as portadas das suas casas como quiserem. Porém, a 12 de maio de 1991, às treze horas e sete minutos, um dia depois da data invocada, e já de barriga cheia do almoço de favas com entrecosto regado a vinho da Vidigueira na Herdade dos Almeidas, entrava o falecido padre Arménio pela primeira vez em casa da fadista – ela, certamente sem ter almoçado, nervosa – a fim de lambuzar-se, o porco. Que o diabo o carregue. Sabe porquê, menino? Tinha uma voz pequena. Ela própria não era grande, não me chegava ao ombro, estou em crer. Sabe porquê?, insistiu. Porque o que dizia e o que fazia eram irmãos de pais diferentes. Nada lhe chegava e o pecado não o via ele senão nos outros. Começou assim a minha primeira conversa a sós com a Ti Zulmira. Sou muito boa para datas, sabe? O meu falecido marido chamava-me mochinha, dizia que eu era mais atenta do que uma mocha. Fica tudo aqui, disse, apontando com o indicador para a testa, graças a deus, o senhor assim me conserve. E benzeu-se.

Quis o altíssimo – ou talvez o acaso, se for ele o grande escultor das nossas vidas – que, na minha primeira volta pela aldeia, ao caminhar por uma ruelazita tão vazia que parecia desabitada há décadas, ela logo aparecesse, tratando-me de imediato por meu menino. Era sempre assim: quando me aproximava de casa dela, a Ti Zulmira estava sempre à espreita. Sorria, dava os bons-dias, meu menino, depois a madeira da janela fechava-se à minha frente e ela surgia à porta, baixinhas ambas, pronta a pegar-me na mão ou a dar-me beijinhos, dizendo sempre que a Fatinha tinha feito comigo um belo trabalho de criação. Entrava-se em casa dela, que era de todas as que eu ali conhecia diferente, por ter o chão em soalho, e havia sempre silêncio. Logo depois, ao terceiro passo da Ti Zulmira, ele era quebrado pela vibração das louças guardadas dentro da cristaleira de madeira escura, um móvel de riqueza superior a todos os que por ali eu encontrara até então. Naquela primeira visita, começou por contar-me episódios como o que acabei de relatar, embora ela não gostasse de dar pasto à má-língua, mas só depois me deu a saber o grande problema da sua vida.

Ia diariamente à capela da vila – nos dias de chuva, vinha buscá-la sem encargos o Sr. António, um homem como deve ser, respeitador e cavalheiro, o mesmo taxista do qual se valia para ir às compras ou à médica, desde que o marido passara ao estado de falecido – e, no descanso oferecido pela crença à sua alma, escondia as inquietações de ser gente. Não andava enlutada, como as demais viúvas com assento no pequeno templo branco e composto de vida por um ninho de cegonhas sobre a pequena torre sineira. Gostava de ler Camilo, embora também lhe agradasse Eça, mas Camilo era Camilo. Expunha, junto ao televisor, com grande orgulho, as obras completas de ambos, em requintadas edições de capa dura do Círculo de Leitores, que lhe fora muito prático antes de haver internet. Até lhe tinham vendido uma torradeira e uma máquina de café, que por acaso nunca usava, dado que a força que se via obrigada a fazer no manípulo lhe aleijava as mãos, desde criança castigadas com cravos, por demasiadas vezes se ter perdido a contar estrelas e a cometer outros pecadilhos. Nem com muita benzedura ou receitas de virtuosos a coisa se resolveu. Eram como pequeninos espinhos de rosa a furar a carne. Durante a juventude incomodaram-na muito, a ponto de esconder sempre as mãos nos bolsos, ou de usar luvas até no verão. Apesar disso, fora uma criança muito ativa e forte. Aos dezasseis anos, pedia ao irmão que, estando ela deitada de borco na cama, lhe saltasse em cima das costas. Era vital ganhar resistência física, robustecer-se, porque se adivinhava uma terceira guerra mundial e o epicentro poderia perfeitamente ser em Gorda-e-Feia.

Por detrás de casa dela, havia um sobreiro solitário, mas viçoso, ao qual a Ti Zulmira chamava Adérito, e que parecia passar os dias mergulhado em melancolia. Apareceu um dia um homem a descascá-lo a golpes de catana, com uma espécie de machadinha. Quando o homem se foi, carregando a preciosa cortiça, surgiu a Ti Zulmira a acudir-lhe: começou a vestir-lhe roupas. Não gosto de apanhar frio, começou por dizer. Por isso também não deixava que os bichinhos ou as plantas padecessem do mesmo mal. As árvores mais novitas agitam-se com o frio, quando o vento sopra forte, mas uma árvore deste porte não se queixa, meu menino, tem muito orgulho naquilo que cresceu. Ti Zulmira trazia umas mantas de lã grossa preparadas à medida do tronco despido, com as quais o envolvia e que apertava de cima a baixo com uns botões grossos que pregara para funcionarem como colchetes. Eram cintas de lã para aquecerem a barriga do sobreiro nu. Enquanto ela aconchegava a árvore, eu pensava no que faria a um rebanho de ovelhas acabado de tosquiar.

21

TI ZULMIRA NÃO FOI REZAR

NAQUELE DIA, O DIA em que me revelou a sua grande angústia, a Ti Zulmira não foi rezar. Também não se arranjou como era hábito aos domingos, quando esticava o cabelo com uma maquineta anunciada na televisão e comprada por telefone e cujos resultados a faziam sentir-se uma atriz de novela. Não tinha uma reforma muito má, mas a filha, que era engenheira e santa, mandava-lhe dinheiro todos os meses. Naquele dia, acordou mais tarde do que era hábito e isso deixou-a aborrecida, além de indisposta. Sentia um peso na cabeça, como se tivesse uma bola de chumbo muito grande acima dos olhos. E um mal-estar no estômago e no baixo-ventre, como que uma vontade de vomitar, ou de se libertar de algo malévolo. Ainda chegou a pôr a hipótese de estar grávida, explicou, envergonhada, antes de ambos nos rirmos. Por vezes, dava--lhe para aquilo, admitia. O que mais queria era que a vida se esquecesse de a pôr velha e a morte de a ir buscar, isso é que seria bom. Ela própria se esquecia de ser velha, passava o tempo a lembrar-se de como era ser nova e era disso que gostava.

Abriu a janela do quarto e procurou alívio no quintal. Por instantes, não acreditou no que via. A roupa que de véspera deixara na corda já lá não estava e, no lugar dela, havia notas – centenas de notas, as suas economias – penduradas, a secar. Achou que ainda estava a sonhar ou que lhe davam os primeiros delírios da senilidade. Não quis ir buscar os óculos, não fossem as notas fugir, arregalou bem os olhos e debruçou-se sobre o parapeito, para ver melhor. A roupa pendurada no dia anterior estava empilhada, dobrada inabilmente, ao lado do tanque, e nele via, a nadar, maldita, a neta de sete anos, fazendo um barquinho da caixa de doce sortido na qual a Ti Zulmira guardava as economias. Não mais ouvi falar daquela neta – aliás, só voltei a vê-la no funeral da Ti Zulmira – e o dinheiro vi-o secar sobre a mesa da cozinha, que tinha o forno ligado com a porta aberta.

Tinha havido um funeral na vila uns dias antes, de um sujeito chamado João. A Ti Zulmira contava-me histórias em fila indiana, sem dar mostras de querer parar. O cadáver surgiu de rosto amassado. Havia quem dissesse que, para estar daquele modo, só podia ter sido tratado à marretada ou com um calhau grande e pesado. Outros lembravam que, noutros tempos, só os punhos do Nando da Brita, um beirão redondo como uma fraga, seriam capazes de estrago semelhante. Restava pouca gente. A neta da Ti Zulmira surgia nas minhas considerações não só como a pessoa presente naquela pequena parte do mundo cuja idade mais se aproximava da minha, mas também como a pessoa mais jovem que pisara aquelas ruas esquecidas ao longo de vários anos.

Naquele dia, já o disse, Ti Zulmira veio receber-me à rua, onde tempos depois eu passaria a plantar-me sem motivo aparente, pronto para lhe dizer que gostava daquela sombra, ou que procurava o silêncio, caso ela me perguntasse por que motivo passara a andar tanto por ali. De facto, não havia razão que explicasse as minhas passagens por aquela rua que não levava a parte nenhuma, assim como nada que se fizesse naquela aldeia esmaecente tinha um propósito discernível, a não ser ajudar Baiôa nas trolhices, mas, sabedor de que o silêncio é muitas vezes um aliado, rapidamente determinei que pouco sentido fazia preocupar-me demasiado com justificações.

Chegue-se aqui, que eu quero contar-lhe umas coisas. Primeiro, falou da Fadista, segundo ela, mulher de costumes fáceis. Mais tarde, falou de Baiôa, de Zé Patife, do taberneiro Adelino e da mulher, falou de novo da Fadista, que era amiga de gozos destravados, de excessos e pecados, e falou também dela própria. Fui ajudante de notário, sabe? Não fui mulher de estar em casa. Por oposição ao silêncio em que se dera a minha entrada, o televisor tinha agora o volume perto do máximo, mas consegui perceber que a Ti Zulmira acumulara esse trabalho com o de assistente do conservador do registo civil. Fui madrinha de grande parte dos que aqui nasceram, disse-me, com os olhos a brilharem de orgulho. Tinha nas mãos uma agenda de capa dura, daquelas forradas a tecido azul-escuro, cuja única inscrição, a dourado, era o ano: 2015. Todos os dias

72 *Rui Couceiro*

continuo a tomar nota de nomes bonitos, para o caso de virem pedir-me suges-tões. Sabe que fui eu que escolhi os nomes da maioria destas gentes? Vou mostrar-lhe, acrescentou, satisfeita, enquanto abria aquilo que percebi ser também o seu diário. Com o dedo indicador, apontou o título que, a letras maiúsculas um pouco tremidas, encimava uma das páginas: NOMES PARA ME-NINAS. E abaixo: Taís, Joice, Érica, Amanda, Tainara. Depois apontou para uma lista, redigida na metade inferior da página, de NOMES PARA MENINOS: Cléber, Liedson, Ariosto, Vanderlei, Ronaldo. Também gosto de dar nomes a animais. Tenho muito jeito e é muito estimulante. Tenho ouvido na televisão e lido em revistas e na internet que o mais importante para combater o Alzheimer é a gente manter-se ativa e puxar pela cabeça. Mesmo as telenovelas fazem muito bem, sabia?

Creio ter elogiado os bonitos nomes – a educação que recebi da minha mãe a isso me terá obrigado – e logo depois ficámos sem assunto. Lamentei--lhe então a viuvez. A gente habitua-se, disse-me. Nem uso o nome do meu falecido marido. Não me importava de ter casado outra vez. Sobretudo com um homem mais novo – e corou ligeiramente. Apertou as mãos uma contra a outra e voltou ao assunto: o problema é que há poucos homens por aqui, sabe? Sobretudo com serventia, com serventia de homem, percebe? Eu dizia que sim e ela continuava: o falecido marido, lá nisso, tinha uma grande serventia. Depois deteve-se, com as mãos uma na outra sobre a barriga, suspirou, e repe-tiu: uma grande serventia. De seguida, estremeceu um nada e deu mostras de uma certa vergonha pela confidência que acabara de fazer, mas, imagino que pela ausência de outras oportunidades para falar, não interrompeu a conversa, antes a desviou: não há homens, nem mulheres, nem crianças. Só a minha neta, que esteve aí até há pouco, antes de o pai a vir buscar. Assenti, menean-do a cabeça, e ouvi-a contar-me a história da lavagem de dinheiro feita no tanque, mostrando súbitos sinais de aborrecimento, por não ter ido à capela bem cedo, nem levado a menina, que com os pais não comungava nunca, e ainda ter de passar por tamanha desgraça como a que a levou a ter de secar as notas com o calor do forno. A seguir, vou passá-las a ferro.

Fosse o meu falecido marido vivo e nada disto teria acontecido, lembrou--se de acrescentar, um pouco depois. Vou preparar-lhe um chá, é também o que eu vou beber. Ou quer outra coisa? Desculpe não lhe ter oferecido nada. Respondi que aceitava uma cerveja, se por acaso tivesse. Cerveja não tenho, mas posso servir-lhe uma aguardente formidável. Cura tudo, mesmo que não esteja doente. Dantes, servia-a ao Quim Baiôa e ao Zé Patife no final do almoço, mas o Quim deixou de beber álcool durante o dia, e o café passaram a bebê-lo no Adelino.

Desligou o forno, fechou-lhe a porta e, abanando a cabeça em contínuo, começou a arrumar as notas todas dentro do bolso do avental, até parecer estar grávida. Na hora seguinte, uma ou outra haveria de cair-lhe ao chão, sem que ela se apercebesse. Estava um calor terrível naquela cozinha. Ti Zulmira pôs a água ao lume, abriu a portinhola de um armário tosco e de lá retirou uma garrafa de vidro transparente, quase vazia. Foi buscar um copo pequeno a outro armário, pousou-o na mesa, tirou a rolha à garrafa e serviu-me o desinfetante. Depois, virou-se, foi buscar outro copito, encheu-o também, e bebeu-o de um trago só. Contraiu os lábios e os olhos em simultâneo, inspirou, retomou a sua expressão habitual e disse: com eles nunca bebia, mas saiba o menino que até gosto. Encheu outro copinho para ela, bebeu mais meio e pôs-se, em silêncio, a vigiar o chá. Instantes depois, virou-se para mim e disse: mas para fazer o que deus quer, tenho um belo de um consolo. Conheci-o na internet. Tendo Ti Zulmira dito isto, deixou-me perplexo, sem reação. Provei a aguardente, tentando não fazer nenhuma careta, e depois engoli-a, tal qual ela fizera. Solícita, ela encheu novamente os dois copos – encheu-os ainda umas poucas de vezes mais na hora seguinte – e eu comecei a achar adorável que uma senhora de idade usasse a internet e, sobretudo, que nela tivesse conseguido encontrar o amor – mesmo que fosse apenas um amor de visitação, como supus ser o caso. Subitamente, ouviu-se um zumbido e um tilintar e a Ti Zulmira gritou: o chá! Deitou a correr até ao fogão, desligou-o, voltou para junto de mim e da aguardente, e disse: o problema é que podia não o ter encontrado, porque o grande sofrimento com que vivo – e é uma angústia das piores com que já lidei – é, imagine, e se calhar não imagina porque em Lisboa certamente tudo é diferente, há muito que sei que as coisas boas ficam todas lá e raro chegam aqui, mas aqui também é Portugal, sabe? O grande sofrimento que carrego nos ombros e que muitas vezes me deprime, porque não é fácil viver neste isolamento, o meu menino há de ver, é o facto de por cá não haver nem uma ligação à internet que preste. Nem uma só, percebe?

22

Palavra de honra

Temia o teste de Mantoux como um condutor embriagado deve temer uma operação stop. Assobiava ao respirar, mas várias vezes fez questão de assegurar que na minha idade tinha um vozeirão melhor do que o da Fadista. Eu imaginava-lhe então um cantar fulgurante, entretanto apagado pelo trabalho na oficina e por vinho em quantidades tayloristas. Adorava touradas. Era tradição. Esse era para ele o problema das coisas novas: faltava-lhes tradição. Mas à tradição também falta novidade, dizia-lhe eu. A diferença, meu rapaz, respondia-me ele, triunfante, é que na novidade e na modernice não há interesse nenhum, por isso é que não têm tradição. E pedia mais dois copos, porque era evidente nele uma necessidade inadiável de salvar o vinho de dentro dos pipos. Era homem de muito alimento, ainda que comesse devagar, e de muita bebida, nesse caso sem vagar. Não espantava, de resto, a predileção pelos líquidos, dado que possuía uma dentição bastante limitada.

Entre copos que se esvaziavam para depois se voltarem a encher e novamente se esvaziarem, num ciclo que contrapunha em proporções inversas a sobriedade e a sede, e porque nunca conservava os pensamentos dentro dele próprio, contava-me histórias de gente viva e gente morta, revelava crenças e tradições, apresentava-me por dentro o contexto. Dizia-me coisas de grande engenho e outras até ajuizadas, que muito úteis me foram para entender o funcionamento social do meio que passou a ser o meu. Deu-me conta de que a aldeia nunca o tivera, mas também de que nem a vila tinha padre para pastorear a respetiva freguesia, uma das mais pobres do arcebispado. Dizia-me coisas que tirava da própria cabeça e outras que tinha ouvido a Baiôa, palavra de honra. Queixou-se, com verdadeira mágoa, de nunca ter visto um preto ao vivo. Falou-me de gente que contactava com almas antigas e discorreu demoradamente sobre a forma como o incorpóreo abandona a carne (por vezes, punha-se com pensamentos deste teor e de outros ainda mais metafísicos, para os quais me parecia claramente não ter vocação). Disse-me também que a aldeia precisava de gente com ideias atuais, como eu. Envaidecido, eu não discordava, mesmo não estando seguro nem da atualidade, nem da validade das minhas ideias. Muito me falou do regadio, uma panaceia em relação à qual, quando finalmente chegou, já se tinha perdido a ilusão de poder transformar um deserto de dimensão oceânica num solo tão fértil, que até as pedras dariam flor. Durante décadas, disse-se que traria fartura ao prato. A água seria tão abundante e os pastos tão verdes, a ponto de se tornarem irreconhecíveis e de quem ali regressasse se julgar noutro lugar muito mais a norte, onde as nuvens costumam ir despejar água, e, sobretudo, de as vacas engordarem de tanto comerem, atingindo dimensões nunca vistas. Palavra de honra. Talvez para aligeirar quotidianos monótonos, ou quiçá por não ser senão verdade, havia quem falasse em cabeças de gado maiores do que tratores e em vitelos nascidos tão grandes e tão fortes, que alguns começavam logo a andar mal as progenitoras os pariam. Contou-me que, para lá do cerro velho, nascera há uns anos um animal já com cornos, palavra de honra, e que estes rasgaram por dentro e sacrificaram a mãe, forçando assim a vinda a este mundo antes até de terminar a gestação. Segundo fiquei a saber, o animal era tão corpulento que fora impossível contê-lo amarrado ou dentro de cercadura ou curral algum. De chifres gigantes, derrubava com marradas explosivas oliveiras centenárias e sobreiros antigos. Erguia a cabeça, farejava o vento e mugia de raiva, assustando pessoas vivas e mortas, animais pequenos e grandes, plantas vivas e árvores secas. Terá deitado a correr quando a Guarda tentou abatê-lo a tiro, esquivando-se a algumas balas com agilidade rara para a espécie e acomodando outras no couro sem grandes queixas, e nunca mais foi visto, ainda que pelo caminho dois carros tenham sido encontrados capotados e perfurados. O proprietário do animal encontrar-se-á a contas com seguradoras e com a justiça desde então, num processo longo como um novelo. Um camionista terá dito que um caçador o viu, para lá da fronteira, num dia de sol, deitado feito burguês.

Zé Patife falava tanto que chegava até a falar sozinho. Conversava com todos, inclusive com os copos, com as ruas e com as esquinas, palavra de honra. Quando estava sentado na taberna, pousava as duas mãos sobre a bengala, libertando a espaços a direita para com ela levar o combustível à boca, assumia um ar grave e discorria sobre variadíssimos assuntos, como se aquela farsa de pau o inspirasse para mais histórias.

Não se pense, contudo, que a característica mais invulgar deste homem tinha que ver com o facto de ser enjeitado por opção. O inusitado, talvez nunca visto e único entre todos os habitantes deste país – e talvez entre todos os que noutros lugares amam determinado desporto – era o facto de, no tocante ao futebol, religião primeira entre nós, como é sabido, Zé Patife torcer pelos três grandes rivais: Benfica, Porto e Sporting (assim ordenados, por ordem alfabética, para não utilizar critérios subjetivos). Em parte alguma se viu tal traição. Como estar contra e a favor ao mesmo tempo?, perguntavam-se os mais ponderados. Como podes festejar os golos daqueles filhos da puta?, insurgiam-se outros, quando o viam celebrar a eficácia de um clube que para eles era um odioso oponente. Zé Patife dizia que gostava sobretudo de futebol e, repetia-o muitas vezes, que os amores não justificavam empenho, no que me parecia ser uma referência à própria condição.

As tecnologias digitais irritavam-no. Quando, pela primeira vez, andou comigo de carro, para irmos a um armazém de materiais de construção buscar cimento, mostrou-se incrédulo por eu confiar numa mulher – ainda por cima brasileira – para me guiar no trânsito. A aplicação de GPS que eu pusera a funcionar no telemóvel, para me dar as indicações até ao nosso destino, tinha definida uma voz de mulher, em português do Brasil. Mas não entender como é que podia confiar numa mulher para uma coisa daquelas foi questão que só o incomodou durante alguns quilómetros. Pouco depois, pediu-me para pôr o volume um bocadinho mais alto, porque a voz da senhora lhe fazia lembrar a sua cantora favorita, Fafá de Belém. De seguida, disse que faltavam sítios onde se encontrasse o prazer barato, até porque o caro, cuja morada nunca conhecera, mas que por certo também existe, não era para o bolso dele, lamentou.

Viúvo há nove anos, ainda pensou que a mulher o deixara pela forma como ele falava quando ela tinha de pegar no carro para o levar à fisioterapia. Ficava muito nervoso, era verdade. Ela só fazia asneiras, coisas que não lembravam ao diabo. Palavra de honra, parecia que não olhava, que não pensava, que não prestava atenção ao que estava a fazer, que fazia até de propósito para acertar com as rodas nos buracos, para embater em tudo o que era passeio, ou para deixar o motor morrer mesmo nas subidas menos íngremes. Talvez tenha engolido os comprimidos todos de uma vez por causa disso, arriscou. Depois, acrescentou, rodando o copo entre os dedos: ainda hoje não sei bem. E, claro, pediu mais vinho. O taberneiro disse qualquer coisa e ele, como lhe era habitual, terá respondido: como diz? Tinha os ouvidos velhos, o que não espantava, porque ele próprio era velho. Por vezes, adormecia sobre a mesa e quando, por fim, erguia a cabeça, tinha as bochechas muito vermelhas e sobretudo tão inchadas que pareciam nádegas. Acordava com fome e, se acaso eu pedisse um pires de toucinho, ele chupava todos os pedacitos e, para fazer as vezes do pão para o qual não tinha dentes, mandava vir aquilo a que chamava um redondinho. Adelino servia os comeres acompanhados por dois copos. Instantes depois, cada um acompanhava o conduto à sua maneira: eu trincava com pão e vinho o rijo toucinho, ele com vinho e com um fofo donuts.

Talvez não chegue aos setenta e quatro, pensava eu muitas vezes. Não era difícil imaginar que aquele pulmão colapsasse ou que o coração parasse de bater. Olhava para ele e via uma bomba-relógio. Imaginava-o a ter enfartes, tromboses, acidentes vasculares cerebrais, síncopes, pneumonias, embolias e outros males que rimassem ou não com o enfisema, a doença pulmonar obstrutiva crónica e a síndrome de dificuldade respiratória aguda que o habitavam.

23

UM GRÃO DE MELANCOLIA QUE NÃO SE QUER PERDER

NUNCA ACREDITEI EM FANTASMAS, mas demorei algum tempo até ficar seguro de que, naquele preciso local, a realidade não tinha aberto uma exceção e permitido morada a uma boa dúzia deles. As primeiras noites – que falta me fazia uma casa bem insonorizada, com vidros duplos ou triplos em janelas de bom coeficiente acústico – revelaram-se verdadeiramente assustadoras no meu tugúrio. Na cidade, acostumamo-nos a ruídos maquinais – os carros que passam, o camião a pegar nos contentores e a tragar o lixo, a música eletrónica vinda de algum bar –, mas, ali, onde esperava encontrar noites calmas e silenciosas, tive o meu sono impedido dias a fio por sons que não me eram de modo algum familiares, mas antes se apresentavam como verdadeiras fantasmagorias rurais.

À medida que o sol se retirava, a noite ia-se instalando na tarde, sem pressas, e, aos poucos, surgiam os primeiros ruídos que me eram desconhecidos. Eu não procurava ter ali uma vida agitada, não esperava ter ideias em ebulição e menos ainda lidar com dúvidas e receios. Queria, isso sim, uma vida ao lusco-fusco, em que os pensamentos fossem dormir com a natureza. Ambicionava um apaziguamento generalizado. Acontece que a noite teimava em não ficar silente. Durante dois ou três dias, mal os ruídos estranhos começaram, fechei de imediato as janelas. No primeiro, nem fumei depois de jantar, porque nunca gostei de fumar dentro de casa. No segundo dia, decidi acender um cigarro debaixo da chaminé. Depois, venci o medo e passei a fumar à janela.

Comecei a seguir Baiôa somente na sétima noite que passei na peneplanície. Quando acabei de lavar a loiça do jantar, desliguei a aplicação do telemóvel que me permitia ouvir música, apaguei a luz, abri a pequena janela da sala – sempre a medo, não fosse entrar por ali alguma sinistra criatura noturna – e acendi um cigarro, que fumei debruçado sobre o parapeito gasto em dois círculos paralelos por cotovelos não menos melancólicos do que os meus. Sem grande sucesso, talvez por nunca o ter visto fumar, tentava imaginar o meu avô àquela mesma janela, em meados do século passado, num país oprimido pelo fascismo, e devo confessar que é assustador conceber uma vida ainda mais miserável do que a que levam os que por aqui restam várias décadas depois. Foi naquela época que a população destas aldeias e vilas – e de outras ainda mais raianas – atingiu o maior número, mas foi também a partir daí que muitos se mudaram para Évora, Beja, Lisboa – foi o caso dos meus avós –, ou mesmo para Badajoz, Sevilha e, sobretudo, para França e para a Alemanha.

Na noite em que decidi seguir Baiôa, a população da aldeia nada tinha que ver com a desses tempos, e eu nada sabia dos sons que tomavam conta da escuridão. Lá fora, pouco devia faltar para começar a ouvir-se um cantar misterioso. Dias antes, ao escutar aqueles sons prolongados, pensei tratar-se de sapos ou de rãs – ou de algum tipo de inseto que, sob a forma de praga, tivesse invadido os campos. Eram cantorias guturais impressionantes e indesvendáveis para mim, que punha o telemóvel em modo vídeo e gravava a escuridão a ser ferida por aqueles sons. Naquela noite em que, dizia, decidi seguir Baiôa, e numa altura em que ainda não se ouvia praticamente nenhum daqueles brados terríveis – agudos uns, graves outros –, quando levei pela última vez o cigarro à boca, irrompeu um balbucio seco de algures por entre o silêncio: o som de uma porta a fechar-se. Demorei um pouco mais o fumo dentro dos pulmões, para que a exalação não perturbasse a concentração que era exigida aos meus ouvidos e, desse modo, eu pudesse perceber se o que antes escutara anunciava a chegada ou a partida de alguém. Ouvi passos. Logo depois, os meus olhos identificaram o corpo fino de Baiôa a dirigir-se para os campos. Não resisti: fechei a janela e, encarnando um espião, saí para a noite outrora sem lei – ambas sem quem as desafiasse, além de Baiôa, o que a meu ver constituía até um grande aborrecimento. Seguir Baiôa era bem melhor do que estar sentado num sofá a tentar ler um livro, mas interrompendo a leitura no final de cada página, para ir ao telemóvel verificar, através das redes sociais, se algo tinha acontecido no mundo, porque era imprescindível que algo estivesse constantemente a acontecer. Baiôa caminhava com o olhar posto no chão. Eu esforçava-me por abrir mais os olhos, na esperança de que isso pudesse melhorar a minha visão noturna, e a mão direita, embora fosse no bolso, não largava o telemóvel. Analogicamente, com as botas abraçadas pelo pó e com pedrinhas a crepitarem por baixo delas, caminhava devagar, escolhendo o lugar de cada passo. Pouco depois, ao abeirar-se de um conjunto de árvores sonolentas, Baiôa acocorou-se e apanhou qualquer coisa do chão. Teria encontrado uma moeda? Avaliou-a à luz da lua, atirou-a de novo para o chão e pegou noutra coisa. Afastada a hipótese de se tratar de uma moeda, vi-o apreciar o pequeno objeto com cuidado de ourives, fazendo-o rolar entre os dedos indicador e polegar da mão direita. Depois, descalçou o sapato esquerdo e enfiou-o lá dentro, introduzindo o pé novamente no sapato, e reiniciou a marcha. Gostava da sensação. Era como um grão de melancolia que não se quer perder, disse--me um dia.

Naquela noite clara, abandonadas como os campos, algumas faias manchavam o chão de sombra negra. Apercebi-me de que a lua, a mostrar-se também nas águas estreitas e dormentes do rio, iria constituir tanto um precioso adjuvante como uma inoportuna companhia. Porque não me importava de alargar a distância, embora fosse evidente que Baiôa não suspeitava sequer da possibilidade de estar a ser seguido, também me agachei, mas junto a um esteval. Que fique claro que não pretendia satisfazer qualquer necessidade urgente: colei, isso sim, as palmas das mãos à terra e assim procurei uma pedrinha bicuda, que depois enfiei no aconchego entre a meia e a parte superior da palmilha, na zona do calcanhar do pé direito. Dei dois passos, percebi que estava vivo, e retomei a missão. Sentia-me mais preparado e talvez até feliz, como quando em miúdo estreava aquela peça de roupa ou de calçado pela qual durante meses implorara à minha mãe. Reaproximei-me ligeiramente de Baiôa – a melhoria no meu andar era evidente – e, embora não soubesse ao que ele ia, vi-me guarda a perseguir contrabandista, à espera do flagrante delito. Admito que aquilo que vi não tinha sequer passado perto das minhas mais criativas cogitações divinatórias. O leitor terá também as suas, mas – e, no que toca a esta humilde predição, julgo não errar – duvido que tenha considerado que eu iria ver um homem velho conversar com uma árvore.

Quando o vi dirigir-se para um zambujeiro solitário, apressando o passo à medida que dele se aproximava, ainda supus que Baiôa fosse verter águas contra a árvore. Todavia, a lua revelou ser minha amiga e os meus olhos mostraram-me que a demanda noturna do velho era por alívio do foro afetivo e não fisiológico. Ao aproximar-se do cansado zambujeiro, julguei vê-lo fazer-se espantalho e abraçá-lo. O zambujeiro era quase exangue em parte do corpo, mas pareceu-me subitamente mais animado com o calor de Baiôa. Julgo até ter visto brilhar algumas das folhinhas verdes que lhe brotavam dos braços cansados, em busca da luz que só havia de chegar com a manhã. Solitários os dois, homem e árvore mostraram-se-me velhos conhecidos, tão natural me parecia aquele encontro entre peles e vidas gastas. Não durou pouco tempo o abraço que imaginei e, embora eu não as pudesse ver, tenho a certeza de que lágrimas escorriam dos olhos daquele homem. Na verdade, Baiôa manteve as mãos nos bolsos e, perante a imponente árvore, baixou a cabeça e começou a falar, como quem se confessa ao pai esperando já a reprimenda.

Baiôa tinha o olhar afundado num rosto enrugado e o pescoço fraco completava a apresentação de um corpo magro. A aparência prometia recordações de uma vida dura. Era um homem a secar, o que ali ficou até à aurora, altura em que, enregelado, e findo o conluio entre a escuridão e a passarada noturna, o vi regressar a casa, onde, por certo, alguns madeiros velhos esperavam o fogo na lareira.

24

A Fadista

Há quantas noites seguidas cantava a Fadista à janela de casa, debruçada sob a lua, ou a coberto de um manto negro? Nem ela sabia dizer. Tanto podiam ser mil como sete ou oito vezes mais – já havia poucos para o recordarem e, de entre os que restavam, ninguém se lembrava ao certo. Orgulhosa, assegurava já ter nascido a cantar, lá para os lados de Viseu. A falecida mãezinha dizia-lhe sempre que até dentro da barriga ela o fazia. Ainda com dentes de leite, ingressou no coro de Torredeita, com o qual chegou a atuar, aos onze anos, na Igreja do Carmo, também conhecida por Igreja da Ordem Terceira Carmelita, vizinha do Jardim de Santa Cristina, na Praça Dr. Alves Martins, em Viseu. Motivo de orgulho para toda a vida. Os seus talentos foram desde sempre alvo de elogios calorosos, e um antigo professor do magistério primário, presença assídua naquela igreja e no restaurante da Tia Iva, para onde um dia a levou a cantar, mais do que uma vez tinha assegurado que a pequena poderia fazer uma distinta carreira. Certo dia, até aventou que finalmente havia nascido alguém capaz de suceder dignamente a um viseense dos maiores: Augusto Hilário, nome grande do fado, figura central da Escola de Coimbra e criador do Fado Hilário.

Foi à conta de tamanhos dotes, porque outros que viria a ter ainda não se descortinavam, que foi levada – a contragosto, dado que era com Lisboa que sonhava – para servir numa herdade do Alentejo, recomendada por um médico das redondezas que por lá se radicara anos antes. Afiançaram-lhe que ali ficaria mais perto da Mouraria, que era onde se cantava o fado, mas a pequena, educada a discos de Amália e de Maria da Fé, cantava somente para o patrão, o Dr. José Maria Alvarrosa, e nunca sentiu que a capital – que visitou apenas uma vez – estivesse por perto. Conta-se que, quando chegou, passou uma semana inteira a dormir, desrespeito e descompostura que a senhora só lhe permitiu por os cabelos negros e os olhos claros da rapariga lhe fazerem lembrar os da única filha que teve e que lhe morreu, aos oito anos, por afogamento, numa praia do Norte, em Moledo, Caminha.

Aquela a quem por ali rapidamente se chamou Fadista teve vida tranquila na herdade até ao dia em que dela se aproximou o padre Arménio, com o seu ar datado, para na capela da família Alvarrosa em poucos segundos lhe arrancar as roupas íntimas e à força lhe ministrar uma não solicitada aula particular de iniciação às ciências físico-químicas. Em consequência de repetições mais ou menos discretas das lições, cujo cariz forçado ninguém condenava e menos ainda denunciava, o povo dizia-a pronta para oferecer a qualquer um aquilo que à boca cheia entendia ser a castidade do amor. Começou então a correr o boato mais apreciado pelos homens: a certeza de que aquela moça cheia de corpo fazia tudo. De rosto virado para a mesa, Zé Patife soergueu o olhar para mim, para verificar se eu tinha entendido. Assenti, com um movimento rápido de cabeça, e ele prosseguiu. Palavra de honra, não demorou para que a aldeia entrasse em alvoroço: eles, novos e velhos, desejosos de usufruírem de tamanha disponibilidade para o prazer; elas, solteiras e casadas, cheias de vontade de lincharem a bruxa, para evitarem que enfeitiçasse o dente aos prometidos ou aos maridos. Palavra de honra.

Para a Ti Zulmira, que lembrava sempre que não gostava de dar pasto à má-língua mas vivia empenhada na sindicância dos defeitos e delitos da Fadista, o padre Arménio não tinha conseguido resistir – coitado, um padre também é homem e os homens não são de ferro, dizia – e sem querer havia despertado numa criatura malnascida uma excessiva e natural propensão para o pecado. Talvez fosse encomenda do diabo, que consegue penetrar mesmo nos espíritos mais protegidos, como era o caso do senhor padre.

Contou-me estas e outras lascivas façanhas da Fadista numa das vezes em que nos convidou para lá irmos comer – a mim, a Baiôa e a Zé Patife. E para mim ficou claro que não havia quem não visse na Fadista um excesso da natureza – no tocante às mulheres, por inveja, no que concernia aos homens, por desejo.

Quando o Dr. José Maria Alvarrosa e a esposa morreram num desastre de viação, ao viajarem para Lisboa, a desgraça abateu-se sobre a Herdade do Vale

Aberto. Não havia herdeiros nem testamento. A Fadista e os velhos caseiros ficaram alguns meses a viver por lá, cuidando de tudo como dantes, até que veio a Guarda com uns papéis do tribunal e os pôs dali para fora. Três anos se passariam até que um inglês de nome Matthew Beardsley comprasse a herdade e admitisse a Fadista como empregada e um rapaz conhecido como Tó da Saia para os papéis de abegão e de motorista, pois não gostava de conduzir. Tó da Saia, diz-se, passou a ser o trabalhador rural mais asseado das redondezas, dado que Mr. Beardsley o obrigava a tomar banho de cada vez que se sentava ao volante do Jaguar verde. Um ano depois, por ser pouco amigo de água ou por outro motivo de igual pertinência, o rapaz desapareceu e nunca mais ninguém o viu, sendo substituído por dois homens estrangeiros. A Fadista, essa, não se mudou para a herdade quando Mr. Beardsley a comprou. O patrão dispensava o ciciar contínuo das cantorias que ela não conseguia evitar enquanto cozinhava ou lavava o chão, porque gostava de ler em absoluto silêncio, recostado no seu cadeirão de veludo verde-escuro, igual a um que vi em casa do Dr. Bártolo. Ela nem um pouco se importou, porque começou a apreciar muito a independência que havia adquirido na casinha da aldeia onde por favor tinha ficado a morar, por isso pegava às seis e meia para preparar o desjejum do patrão, que era madrugador e gostava de sair cedo para andar a cavalo, e ia-se embora quando terminava de arrumar a cozinha, depois do jantar, o que nunca acontecia para lá das vinte horas. Era à noite que se ouvia aquele canto à janela virada a levante.

Assim que se mudou para a casita, deitou a andar pelas ruas a passear com um balandrau preto, não porque tivesse frio ou por ter enlutado precocemente, mas por achar que isto a aproximava de Amália. Dela me contaram ainda que, aos dezasseis anos, havia sido deitada entre o trigo por um militar de praça assentada em Abrantes. A surpresa não está nessa fraqueza, mas na força depois demonstrada e que lhe valeu o readquirir de certo respeito – e até admiração – por parte de algumas mulheres da região (Ti Zulmira não está incluída nesse grupo). Do embate reza a história que foi rápido e que o recruta dele terá saído de alfaia ceifada, correndo como um atleta e cantando a dor como um fadista. Naquela tarde, a moça que era agiu por instinto. Aos vinte e um, já o ventre lhe havia inchado duas vezes e duas vezes a senhora sua patroa, que deus a tenha, tão boa, tão caridosa, tão amiga, arranjou quem lhe tratasse dos desmanchos. Do segundo quase morreu e caiu de cama várias semanas, por prostração física e anímica. Aprendera da pior forma que o amor é coisa rápida, que acaba no instante em que os homens saem de cima das mulheres – e que estes o fazem quase sempre para regressarem ao lar, às mulheres e aos filhos. Soube então claramente que não queria ser um meio para prazer algum, um caminho para nada que não fosse recíproco, e que haveria de ser ela própria um fim. Mas isso acontecera sobretudo numa época em que no corpo possuía outra juventude – ou, como ouvi há dias na televisão a um cirurgião plástico, numa altura em que possuía menos adjacências.

Para tristeza dela, de outros acidentes protegeu-a cada vez mais a natureza, pelo menos a avaliar pela figura que lhe conheci, não fossem doidos atravessar-se no caminho dela. Os peitos, outrora opulentos atributos de sedução, começavam a ocupar-lhe, com o passar dos tempos e dos trabalhos, o lugar da barriga, e esta principiava a descer até ao ventre, lembrando-a de que o caminho que leva aos filhos não é o do amor. Aliás, os azares ao amor eram mal de família, coisa agarrada ao sangue e que através dele passava de pais para filhos. A mãe tivera-a a ela e a mais catorze. Quinze filhos no total, em apenas dezassete anos, ainda que dois tenham morrido com pouco tempo de vida e outro – o Julinho – tenha nascido aleijadinho do corpo e das ideias. Mãe de quinze, mas quinze vezes virgem. Sempre virgem de amor, explicou-me a Fadista, de olhos molhados. Dormiam, ela e o marido, os seus pais, na mesma cama, mas, por mais que ela o quisesse abraçar e desejasse um amor centrípeto, ele só tendia a fugir – dos braços dela e para os de outras –, cultivando um amor centrífugo, coisa que era dos homens por direito e das mulheres por fraqueza, por tendência para o pecado. Dizia-se que ele era descendente do famoso padre Costa, prior de Trancoso, grande povoador da Beira Alta, que teve 299 filhos de 53 mulheres, incluindo da própria mãe, de uma tia, de escravas, de amas e comadres – a história está registada e arquivada na Torre do Tombo e disponível para consulta na internet, essa outra grande torre de babel, para quem a quiser ler.

De acordo com o que me foi contado, desde que se vira a morar sozinha na aldeia, e ainda que se apresentasse somente de negro, a Fadista começara a pintar-se e a cuidar-se, como sempre desejara fazer, mas com suplementar empenho para tentar esconder uma beleza já derrotada pelo tempo. Procurava sublimar o que deus lhe dera, para aprimorar a ruína que haveria de ser. E continuou a fantasiar o rosto, gerando burburinhos e maledicências partilhadas à boca pequena em todos os cantos e à boca cheia, para o senhor padre ouvir, à porta da igreja da vila. Estava bom de ver que continuava a mesma, pelo que, e segundo o mulherio por manifesta falta de motivos, não podia deixar de ser considerada a mais desavergonhadamente libidinosa das mulheres das redondezas, sempre mergulhada em concupiscência em lençóis alheios – uma vulgar, sempre pronta a começar qualquer destino. Dizia-se que se metia por baixo de todos – solteiros e casados, gordos e magros, novos e velhos, sãos e aleijados – e que em todos, porque era uma piolhosa, cultivava chatos e outras pestilências.

Sou os escombros da mulher que fui, estou fora de serviço, disse-me um dia. Eu não via melindre ou rancor naquele suave lamento. À primeira vista, a Fadista encontrava-se já ligeiramente desprestigiada, mas um olhar atento era capaz de perceber as rugas resultantes de um sorriso muito mais frequente do que o seu oposto. Na verdade, quem a não escutasse cantar não teria facilidade em imaginar aquele rosto transformado em pranto ou a chorar tristezas no fado. Era provida de uma alegria própria, de uma felicidade que chegava a parecer um pouco tola. No entanto, para as alegrezas ou para os arrufos, a temperança conheciam-lha os homens de toda a região, porque as mulheres faziam questão de regularmente lembrar o ocorrido ao soldado de Abrantes. Ainda assim, os prazeres, esses, eram do conhecimento público. Estando as permissões divinas de feição – sim, porque era crente e sabia que deus autorizava o pecado, desde que dele se redimissem os caídos em tentação –, era de aproveitar. Perante as oportunidades, a Fadista consultava rapidamente a sua intuição beirã, rezava um pai-nosso nos casos raros em que ela não lhe dava uma resposta clara e avançava para o prazer sem hesitar.

25

O EMBALO DAS NOITES CANTADAS

NAS NOITES EM QUE era visitada, a aldeia dormia em silêncio, acompanhada apenas pelos sons da escuridão, mas, quando estava sozinha, a Fadista fazia jus ao nome e, usando um colar de pérolas, provavelmente falsas, cantava janela fora e noite dentro. E se, nos primeiros tempos, havia queixas da vizinhança e até a Guarda era chamada, facto é que as mulheres passaram a não se queixar e a dormir somente nas noites de cantoria. Nas demais, viviam com o coração nas mãos e com a curiosidade a morder-lhes as orelhas: se os maridos se demoravam na taberna e o fado ainda não se ouvia, rezavam a nosso senhor para que não estivessem a pôr-se nela; acaso tivessem já chegado a casa e o silêncio dominasse a noite, ficavam a imaginar quem estaria na cama da Fadista. E benziam-se, benziam-se muito, mesmo as menos devotas. Por isso, quando se ouvia o fado, dormiam embaladas. Chamar a Guarda também podia não resultar, porque me avisaram logo de que se deitava com o Manel Polícia, um moço de cinquenta e tal anos, que aparecia uma ou duas vezes por semana, em função dos horários próprios e dos desejos dela, e que a Ti Zulmira dizia ser o amante titular da Fadista. Esta diria: sei que não tenho cabimento para este amor, Manel. Não há dentro de mim espaço para amar completamente. O coração, esse, sabia ela que não estava seco, mas não podia deitar-lhe mais do que umas gotas de satisfação de quando em vez, quando o corpo reclamava já demasiado por alguma atenção. Sabia que, da parte dos homens, os dizeres apaixonados não eram mais do que amores de folha caduca. A Fadista era alegre por fora e triste por dentro. Tinha saudades do amor que se recebe na infância. Lembrava-se da mão do pai sobre o seu cabelo quando este chegava a casa e do modo como a mãe lhe endireitava a saia e a blusa branca nos dias especiais. Com mais ou menos parcimónia emocional, cantava para toda a gente ouvir: Bem pensado / todos temos nosso fado / E quem nasce malfadado / Melhor fado não terá. / Fado é sorte / E do berço até à morte, / Ninguém foge, por mais sorte / Ao destino que deus dá.

Além dos fados da diva, reproduzia, na íntegra, à noite, uns discos de Maria da Fé que comprara na Feira da Ladra, de uma vez que tinha ido visitar a prima Lisete à capital, e que aos domingos ouvia num gira-discos muito antigo, que fora do Dr. José Maria Alvarrosa, e que, quando teve de abandonar a herdade, disse à Guarda ter sido um presente do senhor. A prima Lisete vivia perto do sítio mais bonito do mundo: um bairro no qual, porta sim, porta sim, se ouvia o fado, um bairro em que todos – até os bêbedos – eram fadistas e no qual, dizia, as pessoas cantavam umas para as outras quando se cumprimentavam. Quem não acreditasse havia de lá ir ver com os próprios olhos e ouvir com os respetivos ouvidos. Por vezes, esse bairro aparecia na televisão. Ainda há dias andaram para lá a filmar. Dizem que os franceses, os brasileiros e até os japoneses enchem as casas de fados e que compram as casas antigas a preços de enriquecer os vendedores. É gente evoluída, que sabe o que é bom. Perguntava amiúde – e ninguém conseguia responder-lhe com exatidão, por isso eu próprio não quis fazê-lo – se aos estrangeiros o fado lhes seria cantado nas respetivas línguas. De outra forma, não entenderiam nada, estava bom de ver. Manel Polícia achava que sim. A vizinha não acreditava.

26

O anonimato nas aldeias

A tarde deslizava horizonte abaixo e, lá de onde vêm, as estrelas caíam sobre o céu. As flores adormeciam e um cão ladrava à noite que chegava, ou a um gato amarelo que dormira ao sol e entretanto se pusera a correr ligeiro sobre um muro.

De repente, outro cão ladrou. Por vezes, sem durante muito tempo eu ter percebido bem por que motivo, os cães punham-se todos a ladrar. Começava um, depois ouvia-se outro a comunicar do fundo de um quintal, o ladrar de mais um chegava abafado pelas paredes de uma casa, outros faziam-se ouvir enquanto corriam pelas ruas. Todos ao mesmo tempo ou à vez, em sequências dialogantes.

Vi aproximar-se ao longe um par de luzinhas percorrendo a estrada e crescendo até à aldeia. Num automóvel de aluguer, chegou um estrangeiro muito gordo, muito agarradinho ao volante, evidenciando grande medo de que este fugisse a voar pela janela, para desfrutar do ameno anoitecer alentejano, que é coisa que, como se sabe, os volantes fazem muito. Parou o carro, não me viu e pôs-se a telefonar. Falava inglês. Pouco depois, invertia o sentido da marcha, avançava uns metros e enfiava pelo caminho conducente à herdade de Mr. Beardsley. Não fosse o sucedido na manhã seguinte, que se me agarrou à memória com mais força ainda do que a chegada de um homem à aldeia, e nunca este episódio integraria esta história.

Na manhã seguinte, e apesar de eu ter sido o único a testemunhar no local a chegada do homem, não se falava de outra coisa. Não me perguntem como, mas a Ti Zulmira cochichou comigo sobre o estrangeiro, Zé Patife e Baiôa também falaram do assunto e até o Adelino sabia da chegada dele. E não tinham sabido através do próprio Mr. Beardsley; partilhavam comigo a mesma curiosidade em relação à identidade do estrangeiro recém-chegado e gordo.

O anonimato não existe quando se mora numa aldeia. Quando um carro é ligado, seja de dia ou de noite, toda a gente percebe – pelo ruído do motor e pelo sítio do qual advém – quem é que vai sair. Se uma ambulância dos bombeiros chega para levar alguém a tratamentos costumeiros, já se sabe de quem se trata, e acaso a situação seja aguda também não é difícil adivinhar quem possa ser o doente. Tirando o recolhimento que as casas oferecem, que na maioria das vezes é até bastante precário, por conta do fraco isolamento acústico de paredes, portas, janelas e telhados, poucos espaços há que sejam apenas de cada um, mesmo em questões pequenas e íntimas: se, à noite, alguém passa na rua silente e tosse ou espirra, sabe-se quem é. Na nossa aldeia, os telefonemas eram todos públicos e os assuntos neles abordados, do conhecimento geral, pois rede de telemóvel só existia na rua ou, melhor, na ponte. Nos piores dias, o único sítio da aldeia onde era possível captar uma migalha de rede era justamente em cima da ponte, e era a partir dela que eu falava com a minha mãe, trocava mensagens com um ou outro amigo. Até me terem feito uma ligação em casa, o que só aconteceu dois meses depois de eu lá morar, quando queria navegar na internet, ia para o centro da vila, onde o sinal era um pouco melhor, ou caminhava no sentido da antena de telecomunicações, que ficava na direção oposta à da rua que ligava a aldeia ao mundo. Admito que, no início, a devassa da minha vida privada me fez certa confusão, mas, à medida que nos tornámos família, fui-me habituando ao inevitável. Aliás, e de todo o modo, aquele rotineiro falar sobre a ponte e o facto de sermos muito poucos levavam a que as demais pessoas que ali viviam conhecessem a minha vida – mesmo que de situações tão comezinhas como se revelou a chegada do estrangeiro – mais do que todos os vizinhos tidos nas cidades milhares de vezes mais populosas onde antes vivi. Os dali achavam estranha a minha história. No início, pensavam que tinha andado metido na droga ou que pudesse ter tido um grande desgosto de amor, daqueles que curto-circuitam e avariam todo o sistema. Chegaram a perguntar a Baiôa se eu tinha problemas com as finanças ou com a justiça. Uma vez que eu era o primeiro, custava-lhes a crer que alguém pudesse ir para ali por conta das melhorias feitas por Baiôa às habitações. Passados uns dias, já a Ti Zulmira me perguntava se andava a dormir melhor.

E eu senti-me nu, porque nunca tinha falado sobre as minhas insónias com aquela senhora.

Talvez para me acostumar mais facilmente à aldeia, mas não só por isso, trouxe para casa uma fotografia dos meus avós à porta de um restaurante em Cascais, no ano em que os meus pais se casaram. O meu avô, muito esticadinho, para parecer mais alto do que a minha avó, de quem se percebe claramente que as máquinas fotográficas gostavam muito. Era uma mulher que nas ocasiões ditas especiais se apresentava distinta, de cabelo alto, esculpido com laca (o que certamente incomodava o meu avô por torná-lo ainda mais pequeno), tinha rosto largo, peitos grandes, um sorriso com muitos dentes e uns lábios espessos, que pintava de vermelho para lembrar a todos que era do Benfica e que como o Eusébio nunca vira jogador igual. Tinha um ar que desafiava o recato à época obrigatório e que contrastava com o cinzentismo do marido: rosto fechado pelos maxilares tesos, punhos cerrados, um acompanhando o corpo junto à ilharga, o outro à altura do abdómen, por conta do entrelaçar de braços com a minha avó. Os meus avós foram enterrados em Lisboa, apesar de nunca terem querido ser mais uns com sepultura em terra estranha e mesmo tendo sabido sempre que, ao terem-se mudado para a capital, ali haviam para sempre ancorado o destino. Levei comigo a fotografia deles para os devolver ao sítio a que pertenciam. Pu-la em lugar destacado na casa onde deram início à família e sei que, à data em que escrevo estas linhas, a foto ainda lá está, quem sabe a desfrutar de um ameno fim de tarde alentejano.

27

Flautistas e fantasmas

Quem tiver como condição a humanidade e, dentro dela, a pertença ao grupo dos sensíveis às manifestações dos múltiplos perigos que o mundo apresenta, sendo ainda necessário que não tenha nascido naquelas paragens campesinas, ou noutras equivalentes no que toca à fauna, dificilmente poderá evitar ficar em sentido perante o que ali se ouve quando a luz do dia dá lugar ao negro da noite. Quero com isto admitir que um indivíduo, como eu, criado na cidade, terá manifestas dificuldades em lidar com flautistas que não Baiôa, ainda por cima esvoaçantes, e com outras fantasmagorias que todas as noites por ali ficam mais do que provadas e para as quais as minhas insónias eram palco perfeito.

Era verdadeiramente assustadora, por exemplo, a evidência da existência de um flautista noturno na aldeia ou perto dela. Só acreditei não se tratar de Baiôa, porque o vi, por aqueles caminhos sós, caminhar de mãos algibeiradas na noite, enquanto, ao mesmo tempo, escutava o flautista a tocar. Uma pessoa como eu estava habituada a outras músicas noturnas, tocadas para animar muitos, e não pensadas, como aquelas, para amedrontar cada um dos poucos que ainda por ali restavam.

Quando a Fadista acabava de cantar, enchendo os ares com o perfume de Alfama, aliava-se à escuridão um silêncio frio e em mim instalava-se a certeza de que em breve eles seriam perpassados por um cântico negro.

Não tardava muito. Entrava-me nos ouvidos como um comboio que não para e que nos agita o casaco e os cabelos. Eu sentia a pele enrijecer, retesando-me os pelos. Por isso, não sei se o que se revelava mais assustador eram os cantares ou o silêncio escuro e absoluto do qual irrompiam. E, sendo certo que aquele canto me lembrava o som de uma flauta, e que esse som me intimidava, também é verdade que se tratava de uma flauta tocada em dolência, como se alguém gritasse por ajuda: por norma, emitia dois ou três lamentos seguidos e plangentes, calava-se por uns instantes, como que para ver se alguém lhe acudia, e depois repetia os pedidos de socorro. Cheguei mesmo a achar que aquele tocador de flauta estaria em sofrimento, preso em alguma armadilha. Na taberna, riram-se de mim, claro está. O que é que bebes, Verdete?, perguntou Zé Patife ao homem de rosto amarelo fluorescente, que se encontrava encolhido ao lado dele, ao balcão. Depois, apontou para mim e perguntou: o fantasminha não quererá antes beber um copinho de leite com mel? Sem vontade, acompanhei as gargalhadas daqueles homens e não achei mal que pudessem engasgar-se de tanto rir quando Adelino me trouxe uma daquelas garrafas de vidro transparente de leite achocolatado UCAL, morninho, como as lágrimas que trazia nos olhos.

Contou Zé Patife que, eram eles moços, e um rapaz daquelas bandas ganhou novo nome, depois de ter ido espreitar o flautista. O ninho estava acessível, talvez tivesse ovos, e do casal de corujas nem sinal. Até que, com o seu voo silencioso, a ave se aproximou e lhe cravou as garras no rosto, perfurando-lhe os olhos e abrindo-lhe sulcos fundos que jorravam quase tanto sangue como o peito de um porco na matança. Palavra de honra. E o Toninho, que já era diminuído no nome, por pouco não morreu da sangria, e até ao fim dos dias que lhe restaram outra coisa não lhe chamaram senão Tó Cego. A juntar ao concerto da flautista que, afinal, dá pelo nome de coruja-do-mato, de três em três segundos ouvia-se o breve assobio do mocho, outro flautista, mas este sem grande fôlego. Muito me impressionou também o bufo-real, que avistei apenas uma vez. Enorme, costumava ouvi-lo ao longe, com o seu típico e medonho uhu – U-HU, U-HU, U-HU!

Os piores, contudo, talvez fossem os uivos ainda mais intimidatórios do noitibó e os concertos assombrados das corujas. O noitibó-de-nuca-vermelha, uma espécie de gavião, ouvi-o todas as noites até ao princípio das chuvas. Conta-se que, por terem sido denunciantes de um grupo de importantes romeiros, são bichos condenados por nossa senhora. Desde então, não só não podem mais voar de dia, quando voam as outras aves, por não suportarem a luz do sol, como também não o podem fazer lá nos mais altos céus, mas somente junto ao chão, como aves rasteiras que demonstraram ser. Zé Patife também me falou de um casal de corujas que por ali costuma ouvir-se à noite. Tinham face branca e olhos muito negros e eram conhecidas pelo seu cantar fantasmagórico. Eram as coruja-das-torres, criaturas que gritavam como se tivessem visto a própria imagem refletida no espelho, ou o degolar do cônjuge pelas garras de um demónio de outra espécie.

Estes cantares misturavam-se, noite após noite, e entrecruzavam-se, ainda, com o bater de asas dos morcegos e com o cantar dos grilos – esses que, em miúdos, Zé Patife e Baiôa caçavam enfiando uma palhinha nas respetivas tocas e forçando-os a saírem. Quando não resultava, quando os malandros não queriam ser caçados, os dois amigos mijavam-lhes para dentro das tocas, o que constituía motivação poderosa, para não dizer infalível. Depois, guardavam-nos em gaiolas feitas de cana – para pendurar ao peito – ou noutras de arame e madeira, ou de arame e cortiça, que punham à janela. Havia também quem os levasse para as terras, para que animassem o dia de trabalho.

A verdade é que, com grilos e morcegos, podia eu bem. Mas imagine-se juntar esses sons aos de outros insetos e bichos que eu mal sonhava existirem e, sobretudo, à sinfonia da morte emitida pelas aves noturnas que acima referi, numa aldeia – numa região – que, em finais dos anos setenta, início dos anos oitenta, começou a ter mais velhos do que novos, e que, poucas décadas depois, à data em que nela morei, só tinha velhos – e poucos.

28

Café

Na minha oitava noite na aldeia, entrei na taberna e pedi um café expresso. Andava a evitar estoicamente a cafeína, para adormecer mais facilmente, mas a vida confiara-me uma nova missão, que suspendia por período indeterminado as minhas terapêuticas tentativas de ir dormir à hora do Vitinho, e eu não tinha forma de a recusar, pelo quanto ela me permitia conhecer aquelas pessoas. Quando acabei de beber o café, Baiôa disse-me que não queria ser indelicado, palavra de honra, que cada um sabia de si, que eu é que sabia da minha vida e dos meus gostos, mas aquele tipo de café, francamente, não prestava, era uma invenção sem jeito nem sentido. Francamente, qual era o interesse de um café espumoso e em dose de xarope? Zé Patife concordou: aquele café não prestava para nada, francamente. O taberneiro lembrou, para quem quisesse ouvir, que da espuma no vinho saído do pipo não se queixavam eles – e desataram todos a discutir. O café quer-se abundante, dizia um. Só se for para parecer água de lavar os pés, respondia outro. É para beber de uma vez. É para ir saboreando aos poucos. Deve beber-se morno. No verão, o ideal é frio, com gelo, como fazem na França. Bem quente, a escaldar, é que sabe bem. Só sabe bem se for forte, só sabe bem se for fraco, fraco é para as mulheres, forte é que é de homem, até o meu filho quando era pequeno bebia café mais forte do que o teu, tu sabes lá o que é café, e tu não percebes nada do assunto, está mas é calado, e tu pensas que és quem, és um maricas, tu não me chames maricas, e tu deves querer apanhar, chego bem para ti, e eu ainda mais para ti, querem que feche isto, quem manda aqui sou eu, tu podes falar alto e nós não, eu aqui falo como quiser, tens a mania que mandas, achas-te superior aos outros, ide fazer barulho para as vossas casas. Velhos na rua, taberna fechada, voltámos todos para casa em silêncio.

No dia seguinte, no mesmo sítio, à mesma hora, ninguém referiu o incidente da noite anterior, até Baiôa ter proposto, para se tirarem as teimas, que eu, como pessoa que vinha de fora, provasse os cafés de cada um dos três. Aceitei de imediato. Uma vez que acabara de tomar a minha bica, nem cheia nem curta, ficou decidido que, no dia seguinte, beberia café em casa de Zé Patife e, depois, em casa de Baiôa. O taberneiro pôs-se então a falar da sua máquina La Cimbali como quem descreve um automóvel desportivo e refere todas as características da motorização: era o modelo mais recente fornecido pela Cafés Camelo, só para clientes especiais, tinha um visor digital, regulação automática de temperatura, avisava quando a pressão estava baixa, entre outras características mais ou menos deste tipo e que me foi impossível reter, por serem demasiado específicas. Explicou-me que aquelas máquinas é que estavam na origem do cimbalino do Porto, por oposição à bica de Lisboa. Fez questão de mostrar o esmero e o cuidado com que lavava a máquina todas as noites. Desmontou os manípulos em várias peças, lavou as grelhas mais do que uma vez, fez sair água a ferver e vapor de água por vários orifícios, chegou até a tirar tubos transparentes de trás da máquina para os limpar e pareceu-me que, se eu não lhe dissesse que se calhar não era boa ideia enfiar lixívia em todo o lado, não fosse o sabor do excelente café que aquela máquina servia ficar comprometido, o taberneiro Adelino a teria desmontado peça a peça. É este cuidado com a maquinaria que permite que o café saia como sai, está a entender? Eu disse que sim, claro, que tinha ficado bastante impressionado, que tinha percebido muito bem — não fosse ele lembrar-se de exemplificar tudo outra vez. Zé Patife disse que lavava a máquina dele ainda melhor do que o taberneiro lavava aquela e que nunca usava o mesmo filtro duas vezes. O Adelino faz as coisas à pressa, está é preocupado em ir para casa ver a novela, porque aqui à nossa frente não vê. Tu está mas é calado, gritou o taberneiro, enfurecido. Baiôa aproveitou para, tentando daquela vez pôr água na fervura, ou água fria no café quente, alegar que realmente importantes eram a matéria-prima e o esmero com que se produzia a bebida. Ele fazia as coisas à moda antiga, sem pressas, seguindo a receita da avó e recorrendo a uma cafeteira que já tinha quase trinta anos, e só usando o melhor café moído que comprava não sei onde a não sei quem e vindo do Quénia. Aproveitei, tentando também acalmar os ânimos, para lhes falar daquele que é considerado o melhor e mais caro café do mundo e que é originário da Indonésia. Acharam estranho, mas desataram a rir-se quando lhes expliquei que o que torna aquele café tão especial é o facto de os grãos serem retirados das fezes de um animal. Ainda referi que o pequeno mamífero se chama Paradoxurus hermaphroditus, mas acho que a essa parte nem prestaram atenção. Zé Patife não perdoou e atirou a piada expectável: deve ser um café de merda! E troçaram de mim sem piedade. A pouco e pouco, recompuseram-se das gargalhadas, com os olhos em água e as faces da cor do vinho que bebiam e eu do ligeiro abalo que senti. Ainda temente de que pudessem desmanchar-se novamente em risos humilhantes, até porque as caras deles não transmitiam garantias algumas de que isso não pudesse acontecer, tal a forma clara como ainda se lhes viam tremeliques nos lábios e nos olhos, reatei a história. O animal ingere grãos de café, mas só digere a polpa, excretando depois os grãos tal qual os conhecemos e, sobretudo, fertilizados. Já vêm com adubo, disse, entre dentes, Zé Patife. E todos seguraram o riso. Expliquei que sim, que isso acontece, como eles sabiam melhor do que eu, com a generalidade das sementes dos frutos ingeridos pelos animais e que é uma astuta estratégia de plantação engendrada pela natureza. Segundo se sabe, é justamente o processo digestivo do referido animal que torna aquele café único: as bactérias e as enzimas presentes no aparelho digestivo da civeta, que é o nome comum do Paradoxurus hermaphroditus, oferecem aos grãos de café esse sabor especial. Diz quem já provou que está algures entre o chocolate e o vinho. Quando mencionei isto, calaram-se todos. E passaram em definitivo do riso ao espanto quando acrescentei que uma chávena deste café custava qualquer coisa como cinquenta euros.

No dia seguinte, bebi o meu café em casa de Zé Patife. A máquina era daquelas antigas, de filtro. Era cor de laranja e bege, e tinha o ar contemporâneo de muitos dos utensílios elétricos criados para auxiliarem as senhoras nas cozinhas da classe média dos anos oitenta e que, ao invés de facilitarem, como já referi, a vida de quem cozinhava para uma família inteira depois de um dia de trabalho, só produziam espalhafato, gastavam mais luz e dificultavam as tarefas daquelas mulheres. A máquina de Zé Patife, porém, conservava a serventia e mostrava-se muitíssimo estimada, apesar de me parecer que ele a limpara como quem engraxa sapatos, bem como à restante cozinha da casa, para me receber. Tinha tudo preparado em cima do balcão para a prometida experiência, como um barman que se prepara para fazer um cocktail. A máquina tinha o fio amarelecido ligado à tomada e a lampadazinha acesa dentro do interruptor de plástico vermelho, o depósito estava cheio de água, e a caixa de filtros e o pacote de café de marca Sical logo ao lado. O pequeno eletrodoméstico exibia no alto um canudo espalmado, do qual deslizava, num fio contínuo e fino, a água quente, até cair em cima de um montículo de café moído depositado no fundo de um filtro de papel esbranquiçado encaixado num funil castanho, que tinha um buraquinho minúsculo a partir do qual a água escurecida caía numa jarra de vidro, larga e arredondada, pousada em cima de uma espécie de disco elétrico, que a aquecia por baixo. Parecia uma aula de química. A geringonça articulava mecanismos de feitios distintos, fazia um barulho que ficava a meio caminho entre o de um ferro de engomar e o de uma panela de pressão e tinha em destaque, do lado esquerdo, um interruptor iluminado, que lembrava a luz de stop de uma motorizada. Zé Patife serviu o líquido tingido numa chávena fininha, ligeiramente esbotenada junto à asa, e para ele numa caneca, desculpando-se por só ter uma. Ia comprar uma máquina nova no Pingo Doce, daquelas mais modernas, mas estava à espera de uma promoção de que ouvira falar e que consistia na oferta de duas chávenas. Devia ser lá para o Natal. O café que me serviu não era mau, mas também não era bom. Estava bem quente, e isso agradava-me, mas não tinha a espessura, a densidade, o corpo do café expresso a que eu estava habituado. Em todo o caso, elogiei o resultado, conforme ditam as regras de boa educação que me foram ministradas pela minha mãe, e bebi a bebida com gosto, ciente de que era bem melhor do que a aguinha morna e desprezível que, a troco de uma moeda, a máquina da escola me servia em copinho de plástico.

No dia seguinte fui provar o café feito por Baiôa. Em cima da mesa da cozinha, estava uma daquelas cafeteiras em aço inoxidável, em forma de ampulheta, que se levam ao lume. Mas Baiôa não ia pô-la no fogão. Estranhamente, para aquela altura do ano, tinha a lareira acesa. O ar estava, por isso, quente, mas também perfumado. Decidi fazer o café à maneira antiga, explicou. No fogo, tinha uma panelinha de ferro fundido com três pés. Abriu-a, para eu espreitar, e lá dentro borbulhava um líquido preto e saía o mesmo aroma que já inundara a casa. É preciso ferver bem o café, para ele adquirir todo o sabor. E o segredo que a minha avó ensinou à minha mãe e que ela me passou está, sem dúvida, na inclusão das cascas de laranja na poção. É uma poção mágica, meu caro. Palavra de honra! Serviu-mo instantes depois, numa chávena larga de grés castanho. Não sei se quer açúcar, disse, enquanto pousava o açucareiro, para logo depois acrescentar: o ideal é beber isto sem açúcar. Eu despejei no líquido uma colher cheia e mexi bem.

Os outros não vão achar esta ideia da laranja um bocado maricas?, perguntei. Quero lá saber! Em casa é como o bebo. Em miúdo, a minha avó fazia-o numa cafeteira de barro e, quando já estava bem fervido, misturava cascas de laranja – era usança por aqui, explicou. Talvez fizesse aquilo para dar um sabor adocicado a algo que por natureza é amargo. A gente acordava muito cedo e precisava do café. A minha avó sabia isso perfeitamente. Baiôa falava muito da avó. Percebi que fora criado por ela. Aquela era a mesma avó que, quando ele dava uma crescidela, lhe punha as bainhas das calças para baixo, para que durassem mais uns meses, ou, na pior das hipóteses, acaso a vida não o autorizasse, mais um ano.

Será, porventura, escusado dizer que, não querendo melindrar nenhum dos meus novos amigos, fiz elogios aos três tipos de café. Felizmente, cada um entendeu as minhas palavras como uma vitória. Estão a ver, ele gosta muito da espuma que esta menina faz, disse Adelino, orgulhoso, pousando a mão na sua La Cimbali, e do sabor intenso do meu café. Zé Patife não tardou meio segundo a responder: e o que ele disse do meu? Que é leve e com um aroma muito agradável! Baiôa, procurando a minha aprovação com o olhar, argumentou: eu cá acho que ele valorizou mais o tal caráter raro e belo do ritual de preparação do meu café. Eu sorri, penso que sorri, e partilhei o que sentia: meus amigos, eu gostei de todos, de cada um à sua maneira, porque todos têm qualidades ótimas, que fazem deles cafés únicos. Sim, está bem, disse Adelino, um pouco impaciente, mas tem de haver um do qual gostou mais. Baiôa reforçou a ideia: não há nenhum que lhe agrade mais, que lhe encha as medidas? Ou é como o Zé no futebol? Patife insurgiu-se: para que é que a bola é para aqui chamada? Palavra de honra, só estás a tentar que ele não admita que gostou mais do meu café! Vocês já estão a falar muito alto, interrompeu Adelino, aqui quem fala alto sou eu! Vão mas é todos dormir, antes que eu me chateie, e amanhã pensamos numa nova forma para ele escolher o melhor café... o meu, claro! O teu?! E o meu?! E começaram tudo outra vez.

29

INSONDÁVEIS SÃO OS MISTÉRIOS DOS NOSSOS PENSAMENTOS MAIS PROFUNDOS

DIAS DEPOIS, PORQUE O café não estava a ajudar-me a dormir, dei por mim a pensar no que distinguia a vida que levava por ali da que tivera nas cidades, sobretudo em Lisboa e em Braga, onde estive colocado um ano. Foi nos dias seguintes à segunda visita que os meus pais me fizeram. O meu pai, calado, como sempre. A minha mãe despejando sobre mim dezenas de perguntas, querendo saber as diferenças desta nova vida em relação às outras que tivera e de que é que eu sentia falta. É claro que tive de responder-lhe que o que mais falta me fazia era a comida dela, com a qual me lambuzava aos domingos ao almoço. Ela ficou feliz por ouvir aquela resposta, mas sei que a pergunta transportava uma franqueza capaz de prescindir da vontade de ouvir um elogio saboroso aos seus cozinhados. A minha mãe, como todas as mães, queria mesmo saber como é que eu estava. E queria, com perguntas aparentemente normais, chegar ao fundo de mim, às minhas inquietações. Sei que seria mais direta se o meu pai não estivesse ali. Entre mim e ele nunca houve grande intimidade, pelo que a minha mãe, astuta e sensível a essas questões, fazia por adequar o discurso à circunstância. Eu procurava responder com um grau não exagerado de codificação. Entre mim e a minha mãe, meia palavra bastava. Criara-se entre nós um canal de comunicação próprio, coisa que acho que só entre mães e filhos pode estabelecer-se. Não quero com isto dizer que o meu pai não fosse capaz de perceber as conversas, mas ele abstinha-se de comentar e limitava-se a apoiar a minha mãe nas suas decisões. Toda a vida assim foi.

Faziam-me muita falta os cozinhados dela, adorava aqueles panadinhos com arroz de feijão e salada mista que ela levara dentro de um tupperware envolto num pano laranja, que funcionava como primeira camada de contenção, e depois embrulhado em folhas de jornal, dentro de um saco de papel de uma loja de roupa. Tinha ido assim, sobre o tabliê, para apanhar algum sol da manhã e arrefecer o mínimo possível, porque, segundo ela, requentar a comida era tirar-lhe a frescura. A minha mãe levantara-se às seis da manhã, para cozinhar aquele e outros três dos meus pratos favoritos, bem como para acabar a tarte de maçã que começara na véspera e que, em matéria de doces, acompanharia uma musse de chocolate que em universo algum pode ter rival. Durante uma semana, iria alimentar-me como deveria ser. Tudo aquilo me faria muito bem, até porque estava bastante mais magro. E também deveria tomar mais atenção à minha aparência. A roupa estava malpassada (na verdade, estava por passar) e a barba crescida dava ar de desmazelo. A minha mãe tencionava, dizia ela, não me telefonar várias vezes ao dia, para não incomodar a minha recuperação, mas na maioria das vezes ficava-se pela intenção. Por vezes, enviava mensagens escritas. Como não tinha a minha desenvoltura a escrever, limitava-se a perguntar: Tudo bem? E acrescentava, logo depois, beijos, abreviados na forma, mas não no carinho. Sim, respondia eu. Estava tudo bem, tudo dentro do previsto. Quando me ligava, queria saber coisas da aldeia, da vila e dos seus habitantes; gostava de perceber de que viviam as pessoas, se fulana ainda era viva ou com quem tinha casado e quantos filhos tivera. Acaso eu reportasse alguma pequena tragédia, como a queda de um telhado, o corte de uma árvore doente, ou uma gripe numa vizinha, ela dizia de pronto: nós não somos nada, filho. A minha mãe só vivera na aldeia até ir para o liceu e, desde então, não regressara muito mais do que uma dúzia de vezes. Fizera questão de enterrar os meus avós em Lisboa, no Cemitério do Alto da Ajuda, e não na aldeia. Queria estar perto dos pais sempre que lhe apetecesse. Faziam-me falta os cozinhados dela, sim. Mas, em resposta à questão que me colocara, não sei bem porquê, lembrei-me daquilo que ainda não tinha vivido. E também me faz falta aquilo que ainda está por viver, disse à minha mãe, que se apressou a explicar-me que insondáveis são os mistérios dos nossos pensamentos mais profundos e, claro, que assim é porque estamos entregues à vontade de deus.

Depois, suspirou – a minha mãe suspira sempre quando eu digo estas coisas – e, passados uns segundos, perguntou-me se eu não tinha tido febre nos dias anteriores. Não, mãe, não tive febre. E tentava explicar-me: isto é como pormos a mão no bolso e percebermos que nos falta algo que nunca tivemos. Do outro lado, ela suspirava novamente e concluía: olha, filho, eu não percebo o que é que têm os bolsos a ver com o assunto da febre, mas tu continuas de certeza a dormir muito pouco e eu acho que vais mesmo ter de ficar bastante tempo aí nessa calmaria.

30

Hierarquia do sono rumo ao Inferno

Talvez o leitor o saiba por experiência própria, e se assim for creia que muito o lamento, caso contrário aqui fica a informação sem nada esperar em troca. Há duas coisas piores do que dormir pouco: a primeira é dormir pouco e mal, e a segunda é não dormir. De ambas tenho tido a minha dose, mormente a partir do meio da adolescência. Antes disso, dormia muitas vezes mal, mas nunca pouco. Dormir muito e mal está, na hierarquia do sono, pouco abaixo de dormir pouco mas bem. É possível que careça de qualidade, mas tenho profunda reflexão produzida em matéria de sono e criei uma hierarquia simples que, sumariamente, passo a apresentar.

No cume do bem-estar, está quem com regularidade dorme bem – sem sobressaltos nem interrupções – durante um número de horas adequado às respetivas necessidades (fala-se muito em oito, aventam-se também as sete e até as seis, variam depois as precisões em função da idade, do género e dos cansaços a que se está sujeito no dia a dia). Logo depois, surge quem, pelas mais variadas circunstâncias, como um trabalho exigente, um cônjuge que se mexe muito, ou filhos pequenos, dorme bem, mas durante um número insuficiente de tempo. A pessoa nesta situação sentir-se-á regra geral bem, mas tenderá a quebrar ao final do dia, motivo pelo qual recorrerá a alguns cafés durante a jornada de trabalho e não dirá que não à possibilidade de uma sesta ao fim da tarde, ou de uma manhã de sábado ou domingo em que possa dormir até mais tarde. Na hierarquia do bem-estar e, porque não dizê-lo, da felicidade, surgem depois aqueles que atrás já referi e que dormem pouco, mas bem. Porque têm crianças pequenas que acordam de hora a hora, porque estoicamente querem ver todos os filmes até ao final, ou porque por falta de disciplina se mantêm, por vezes até já embrulhados em mantas ou lençóis e edredões, agarrados aos telemóveis até altas horas, consomem mais cafés, por vezes sentem-se uma espécie de mortos-vivos e anseiam pelas férias para poderem dormir; não é gente infeliz, mas tem um ar um pouco cansado. Logo abaixo, nesta descida das nuvens até ao inferno, estão aquelas pessoas que nem sequer dormem pouco, passam até um número adequado de horas na cama, mas dormem mal. Têm a exaustão como companhia frequente, sentem-se nervosas ou ansiosas e são terreno fértil para depressões. Muitas vezes, esforçam-se por encontrar métodos e técnicas que lhes permitam dormir melhor – uns meditam, outros praticam ioga, outros ainda bebem chá de valeriana, há também quem ouça música relaxante, quem leia volumosos romances antes de apagar a luz, alguns bebem mais um copo de vinho ao jantar e há já muito que deixaram de beber café à noite, outros usam tampões nos ouvidos ou máscaras para dormir que as assemelham ao zorro –, preocupam-se de verdade com esta dimensão das suas vidas, mas não conseguem encontrar o sono profundo e retemperador, razão pela qual acabam por recorrer – de forma pontual ou persistente – aos comprimidos para dormir. Talvez menos conscientes da necessidade de dormir por determinado número de horas, de forma seguida e tranquila, estejam muitos dos que dormem pouco e mal. Não entendem a importância do sono no retempero físico e psíquico, não percebem por que motivo andam sempre cansados, ou nem sequer têm consciência de que vivem nesse estado de apatia, de acabrunhamento, ou até mesmo da mais profunda exaustão. São pouco produtivos e não especialmente bem-dispostos. Há, no entanto, outras pessoas que dormem pouco e mal, mas que têm consciência de que assim vivem. É gente que, por natureza, não dorme bem e que, por força das circunstâncias da própria vida, também se vê obrigada a dormir pouco. É, evidentemente, também gente infeliz e cansada, em muitos casos dependente de soníferos dos mais fortes e que só acorda com dois despertadores e por vezes com o vizinho do lado a deitar-lhe a porta abaixo, para se queixar daquele interminável pi-pi-pi-pi-pi-pi-pi-pi-pi-pi, por amor de deus, senhor Fernandes, o senhor desligue essa porcaria, ou das manhãs da RFM ou da Comercial, tenha paciência dona Catarina, mas eu já não consigo ouvir a Lady Gaga ou o Vasco Palmeirim a entrarem-me pelos ouvidos adentro depois de trespassarem o tijolo da parede! Logo eu, que só tenho de acordar às dez!

Abro aqui um parêntesis, nesta descida ao candente Averno, para salvaguardar duas situações do foro da exceção. Por um lado, devo referir também os privilegiados que não se sentem especialmente cansados ou infelizes apesar de dormirem pouco ou mal, ou ambas as coisas, porque também os há. É gente de fibra especial, que, a meu ver, deveria ser estudada com grandes cuidados, para que os seus genes pudessem vir a ser implantados, como modo preventivo de grandes incapacidades e infelicidades provocadas pela privação de sono, em todos os nados futuros. Por outro lado, é correto dizer ainda que vários testemunhos tenho ouvido de pessoas que me contam que dormir bem, mas por muitas horas, instala no corpo uma sonolência e um torpor que lhes estragam os dias. Confesso que esse me parece, claramente, o menor dos males e que, fosse isso possível, nada mesmo me importaria de me ver em tal situação.

Retomando a escala do sono, eis que acabámos de chegar ao inferno, à situação que destrói a vida de uma pessoa e que – não pensem os que desconhecem tal cenário que estou a exagerar – pode mesmo levá-la a equacionar o suicídio. Falamos das pessoas que sofrem de graves insónias, daqueles indivíduos que passam horas a olhar para o teto, dia após dia, mulheres e homens que simplesmente não dormem, gente que já tomou todos os comprimidos, tentou de tudo, foi a vários especialistas, fez acupunctura, hipnose e terapias eletromagnéticas – ou que, não tendo feito nada disto, certo é que não prega olho durante dias a fio, adormecendo sobre o teclado no trabalho, em pé no autocarro, na sanita, ao volante, ou noutras circunstâncias inadequadas, em todas menos na cama, vivendo sempre a ponto de enlouquecer, numa pilha de nervos, por vezes tratando mal a mulher ou o marido, os filhos ou os colegas, carregando o desespero nas olheiras negras e pesadas, e por vezes não se matando só por causa desses mesmos filhos ou daquela pessoa que, apesar de ao lado delas dormir de uma forma que inveja enormemente, ama e não quer deixar.

Nesta altura da minha estada em Gorda-e-Feia, a qualidade do meu sono, quando conseguia dormir de modo minimamente aceitável, o que para mim significa três a quatro horas, era bastante baixa. A minha mãe costuma contar que, em criança, era comum eu ter pesadelos. Queixava-me, sobretudo, de um sonho recorrente e que, com uma ou outra variação de pouca monta, tinha que ver com a presença de ratos na minha cama, debaixo dos lençóis, tentando morder-me os dedos dos pés, questão que chegou a obrigar a minha mãe a deixar-me dormir calçado, quando já me tinha convencido a voltar a dormir na minha cama, como gente crescida. Ora, dizia eu, a qualidade do meu sono era reduzida e, como é frequente em mim nessas circunstâncias, comecei a ter pesadelos frequentes, à conta dos quais acordava a gritar ou encharcado em suor, estivesse calor ou frio.

31

A busca da lentidão

Chegado maio, aprendi, lá vinha pela hora do comer o bafo andaluz, um calor que oprime e obriga à quietude. Até final de setembro, sair àquela hora era ver-me caminhar como um velho, desenhando lentamente os passos na terra seca. Olhava em frente e via chão estendido compondo sozinho um cenário determinado a ser sempre o mesmo, houvesse o que houvesse. Nestes dias, a lonjura daquele lugar em relação a tudo também me parecia maior. Custava a crer que deus alguma vez por ali tivesse passado, dizia eu à minha mãe, quando ela, ao telefone, me explicava que a sesta havia sido criada por deus para os homens na terra suportarem o fogo que o sol lançava sobre a planura. Talvez seja por, nestes passeios, me sentir num oceano de terra seca – milhas e milhas tão mansas quanto nada marítimas – que tantas vezes para aqui convoco o não menos obstinado rio.

Essa era a regra, mas exceções também existiam. Era raro, mas por vezes acontecia o que naquela manhã aconteceu: o vento desatava a correr por ali fora, soltava-se de algum lado como um papagaio da linha. Chegava a todo o lado. Sobre o empedrado escuro, fazia tamborilar grãos de areia e pequenas pedrinhas, e dele erguia folhinhas secas, que depois de semanas sem qualquer tipo de treino se punham a bailar – davam grandes saltos quando encurraladas numa esquina e executavam graciosas piruetas – e diante delas, para lá das ruas e das casas, viam as ervas fazerem-lhes demoradas vénias e as flores, posicionadas na primeira fila, agitarem-se de excitação. Nesses dias, Zé Patife não se levantava da enxerga, mas eu e Baiôa sentávamo-nos à sombra recebendo a brisa com a mesma alegria com que nas praias os veraneantes tomam os raios de sol. Ali nos deixávamos estar, muitas vezes de olhos fechados, falando lentamente como é usança naquelas terras, despendendo o mínimo de um vigor que nos seria útil ao final da tarde para os assentamentos de tijolos, os rebocos e as caiações.

O tempo que vivera até chegar a Gorda-e-Feia programara-me para viver depressa. Aos trinta e três anos, dei por mim rapidíssimo e incansável na minha vida visível, mas também turbulento, obsessivo na insatisfação e extenuado no que de mim só eu conhecia. Em vez de jornais e revistas na mesa do café ou na biblioteca, como outrora, lia títulos nas redes sociais, de olhos postos no telemóvel, enquanto corria para o comboio. Passava os dias à espera de que surgisse não sei bem o quê no constante atualizar de um mundo de amigos virtuais. Nos intervalos das aulas, agarrava-me a ele como os miúdos aos quais cinquenta minutos antes pedagogicamente explicara que não permitia que os usassem na sala. Apercebi-me de que não sabia estar sozinho, ainda que, na verdade, não estivesse eu de outro modo, dado que, fora da escola, nunca me encontrava verdadeiramente acompanhado. Em casa, tinha sempre o televisor ligado ou a companhia de música – senão das duas coisas em simultâneo. Não dava dois passos sem ir às redes sociais ver os sucessos dos outros. Mal acabava de tomar duche, ainda molhado, pegava no telemóvel e verificava, secando-me com a outra mão, que calamidades ou conquistas tinham acontecido durante aqueles cinco minutos de ausência do mundo. Enquanto jantava, tinha o indicador direito espetado, não para pedir licença para falar, mas para fazer deslizar o mundo pelo pequeno ecrã colorido. Vivia nas redes sociais mais do que em casa. Carregava a bateria do telemóvel duas ou três vezes ao dia, como quem fuma dois ou três maços de cigarros. Ao fim de semana, mesmo quando tinha de corrigir testes, o telemóvel ficava ligado em permanência ao carregador, ali ao ladinho, numa absoluta renúncia ao meu controlo sobre mim próprio, à minha vontade, à minha vida. Nada daquilo que buscava na televisão ou na internet era verdadeiramente importante. Andava a distrair-me. Mas a distrair-me de quê, em vez de me concentrar? De me focar em viver e não apenas em existir. A existência é uma pré-existência, mas a vida, enquanto projeto para essa existência, é uma conquista.

Na escola, tinha finalmente um horário completo, estava apenas a vinte quilómetros de casa, mas a minha vida profissional andava muito longe daquela

com que tinha sonhado. Sentia-me um gestor de procedimentos pedagógico-
-administrativos e não um professor. Os planos e os relatórios individuais e
coletivos, as folhas de cálculo, as fichas, a infindável papelada que preenche-
mos e transportamos, os gestos mecanizados e regulamentados, o desgaste,
enfim, provocado pelas tarefas burocráticas associadas à prestação de contas,
o trabalho quotidiano na escola, cheio de tarefas e objetivos, que nos impedem
de acompanhar os alunos, não encontram compensação no relacionamento
solidário entre colegas. Grassam o desamparo, o cansaço extremo e a desmotivação. Burnout é uma palavra que entrou no léxico comum e que tem lugar
cativo nas nossas escolas.

Logo na primeira consulta, disseram-me que tinha o cérebro acelerado.
Aguentei-me durante os meses que faltavam para o final do ano letivo e
parti em busca da lentidão. Julgando que poderia encontrá-la no campo,
junto às raízes, mudei-me, por tempo indefinido, para a aldeia dos meus
avós e da minha mãe. Vim para me pacificar, mas não tardou até assistir à
ruína de um homem.

A verdade é que cedo me especializei na velocidade. Em criança, corria
todo o dia, para desespero da minha mãe e dos meus avós, que me criaram até
ir para a escola. Na hora de dormir, eu queria novamente recomeçar a brincar.
Na hora do banho, fugia da água como quem foge do fogo. Dizia, revoltado,
que era uma pura perda de tempo. Todos os segundos gastos em obrigações
significavam desperdícios incompreensíveis e quedas abruptas nos índices de
brincadeira e de felicidade para os quais vivem as crianças. Para mim, não
havia dúvidas: todos os segundos, mesmo os das refeições (outra perda de
tempo), tinham de ser investidos apenas e só no brincar. Talvez alguns pais
revejam os respetivos filhos nesta pequena tragédia.

Pratiquei vários desportos. O meu pai começou por inscrever-me na na-
tação. Enquanto os meus colegas estavam alinhadinhos, de touca e fato de
banho, à espera do professor, eu atirava-me para dentro de água com estrondo,
perturbando o final da aula anterior. Tanto o professor durão do primeiro ano,
uma espécie de militar frustrado, como a professora simpática e sexy do segundo, sentiram dificuldades sérias em fazer-me ver que nem todos os exercícios
eram uma corrida e que o objetivo não era apenas ser o primeiro a atravessar a
pista, mas também aprender a nadar empregando técnicas estabelecidas.
Seguro de que eu já adquirira formação aquática suficiente, o meu pai
inscreveu-me depois no ciclismo, por sugestão de um vizinho que conhecia a

minha energia e as minhas correrias desenfreadas. Mais tarde, entrei também para o atletismo e mantive-me nas duas modalidades – conciliando-as mal e, por isso, não sendo verdadeiramente competente em nenhuma – até entrar para a faculdade, momento fundamental deste percurso. Tive várias namoradas e de todas me fartei com a mesma velocidade surpreendente com a qual me apaixonara por elas dias antes. Caía então em desilusão profunda, até, poucos dias depois, novamente me entusiasmar com uma troca de olhares, um sorriso, uma cintura estreita, uns pulsos ou uns tornozelos finos e delicados, ou então com um traseiro, uns seios ou umas pernas capazes de me fazerem sonhar. Mas se, no plano amoroso, o meu otimismo militante me salvava da depressão, no campo académico, com a entrada na vida adulta e a mudança de paradigma de uma escola de adolescentes para uma escola de gente crescida, passei a direcionar a minha energia para os estudos e contratempo algum era capaz de refrear o meu empenho. O contacto com matérias verdadeiramente desafiantes e com três ou quatro professores daqueles que fizeram de mim um estudante muito dedicado e de méritos reconhecidos. É verdade que nada disso me salvou da miséria em que vive um professor. Em onze anos de ensino, dei aulas em catorze escolas diferentes, quase todas da margem sul, o que me subjugou ao pesadelo diário da ponte ou a viver de malas aviadas. Morei em oito casas e perdi a conta aos quilómetros que fiz nos dois carros que tive.

Se tinha o cérebro acelerado, se tinha velocidade na cabeça, parecia-me perfeitamente lógico procurar um certo tipo de abrandamento. Decidi aceitar a oportunidade que a realidade me oferecia – de pronto apoiada pela minha mãe e pela Dra. Isabel, a psicóloga – e buscá-lo recorrendo à solidão e ao silêncio. Só mais tarde me apercebi do potencial daquilo que instintivamente buscava e de como, no mundo agitado em que vivemos, devemos aproveitar a quietude e o silêncio possíveis para um encontro com o pensamento e connosco mesmos. Até confinados num pequeno quarto, a solidão e o silêncio são imensos e não é fácil não nos deixarmos intimidar – ou deixarmos de nos intimidar, o que é diferente – com eles: tão quieta quanto afirmativa, essa imensidão assusta. Não estamos preparados para a lenta e silenciosa solidão. No limite, a sua presença é tão esmagadora para todos os sentidos, e pus-me a ler coisas sobre o assunto, que não admira que seja também considerada um problema de saúde de cariz epidémico, podendo afetar o coração e o sistema imunológico, criar doenças inflamatórias, gerar demência e perturbações do sono.

32

ACEITEI

ERA UMA SEXTA-FEIRA E estava calor quando decidi que tinha de mudar de vida. Num dos intervalos, entre uma turma do sétimo e outra do nono ano, fui comprar um gelado. A campainha tocou e eu enfiei o gelado no bolso. Após alguns momentos de estupefação, aos quais se seguiram outros de constrangimento meu e de chacota alheia (os miúdos são impiedosos), tomei uma decisão. Nessa noite, iria ao cinema, para descontrair.

Entrei no centro comercial, que estava lotado, e dirigi-me ao andar superior. Escolhi o filme mais leve e divertido possível. Fiquei sentado no meio da sala também apinhada e, a meio da sessão, dei por mim a sentir-me terrivelmente só. Então, tomei outra decisão: levantei-me e fui para casa. Na cabeça, tinha os acontecimentos sintomáticos de há duas semanas, que muito haviam atormentado os meus dias. Na segunda-feira seguinte, perto da escola, introduzi o cartão multibanco na máquina, para fazer um levantamento, e apercebi-me de que não me lembrava do código. Tentei duas vezes, em busca de uma memória tátil, mas não fui bem-sucedido. Ao fim de três dias de desespero, liguei para o banco. Explicaram-me que teria de ir ao meu balcão, para pedir um novo código, que depois me seria enviado para casa. Também por esses dias, sentado ao computador, não fui capaz de lembrar-me da palavra-passe do email, nem do meu código postal, como se a minha mente tivesse bloqueado todos os agrupamentos numéricos. Quis acreditar que era uma estratégia de defesa do meu cérebro, para não me confundir mais, e poder lembrar-me do código do cartão multibanco. Ao fim de cinco dias, decidi arriscar: almocei num restaurante, mandei vir o terminal de pagamento multibanco e evitei pensar no código. O empregado quase gordo passou o cartão e eu marquei o código sem pensar. Funcionou. Escrevi-o imediatamente no telemóvel e senti o peso do meu corpo diminuir várias toneladas. Fiquei instantaneamente feliz.

Durante muitos anos, vivi de forma estável, sem altos e baixos e sem – pensava eu – momentos de depressão. No entanto, a partir de determinada altura que não consigo precisar, apercebi-me de que não estava sempre bem, como julgava e dizia estar. Começaram a surgir de modo mais frequente e mais profundo os momentos negros. Eram dias durante os quais as pessoas me perguntavam se estava tudo bem comigo, dias em que – notei mais tarde – eu não sorria, dias e noites de uma apatia densa, da qual não conseguia nem queria sair, mesmo sabendo que seria muito melhor para mim tentar fazê-lo. Não queria ver nem falar com ninguém, havia em mim como que um esgotamento para o social, para toda a socialização.

Até que surgiu o telefonema da minha mãe e a mensagem de Facebook vinda da Ti Zulmira assinada por Baiôa: recuperámos a casa dos teus pais. E eu deixei-me ir. É verdade que poderia ter optado por continuar a terapia, por consumir álcool, drogas ou séries de televisão; concedo que não era descabido ter-me dedicado ao running, essa forma sofisticada de correr, ter-me aventurado por uma volta ao mundo ou escolhido tornar-me hippie ou uma qualquer declinação moderna; no limite, poderia até ter optado, acaso tivesse coragem para isso, pelo suicídio. Mas escolhi melhor. Optei pelo que alguém parecia ter escolhido para mim – aceitei.

Até esse momento, vivia as coisas sem tempo para refletir. Como se a velocidade me impedisse de realmente viver, ao tirar-me o tempo necessário para a contemplação daquilo que se experiencia. Sejamos francos: quantos dos que vivem na cidade estão habituados, mesmo à noite, a ouvir os próprios passos quando caminham na rua, sem um ruído maquinal, um automóvel a passar, um pi-pi-pi de um semáforo, a música vinda de um bar, o burburinho elétrico que corre por todo o lado? Falo de estar-se somente, e em silêncio, consigo próprio. Eu não estava. Ao ouvir os meus passos e apenas isso, dei conta do quão desacompanhado se pode estar e do quanto isso pode ser bom para partirmos para uma caminhada interior em busca de um eu que os nossos dias não nos têm dado tempo para conhecer. Quantas vezes temos espaço só para nós? Um espaço apenas humanamente ocupado. Não digo que a solução para as nossas vidas agitadas seja desatarmos a fugir para o campo, deixo tais ideias para quem estuda o assunto, mas comigo – como mais adiante se verá – resultou em alguma coisa.

Em certa medida, e não me chame já doido o leitor, pelo menos não tão cedo nesta história, valeu-me o rio. Um rio cuja água já fora tão pura, que o médico da aldeia até a receitava como remédio para vários males. O rio, que em rigor é um ribeiro, será nestas páginas sempre rio, por absoluto merecimento de tal promoção: não só é entidade viva em terra de mortos ou estertorosos, como constitui, mesmo não sendo navegável, o boulevard da aldeia, o seu eixo central, a praça ou o monumento único que esta possui na simplicidade e carestia das suas casinhas brancas. No rio, eu via o deslizar dos meus pensamentos. No rio, via o meu reflexo parado sobre as minhas ânsias correntes, duas partes de mim que se separavam uma da outra e das reflexões deixadas nas margens.

33

Cemitério

Há um muro comprido e branco. Do lado de lá, está o fim do mundo. Do lado em que o observo está o que resta, aquilo que ainda não chegou ao fim do mundo. Por vezes, temos um muro comprido e branco diante dos olhos, sabemos que do lado de lá está o fim do mundo, mas isso não nos toca. Depois, cruzamos o portão de ferro que divide o muro e que separa o mundo do seu fim, entramos, vemos terra seca, velas desmaiadas, mármore sujo e flores de plástico, vemos espaços apertados entre as campas, talvez para os corpos frios sentirem algum tipo de aconchego e companhia, vemos apenas tristeza, e nem assim – e ainda bem – antecipamos o fim do mundo. Há em nós como que um mecanismo que nos imuniza do sofrimento antecipado. Porventura, até lavamos as campas, trocamos as flores murchas por outras frescas e relembramos os que o chão guarda, mas nem assim tememos o fim do mundo. Por vezes, apenas o antecipamos quando vemos ruir os muros atrás dos quais os outros se protegem. Por vezes, vemos as cores e as formas do fim do mundo à porta de casa, quando olhamos os vizinhos nos olhos sofridos de quem acaba de assistir ao fim do mundo e está pousado em cima de pernas bambas. O fim do mundo está tapado por um muro comprido e branco, que frequentemente se faz alto, para não o vermos, mas está demasiado visível nos olhos de alguém com que nos cruzamos todos os dias e vemos a braços com a perda.

Desafio dos maiores é, por certo, pisar a terra que recebeu os nossos e não exumar as memórias que deles se conservam. Imagino que Baiôa, sempre calado nas nossas visitas ao cemitério, não fizesse outra coisa que não desenterrar lembranças de rostos, episódios, ou sentimentos – mesmo que muitas delas fossem já amaciadas pelo soprar dos tempos. Naquela manhã, tínhamos ido de carro ao cemitério. Ficava longe. Era o cemitério da freguesia a que Gorda-e-Feia pertencia, mas que dela distava muito mais do que o de Vila Ajeitada, que ficava a uns trezentos metros, do outro lado do rio, e que por comodidade, os da aldeia gostariam de usar. Depois de pararmos o carro, caminhámos até lá, vagarosamente, dado que eu, semanas antes, decidira carregar catorze tijolos empilhados, acrobacia que me tapou a visão e, em virtude da queda do décimo quarto a contar de baixo, me premiou com um dedo do pé partido e operado, para colocação de um ridículo ferrito, no Hospital de Évora. Mais uma data de dias agarrado à porcaria do telemóvel. Depois desse episódio, que pouca atenção julgo merecer neste testemunho, mas que ainda assim está reportado nas minhas redes sociais através de fotografias dos raios X das fraturas no quinto metatarso e respetiva falange proximal, fui ajudando Baiôa de outro modo, dentro das minhas possibilidades, dando-lhe ânimo e oferecendo-lhe abnegadamente a minha inútil companhia. Foi também o caso naquele dia. Fiz-lhe companhia enquanto ele tratava das campas dos parentes. Sempre calado naquela tarefa que é de mulher por tradição, cuidou também dos apartamentos de amigos, conhecidos e desconhecidos. Eram construções com buracos onde entram os caixões e que depois se tapam com lápides. Beliches de pedra, camas duras como os corpos que nelas se deitam. Baiôa não falava mais do que os mortos e eu dedicava-me a tentar adivinhar os mistérios que em torno dele se erguiam. Ficámos por lá mais de duas horas, a conviver com a morte, mas – pelo menos no meu caso – sem pensar nela. Não tardou, porém, até que ela me batesse à porta. Vinha nos olhos vermelhos e nas poucas palavras da Ti Zulmira.

34

Tromba de água

Sufocante. No léxico que comumente emprego não encontro adjetivo melhor para qualificar o calor que senti numa manhã de meados de agosto, véspera da minha ida ao cemitério. Pela hora de almoço, começaram a surgir algumas nuvens no céu, mas o calor não diminuiu, era um cantar seco e afinado. Recordo, porém, que, ao final da tarde, já com o azul todo coberto pelo cinzento, o ar estava denso e colava-se à pele sob a forma de uma humidadezinha peganhenta, a fazer-me lembrar férias passadas na República Dominicana ou em Fortaleza, no Brasil – tudo igual, mas sem praias, piscinas, frutas exóticas, marisco e água de coco. No céu, havia um amontoado de nuvens desenhadas a carvão, que não só funcionavam como teto, impedindo o calor de se dissipar, como também ameaçavam ruir sobre a terra e sobre as nossas cabeças, como um gigantesco edifício de cimento. Olhar para cima equivalia a ver em suspensão uma grande barragem de betão armado atrás da qual toda a gente sabia estar retida uma massa enorme de água fria, pronta para, nervosa e inclemente, se atirar dos céus sobre o mundo terreno.

Naquelas noites de verão, vencidos os medos iniciais, mantinha a janela aberta depois de ouvir a Fadista e, habitando o silêncio dos móveis, ficava a colecionar os ruídos da aldeia, atento a qualquer novidade, como nas redes sociais. Porém, naquele dia, tomei noção da gravidade do ocorrido só algum tempo depois do começo da tempestade, que se anunciou com vários trovões seguidos, como se batesse furiosamente a uma porta que acabaria por derrubar.

Ao espreitar pela janela, percebi que o vento se tinha posto a soprar e vi as árvores cheias de ambições eólicas. Assim me deixei, a observar, durante alguns minutos, até que, a partir do céu, a água se fez à terra. Primeiro, caíram umas gotas grossas, quais baquetas xilofonando sobre as telhas das casas, que despertaram a minha atenção até ali adormecida no sofá. Era ainda uma chuva complacente, a avisar a terra do que estava para vir. Logo depois, os pingos adelgaçaram-se e precipitaram-se em muito maior quantidade sobre os telhados e as ruas, entrando-me pela janela sob a forma de um ciciar agradável. Ao fechá-la nos instantes seguintes, apercebi-me de que a temperatura baixara de forma abrupta. Fiquei a olhar através da vidraça molhada. A pouco e pouco, na sua inclinação natural para o rio, a rua foi-se enchendo de água corrente. Ainda pensei em sair, para ver se estava tudo bem nas outras casas, mas não foi só o pé aleijado a demover-me: percebi que só se fosse de escafandro. Verifiquei que a porta estava bem fechada e, ao entreabri-la para enfiar bem o trinco no ferrolho, dei-me conta de que, do lado de fora, pronto para entrar, o ar se apresentava efetivamente gelado. De regresso ao meu posto de vigia, ouvi de novo o telhado transformar-se num xilofone. Impiedosos, o vento e o granizo que entretanto chegaram dobravam as copas das árvores, que pareciam assustadas – as folhas agitavam-se em conjunto, reclamando o direito à quietude. No dia seguinte, muitos ramos se veriam caídos no chão. Trovejava como se a terra estivesse furiosa com os homens, e os relâmpagos, que de imediato fulminavam os céus, pareciam cair logo ali adiante, a pouquíssimos metros da minha casa. Abri o pequeno frigorífico e constatei que não tinha mantimentos para muitos dias, caso a tempestade tivesse vindo para durar. Teria sido bom ter aceitado herdar o frigorífico dos meus avós. Quando morreram, primeiro a minha avó e, uns meses depois, o meu avô, instalou-se na família uma pequena guerra: as minhas tias – uma vive em Coimbra e outra nos arredores de Paris – ficaram com o apartamento de Lisboa e a minha mãe com a casa em ruínas da aldeia. Apesar do evidente equilíbrio da partilha, o que mais discussões gerou foi uma cristaleira e um conjunto de pratas. Os meus primos apressaram-se a reclamar os televisores e o micro-ondas, que dariam jeito nas suas casas de estudantes, e eu atirei-me ao frigorífico, não por interesse no mono branco, mas por saber estarem sempre contidos dentro dele frascos de compota feita pela mão generosa da minha avó – compotas de maçã, de pera, de framboesa, de ameixa ou de pêssego, como nunca saboreei iguais. Herdei, portanto, dois frascos e meio de compota de maçã (o que estava a meio tinha um pouco de bolor na parte de baixo da tampa, mas tratei de a lavar) e um, alto, daqueles em que se compram as salsichas ou os feijões cozidos, de um inesquecível doce de pera. Reutilizo continuamente aqueles dois frascos, aos quais secretamente chamo avô (o mais baixo) e avó (o mais alto e entroncado), mas, naquele dia de temporal, percebi que talvez tivesse sido ajuizado ficar também com o frigorífico, que era bem maior e por isso mais capaz de guardar mantimentos caso o mundo tivesse decidido iniciar uma guerra contra a aldeia. Infelizmente, a minha mãe acabou por vendê-lo à vizinha, que disse ter a esperança de ainda encontrar lá dentro uma panela daquela sopa de coentros muito boa da minha avó.

O vento intensificou-se e receei que os vidros da janela pudessem partir-se, porque começou a abater-se sobre aquele lugar uma saraivada tão grande como eu nunca imaginara que fosse possível. Creio que já nem o pó descansava sobre os móveis. Na minha cabeça, ecoava uma frase: nós não somos nada. O apedrejar foi assustador e adensou-se até se transformar num metralhar. Ovos de gelo caíam na vertical sobre o meu carro, que ficou com o tejadilho e o capô cheios de amolgadelas. O marulhar da água que corria rua abaixo misturava-se com o assobio fantasmagórico do vento e com sons indecifráveis. De repente, a terra abriu-se e começou a expelir magma ardente e percebi que estávamos mesmo entregues (tivesse eu rede e teria ligado à minha mãe a dar-lhe razão), de que chegara o apocalipse.

Esta última parte, como é evidente, não aconteceu – deixei-me entusiasmar. Mas tudo o resto foi tal qual descrevi. Palavra de honra. Em pouco mais de vinte minutos de descarga incessante, tudo o que os meus olhos alcançavam estava transformado num amazonas em dia mau. Tanto o ribeiro, cujas águas são normalmente de escasso vigor, como as ruas, sempre desocupadas, foram obrigadas a, muito rapidamente e sem escolha, mudar de identidade – passaram todos a rios agitados. E se, a princípio, pensei no quão boa aquela água seria para fertilizar o que por ali mais havia, que era árvores sem fruta nem sombra, rapidamente percebi que o mais provável seria, em pouco tempo, ver essas árvores levadas pela torrente. O Sr. Cabral dizia que, quando há água, nenhuma gota cai a mais. De facto, por ali, nenhum verde é fútil, mas, se o resultado das chuvas incluísse copas e troncos de árvores a boiarem, talvez aquela quantidade de água fosse excessiva. Seguindo esse raciocínio, comecei a duvidar da solidez da minha casa e a temer pela minha própria segurança. Pela porta, que por sorte ou mestria dos construtores se encontrava no cimo de um degrau, e atrás da qual enrolei uma manta, bem como pelas janelas, já bastante usadas, não entrava chuva, apesar do estado débil que evidenciavam. Entrava, sim, o som de uma agitação pesada, acompanhado por um teclar contínuo de milhões de gotas.

De repente, a luz falhou. Às escuras, procurei o telemóvel e acendi a lanterna. Tentei ligar a aplicação que faz do telefone um rádio, mas estranhamente não funcionava. Confesso que estava algo assustado. Entrei no YouTube e pus música a tocar, mas nem no máximo a consegui ouvir, tal o ruído vindo do exterior. Pouco depois, reagi: como era capaz de me deixar amedrontar por uma chuvada de verão?

Na rua que dava para a ponte, e por cima dela, tinha-se formado um rápido. Da minha janela conseguia acompanhar a marcha furiosa da água. A determinada altura, pareceu-me ver objetos arrastados pelas águas. Seriam corpos? Julgo ter avistado as flores que de manhã havíamos deixado no cemitério. Identifiquei depois aquilo que se assemelhava a duas galinhas. Ou seriam duas cabeças humanas, estando os corpos submersos? Pareciam mesmo galinhas. Eram objetos arredondados, um em vários tons de castanho e outro esbranquiçado, lutando contra a força da torrente com aquilo que eu imaginava serem asas, e movimentando em desespero algo que se assemelhava a uma cabeça.

35

O ABALO
E O MISTÉRIO DA MORTE

POR VOLTA DA MEIA-NOITE, deixei de ouvir a água a correr na calçada e, de múltiplo, o gotejar passou a esparso. Decidi então vestir um casaco, calçar as botas e sair, para ver se estavam todos bem. A eletricidade ainda não tinha voltado e estava sem bateria no telemóvel. Começaria pela casa de Baiôa, para depois irmos às da Ti Zulmira e de Zé Patife. Mal fechei a porta, instalou-se ao meu redor um silêncio como o dos primórdios do mundo. Eu detive-me, procurando escutar alguma coisa. Não se ouvia nada. Um ou dois minutos depois, o ar trouxe um murmúrio, um som cuja origem eu desconhecia. A seguir, o céu negro iluminou-se durante vários segundos; era uma luz trémula, como uma boca gritando, mas sem produzir ruído. Até que foi crescendo um ribombar, que resultou num incomensurável ruído, que só poderia equivaler ao fim de tudo. E a chuva voltou a atirar-se ao mundo sem piedade. Com ela, vieram pela primeira vez o abalo e o mistério da morte.

36

Primeiras mortes: as irmãs Floripes e Parménia Bocito

A morte chegou a Gorda-e-Feia nesse dia de tempestade. Tivesse a aldeia um jornal e ele noticiaria a terrível calamidade em primeira página. Mas a notícia entrou em minha casa a pé, no dia seguinte ao sucedido. De véspera, quando a chuva amainou um pouco e a energia elétrica regressou, consegui telefonar para todos os meus velhos e saber que estavam bem, mas, ao princípio da manhã, quando a Ti Zulmira me bateu à porta, trazia na cara cores estranhas de aflição e desespero. E eu não esperava ficar tão perturbado. Tinha acordado de forma tranquila, notando que entravam no quarto, indiscretos, dois magros canudos de luz. Estava ainda a ligar os motores, em estado de semiconsciência, porque sou de arranque lento e demoro muito a despertar verdadeiramente – facto que a minha mãe sempre considerou mau sinal – quando a ouvi anunciar-se entre soluços. É curioso que aquela demonstração de tristeza não me tenha afetado imediatamente, como se eu pudesse não ser permeável à dor alheia. Durante instantes, deu-se em mim aquele fenómeno de ausência de um lugar, de estar e não estar, porque os primeiros soluços da senhora não impediram o meu cérebro de, sem me solicitar autorização, e como imagino que por vezes suceda também com outras pessoas, estar ininterruptamente a tocar uma música, repetindo o refrão umas cinquenta ou sessenta vezes seguidas.

Mas depois elas chegaram. As primeiras mortes com as quais me confrontei na aldeia foram as de Floripes e Parménia, as meninas da Ti Zulmira, de graças completas Floripes Encerrabodes Escoval Bocito e Parménia Encerrabodes Escoval Bocito, e eu, repito, jamais imaginei que o desaparecimento de duas galinhas pudesse abalar-me. Nos dias que se seguiram, tudo ao meu redor vestiu um ar fúnebre.

Não virá, porventura, a despropósito – até para que a atenção não se foque somente nas minhas fraquezas – a referência ao facto de a Ti Zulmira Encerrabodes ter criado sucessivas gerações de poedeiras, ao longo dos anos, assim esgotando os nomes mais comuns, como Ana, Maria, Cristina ou Paula. Como nunca repetia uma graça, as sucessoras de Hermengarda e Virgulina, que por sua vez eram herdeiras de Oceana, Capitulina, Benvinda, Eulália e Josefa, todas cobertas pelos galos do Sr. António Escoval Bocito, receberam também nomes dos quais poucos progenitores faziam usança para os filhos. A Ti Zulmira permitia a sobrevivência da antroponímia regional que já ninguém queria através do seu galinheiro e de um livro no qual assentava as datas de nascimento, os nomes, as principais características e a data de morte de cada espécime que criava.

Estou ciente de que não é fácil ver na morte das galinhas da vizinha motivo plausível para alguém ficar abalado, mas, que diabo, se até esses bichos nascem com coração, como podia eu ficar indiferente ao sofrimento da minha querida Ti Zulmira?

Quando me bateu à porta, lá fora a chuva não caía forte nem inundava o mundo, como nos romances e nos filmes. Também não era fraca e incomodativa, como nos filmes e nos romances. Era uma chuva apenas moderada e por isso aborrecida, mas sem grande motivo que levasse alguém a falar dela (como é comum em relação a tudo o que se afirma pela mediania), a menos que para a introduzir numa história. O assunto, naquele dia, era sério, mas como é evidente não o puxei à conversa, pois é do mais elementar bom senso que em casa de enforcado não se fale em corda. A senhora atirou-se-me aos ombros, em busca do conforto de um abraço. Chorava a morte trágica das suas meninas. Aceitaria que morressem de velhice, ou até mesmo degoladas pelos cães, que era espetáculo cruel mas não inaudito, explicava, entre soluços. Elas ainda eram tão novinhas, repetia. Ainda estavam a habituar-se ao galinheiro, ainda estavam a habituar-se a viver, percebe? Eu assentia com a cabeça – percebia, percebia muito bem – e pensava que é, de facto, desde os primeiríssimos instantes de vida que cada ser inicia o respetivo e contínuo processo adaptativo ao meio envolvente, e tão progressivo e adaptativo ele é que termina com a fusão de ambos, com os corpos a decomporem-se na terra. É evidente que deixei estes e outros pensamentos para mim, até porque era incerta a terra em que Floripes e Parménia estavam a decompor-se, acaso não estivessem ainda em aquático trânsito até ao mar ou até já mesmo a boiar junto à costa algarvia. Custava-lhe muito tê-las visto afogarem-se, não lhes ter podido acudir, nem ter sabido sequer o que fazer. Culpava-se por não ter sido capaz de evitar a morte desumana e injusta de Floripinha e Parmeninha – um fim de vida escorrido, como lhe chamou Baiôa.

De tempos a tempos, acometida por um notório exaspero, desatava a chorar com mais força e ficava claro que a nada aquilo concernia mais do que ao universo do terrível. Mal a chuva abrandara, ela fora a correr ao galinheiro, mas as telhas tinham sido arrancadas pelo vento, as portas encontravam-se abertas e as meninas dela não estavam lá. Eu não deixava de a abraçar e escutar e, enquanto ela se lamentava, apercebi-me de que ninguém me tinha morrido durante a minha idade adulta. Os meus avós paternos morreram num desastre de automóvel, numa curva famosa da serra do Marão, ainda antes de eu nascer. Só passei por lá uma vez e lembro-me de que era uma curva que exibia troféus: ramos murchos, coroas de flores e velas derretidas, daquelas enfiadas em frascos de plástico vermelho. Os meus avós maternos morreram quando eu era miúdo: ela no início do ano e ele no final do verão – de desgosto, que é, segundo a minha mãe, a mais nobre das formas de morrer e a prova provada de que é possível morrer de amor. Ela própria adoraria morrer de amor, como sempre fez questão de dizer. Por outro lado, pelo menos junto a mim, nunca a minha mãe se mostrou abalada com o desaparecimento dos pais, preferindo relativizar a coisa e explicar-me que os meus avós tinham ido para o céu, lugar ótimo de habitar e para onde ia quem ao longo da vida se portava bem e trabalhava muito. Os peixinhos que tive em miúdo desapareciam logo que eu os via a divertirem-se boiando, o que me levava a pensar que o boiar dos peixes não era tão bom como aquele que o meu pai me ensinara nas águas quentes do Algarve. A tartaruga e o hamster também desapareceram misteriosamente. Cães e gatos nunca tive. O Sr. Abílio, do terceiro direito, morreu sem que ninguém desse conta e, quando o foram buscar, disseram que estava podre e cheirava mal; mas eu, embora o imaginasse como uma banana escurecida e rodeada por mosquitos na fruteira da cozinha, não vi nada. O pai de uma colega minha da escola secundária morreu depois de sucessivamente amputado em consequência da diabetes, mas eu também pouco contacto tive com essa história e muito menos com o senhor. Na estrada, ao passar por acidentes, nunca tive curiosidade bastante para abrandar, deitar o olho às tragédias alheias, fazendo esforço assumido para provocar outro acidente.

Por mais estranho que isso possa parecer, sabendo-se que vivo nesta coisa que é o mundo, até àquela altura da minha vida, nunca vira ninguém chorar a morte de ninguém. Se isso contar, também nunca gostei especialmente de filmes de terror, nem de dramas daqueles próprios para chorar, se é que nesses as pessoas morrem mesmo e o final é infeliz. Até esta altura, não percebia nada da morte e pouco tempo lhe dedicara ao longo da vida. Aceito, por isso, que seja substancialmente risível afirmar que, mesmo que trágico, o desaparecimento de duas galinhas me pôs a pensar no assunto de forma séria pela primeira vez. Essa é, todavia, a mais impoluta das verdades. A Ti Zulmira apresentou-se-me chorosa e, com ela encaixada entre os meus braços, instalou-se em mim uma dolência solidária e autêntica. Depois de muito choro e protesto, fechou os olhos, para ver melhor o que trazia dentro de si, e sossegou. De repente, o mundo começava a acontecer numa aldeia de dezassete casas e eu estava lá para testemunhar.

A morte de Floripes e Parménia deu-se aos pés de um rio que os anciãos haviam visto assim, alteroso como o mar bravo, menos vezes do que aquelas que uma mão é capaz de contar. Dizem eles que são as alterações climáticas, que é a poluição que está a dar cabo disto tudo. Vestida com o negro inclemente que lhe cobria a viuvez e a morte das meninas, a Ti Zulmira desconfiava de São Pedro, que sabia há muito não ser santo nenhum, não ser gente de se conhecer à primeira vista. A Ti Zulmira fiscalizava toda a vida da aldeia a partir da janelita de casa – e sabe-se lá recorrendo a que outros expedientes – e parecia não querer aceitar o facto de as vontades e ações de São Pedro fugirem ao seu controlo.

Ao acontecer diante de mim, o desaparecimento – porque foi disso que, na verdade, se tratou, dado que os corpos nunca foram encontrados – das irmãs Floripes e Parménia Bocito mostrou-me pela primeira vez de forma vívida que a existência não é senão um rápido deslize; e desconfio de que, como no caso das meninas da Ti Zulmira, não passa de um rápido deslize para parte nenhuma. Desconheço se o próprio rio tem consciência do estádio do seu curso, uma vez que quando para de correr é apenas porque não lhe trazem a água, caso contrário continuaria – aposto – rumo ao mar, com a determinação que sempre lhe conheci, e nunca pararia, talvez só por não saber que, à chegada, o mar que anseia o há de rejeitar com as ondas.

37

Do morrer, da morte e das exéquias

Dormia em cima de um estrado de madeira, não por não ter dinheiro para um colchão – como no início cheguei a supor, fruto de uma certa incapacidade de olhar para aquele lugar e para as suas gentes sem a condescendência provinciana com que a cidade olha o campo –, mas porque, desse modo, dizia-me, já estava mais preparado para o desconforto do caixão.

Quando se entrava em casa dele, via-se um colchão ao alto, encostado à parede e coberto por um plástico transparente. Foi só da terceira ou quarta vez que lá fui que tive coragem de perguntar por que motivo ali se encontrava. Comprei-o pela internet há dois anos, disse. É incrível como as coisas hoje funcionam, puseram-mo aqui numa semana. Nesse momento, Baiôa fez uma pausa, aproximou-se do colchão, e pôs-lhe a mão na face lateral, como quem a pousa no ombro de alguém, e disse: mas nunca me habituei a ele. Francamente, nunca dormi bem em colchões. Desde que fiquei com a cama só para mim, voltei ao conforto da madeira. Há uns dois anos, o doutor convenceu-me a comprar este, que é dos mais rijos, e foi o que fiz. Mas os meus ossos não estão habituados ao macio. Estava sempre a acordar, não pregava olho. Palavra de honra. O assunto parecia interessar-lhe. Pôs-se então a explicar-me ainda o quão fundamental o sono é para todos, especialmente num caso como o dele: a doença está sempre ao virar da esquina e as reservas dos leptossómicos são menores, portanto há que evitar a todo o custo a necessidade de convalescer. É por esse motivo que deito sempre o lombo na tábua.

Eu estava a achar tudo aquilo inusitado, de uma certa excentricidade até, mas Baiôa contou-me então que tinha crescido dormindo no armazém da venda em que cedo o pai o empregara. Deitava-se junto das batatas, muitas vezes com os bigodes e as caudas dos ratos a tocarem-lhe o rosto. Por isso, quando quase homem teve o privilégio de uma cama, estranhou a moleza do colchão de palha. Já empregado nos fornos da fábrica de cal, quando a conjugalidade o obrigou a normalizar o hábito, acabou por enfiar por debaixo dos lençóis uma tábua larga, cujas arestas boleou, para maior conforto, sobretudo a do lado de dentro, a fim de não incomodar quem ao seu lado na cama procurava aconchego. Muito mais tarde, quando voltou a dormir sozinho, repetiu então com maior detalhe, o Dr. Bártolo convenceu-o a comprar um colchão novo, dos mais duros, para conforto próprio e ainda para fugir das formas e dos cheiros das memórias do colchão antigo. O resultado foi nenhum, porque saudade era o que sentia e em escalas distintas: do colchão velho, com uma tábua acoplada, que continha memórias da vida anterior, e do estrado junto às batatas, cuja evocação o transportava para a infância e juventude. Por isso, colchão ao alto e toca a dormir sobre a madeira de aglomerado com buracos redondinhos. O regresso às origens a misturar-se com o final, num dégradé de dureza, a condição derradeira a confundir-se tanto com a inicial. O colchão a simbolizar a vida, que é o que intermedeia os gémeos siameses ligados pelo outro lado: o antes do nascimento e o depois da morte – em ambos os casos, o nada.

Face a este cenário, não era descabido admitir que Baiôa estivesse, efetivamente, bem preparado para o sono maior, pelo menos no que concernia às condições de conforto e habitabilidade a encontrar dentro do caixão. E de caixões e funerais percebia ele – não faltava a um. Foi com Baiôa que comecei a interessar-me também pelos rituais e comportamentos associados à morte e ao morrer. Uma das coisas que primeiro aprendi foi que, num funeral, enquanto os mais próximos choram inevitavelmente pelo que vai a enterrar, há sempre quem não sofra apenas essa morte e até quem se transporte para outros enterros e outros finais. No presente, como num miradouro, condoem-se espíritos sensíveis e rijos com os próprios mortos, passados e futuros: lembram a presença dos idos, antecipam a perda dos que ainda estão. Num enterro, sofrem com a inevitabilidade e dureza da morte mesmo os que buscam consolo na religião. Tem a morte esta estranha capacidade multiplicadora, como imagino que a tenha também, mas em sentido oposto, o milagre que é o gerar de um corpo a partir de outro corpo. É evidente que esta constatação só me foi possível depois de uma outra: a de que muitos compareciam nos funerais como quem ia a um espetáculo, mas naqueles casos para assistirem ao desespero alheio, aos choros e gritos das famílias.

Ganhei com Baiôa um entendimento tão diferente daquilo que num velório e num funeral se sente, que até o ajudei a construir uns caixões pequeninos, de forma mais quadrangular do que é hábito, para dar morada derradeira a animais de estimação. Não se imagine que o velho preparava funerais – com direito a velório, cortejo e enterro – para todos os animais que morriam na aldeia, porque não era esse o caso. Sucede que o fizemos para as meninas da Ti Zulmira, as tais que desapareceram (e não foram para o nosso tacho, garanto). Tivemos de as substituir por terra dentro dos caixões bem pregados, para podermos efetivar o funeral, e o facto é que as galináceas fizeram mesmo falta a quem com elas vivia, como é de regra acontecer a quem fica sozinho pela morte de alguém. Durante dias a fio, a Ti Zulmira não parou de pedir a todos os santinhos que conhecia que intercedessem junto do altíssimo no sentido de conseguir um lugarzinho no céu para as suas meninas, coitadinhas.

38

Insónia

A ÁGUA SAI MORNA das torneiras, veste-se roupa que parece ter sido assada, o volante escalda, sua-se o estofo do carro e aceita-se que o inferno existe pela evidência de que certos sítios do mundo, como aquele em que fui enfiar-me, estão dele muito próximos. Ali, tanto como o respirar, suar em contínuo faz parte do dia a dia. E uma coisa se torna para mim absolutamente clara, explico à minha mãe, com tanto calor, deus não pode por certo habitar aquele lugar.

Com aquela canícula petulante instalada em casa – ela estendida sobre o sofá e sentada à mesa, eu, só de boxers, deitado de lado em cima do lençol, onde ela também estava –, eu esperava que a cama não aquecesse demasiado. Por isso, deitar-me de barriga para baixo ou para cima seria uma loucura: a superfície do corpo em contacto com o colchão seria maior e, portanto, produziria mais calor. Quando por distração tal desastre acontece, dou por mim com as costas ou com a barriga a arderem e, se me ergo, sinto gotas a escorrerem em direção à única peça de roupa que visto. Em noites de calor, dormir é uma arte que exige o domínio de várias técnicas: os braços, por exemplo, assim como as pernas, não podem estar juntos, para em contacto um com o outro não criarem ainda mais calor. Mesmo que os ombros, as costas ou o pescoço já nos doam, o movimento tem de ser o mínimo possível, para não se gerar o indesejado aumento de temperatura.

A pensar em quem tem a superior felicidade de nunca ter sofrido deste ou de algum outro tipo de insónias – sagradíssima sorte! –, farei uma breve síntese do que me aconteceu quando o calor se abateu sobre a aldeia a fim de severamente me castigar. A minha mãe explicou-me: era o altíssimo a oferecer--me a expiação dos meus pecados. Eu tinha de aceitar, era a natureza das coisas. Nós não somos nada.

Eu ouvia e calava. Tinha deixado de contrariar a minha mãe no final da adolescência, mas não por ter adquirido algum tipo de bom senso próprio da maturidade – ela venceu-me pelo cansaço. Imagine-se o que é crescer a receber carinhos e, em simultâneo, a ouvir de forma diária que estamos entregues. Convenhamos que não é coisa que motive. Não soubesse eu quem sou e talvez até acreditasse na hipótese de ser um carregador de pecados. Por sorte, não atribuo qualquer tipo de credibilidade a essa ideia tonta que por vezes me assoma. Ou teria eu feito algo de profundamente errado de que não tinha noção?

Em matéria de erros condenáveis pela santíssima moral, sou até um indivíduo de práticas em geral insuspeitas e consumos bem espartanos. Por norma, redimo-me muito depressa e não deixo latentes os pensamentos mais desaustinados, coisa em que, como é evidente, e ninguém discordará, toda a gente incorre, uma ou outra vez. Registemos um exemplo. Se o leitor não souber o que é passar horas e horas a vigiar a noite, se não tiver a mais pequena noção do que é viver insone, e mesmo não sendo talvez caso para tanto, eu roer-me-ei para não desejar muito que vá arder no inferno, qual porco no espeto ou frango espalmado entre grelhas. Isto é apenas um exemplo criativo, bem entendido. O facto é que costumo espantar de mim este tipo de devaneios negros e redimir-me tal como me ensinou a minha mãe. De verdade, não me leve a mal. A questão é: mas porquê eu? Porquê eu?, pergunto-me enquanto visualizo bem chamuscado – a ponto de deixar a pele crocante, sabe como é? – o costado do leitor que adormece à meia-noite e acorda às oito totalmente retemperado. Que inveja de quem não sofre do terror de mal dormir. Tentar dormir encharcado em suor é mesmo coisa de ensandecer. Onde para o sagrado coração de Jesus? Se não sofre de insónias, estimado leitor, não imagina a sorte que tem – ou a bênção que lhe foi atribuída, se preferir. E também é provável que não arda em parte alguma, fique descansado. Creia, porém, se não se importar, porque este que relata e milhões de outros desgraçados muito agradeceremos a sua importante solidariedade, que a situação que vivem os insones é, em suma e em absoluto, da ordem do desespero.

39

O TERROR DE MAL DORMIR

ACONTECE ASSIM: ESTENDIDO SOBRE o catre escaldante, vejo-me forçado a ir mudando de posição, em busca da parte menos quente do lençol. Reconheço a sensação; sei que, dentro de instantes, e pior do que uma rima destas, será ter de repetir a operação. Uma e outra vez, até que os dois metros quadrados em que me deito ardem como uma braseira. Poucos minutos depois, estou já com as costas encostadas à parede, mas também ela fica demasiado quente tão depressa como arde um fósforo. Começo então a dar conta que não será fácil adormecer, mas procuro não pensar no assunto, esvaziar a cabeça de receios.

Impossível. Levanto-me, para ir beber água. Alivia-me sentir os pés sobre o ladrilho fresco. Abro o frigorífico e bebo diretamente da garrafa. O cérebro queixa-se do choque térmico, mas o corpo pede mais. Despejo para dentro de mim metade daquela salvação polar, na esperança de que me gele por dentro. Pelo sim, pelo não, abro a torneira, a tal que deita água morna, e encho uns saquinhos de plástico com os quais darei forma a cubos de gelo. Acondiciono--os no fundo do congelador, demorando as mãos contra o branco acumulado nas paredes. Por onde andará o sono? Abro a janela e acendo um cigarro. Que pena não se ouvir a Fadista a esta hora, talvez o seu canto me embalasse. Bebo mais dois ou três goles de água e sinto dentro da barriga um marulhar que se assemelha ao de uma botija de água quente. Regresso, enfim, para a cama a pensar na imperiosa necessidade de adquirir uma ventoinha ou um aparelho de ar condicionado. Se, como diz a minha mãe, ando a pagar por pecados cometidos, estou disposto a investir neles tudo o que tenho, como quem compra uma indulgência.

Já esticado, lembro-me de que, lamentavelmente, nunca me dei bem com ar condicionado – acabo sempre com dores de garganta. A ventoinha também só funciona caso eu não adormeça com ela ligada; se assim for, é bem provável que acorde doente. Recordo bem a agradável sensação de estar constipado quando a quentura lembra a do deserto. Tentar dormir inundado de um fervor que não o do sexo, mas espirrando a cada cinco minutos e com o nariz completamente entupido, é do melhor. Um calor de morte e um indivíduo a respirar somente pela boca – uma maravilha. Diga-me lá o leitor se tudo isto não é motivo para uma mente saudável começar a desejar, nem que seja apenas um pouquinho, que os outros, os que não sofrem do mesmo mal, seja por serem bem-comportadinhos ou apenas felizardos, vão fazer companhia aos leitões que se assam na Bairrada. Se estiver de acordo, se for dos que também têm, nem que só de tempos a tempos, as suas noites de insónia, que diabo, por caridade, junte-se a mim, assinemos petições, manifestemo-nos no Rossio e em frente aos ministérios, façamos força juntos, oremos em família, peregrinemos em grupo até Fátima ou Santiago, façamos alguma coisa para que os infelizes, os sacrificados e os miseráveis não sejamos apenas nós, ou para que pelo menos não sejamos sempre nós, para que haja alternância nos sofrimentos, ou então, já que é para pedir e a minha mãe sempre me ensinou a não pedir pouco ao senhor, de modo a que ele desse ao menos alguma coisinha, nesse caso então para que não sejamos nós em absoluto os imolados, para que não sejam os nossos corpinhos indefesos a assar quais leitõezinhos nos fornos dos restaurantes da Mealhada, por favor, junte-se a mim!

E o leitor que se ri disto tudo, por nunca ter tido contacto com tal espécie de padecimento, há de perdoar-me, mas merecia chamuscar pelo menos os pezinhos ou o rabiote virgem de insónias. Isto é um assunto sério. Muito sério. Imagine uma bola de neve a rolar encosta abaixo, engrossando a cada metro, ficando cada vez maior e mais ameaçadora, incontrolável. Com as insónias, acontece exatamente o mesmo, mas a bola é de fogo e rola todas as noites sobre as nossas costas e saltita como num jogo de flippers, dentro da nossa exaurida cabeça, e bate de um lado, depois do outro, até que somos só desespero, até que dormir é a única coisa que desejamos na vida, e nos sentimos dispostos a tudo, mas mesmo a tudo, para podermos começar a dormir.

A coisa dá-se sempre assim: na primeira noite, chegam sem aviso, apanham-nos desprevenidos, indefesos como as crianças, mas queremos crer que foi um episódio pontual; na segunda noite, tememos muito o seu regresso, não só por efetivamente nos atormentarem de novo, mas sobretudo pelo que a médio prazo esse retorno anuncia; e o sono, de facto, não vem, nada há de mais fugidio do que o adormecer e nós estamos numa sala de cinema a ver um filme sem podermos sair; na terceira noite, o que nos sobra em suor falta-nos em absoluto em ingenuidade, já não cremos na possibilidade de a coisa passar; a partir da quarta noite, e perdida toda a inocência, começa a escassear-nos a sanidade mental, e o desespero toma conta de nós. Foi isto que me aconteceu na aldeia mal veio o calor. Noite após noite, as insónias surgiram em minha casa em procissão, batendo-me à porta. Vinham tranquilas, não jogavam ao toca-e-foge. Davam mostras de ter chegado para ficar. Traziam a calma que eu procurara na aldeia. Eu queria abrandar, queria dar-me menos à tecnologia, enfim, fazer tudo de acordo com as recomendações da Dra. Isabel. Mas, quando chegam, as insónias são imparáveis. As manhãs mostram-no sem margem para dúvidas: elas passam-nos por cima como rolo compressor.

Na segunda noite depois da avalanche de calor, os ladrilhos do chão já estavam mornos, assim como as paredes às quais em vão procuraria encostar-me. Restava-me o frigorífico: abrir e deixar-me estar, até ter o nariz molhado. Lamentavelmente, aquele alívio gelado derrete-se em poucos segundos e faz a temperatura da casa parecer ainda mais elevada, ainda mais insuportável. A casa até cheirava a sauna e eu sentia-me aprisionado numa.

A dada altura, desistia. É o que fazem os insones, desistem. Renunciam às noites. Sentava-me no sofá – que insuportável calor nas costas! –, pegava no telemóvel, e punha-me a deslizar parvamente o indicador pelo ecrã, de baixo para cima, à procura de alguma coisa que captasse o meu interesse. Mas o pior, diga-se, não era buscar incessantemente novidades que dessem sentido aos momentos; o mais idiota de tudo isto era fazê-lo bocejando quase com a mesma frequência com que respirava. É verdade. Ao insone não falta sono, mas sim condições para dormir. Aliás, noutros tempos, lembro-me de afogar o cérebro em café para não adormecer nas aulas, enquanto dava a matéria aos alunos. À noite, claro está, chegava a casa e não tinha sono. Mas de dia, deus meu, que sono gigante transportava eu em mim. Éramos como que uma entidade só – o sono e eu, unidos para sempre, como nas canções românticas e nos filmes pirosos. Imagino a cara dos miúdos ao verem-me chegar à sala de aula nessa altura. Lá vem o sono andante, diriam, baixinho, uns para os outros. Parece um morto-vivo, arriscaria um, mais corajoso, entre risinhos de medo e excitação juvenil.

Depois, vieram os comprimidos para dormir. Dura dependência. Há quem diga que quando neles se entra nunca mais se sai. Eu deixei-os quando me mudei para este sítio parado. Esperava que as insónias nunca mais voltassem. Antes elas do que aqueles sonhos dementes. Onde raio estaria a solução?

40

Nós não somos nada

QUANDO AS INSÓNIAS CHEGARAM à aldeia, procurei manter-me calmo. Eu só queria dormir bem. De nada valia sucumbir ao desespero. Quem sabe se quem determina e controla quem serão e em que medida sofrerão os portadores do vírus da insónia não agrava o estado dos que não aceitam as penas que lhes são atribuídas? Já aqui tenho dito que, em matéria de crença, eu estava praticamente insolvente. É verdade. Sentia-me um desgraçado. Nos curtos períodos em que passava pelo sono, um dormir levíssimo, sonhava que estava a ter insónias, ou que estava a acordar. E, as mais das vezes, acordava mesmo. Lembro-me em concreto de uma noite em que me pareceu – pareceu mesmo! – que a torneira tinha ganhado vida própria e se tinha posto a chorar gota a gota. Por mais força que eu fizesse para a fechar, e utilizei até uma turquês vinda sabe-se lá de onde e com ar de ser capaz de apertar a roda de um camião, o irritantíssimo gotejar não parava – ping, ping, ping. Ping a noite inteira, para mal dos meus pecados.

A minha desafortunada fé estava muito mais para lá do que para cá, mas já se sabe como funciona o espírito humano: nos momentos difíceis, agarra-se a tudo. E eu, perante o sofrimento desmesurado em que já me via e ao não só perspetivar como até antecipar o que estava por vir, não me sentia capaz de dispensar nenhuma possibilidade. Fosse ela companhia limitada, sociedade anónima, sociedade por quotas ou unipessoal, talvez a tal entidade gestora do sono e derivados atenuasse a minha pena caso eu mostrasse aceitá-la sem protestos, raiva ou revolta.

Eu só queria dormir uma noite inteira, sete horas, oito horas, como as pessoas normais. Não precisava de ser tudo de uma só vez, bem entendido. Eu não pedia tanto. Podia perfeitamente ser aos pouquinhos. Mais do que sentir o direito à normalidade, eu queria dormir meia noite, três, quatro horas seguidas. Duas já seria bom, claro está. O senhor veja lá o que é que consegue por aí. Uma hora? Uma hora também serve. Perfeitamente. Não se incomode mais. Pode ser. Deixe ficar. Está ótimo.

Os dias impunham-se quentíssimos, e as noites não eram frescas o suficiente para arrefecerem as casas. Eu só queria abandonar-me na cama e não saber de mim até de manhã. Mas não acontecia. E, na minha cabeça, como um martelinho que não parava de bater, só ouvia a minha mãe dizer: nós não somos nada, filho, nós não somos nada.

41

QUEM SABE COMO SE SENTIRIA ELE?

ANDAVA HÁ SEMANAS a fazer contas à vida. Naquele dia, apoderou-se dele uma exaustão absoluta, sentiu-se insolvente do coração. Do ponto de vista das devoções – e cada um tem as suas, já se sabe – o Sr. Cabral não era como os outros velhos dali. Esses deixavam as mulheres em casa, porque os dias que lhes restavam pertenciam à taberna. Um deles – por respeito e solidariedade, não revelarei qual – disse-me certa vez que já não havia por aquelas bandas ia para quase onze anos e sete meses uma casa de consumação, motivo ao qual atribuía o desalento de tantos homens para com a vida. O Sr. Cabral era diferente. De enxada ao ombro, passava por mim diariamente para se ir dedicar ao trabalho. Os dias dele pertenciam à horta encostada ao rio, que replantara com afinco depois da tempestade que arrastou Parménia, Floripes, abóboras e feijões. Não era essa chuva inclemente que desejava quando, ao passar por mim, levantava a boina e dizia, triste: ainda não foi hoje que choveu. E seguia caminho, desconsolado pelo facto de as águas correntes não terem abundância suficiente para dar viço às alfaces, que ficavam rijas e amargas, nem às couves-lombardas, cujos caules não havia jeito de engrossarem. Também a rúcula, um pedido expresso de Baiôa, por saber que possui propriedades estimulantes do apetite, bem como vitaminas e sais minerais, além do famigerado ómega 3, estava com dificuldade em pegar. As cebolas até prometiam ir ao tacho, mas o calor estava a dar cabo das cenouras e a impedir o desenvolvimento das batatas, que não ganhavam corpo e não se adivinhavam no prato, e ainda menos das abóboras-porqueiras, indispensáveis para a sopinha do senhor padre e que o Sr. Cabral semeava juntamente com feijões.

Naquele dia, porém, o Sr. Cabral mal me olhou. Era dia de folga nas caiações – domingo, portanto –, Baiôa não estava e eu passava a primeira hora depois de acordar sentado num banquinho à porta de casa, tentando encontrar-me com o sossego e sempre a pensar em ir buscar o telemóvel para saber das novidades do dia. O Sr. Cabral passou, pouco ou nada disse, talvez tenha feito apenas um movimento com a cabeça – e quem era eu para censurar a disposição matinal de alguém? Quem sabe como se sentiria ele por dentro? –, mas levava a enxada ao ombro, como sempre, por certo aguardando que as chuvas, próximas ou distantes, viessem encorpar o rio e tornar mais fértil a terra avermelhada da sua horta.

42

O bizarro encontro com o Enforcado

Como escreveu o poeta, o tempo é a fome que deus tem. Alguns dias se passaram até que ele, o tempo, reclamasse o que lhe pertencia e alguém desse com o morto. Calhou-me em sorte a mim, enquanto cruzava os montes.

No dia seguinte a ter passado por mim mais cabisbaixo do que o normal, lamentando a ausência de chuva e a insuficiência das águas do rio para produzirem hortaliças com o desejado corpo, não vi o Sr. Cabral, mas, lembrando-me da apatia por ele demonstrada na véspera, pensei que talvez estivesse adoentado. Outro dia nasceu e outra vez não o avistei a passar ou a sachar a horta. Um dia mais e a mesma ausência. Preferindo não comentar o assunto com Baiôa, avancei para a vila e dirigi-me até à casa do hortelão, que ficava ao lado do edifício onde em tempos funcionara a cooperativa e no qual mais tarde ensaiava o grupo coral feminino, entretanto extinto por falta de quem cantasse. Estava fechada, bati à porta e ninguém apareceu. Decidi perguntar aos vizinhos. Uma velhinha agarrada a um andarilho, encaixilhada numa porta aberta, disse que também notara que ele não estava em casa – a janela abre-a sempre às sete, disse, e há três dias que está fechada. Até pensei que tivesse ido a Lisboa fazer exames, parece que está doente, acrescentou. Pensei em arrombar a porta, mas achei que talvez Baiôa a abrisse com ferramenta mais facilmente do que eu com o ombro. Tentei telefonar-lhe, mas não tinha rede. E estava quase sem bateria. Dirigi-me para a ponte e tentei de novo. Do outro lado, quem sabe se também por falta de rede, atendeu uma gravação: o número para o qual ligou não se encontra disponível. Ainda tentei mais duas ou três vezes, até que desisti. Deixei o telemóvel a carregar e saí para a rua. Aproximei-me da casa do Sr. Cabral e bati a mais duas portas vizinhas, mas as casas pareciam abandonadas. Procurei vida nas ruas, mas não vi ninguém, o que não era de espantar, pelo que decidi regressar à aldeia e procurar Baiôa. Também não o vi, talvez tivesse ido buscar a areia que na véspera lhe faltara, então optei por procurar a Ti Zulmira. Bati-lhe à porta e não abriu, abri-a e chamei por ela, mas não estava em casa. Depois, lembrei-me de que talvez estivesse na capela da vila. Pensei lá ir, mas, não sei por que motivo, tomei outra decisão e pus-me a caminhar na direção oposta. Segui a água, como sempre faço, feliz por saber que os plainos áridos feitos de uma terra dura, que abriga coisas vivas e coisas mortas, infecunda quase sempre, têm no rio quem os dessedente. Dentro da herdade, vi os dois regatos – aqui chamam-lhes arroios – que vão dar ao rio. Não me perguntem por que motivo, mas continuei a andar. Vi estevais, montados de azinho e algum sobro. E vi um enforcado.

Aconteceu assim: durante a caminhada, e como sempre acontecia, fiz questão de urinar sobre a terra. Decidi fazê-lo atrás de uma árvore, que ficava depois de um outeiro, para não ter a natureza toda a olhar-me para o que é pudendo, e por isso escolhi uma azinheira grande. Encostada ao tronco, avistei uma enxada, mas não prestei atenção a muito mais, pois estava cheio de vontade de aliviar a bexiga. Fui desapertando as calças, contornei o largo tronco e quase dei de caras com o Sr. Cabral. Mas ele não estava de pé, nem sequer deitado – como que levitava. Pendurado na árvore, o Sr. Cabral dormia como um morcego. Só não estava de pernas para o ar. Parecia morto, mas eu quis começar por crer que talvez não estivesse. Atarantado, fitei-o então mais demoradamente, em busca de um movimento. Depois, fiz barulho: tossiquei, bati os pés no chão e até voltei a tossir com mais veemência. Sucede que, como o Sr. Cabral não desse acordo de si, optei por assumir que estava de facto morto. O Sr. Cabral estava morto, enforcado do lado de lá da grande árvore. Eu tinha acabado de ver um homem morto, de encontrar um homem enforcado. Os braços estavam caídos ao lado do tronco e as mãos, semifechadas. A cabeça pendia de viés e o rosto, muito estranho, parecia carregar feridas. Desejei pegar no telemóvel, dizendo a mim mesmo que seria só uma fotografia, e que depois ligaria para o 112. Quando, no dia seguinte, contei o sucedido à minha mãe, ela ficou em estado de choque e pediu para desligar. Devolveu-me o telefonema minutos depois e disse: estamos entregues, filho. O que é que a gente há de fazer? Nós não somos nada. Estamos entregues.

O Sr. Cabral tinha deixado também uma carta com algumas palavras mal desenhadas a tinta azul, que explicavam umas coisas e levantavam dúvidas quanto a outras. Eram frases engasgadas, nenhuma com mais de três ou quatro palavras. O que mais facilmente se percebeu através daquele escrito posto num bloco A5, que tinha num cantinho a marca de um medicamento anti--inflamatório, foi que o Sr. Cabral já andava há uns tempos com um olho na morte e outro no próprio corpo, o que equivalia a olhar para o mesmo sítio, porque a morte já a levava dentro dele. Um cancro no pâncreas não deixava dúvidas quanto ao futuro. Na corda, acabou com o cancro, antecipou o futuro e evitou o sofrimento.

Esperou pelo fim da apanha da azeitona, em outubro. Porque o dia estava quente, somente ao final da tarde trabalhou na horta, que deixou impecavelmente alinhada. Então, o dia foi-se enrolando na escuridão até se fazer noite, e o Sr. Cabral deitou a caminhar, cruzando as árvores que pontuam o castanho e vivem uma solidão incurável. Talvez quarenta minutos depois, segundo os meus cálculos e os de Baiôa, preparado por baixo de uma azinheira que o próprio pai plantara, e já desapiedado dele mesmo, jogou-se do improvisado banco abaixo, e a morte procedeu à eliminação de mais um ser vivo. Quando acomodava o nó ao pescoço – desviado da traqueia, para doer menos –, pensava, quem sabe, na justiça tão demorada, na paz tão imprecisa, no amor tão dissoluto, enfim, não sei em que pensava, mas, no escuro da noite, salão de baile de morcegos e insetos vários, deixou pendendo um pesado conjunto de carnes e ossos antigos dentro de um saco de camisa, calças e sapatos – o corpo abandonado pelo espírito. Ao passar à pacata condição de defunto – paz à sua alma –, garantiram-me as vizinhas, Cristino Janotas Cabral tinha-se tornado uma cegonha negra, pois que no dia do passamento uma dessas aves raras ali fora vista a nidificar pela primeira vez. Junto à horta caída em orfandade, o rio, que só no verão se demora um pouco mais a namorar as margens, nem deu conta do ocorrido – corria estreito, mas apressado, com a promessa do mar e sem saber ainda como era o seu cheiro.

43

OS DIAS FUNESTOS

FORAM TODOS VER O morto. Gente que eu nunca encontrara e não sabia onde morava ou poderia morar. Chegavam pessoas de todo o tipo: curiosas, interessadas, indiferentes e transtornadas, algumas fingiam ares chorosos, outras choravam deveras, muitas ficavam lá fora a lembrar o morto, a quem tinham vestido uma camisola de gola alta, ou a maldizer os cancros, o sal, o vinho, as tromboses, a falta de ambulâncias, as pneumonias, o penálti por assinalar no jogo do dia anterior. Depois, chegou a Fadista e cantou. Naquele dia, cantou O Fado Chora-se Bem. Eu não mais esqueci os seguintes versos: Moram numa rua escura / A tristeza e a amargura / Angústia e a solidão / Tantos passos temos dado / Nós, as três, de braço dado / Eu, a tristeza e a amargura. Passei a trauteá-los diariamente.

Até que o ano entardeceu e chegou o outono, que começou desavergonhadamente a despir as árvores à frente de quem passava. Logo a seguir, deu-lhes banho e fez correr ventos que, por serem frios, não só não as secavam, como também lhes encorrilhavam a pele. No meu pequeno quintal, expôs os frutos que pendiam nos galhos de duas árvores – eram macieiras. Eu via as maçãs e pensava que talvez fossem sinais pendurados por deus – docinhos deixados para nós à mão de colher – e sentia vontade de que alguém tivesse apanhado os que por certo morreram no chão nos anos em que a casa esteve desabitada. Não há dúvidas de que o fruto foi feito para a terra, mas a evidência maior é a de que foi feito para a boca antes de chegar à terra. A prova disso está na doçura, esse convite ardiloso a que se fertilize o chão que recebe a semente. Mas nem o testemunhar destas maravilhas, até então mais ou menos desconhecidas para um rapaz da cidade, me oferecia tranquilidade quanto ao funcionamento da vida. Eu andava inquieto. Depois do suicídio do Sr. Cabral, todas as árvores maiores do que eu me pareciam destinadas à tragédia. À noite, uma silenciosa ameaça tomava conta de tudo, e eu inquietava-me. Procurava evitar o telemóvel e o conforto de através dele encontrar outrem; tentava ler, ouvia música, via televisão. Para tentar adormecer, ligava o rádio despertador. Sempre gostei do embalo dado pelas conversas, por isso sintonizava emissoras em que se estivesse a conversar – e tanto dava que apanhasse programas de discos pedidos ou sobre futebol em rádios espanholas –, o que interessava era ter por companhia alguma coisa que me embalasse docemente para um lado e para o outro, confortando-me como o crepitar de uma lareira numa noite fria e silenciosa. A mais viçosa das verdades, contudo, é que passei a sentir a presença da morte por ali, discreta, entre as ruas, falando baixinho, dando voltas às casas. Ouvia-a nos breves intervalos de uma música para outra, ou mesmo entre o dobrar das sílabas em castelhano. Sendo portador de dúvidas acabadas de contrair – terreno adubado, portanto, para a plantação de medos ou de certezas sem enraizamento firme –, via-me temente de que, a qualquer momento, a morte indigitasse mais alguém para se matar.

44

Começaram todos a morrer

Três casas abaixo da minha, vivera a D. Tomázia e logo a seguir a D. Vigência, da qual imediatamente gostei, por ter um nome que se prestava tanto a troca-dilhos. Já lá não moravam, mas quando cheguei não as tinha levado ainda a morte, antes a velhice, o que pode parecer a mesma coisa, mas não é. Tinham--se ido pela velhice e pela doença, mas voltavam todos os dias, na carrinha do lar. Vinham passar a manhã à aldeia. Assentavam primeiro do lado da vila, na venda da D. Vigência, que já nada tinha senão uns móveis de madeira pintados de azul, uns banquinhos da mesma cor, mas gastos nos assentos, uma balança amarela velha e um televisor grandão dos anos noventa, e ali ficavam a ver o programa do Goucha e da Cristina e a dar à língua. Quando queriam fazer necessidades, o que no caso da D. Vigência acontecia com muita frequência, porque sofria da bexiga, desciam juntas a rua até às respetivas casas, aprovei-tavam e abriam as janelas para arejar o lar vazio, por vezes limpavam o pó aos louceiros e às cómodas velhas e invariavelmente choravam a ver as fotografias dos maridos, dos filhos e dos netinhos. As casas de uma e outra eram memórias moribundas delas mesmas, museus das próprias vidas, nos quais todos os dias entravam na dupla condição de visitantes e de objetos expostos. Faziam-no para se sentirem menos longe do passado – esse que, por o vermos ao longe, até tende a parecer feliz –, mas achavam-se dentro e fora ao mesmo tempo. Tinham vivido determinadas vidas e era como se, por serem velhas e depen-dentes, já não pudessem ter acesso a elas. Desciam a rua, de bengalas nas mãos direitas, com cuidados maiores a D. Tomázia, para não cair novamente para o lado das costelas partidas, igualmente devagar a D. Vigência, mas porque tinha a ornamentar o rosto os tubinhos de transporte do oxigénio que uma maquineta de trazer ao ombro lhe empurrava para dentro do nariz, e preparavam os lencinhos – de pano os da D. Vigência, de papel os da D. Tomázia – para o salgado ritual. Choravam mais à entrada e à saída. E também ao verem as fotografias. Ou quando topavam com algum objeto que contivesse uma história. Choravam muito. Imagino a D. Tomázia: esta colcha comprei-a com o Fernando num passeio a Elvas; aquele desenho fê-lo a minha neta com quatro anos; que bonita é esta assadeira de barro, o Fernando adorava os meus assados. Ao fecharem as portas com o passado que era tudo lá dentro, a D. Vigência diria à vizinha: éramos tão felizes, éramos pobrezinhas mas felizes. Sentiam ter perdido o direito ao que tinha sido sempre delas. Eram visitas em casa própria. Por vezes, levavam objetos que ofereciam ao passado: um atoalhado em crochê, uma caixinha de plástico – pode dar jeito, diziam –, uma garrafa de espumante ganha numa rifa, para uma ocasião especial. Era como se cada uma delas continuasse a regar uma planta já morta. Viam-lhe o tronco castanho, os bracinhos murchos e sem força, uma ou outra folha muito antiga a reduzir-se a pó sobre a terra seca, não se lembravam já da forma, da cor e do perfume das flores, mas, ainda assim, continuavam a pegar nos mesmos regadores de sempre e a deitar-lhe água para cima, como se ainda ouvissem os pingos a cair sobre as folhas verdes. Sabiam que planta alguma se mantém à conta de água e sol nenhuns, tirando lágrimas salgadas e luz de filamentos de quarenta watts, mas o que lhes restava que não fosse chorar? Há quem beba vinho para ignorar o presente e não ver o futuro, há quem chore o presente porque ele não reflete senão o passado.

Ao meio-dia, no intervalo do programa, vinha a carrinha de novo buscá-las, entre lágrimas e suspiros, para regressarem ao lar de idosos e aí almoçarem e passarem a tarde encaixadas em sofás amolecidos e gastos, nos quais assistiam aos programas televisivos da tarde e a telenovelas que as faziam adormecer e ressonar de bocas abertas até à hora do lanche, altura em que molhavam pão com compota e manteiga – a compota de morango espalhada por cima da manteiga – em chávenas brancas e largas, cheias de leite muito quente com um pingo de cevada. Por vezes, serviam-lhes também umas caixas de sortido, que incluíam bolachas amanteigadas, canudinhos levemente recheados com chocolate e bolachas finas cobertas de açúcar e canela. Quando

D. Vigência e algum dos outros utentes estão mal do estômago, dão-lhes chá de cidreira em chávenas baixas de vidro esverdeado e um pacotinho individual de bolacha Maria.

A D. Tomázia foi para o lar logo que o marido morreu, porque a bem dizer era ele que cuidava dela desde que lhe tinham posto a prótese na anca. E era ele, desde sempre, que fazia o que mais nenhum homem dali fazia e que até lhe tinha valido o rótulo de maricas: desde que casaram, em 1946 – desde sempre, portanto –, era ele que cozinhava, menino. Só não era muito bom para bolos e coisas assim, mas eu também nunca fui muito de doçaria. Como agora uns biscoitos no lar, mas é porque a doutora diz que preciso de açúcar. Eu prefiro até os salgados. Desde que me lembro de mim que assim sou e olhe que eu tenho uma memória muito boa e arrumadinha. O marido da D. Tomázia teve uma trombose, o trombo alojou-se-lhe no pescoço. Internaram-no em Faro, onde dizem que há uma boa unidade de AVC, cheia de velhos alemães, ingleses e franceses, e ali ficou apenas cinco dias. Ao segundo, entubaram-no com uma sonda nasogástrica, porque tinha ficado com os músculos do pescoço afetados e não conseguia deglutir, comia por isso o cozinheiro através do nariz, coisa boa de imaginar para quem tinha pela comida e pelo comer uma paixão perpétua. Por não conseguir deglutir, também não era capaz de engolir a saliva e as secreções nasais. Ficava entupido, não conseguia sequer falar. Aspiravam-no por sucção e grunhia como um porco na matança. Nas camas ao lado, os outros doentes tapavam os ouvidos, para se pouparem à noção exata daquela dor. Eram precisos dois enfermeiros grandes para o segurar. Depressa caiu numa indiferença piedosa, que lhe retirava a noção da vida, mas o poupava à visão da morte próxima. Foi também rapidamente que as secreções ofereceram aos pulmões uma infeção, ao quarto dia já não falava, no final do quinto morreu. A morte também pode ser ágil, comentou Baiôa, quando terminava de contar esta história. Zé Patife acrescentou: aqui, na aldeia, os velhos morrem muito. Quando expliquei à minha mãe como tinha enviuvado aquela senhora, ela sentenciou: nós não somos nada.

Também o marido da D. Vigência morreu depressa. Tão depressa, que ela nem se apercebeu. Era inverno, estava frio. Imaginava o Dr. Bártolo que o óbito tivesse ocorrido, sob a forma de último e mais intenso suspiro, por volta das duas da manhã. Estavam os dois enfiados debaixo da pesada roupa de cama, o corpo de Fernando não arrefeceu logo, D. Vigência até se levantou a meio da noite para urinar, a maquineta fazia barulho e impedia que se ouvissem roncos ou suspiros últimos, voltou à cama, tornou a adormecer, acordou pela manhã, levantou-se primeiro do que ele como era costume, porque a bexiga a isso obrigava, e só depois de ter duas ou três vezes perguntado ó homem não te levantas pôs a mão no rosto dele e o sentiu frio.

Ao cabo de umas semanas, a assistente social conseguiu metê-la no mesmo lar da vizinha, a fim de esperarem pela morte, assistindo de poltrona às partidas dos outros velhos. Ali se mantiveram perto de três anos, pouco felizes e muito chorosas, até decidirem morrer na mesma semana, dividindo em partes iguais e tragando sem hesitar uma garrafa de lixívia a que tinham juntado veneno para ratos. Cada uma em sua casa, uma na cama, com a fotografia do marido na mão, a outra no sofá, depois de ter telefonado ao filho a dizer que, apesar de tudo, o amava muito. Decidiram beber à mesma hora, quando, no intervalo do programa, começasse aquele anúncio das cadeiras que sobem escadas. Ainda tentaram gritar uma para a outra, mas as paredes e as vozes cansadas não permitiram que a agonia de ambas se transformasse em conforto mútuo.

À noite, certamente envergando o seu traje de viúva que nunca casou, a Fadista cantava: Perguntaste-me outro dia / Se eu sabia o que era o fado / Disse-te que não sabia / Tu ficaste admirado / Sem saber o que dizia / Eu menti naquela hora / Disse-te que não sabia / Mas vou-te dizer agora. Ergui a cabeça e apontei o ouvido para a janela pela qual entrava a voz da Fadista, que acrescentou: Almas vencidas / Noites perdidas / Sombras bizarras. Puxei de um cigarro. Já se tinham finado Floripes e Parménia Bocito, depois pendurou-se o Sr. Cabral, pouco a seguir mataram-se a D. Tomázia e a D. Vigência, e a verdade é que, de um momento para o outro, começaram os dias funestos, começaram todos a morrer.

45

A PONTA DE UM NOVELO ATADA ÀS IDEIAS

NAQUELA ALTURA, EU AINDA não sabia apreciar coisas simples, como o cheiro da chuva de verão, ou da roupa a secar no estendal de uma vizinha, como o céu de inverno nas tardes de sol, ou o formigar dos insetos para dentro da terra. Mas o tempo passou e eu habituei-me àquele lugar tanto como ele acabou por se acostumar a mim.

Na segunda primavera, por exemplo, já haveria de identificar os meses pelos aromas presentes no ar. Lembrava-me deles do ano anterior, por isso funcionavam já dentro de mim como invocações do passado. Foi como se o tempo me tivesse substituído o olhar. Tudo se alterou.

A primeira coisa a mudar de caráter vinha de longe. Se há quem veja no mar a religião da natureza, a minha passou a ser a do rio, culto diferente na dimensão e na morfologia, mas de beleza comparável. Foi quando comecei a atentar cada vez mais naquelas águas correntes que um jantar com um velho mudou tudo e atou a ponta de um longo novelo às minhas ideias.

46

Investigar a morte

Tinha a tal ponto confiança cega na sua falta de maneiras que nunca aceitava convites para batizados ou casamentos. Aqui há tempos, ainda tirei o fato do armário, para arejar, mas acabei por não ir ao batizado do garoto. Baiôa contava-me estes episódios lentamente, pesando bem as palavras, mastigando os silêncios. Só passado um pedaço percebi que se referia a um batizado ocorrido semanas antes do Euro 2004. Certo tipo de convívio assustava-o. Foi por isso com grande dificuldade que consegui que, ao fim de muitos meses, aceitasse jantar em minha casa pela primeira vez. E essa noite veio a revelar-se fundamental para o que aqui se vem narrando. Mas, repito, não foi fácil convencê-lo. Equacionei que talvez o incomodasse o facto de estar a ser convidado por outro homem. Ou que temesse a possibilidade de eu não ter vinho em casa. Nessa noite, porém, a beber com gosto a pinga que lhe servi, confessou-me o porquê dos fins de tarde prolongados na taberna e dos passeios noturnos pelos campos enlutecidos. E nada mais simples havia: sabia que em casa não estava ninguém à espera dele. À medida que a noite caía, mais frequentemente se lembrava de que ninguém estaria, naquele momento, a pensar nele ou a falar dele com saudade. Por isso, para quê ir para casa? Tive vontade de fazer algo por ele. Pensei em oferecer-lhe um cão, uma alegria que saltasse e se erguesse sobre as patas traseiras quando o dono chegasse a casa. Baiôa sentia-a como um espaço no qual era impossível qualquer tipo de felicidade. Vontade de ir visitar os filhos também não tinha. Porquê ir para um sítio ou para o outro, se em nenhum havia quem o esperasse?

E nem o correr das horas, nem o esforço persistente para juntar mais álcool ao sangue garantiam noites bem dormidas quando chegava a casa. Há muito que sabia que o cansaço e a insónia podem coabitar no mesmo quarto e deitar-se na mesma cama, por isso dizia-me que, muitas vezes, se limitava a esperar, calmamente, olhos fixos no teto, pelos primeiros raios de sol da manhã. Uma pessoa quando chega a velha também dorme menos, dizem que é normal, justificava-se.

Sentámo-nos à mesa e ofereci-lhe azeitonas. Agradeceu delicadamente e acrescentou: não as como desde que a minha mulher se foi. Ela adorava-as. Fez-se silêncio e, dado que não tinha apostado numa entrada, pois o homem comia queijo e presunto todos os dias na taberna, e essas eram as minhas opções preferidas, fui buscar a assadeira, que vinha ainda a fumegar, e comecei a servi-lo de bonitas fatias de carne. A receita, encontrada na internet, tinha resultado. Lombo de porco assado à padeiro. Fi-lo com batata-doce. Juntei-lhe uma salada de rúcula com tomates-cereja, nozes (pormenor que ele apreciou particularmente) e queijo feta aos cubinhos (que ele achou insípido). Vinho do Dão, para surpreender. Como sobremesa, servi peras bêbedas. Não acendi velas, mas, a esta distância, admito que me esforcei tanto para lhe agradar como se no lugar dele estivesse uma mulher bonita, alvo das minhas mais românticas intenções. Vinte e sete quilómetros para cada lado, para ir a um supermercado normal comprar todas aquelas coisas.

De resto, constituiu a comida belíssimo tema de conversa. A propósito da carne, que lhe servi sempre em generosas quantidades e que ele demorou horas a consumir, contou-me que, em tempos de carestia, de modo a que a comida parecesse mais, a avó lha cortava em pedaços muito pequenos e o mandava comê-la devagar. Ao meio-dia comia uma vinagrada feita com dois ou três tomates, uns dentes de alho pisados, água, pão seco, azeite e vinagre. Comia-se daquilo com azeitonas e era o que havia. Utilizando as técnicas dos entrevistadores, quando ele terminava de falar, eu mantinha-me em silêncio, para o forçar a continuar. Boa era a sopa de esturjão, disse, ainda de boca cheia. A de cação é recente. Não havia cá desse peixe. Mas, no Guadiana, pescou-se tanto esturjão na época da desova, porque vinha muita gente de fora para comprar as ovas, que se acabou com ele. Também havia muito barbo, lampreia, enguia e achigã. Dizia isto engolindo a carne com gosto e estranhando as batatas. Só a meio da refeição me perguntou que excentricidade era aquela. Disse-me ainda, e depois Zé Patife confirmou-o, que, há muitos anos, eram eles moços, também naquelas águas tinham apanhado um golfinho com cento e trinta quilos. Palavra de honra. Eram tempos francamente difíceis e as gentes comeram o animal frito, cortado em filetes.

Finda a conversa de cerimónia, aquela que sabemos que vai ter de acabar e cujo fim vamos por isso adiando o mais possível, levantei-me e acerquei-me do balcão da cozinha, simulando ter-me esquecido de alguma coisa. Ao regressar à mesa, e antes mesmo que eu reproduzisse o que havia ensaiado, Baiôa disse-me que andava a investigar a morte. Achei estranho, dado que eu sentia que andava justamente a investigar a vida, buscando, experienciando, conhecendo. Que distância existiria entre essas duas margens em que nos posicionávamos?

47

A LUZ EM TUDO O QUE SE VIA

UM AUTOMÓVEL PASSOU, AO longe, a desmentir a escuridão. Foi graças a ele que vislumbrei o vulto do homem que perseguia. Da segunda vez que segui Baiôa, a noite estava escura como um quarto fechado. Tínhamos ido à taberna, bebido o que tínhamos a beber e por certo um pouco mais. No final, cada um seguiu para sua casa, mas Baiôa deteve-se sobre a ponte e disse: vou ficar aqui uns minutinhos a apanhar a fresca. Quando ouvi aquilo, de imediato intuí que ele iria de novo caminhar na escuridão. Mas tinham-me trambolhado os pensamentos para um quebranto vínico pesado, uma modorra pegajosa, por isso hesitei em segui-lo novamente. A custo, acabei por decidir-me a ir, não fosse eu – era Zé Patife quem o dizia – um rapaz cheio de mocidade. Como imaginara, ele ia outra vez encontrar-se com o zambujeiro. Decidi deixá-los a sós. De mais a mais, doía-me a cabeça. A situação só melhoraria com mais alguns litros, no caso não de vinho, mas sim de água, até porque o remédio para aquele mal só surgiria de manhã, pensei. No regresso, percebi que Adelino varria o degrauzito da taberna, coisa que fazia antes de abalar no seu carro cor de couve-galega. De modo que ainda fumei um cigarro, o da deita, enquanto conversava com ele já não sei sobre que assunto, e bebi mais um copo, o da deita, só para fazer com o vinho companhia ao cigarro – e que bons amigos eles são, no meu caso.

A cada passa, a certeza de que aquela gente iria toda desaparecer em breve. Tão frustrante era tudo aquilo. Sabia que os dias, ao partirem, não regressavam os mesmos. Vinham com menos um aqui, menos outro ali e menos outro além, cada vez menos gente. Talvez por me ver abatido, Adelino serviu-me mais alguns copos da deita e eu queimei todo um maço de tabaco.

Já não me lembro bem do regresso a casa, mas, horas mais tarde, eu abria a porta, era de novo manhã e a luz estava em tudo o que se via.

48

INVESTIGADORES

AINDA NÃO ERAM SETE e meia quando me bateu à porta. A claridade inundou-me a casa e feriu-me a vista. Ele perguntou se podia entrar, decidido nos passos, mas hesitante nas palavras. Mordiscava ligeiramente o lábio inferior e, se a memória não me atraiçoa, esfregava as mãos uma na outra, vigorosamente. Ou talvez não esfregasse. Na verdade, a esta distância, admito uma eminente dificuldade em recordar-me de certos pormenores desta e de outras histórias, mas, no essencial, pode o leitor crer que o que aqui vou narrando é verídico.

Baiôa deu mostras de começar a falar, mas eu pedi-lhe que aguardasse um pouco, para me sentar. Muito vinho tinha entornado na noite anterior. Depois de demasias assim, era comum nem me apetecer comer pela manhã. Baiôa recomendava-me gaspacho, chegava ele próprio a fazê-lo para mim, mas o que mais me apetecia era água, apenas água. Bebi três copos seguidos e sentei-me. Ele deu algumas voltas à cozinhita, como se quisesse gastar a tijoleira, até que me convidou a acompanhá-lo na tal investigação que levava a cabo há algum tempo. No entanto, preveniu, eu deveria conhecer primeiro o Dr. Bártolo e, logo depois, Maria da Luz.

49

O edifício do Dr. Bártolo

Quando, semanas antes, lhe perguntei que edifício estranho era aquele, com um portão de ferro e janelas altas, dando ares de armazém, Baiôa respondera-me evasivamente. Não recordo as palavras exatas, mas terá sido algo semelhante a: ah, isso… isso era do médico. E mudara de assunto. Agora, enfiava a chave na fechadura, para me revelar o maior segredo de Gorda-e-Feia e o facto que fez da minha passagem por ali motivo deste relato. Entreabriu a porta e depois deteve-a. Não estava aberta mais do que dez centímetros, mas de lá de dentro começou a sair um odor acre e que me era em absoluto desconhecido. Depois disse, e disto lembro-me bem: o que aqui vai ver e ficar a saber compromete-o com um segredo e com uma investigação. Olhou-me nos olhos, mantendo a mão esquerda a segurar o puxador, e perguntou: conto consigo? Nem um décimo de segundo demorei a responder claro que sim. Apertámos as mãos e ele escancarou a porta rangente.

Como já fiz noutros momentos, e por crer não ser despiciendo repetir, advirto para o facto de que aquilo que de impressionante passarei a revelar é absolutamente real e se mostrou perante os meus olhos e o testemunho dos meus demais sentidos.

O edifício não só parecia um armazém, como tivera, de facto, uso agrícola até ao Dr. Bártolo se ter mudado para a aldeia. Tinha uns dez metros de largo, por outros tantos de profundidade, aos quais se juntavam dois anexos na parte traseira. Ao lado, havia uma casa em ruínas, que o médico adquirira para nela abrir uma clínica, intenção que acabou por nunca cumprir. Para lá do portão do edifício principal, ficava um pequeno átrio com um tapete de Arraiolos por cima de um chão de pedra amaciada pelo tempo. A luz que entrava pelos vidros acima do portão mostrava paredes repletas de quadros e gravuras. A um canto em que não incidia a luz, distingui alguém, de pé, a olhar para nós. Estremeci. Era sem dúvida uma figura humana e vê-la fez-me dar um passo atrás. Apercebendo-se, Baiôa disse-me para não me assustar, acendeu a luz, e esclareceu: é apenas um manequim, o Dr. Bártolo usava-o para pendurar os casacos dele e das visitas. O boneco careca fitava-me com os seus olhos verdes, pestanas compridas e seios pequenos. Ao lado, havia um sofá de dois lugares de veludo verde-escuro e, numa mesita, estava um cinzeiro maior do que o comum, uma espécie de pequeno penico em louça, ornado com motivos florais, com um orifício em cima. Perguntei a Baiôa se se tratava de um cinzeiro para fumadores de charuto, mas ele informou-me de que aquilo era uma escarradeira, recipiente cuja existência me era desconhecida e me pareceu tão prática quanto imunda. Baiôa explicou-me que, muitas vezes, era através da análise laboratorial dos escarros de quem o visitava que o Dr. Bártolo conseguia aferir o respetivo estado de saúde. Havia ali muita gente que se recusava a fazer qualquer tipo de exames, muito menos recolhas de sangue, tão vívidas eram as memórias das sangrias feitas pelo Rapa Caveiras, o pai do barbeiro Adelino. Escarrar era algo a que acediam com maior facilidade, e de pequenas amostras das secreções o doutor conseguia, as mais das vezes, retirar grandes conclusões.

Além do grande portão de ferro, o vestíbulo tinha três portas. Tendo nós acabado de entrar nesse espaço, uma apresentava-se à nossa frente, outra do lado direito e outra ainda do lado esquerdo. Foi para esta última que Baiôa se encaminhou e eu segui-o. Com o enorme molho de chaves que trazia, abriu-a e o cheiro ácido intensificou-se. A minha mãe sempre me disse que, de médico e de louco, todos temos um pouco, mas entrar naquele espaço deu-me a inabalável certeza de que de ambos os condimentos há quem tenha muito.

A porta dava para um cubículo, como um daqueles espaços em que nos mandam despir quando vamos fazer um raio-x, que tinha uma outra porta em frente à que Baiôa acabara de abrir. Era uma porta de ferro, totalmente lisa, e pintada de branco. Possuía três fechaduras, todas diferentes, que Baiôa foi destrancando sem pressa. Na parede, mesmo ao lado do puxador, havia uma particularidade que muito me interessou e à qual Baiôa deu uso logo depois: uma pequena caixa metálica com um daqueles discos giratórios dos telefones antigos, com os quais se marcavam os números. Baiôa introduziu uma sequência e, de repente, um barulho magnético rasgou o silêncio, destrancou a porta e acendeu luzes fluorescentes no teto. Como é evidente, não me recordo da minha expressão, mas só posso ter ficado boquiaberto, a deixar entrar em mim aquele ar antigo. Este era o laboratório do doutor, anunciou. As paredes e o chão estavam revestidos a azulejos brancos, muitos exibiam rachadelas. À esquerda, havia outra porta, que dava para uma pequena casa de banho, que recebia luz direta pelas janelas altas e gradeadas que se viam da rua. O laboratório em si não era iluminado por luz natural. Tinha três balcões compridos apinhados de pequenos aparelhómetros, de entre os quais eu conseguia identificar apenas dois microscópios. Os demais nunca os meus olhos tinham visto nem a minha intuição conseguia perceber o que poderiam ser. Havia pequenos instrumentos e ferramentas estranhas pousados em todo o lado. Alguns em estojos abertos, outros enfiados dentro de recipientes de vidro, outros ainda caídos no chão. Ao fundo, grandes armários com estruturas metálicas e portas de vidro guardavam centenas – provavelmente milhares – de objetos: frascos, frasquinhos, boiões, provetas, caixinhas de vidro, aquários, sacos, caixas de esferovite, caixotinhos de madeira, embalagens de plástico, pedras de formas e cores variadas. Dois dos armários tinham apenas aquilo que me pareciam animais em formol. Observando mais de perto, fiquei com a impressão de se tratar de órgãos humanos – ou parte deles. Ou talvez fossem, dadas as dimensões reduzidas, órgãos de animais. Ou de crianças. Aquilo causava-me uma certa repugnância, confesso. Alguns pareciam cobras, outras coisas tinham ar de pequenos intestinos, outras seriam talvez estômagos ou pulmões, certas formas afuniladas terminavam no que me parecia ser um pé humano. Era tudo bastante impressionante para alguém, como eu, pouco dado às ciências.

Não me considero um tipo medroso, mas quando me apercebi de que havia ali dezenas de fetos, em diferentes fases de gestação, fiquei bastante contraído. O laboratório não estava frio, mas eu sentia-me arrepiado. Baiôa, calado, observava-me a uma certa distância, pousava nos balcões um ou outro objeto caído no chão. Algumas das criaturinhas mergulhadas dentro dos frascos tinham cabeças enormes comparadas com os pequeníssimos corpos. Outras apresentavam deformações estranhas: corcundas muito acentuadas, testas proeminentes, ou mãos e pés agigantados. Havia ainda um candeeiro maior, com várias lâmpadas fluorescentes apagadas, que lembrava um enorme exaustor, daqueles das cozinhas dos restaurantes. Estava, como os outros can-

Baiôa sem data para morrer 157

deeiros, pendurado no teto, mas por cima de uma grande mesa vazia, do tamanho de uma cama de solteiro, feita de uma espécie de mármore muitíssimo riscado – alguns desses riscos eram bastante fundos e avermelhados –, lembrando as mesas das salas de educação visual, nas quais cortávamos folhas e cartolinas com x-atos. Ao lado dessa mesa havia uma grande porta metálica, inoxidável, como as que se veem nos talhos. Baiôa disse que era uma arca frigorífica e que não tinha a chave. Ao fundo, uma escadaria estreita e escura descia até ao subsolo. Baiôa foi à frente, acendeu uma luzita que iluminou timidamente o espaço, que não teria mais de um metro e setenta de altura, e estava repleto de estantes de madeira velha forradas a teias de aranha. Em cima das prateleiras havia mais frascos de formol e aparelhos com ar pré--histórico. Alguns frascos estavam partidos e parecia ter havido derramamento do respetivo conteúdo líquido e sólido, o que em parte explicava o cheiro pestilento que se fazia sentir. Ainda não arranjei tempo para vir limpar isto, disse.

Subimos ao laboratório e Baiôa abriu outra porta de metal pintado de branco, como a da entrada, mas virada para as traseiras do edifício. Tinha também três fechaduras e um mecanismo de abertura a lembrar um telefone e dava igualmente para um espaço do tamanho de um provador de roupa, que possuía outra porta, esta mais vulgar, de alumínio, e mais recente. Tinha uma soleira de calcário e percebia-se que ali terminava o edifício. Abriu-a e não vi espaço exterior, mas uma outra divisão – sem dúvida um anexo – com vidros foscos e uma portinhola que dava, essa sim, para o espaço exterior. Este compartimento de chão em cimento, com algumas manchas acastanhadas, era ocupado por duas estruturas, um tanque largo de lavar a roupa, grande o suficiente para três ou quatro crianças nele tomarem banho, e também ele escurecido, e um forno alto e arredondando, em tijolo burro, como aqueles em que se assa o cabrito, com uma portinha de ferro. A chaminé rompia o teto, que era relativamente baixo, teria uns dois metros. Que estranho, disse eu, fazer assados no mesmo sítio em que se lava roupa… em vez de ficar a cheirar a sabão, a roupa do Dr. Bártolo devia cheirar a carne assada. Baiôa nada respondeu. Limitou-se a abrir uma porta lateral e a revelar uma garagem, dentro da qual se via uma pequena carripana frigorífica, daquelas que usam as peixarias ou os talhos, coberta de pó e com os pneus em baixo. Depois, fechou a porta e dirigiu-se de volta para o laboratório, dizendo então: esta parte está vista.

Deixámos o laboratório rumo ao átrio principal do edifício, não conseguindo eu evitar reparar em elementos novos, como um grande quadro preto cheio de desenhos e cálculos a giz branco, dois torsos lado a lado, oito aves embalsamadas no topo de uma estante, uma delas enorme e de asas abertas, nas quais me pareceu inacreditável eu não ter reparado antes. Era como se todas as extravagâncias que uma só pessoa consegue imaginar estivessem ali reunidas. Havia também tubos e mangueiras presos às paredes, uma máquina fotográfica antiga presa a um braço articulado e vindo do teto, mesmo ao lado da já referida mesa riscada. Uma outra máquina, mais recente, estava pousada num banco e tinha a alça preta e vermelha roída.

No vestíbulo, a porta em frente à que dava acesso ao laboratório conduzia à zona privativa da casa, não que a que eu tinha acabado de visitar não o fosse, mas o lado oposto incluía uma pequena sala, com mesa de jantar, sofá e uma pequena poltrona, uma cozinha minúscula, um quarto interior com um roupeiro de dimensões reduzidas e uma casa de banho com banheira e luz natural. O doutor tinha uma criada que cozinhava para ele, informou Baiôa. Ainda é viva e agora está no lar, mas não dormia cá. Vinha só limpar e cozinhar. E o doutor não a deixava entrar no laboratório, por isso ela só limpava este lado da casa e a biblioteca, que vamos ver a seguir.

Tratava-se da parte principal da casa, a que ficava mesmo em frente ao portão de entrada, e a dividir o laboratório da zona habitacional. Possuía também uma pequena antecâmara cheia de fotografias a preto e branco na parede. Eram imagens de um castelo muito bonito e de outras paisagens graníticas. A porta de duas folhas que dava para a biblioteca tinha duas fechaduras, vidros coloridos e a madeira trabalhada. Quando Baiôa a abriu apresentou-se diante de mim uma enorme biblioteca, um espaço com odor a madeira e a papel velho completamente forrado por livros. Teria, segundo as minhas contas, uns seis metros de profundidade por cinco de largura. O pé-direito passava certamente os três metros e meio. Não tinha janelas e as paredes possuíam estantes de madeira feitas à medida, do chão até ao alto, mas apresentava uma bonita cúpula no teto, que parecia e funcionava como um candeeiro. Por me ter visto a olhá-lo, Baiôa esclareceu: de dia, por ter aquela estrutura sobre a qual estão colocadas telhas de vidro, o candeeiro deixa passar a luz do sol, mas no interior o candeeiro tem também quatro lâmpadas, que, à noite, iluminam a biblioteca e cuja luz se vê do exterior, justamente através das telhas de vidro. Depois, acrescentou, apontando para uma poltrona de couro castanho e gasto e para um candeeiro de pé alto: mas o doutor passava o tempo a ler ali. Ao lado, descansava agora uma escrivaninha larga, coberta de papéis. Fazia-se acompanhar por uma cadeira de madeira, rotativa, com braços em forma de U, e com um coxim com um furo no meio. Mesmo em frente, pendurado ao lado da porta, vi então um relógio de parede, daqueles a que é preciso dar corda, parado nas 3h32.

Dos milhares de livros existentes nas estantes do Dr. Bártolo, houve um que me chamou a atenção: chamava-se Fisiologia dos Ladrões e era da autoria de João Bonança. Ao seu lado, do mesmo autor, encontrava-se a Enciclopédia de Aplicações Usuais, um magnífico volume com o qual, mais tarde, vim a divertir-me muito. Depois, havia dicionários, muitos romances franceses, muita poesia portuguesa, e milhares de livros de medicina: o Manual de Medicina Moderna, de John Mills, um tratado norte-americano de princípios médicos dos anos cinquenta, lombadas infindáveis com títulos que incluíam a palavra diagnóstico em português, inglês ou francês, um volume muito grosso intitulado As Bases Farmacológicas da Terapêutica de Goodman & Gilman, o Atlas da Anatomia Humana, de Frank H. Netter, o Inventário das Curas Tradicionais Chinesas, que não indicava autor, mais do que um volume da História da Medicina Portuguesa, um deles de Silva Carvalho, outro de M. Ferreira de Mira, entre muitos, muitos outros.

Enquanto eu, sentindo-me criança em loja de brinquedos, percorria as estantes, Baiôa foi-me explicando que o Dr. Bártolo Proença de Melo, por não encontrar nenhum com iguais características, estava há décadas empenhado em escrever um tratado médico de grande rigor, que satisfizesse as suas inquietações e as de gerações futuras. Baiôa falava daquilo, tenho impressão, com um ar muito grave, mas eu, admito, estava mais atento aos livros e só ia apanhando uma ou outra informação. Sabedor de que o êxito, como as demais ilusões, é temporário, ao doutor não lhe interessava descobrir respostas fáceis. Dedicava-se laboriosamente a uma teoria macroestrutural, que abarcasse aspetos ausentes da fenomenologia da medicina e da cura. Muito me contou Baiôa sobre o Dr. Bártolo, mas eu pouco retive. Salvaguardo, portanto, que uma ou outra falha de receção pode ter sido suprida recorrendo – ainda que não me dando a excessivas liberdades, claro está – ao sempre generoso campo da imaginação, talvez, quem sabe, inspirado por João Bonança, do qual me tornei leitor. Naquele momento, estranhei que me dissesse que não lhe era conhecida descendência – nem grandes apetites sexuais, informar-me-ia tempos depois a Ti Zulmira –, mas que minutos depois referisse um filho. Era muita informação, a que me chegava através de um Baiôa subitamente falador e a que visualmente me enchia o campo de visão.

160 Rui Couceiro

A última surpresa da visita estava numa das estantes e não era uma fotografia: também não se tratava de um livro, tão-pouco de um corpo mergulhado em formol, mas sim de um pequeno orifício, discretíssimo, atrás de um livro alto que Baiôa retirou e pousou na escrivaninha. Depois, pegou no molho de chaves, procurou uma que era escura e comprida, enfiou-a no orifício e rodou-a para a esquerda. Ouvimos um clique e o lado direito da estante soltou-se da parede. Baiôa pôs-lhe a mão por trás e puxou com força. Funcionava como uma grande porta, que revelava um pequeno compartimento, uma espécie de roupeiro somente com prateleiras grandes e fundas, que guardavam dezenas e dezenas de pastas arquivadoras e milhares de folhas pousadas umas em cima das outras, em dezenas de montinhos. Não sei se já o disse, mas sempre adorei esconderijos, e conhecer o arquivo secreto do Dr. Bártolo Proença de Melo, no qual se guardavam os seus trabalhos de décadas, com vista à construção de um profundo e definitivo tratado médico, foi para mim uma oportunidade extraordinária. A obra na qual o doutor trabalhava há mais de cinquenta anos chamar-se-ia, se tudo corresse bem, *Novus Ars Medicina – A Arte Definitiva da Prevenção, do Diagnóstico e da Cura no Dissoluto Pós-Moderno* e, quando morreu, estaria perto de estar terminada. Segundo as contas de Baiôa, tinha seis mil e oitocentas páginas dedicadas a sinais, sintomas, diagnósticos, tratamentos e formas de prevenção, e o Dr. Bártolo encontrava-se a completar a redação final das últimas duzentas. Nessa fase, começava cada capítulo pedindo desculpa pela caligrafia desalinhada e tremida, facto que atribuía à sua condição de hipermetrope dependente de próteses que a cada mês se desatualizavam.

O doutor era dono de uma energia e de uma imaginação ingovernáveis, disse. Depois explicou-me que se dedicava à ciência e à medicina com uma paixão sem igual. Também escreveu sobre política, inspirado por autores e ideais republicanos, e, nos últimos tempos, Baiôa recorda-se de o ter visto a escalpelizar e a dissecar uma nova solução governativa à qual, mui literariamente, fazendo uso da melhor expressividade da língua, alguém terá mais tarde chamado geringonça. De médico não sabia, mas de louco parecia-me que não tinha pouco.

Eu percorria as estantes e espreitava os papéis secreta e cuidadosamente guardados – atrás da estante móvel havia também uma manta contra incêndio e uma torneira com mangueira acoplada –, Baiôa dizia-me que voltaríamos com mais tempo, que ainda tínhamos de ir a outro sítio. Fechadas todas as fechaduras e mantidos em segredo todos os secretismos, saímos do edifício. Baiôa referiu, vagamente, que atrás havia um jardim por cuidar, com duas ou três árvores de fruto, e um anexo com um quartinho e um quarto de banho. Mas a criada não morava cá, não era? Exatamente, respondeu Baiôa. E deitou a caminhar.

50

O MONSTRO

PROVAVELMENTE, NUNCA VIU UM monstro. Começou assim a conversa, enquanto caminhávamos. E eu tive vontade de lhe responder que, de facto, por incrível que parecesse, o mais provável não acontecera ainda e que, portanto, não, eu nunca me cruzara com um desses seres tão comuns. Porém, mantive-me em silêncio e deixei que Baiôa falasse. De forma surpreendente, a primeira coisa que fiquei a saber foi que, quando cheguei à aldeia, já o monstro tinha desaparecido. Eu, efetivamente, não tinha ideia de alguma vez me ter cruzado com ele na rua ou na taberna.

Apoucado, bugio, aborto, estafermo, anjo-mau, macaco, tinhoso, rabão, bode-preto – quase todos os piores fatos lhe eram vestidos. Havia até quem chamasse mefistófeles e belzebu à criatura. Apesar de não lhe faltarem alcunhas, o monstro tinha nome: chamava-se Egas e tinha sido adotado pelo Dr. Bártolo – era filho dele, portanto. E era um ser humano, não obstante todas as descrições que ouvi me permitirem apenas imaginar uma criatura de origem paranormal, uma espécie de quimera.

Quando, depois de ouvir Baiôa, falei do assunto com outras pessoas, posso dizer que os relatos eram unânimes e que as fotografias que vi – sim, eu vi imagens do monstro – o confirmavam: tinha uma cabeça muitíssimo invulgar, estranhamente disforme e, sobretudo, pequena. Era como que afunilada no topo, em forma de pera. O nariz, porém, era grande, bem como o maxilar superior, que, saliente, exibia em permanência a dentição. Alguém me disse, e penso que não estaria longe da verdade, que tinha os dentes sempre ao sol, que os punha a corar, como se faz à roupa que se quer branquear. Eram muitas as piadas sobre o toupeirinha. Na taberna, dizia-se que, uns meses depois de ter chegado, talvez já estivesse na altura de arranjar emprego e que poderia ir para as minas de pirite, ou simplesmente lavrar a terra com o focinho. Ou então que, por sorte, o médico não conduzia moto, senão ia ter de enfiar um boião de iogurte na cabeça do filho, porque os capacetes não lhe serviam. Algumas mulheres diziam que a criada do doutor tinha ensinado Egas a passar a ferro e garantiam que era ele que lhe engomava as camisas e as batas. Outras ainda juravam a pés bem juntinhos que ele fazia as necessidades num caixotinho com areia, como os que usam os gatos domésticos.

Apesar da morfologia invulgar da cabeça, possuía feições moderadamente harmoniosas, arredondadas, mas que se escangalhavam todas quando sorria e que se diabolizavam quando ria às gargalhadas. Tinha um cérebro sintetizado, que só produzia meia dúzia de frases, mas é opinião consensual que parecia feliz. Poderia ter tido uma vida normal, caso me tivesse chegado às mãos mais cedo, lamentava o médico. E explicava: são pessoas capazes de aprender uma profissão e de se integrar na sociedade sem problemas de maior. Não se sabe bem como nem porquê, Egas tinha sido trazido do Paquistão, onde estas pessoas, às quais chamam homens-rato, são tidas como possuidoras de poderes divinos, pelo que são adotadas pelos padres, a fim de cumprirem funções de acólitos. A princípio, ninguém se apercebeu da chegada daquele novo habitante, mas o tempo passou e nele acabou por intrometer-se o acaso, o metediço habitual, que nunca desperdiça as oportunidades. E, assim, certo dia, alguém soube, alguém viu, alguém contou, muitos mais souberam, outros tantos contaram – enfim, toda a aldeia, toda a vila e toda a região ficaram a saber. Quando o Dr. Bártolo notou que tinha a casa espiada por curiosos – dizia-se que por lá se faziam experiências estranhas –, enfureceu-se e ameaçou terminar com as consultas. A aldeia ficou num rebuliço durante vários dias, até que o médico reconsiderou e acabou por convocar os vizinhos para junto da capela, onde, no cimo dos dois degraus que lhe davam acesso, discursou de forma triunfante, exibindo Egas: esta é a prova que faltava! Não tenham medo! Este magnífico espécime, filho de uma engrenagem natural encravada por uma pedra que o Homem lá colocou, vai ajudar-nos a perceber melhor quem somos e a controlar a praga estranha que aqui na aldeia tem surgido de anos a anos.

O povo nunca soube a que praga se referia, mas, com o tempo, as pessoas foram-se habituando àquele novo vizinho, e o médico já o trazia pela mão a passear na rua. Egas lançava sorrisos que assustavam as moças e ficava desconcertado com as reações delas. O pai também não escondia, nos seus diários, uma certa frustração com o facto de não ter conseguido um espécime mais jovem. Lembrava que, na barriga da mãe, são os genes que ditam o desenvolvimento do ser humano, mas também que, uma vez cá fora, é sobretudo o meio a influir na construção do indivíduo. Esse período de construção, em que a assimilação se faz a partir do meio, tem também como propósito permitir a cada ser como que adaptar-se a ele, compatibilizar-se com ele, enfim, formar-se em contexto, para nele sobreviver e se reproduzir. Egas, infelizmente, chegara tarde a um mundo em que poderia ser tratado não como um deus a admirar, de forma apartada, numa vitrina, mas como uma pessoa a integrar e acarinhar.

Em todo o caso, a presença do monstro por aquelas paragens parecia-me ser lenda de um passado distante. Caso contrário, haveria por certo mais do que duas fotografias da criatura. Está um pouco diferente este Portugal de hoje daqueles anos noventa em que o monstro viveu por ali. Aos domingos de manhã, mesmo no meio de hectares e hectares de castanho desvalido, já vi gente de calções a caminhar ou a correr sobre um passeio vermelho, coqueluche das últimas eleições autárquicas e que muito orgulhava o presidente da Junta de Freguesia de Vila Ajeitada. Eram apenas quatrocentos e cinquenta metros, o que fazia com que os caminhantes andassem para trás e para diante, mas dava ares de modernidade. Há também grupos de ciclistas que por vezes param na taberna para beber cerveja – dizem que é um reidratante eficaz. Nisto, mas noutros casos de modo mais preocupante, todos os lugares parecem o mesmo. Todos veem, e este todos aqui quer dizer alguns, e fazem as mesmas coisas. A Ti Zulmira vê séries em castelhano na Netflix, foi a primeira pessoa que conheci a usá-la, o Adelino da taberna conversa com o filho e com os netos que estão em França através do Skype. Interiorizamos uma maneira de viver, quiçá uma ideologia, sem nos apercebermos.

51

O MONSTRO, O FANTASMA E A BRUXA

Terá acontecido o mesmo a Joaquim Baiôa após a morte do Dr. Bártolo. Naquela tarde, revelou-me uma informação absolutamente inesperada, um dado transformador no que respeita à minha perceção da vida daquele homem e daquela aldeia, uma novidade central neste relato. Começou por explicar-me que o Dr. Bártolo morrera há sete meses. Depois, disse que, sendo eu jovem e tendo-me decidido ir viver para ali, mesmo que de forma transitória, era o adjuvante de que precisava. Por isso, rapidamente me contou tudo. Pergunta-me o que quiseres. E depois acrescentou: sobre tudo, menos sobre a minha mulher. Respeitei, porque toda a pessoa tem o seu grande segredo, e sinto que, nesse dia, nos tornámos amigos. Durante aquele nosso peripatético passeio, não precisei de perguntar muito. O meu amigo começou por adiantar: quando o Dr. Bártolo morreu, tratei do funeral dele e, claro está, tentei contactar a família. Eu assenti e ele prosseguiu: mas percebi que não lhe restava ninguém, o doutor já não tinha familiares vivos. A irmã morrera uns três ou quatro anos antes e também não tinha deixado filhos. A Zulmira e eu fartámo-nos de fazer telefonemas, fui à terra dele duas vezes, sem contar com o enterro, mas não havia ninguém, ninguém. E ele sabia disso, porque – e isto é que me espantou mesmo – me deixou tudo a mim em testamento. Tendo dito isto, Baiôa calou-se e eu parei e perguntei: significa que a casa dele agora é sua? Parece que sim, respondeu. E continuámos a caminhar.

Contou-me que na urna que desceu à terra iam somente cinzas, mas que o corpo não havia sido cremado, antes dissolvido e reduzido a essa expressão mínima, como era vontade dele, através do método da hidrólise alcalina, procedimento a propósito do qual deixou detalhadíssimas instruções, em dezassete páginas A4, para que pudesse ser levado a cabo no seu laboratório. Falou-me da relação que os dois tinham criado, da forma como Baiôa ajudava o médico, sobretudo desde que ficara sozinho. Fomos seguindo à margem do rio, em tempos povoado por peixes dentudos, com predileção por calcanhares de donzelas e dedos dos pés de camponeses. Não sei se é verdade, mas foi o que ouvi dizer. A casa de Maria da Luz era logo adiante. A aldeia tinha ficado lá atrás, branquinha e encolhida. Baiôa queria recuperá-la antes de que os velhos morressem todos e esperava que isso trouxesse gente nova à aldeia – a minha vinda era o primeiro resultado positivo.

O Dr. Bártolo temia a extinção por outros motivos. Acreditava que o êxodo rural levava à consanguinidade, por escassez de oportunidades reprodutivas para os que ficavam, e que esta produzia espécimes menos preparados para lidarem com as doenças modernas e alguns deles até particularmente sensíveis a doenças já erradicadas. Não evitar a consanguinidade poderia resultar em casos tão graves como o do seu filho Egas e havia que o evitar a todo o custo. Esse tinha sido um dos grandes objetivos de vida do médico desde que, há mais de quarenta anos, para ali se mudara, logo a seguir ao 25 de Abril. Se isso não fosse evitado, poderia haver sérias consequências de saúde pública, sendo que, no limite, não era de excluir a hipótese de a região ficar, como várias outras, totalmente desertificada. Assim, para Baiôa, recuperar as casas da aldeia poderia ser outra forma de dar continuidade ao trabalho do Dr. Bártolo. Como não sou doutor, lembrei-me desta solução para atingir o mesmo fim, concluiu. E desde então tenho-me dado ao trabalho que já conhece.

Nesse instante, vinda não sei bem de onde, uma cabecita virou-se na nossa direção. Era um gato amarelo. Deitou a correr, cruzando a rua depressa, e desapareceu. Dentro das casas, os gatos levam-nos aonde querem que vamos, mas, fora delas, dirigem-se sempre para onde não querem que estejamos. Este vai para o mesmo sítio que nós, disse Baiôa. E prosseguiu.

O que verdadeiramente o impressionava era o facto de o Dr. Bártolo ter estudado tanto cada habitante e o que por ali se passava, a ponto de saber sempre quando as pessoas estavam perto de adoecer. Teria sido, portanto, presumia eu, um médico muito competente do ponto de vista do diagnóstico, um clínico conhecedor e experiente, capaz de analisar de forma superior mesmo os sintomas menos notórios. À medida que nos aproximávamos do ermo em que ficava a casa de Maria da Luz – uma casa pequena e velha, de paredes sem cor e com metade do telhado caído –, Baiôa explicava-me que, não tendo sido capaz de evitar a morte de Egas, que sucumbira a uma pneumonia, o Dr. Bártolo terá recorrido à tanatopraxia e a práticas de outras culturas, para conservar de forma perene o cadáver do filho, ainda que ninguém saiba exatamente onde está. Baiôa acredita que talvez tenha sido doado à Faculdade de Medicina da Universidade de Coimbra, ou a uma dependência do Instituto de Medicina Legal de Lisboa, mas o povo acha que estará escondido – talvez até emparedado, diz-se – dentro do laboratório do Dr. Bártolo. Estávamos a uns quinze metros da casa quando começámos a ouvir ruídos metálicos – talvez fossem tachos a baterem, mas Baiôa não parava de falar. Explicava que o médico também teria usado técnicas adjacentes às referidas para, uns anos antes, segundo a Ti Zulmira, conservar em condições de uso o sexo do falecido marido de uma mulher da aldeia – só não me podia dizer quem. Foi quando me atrevi a perguntar-lhe por essa história que Maria da Luz apareceu à porta do seu eremitério, e Baiôa, baixando de repente o tom de voz, me disse: vou contar-te antes o grande segredo.

52

AINDA HAVIA TEMPO

ARREGALOU MUITO OS OLHOS na minha direção, como se ela própria tivesse visto um fantasma, e deu dois passos atrás. Baiôa tentou sossegá-la, explicando--lhe que eu era gente boa, mas à porta daquela caseca em escombros o que eu via era uma mulher ruída. Parecia encolher-se com medo à medida que recuava e fê-lo até que, de repente, deu meia-volta e regressou ao interior escuro do seu tugúrio, começando instantes depois, servindo-se de tachos (imagino eu), a fazer ainda mais barulho do que antes. Não creio que tivesse total consciência daquilo que fazia a cada instante. Baiôa ergueu ligeiramente os ombros e disse-me: não convém contrariá-la, voltamos cá noutro dia, ainda há tempo.

53

Compensação suficiente pelos males do mundo

Enquanto regressávamos à aldeia, a imagem de Maria da Luz esteve presente na minha cabeça e eu só me lembrava da frase mais comum da minha mãe: nós não somos nada. Nessa noite, porém, os meus pensamentos começaram a tombar dos dilemas existenciais para o lado da curiosidade e fui ficando ansioso por saber a história do membro embalsamado. A Ti Zulmira contava muitas histórias divertidas, mas eu procurava sempre validar a respetiva veracidade junto de Baiôa, que para mim era uma espécie de polígrafo. Precisava desse barómetro em relação a Zé Patife, mas também a Ti Zulmira. Não eram comuns as coisas que fazia, o modo como vivia e aquilo que contava. Eis um exemplo: quando o que se passava no mundo ou na sua vida a incomodava, a Ti Zulmira enfiava-se na cama e lá ficava até que passassem. Assim foi, contou-me Baiôa, quando o tsunami varreu o Sudeste asiático, assim era com uma dor de estômago, ou com dramas tão pungentes como a morte de uma personagem querida da novela. Habituou-se a mandar-me mensagens a perguntar se já podia sair. Foi desse modo com os incêndios de verão, que se recusou a testemunhar pela televisão, e cuja fase mais crítica a obrigou a ficar duas semanas de cama sem aceder à internet – sacrifício que conseguia cumprir com rigor professoral.

Por vezes, encontrava-a à janela, recolhendo a luz da manhã num pequeno espelho que tinha a pega e as costas avermelhadas, para assim melhor identificar as imperfeições do rosto e mais eficazmente conseguir espremer os pontos negros do nariz e inspecionar o aspeto da chamada zona tê. Depois, ficava dois dias sem aparecer, porque a pele, dizia, precisava de recuperar. Quando finalmente se decidia a regressar à rua, explicava que trazia protetor solar de fator 50 no rosto, mas um protetor solar sem óleo, que era o mais indicado para uma pele mista como a dela, com ligeira tendência para a oleosidade. Tinha que ver com características hereditárias, mas também com a alimentação. Fundamental era beber muita água e manter a pele hidratada também com recurso a cremes, que encomendava pela internet. A Caixa tinha-lhe dado um cartão de crédito pré-pago, com o qual fazia as compras online. Só lamentava a velocidade da ligação à rede e o tempo que as encomendas demoravam a chegar à aldeia. Recordo-me de que, depois de ter feito uma dessas suas limpezas de pele ao ar livre, que eu via como uma nova moda, como o running e o trekking, a Ti Zulmira chamou-me a sua casa, enfiou um chapéu ridículo de abas largas, qual senhora vinda do cinema antigo, e levou-me para o galinheiro. O que ali aconteceu foi coisa que eu nunca tinha experienciado, ainda que depois tenha ido lá a casa repeti-la várias vezes. Eram momentos que não possuíam, por exemplo, a lascívia da cópula entre cães, mas eu acreditava que os encontros sexuais entre os empertigados galos do Sr. António, o taxista, e as submissas galinhas da Ti Zulmira, cuidadosamente preparados por ambos, teciam um manto de proximidade e de sensualidade senão conducente pelo menos muito propício a que eles – os criadores dos bichos, bem entendido – nele se deitassem. Não imaginava, por isso, que o seu amante – ou namorado, se preferirmos – fosse outro.

A Ti Zulmira gostava muito de tudo o que envolvesse os prazeres do corpo e discorria sem pudor sobre o assunto. Eu escutava-a em silêncio. Quando era pequeno, o pecado só existia na parede da oficina do Sr. Virgulino, elegantemente decorada com raparigas em biquíni, nas conversas de alguns rapazes do ciclo preparatório, que se gabavam de já irem ao pito, uma ou outra vez no quarto dos meus pais, porque eu os ouvia trancarem a porta, e nos vestidos das apresentadoras da RAI, ou nos filmes da RTL, a partir do momento em que o Sr. Gonçalves do terceiro esquerdo nos convenceu, aos restantes condóminos, a usarmos o fundo de maneio para comprarmos uma antena parabólica, acedermos ao mundo e deixarmos a pequenez miserável e a pacovice dos canais portugueses. E, de repente, aos trinta anos, eu descobria o sexo na terceira-idade e as fantasias de uma avó.

Convirá explicar que a Ti Zulmira era também especialista em informática e em internet na chamada ótica do utilizador. Ganhara ânimo ao ver o programa da manhã, que uma vez mostrara uma reportagem dedicada a um grupo de velhinhos num lar, que se entretinha a jogar às cartas em computadores. Se eles conseguiam, também ela haveria de conseguir. Chamou o táxi do Sr. António – cujo único problema era não gostar de tomar banho, motivo pelo qual já lhe tinha até oferecido uma água de colónia comprada no Continente, mas que ele infelizmente nunca usava –, para a levar ao autocarro, comprou o bilhete e seguiu para Évora, a fim de adquirir um computador. Comprou-o em vinte e quatro prestações com juros e agravadas pela entrega expresso quatro dias mais tarde em casa. Montou-o sozinha, apenas com a companhia do falecido marido, e, seguindo as indicações do senhor da loja, mandou que ligassem a casa à internet. Essa parte foi mais morosa, dado que foi necessário adaptar a ligação telefónica, até que, ao cabo de vinte e oito dias, tudo ficou resolvido e pronto para as primeiras navegações. Como aprendeu sozinha a utilizar o computador e a navegar na rede, não sei, mas eu próprio a vi a utilizar tudo aquilo com destreza assinalável. Ouvia músicas de outros tempos, lia as notícias, consultava a meteorologia e conversava com amigos. Tinha-os feito em salas de encontros virtuais para seniores. Todos os meses, encomendava uma peça de lingerie nova – e mandava-a vir com bastante antecedência, porque àquelas terras tudo chegava muito devagar, queixou-se –, que ia no táxi do Sr. António pagar ao multibanco, e com a qual, depois, em sossego e poses ensaiadas e repetidas até à perfeição, se fotografava recorrendo a um smartphone que, entretanto, adquirira também. Depois, escolhia as melhores entre muitas dezenas e enviava-as aos amigos virtuais, com o propósito de induzir pulsões libidinosas nos velhos, já que os novos, infelizmente, não se interessavam por ela. A Ti Zulmira sentiu-se sempre uma sedutora, mas nunca o pôde ser. Não tinha corpo para isso, era demasiado gorda. E depois o casamento também não o permitiu. O falecido marido era castrador das suas vontades mais simples e dos seus desejos mais intensos.

Outros homens dali eram piores, apesar de tudo. Eram muitas as mulheres que apanhavam. O falecido marido dela, não, esse nunca lhe tocou. Contou-me várias histórias. Uma delas ficou-me mais vívida na memória: a de uma mulher de nome Aida, que, antes de partir, quis contar às vizinhas – sobretudo à Rosa, que segundo se dizia passava pelo mesmo – o que o marido lhe fazia. Mas enfiou o orgulho num saco, juntamente com outros pertences, como a pulseira de ouro oferecida pela avó Felicidade e uma fotografia dos pais, e abalou no primeiro autocarro da manhã. O coração, esse, levava-o alojado na garganta, a embargar-lhe a voz e a libertar soluços que viam a luz da manhã em conjunto com lágrimas teimosas. Um dia, escreveu uma carta a contar.

Aquela mulher especial disse-me ainda que quem não conhece os prazeres da carne vive na maior das infelicidades, por não ter compensação suficiente pelos males do mundo, pelo sofrimento que a vida – por culpa das pessoas – diariamente inflige. A televisão mostra um chorrilho de desgraças aquém e além-fronteiras, provas inequívocas de que deus está descontente com o comportamento da humanidade. Mas quem mora no interior esquecido sente que paga mais, sabe que os suspiros angustiados fazem parte da respiração e que as desditas e as mal-andanças são como vírgulas de frases cujos pontos finais correspondem sempre a tragédias. Nosso senhor não haveria, portanto, de castigá-la por querer experimentar algumas coisas boas da vida. E foi então que fiquei a saber do seu amante e da forma como se relacionavam.

54

PRESERVAR O AMOR

SUPONHAMOS QUE PODERIA ACONTECER hoje, tal como naquela altura me contou que ocorria com frequência. Ele estava na cozinha, quieto e calado, e ela decidia ir buscá-lo. Dedicar-se-iam a fazer um só calor na casa fria. Entravam os dois no quarto, ela de caixa na mão, ele sem se expressar, e, apesar de morar sozinha, Zulmira trancava a porta. Sem pressa, segura do que queria e do que ia fazer, sentava-se na cama – ele em silêncio ainda –, abria a caixa e cuidadosamente retirava um objeto da embalagem, ainda que evitando olhá-lo – não por falso pudor, mas porque demasiada consciência do apetrechamento e dos preparativos necessários para a encenação poderiam retirar verosimilhança ao que se seguiria. Nessa fase, pegava-lhe só pela base, nunca o agarrava à mão toda. Era graças a estes cuidados que construía um dos seus momentos favoritos: o da surpresa com que, saia puxada para a cintura, recebia as três dimensões do homem que guardava no armário dos tachos e das panelas. E, se o leitor estranhar tal opção, tomo a liberdade de o informar, em defesa da Ti Zulmira, de que esta, no referido armário, só guardava utensílios concebidos para lidarem com o fogo. Aliás, para começar a atear o lume, imaginava-se sempre em situação de vulnerabilidade, como as suas galinhas perante a altivez e a força dos galos do Sr. António. Deitada de barriga para cima, um homem jovem, grande e robusto, como fora em tempos o falecido marido, afastava-lhe as pernas. Sentia sempre um ligeiro medo, do qual, na verdade, gostava, pois, embora forte, o parceiro não era violento. Bastava este ritual para o corpo se alinhar com a mente na vontade de receber aquele homem. E, então, representava o segundo ato, já totalmente dentro do papel que, desde miúda, a si própria destinava: de olhos fechados, cabeça para trás, segurando na base do amigo, fazia-o mergulhar lentamente dentro de si. Espantava-se, como se fosse sempre a primeira vez, com a evidência de aquele homem forte que se preparava para a tomar ser tão capaz de a preencher. Quando decidia terminar – fosse por satisfação ou por falta dela, dado que, embora voltasse sempre a ele com as mesmas cenas, por vezes o jogo também a aborrecia –, deixava-o dentro dela, segurando-o entre as pernas, e assim ficava, de olhos fechados, ligando com a mão direita o rádio despertador, e contraindo-se enquanto escutava músicas calmas. Por vezes, adormecia assim. No final, lavava-o com cuidado, espantando-se sempre com o facto de aquele homem instantâneo caber todo dentro dela, pouco mais de metro e meio de gente e, à época, setenta e três anos.

Mas creia o leitor em mim: não se julgue, por caridade, que assisti a algum destes momentos; o que sucedeu foi a descrição ter sido de tal maneira dotada de viveza, e só por educação e decoro me abstenho de a reproduzir na íntegra, que fiquei sabedor de todos os pormenores – e, confesso, ligeiramente temente de que a senhora pudesse decidir exemplificar mesmo à minha frente o que acabara de me contar.

Foi entre tantas confissões que fiquei a saber também que a Ti Zulmira pensava de forma íntima em Joaquim Baiôa. Namoraram-se à janela há meio século, mas não casaram. Nem sempre se enredam as almas que se desejam, nem sempre a pele adere à pele como se supõe que vá acontecer, mesmo quando da janela o namoro passa para um palhal, ou para uma cama. Deus não quis, disse-me ela. São histórias às quais o tempo dá esta simplicidade, mas que não apaga, porque tempo nenhum – rápido ou demorado – apaga as memórias dos amores cumpridos, ou por cumprir. E assim vivia Zulmira Veneranda entre os homens, entre os seus homens: o falecido marido, sempre presente no discurso dela; um António malcheiroso, que lhe servia como motorista e que assegurava a cobrição das meninas dela; um Baiôa com o qual só não se deitava, supunha eu, por ter sido o infeliz operado à próstata; e, por fim, um homem portátil que guardava na gaveta das panelas.

Quem, a dada altura, acabou por me ajudar a chegar à história do membro embalsamado foi Baiôa. A Ti Zulmira e a Fadista nunca se deram bem, principiou por dizer. Por isso sugeriu-me que fosse conversar com esta última. Bastar-me-ia passar algum tempo com ela para inevitavelmente a Ti Zulmira vir à conversa. Odiavam-se de morte. Uma atacava a outra por ser fraca de ventre e não ter conseguido ter filhos, apesar de muito ter tentado, apesar de se ter dado a todos os homens das redondezas, novos e velhos, e diziam as más--línguas – não a dela, claro – que talvez até com animais. Era verdade que, para enorme tristeza da Fadista, ela não os aguentava na barriga. Mas, ao ser atacada no ponto mais fraco, trazia à liça a história do membro embalsamado: eu não sabia? Pois então era decerto o único. Por ali, toda a gente estava fartinha de saber que a Zulmira tinha guardado em casa – para fazer sabe-se lá o quê! – o pénis do marido embalsamado. Aproveitara-se do facto de, ainda antes do velório, o recém-falecido marido evidenciar uma daquelas ereções que, por vezes, com vivacidade, se manifestam em certos cadáveres. Como um óbito por morte súbita requeria autópsia, e dado que essa seria feita pelo Dr. Bártolo, a Ti Zulmira terá aproveitado a boa relação com o médico – imagine-se que favores lhe terá feito, fez questão de referir a Fadista –, para lhe pedir que lhe preservasse aquela memória tão boa de um homem tão dotado, tão generoso e competente até ao fim, como estava bom de ver. Baiôa não confirmava a veracidade da história, Ti Zulmira nunca a ela se referira, a Fadista jurava a pés juntos – o altíssimo e a Sra. D. Amália estivessem com ela, para não a deixarem mentir – que era verdade. Reduziam-se a três os homens da vida da Ti Zulmira, uma vez que o falecido marido e o homem que a esperava no armário dos tachos e panelas eram a mesma pessoa.

55

A REVELAÇÃO

NA MANHÃ DO DIA da revelação, estivemos a trabalhar: acabámos de forrar o interior de um telhado com OSB – oriented strand board, um derivado da madeira –, e levantámos meia parede em gesso cartonado. No dia seguinte, enfiar-lhe-íamos por dentro uma tomada e um interruptor da luz, e dá-la-íamos por terminada fechando-a com mais duas placas. Para aquela tarde, porém, já tínhamos programa. E ainda bem, porque eu não aguentava mais a curiosidade entre as ideias – saía-me no meio de todas as frases: Baiôa, quem explica como se corta o pladur não se corta a contar o tal segredo… Ou: não quer aproveitar a pausa para lanche, para me ir adiantando o assunto do nosso segredo? De nada me valeu, fique claro. Eu que tivesse calma, pois à tarde sentar-nos-íamos à mesa do escritório do Dr. Bártolo, para Baiôa me contar o segredo que durante grande parte da noite e a manhã inteira havia ficado a corroer-me. Eu tinha perguntado perto de oitocentas vezes a Baiôa se não poderia começar a revelação um pouco mais cedo, enquanto enfiávamos parafusos pretos no gesso cartonado, mas o velho foi perentório: primeiro, o trabalho.

À tarde, Zé Patife foi connosco ao escritório do Dr. Bártolo, mas ficou a dormir no pequeno sofá do vestíbulo. É certo que ele não sabia que Baiôa desvendaria um segredo importante, mas eu achava de todo impossível aquele espaço dar sono a alguém. Eu nunca estivera num ambiente que afinasse tão bem os meus sentidos e que alimentasse tanto a minha curiosidade, a ponto de me fazer movimentar a cabeça e o olhar em sucessivos movimentos helicoidais.

Nem sei como não fiquei tonto, mas desconfio de que, tal como em momentos decisivos o nosso corpo adquire forças sobre-humanas, superiores às que nós próprios conhecíamos, também a nossa mente, em alturas chave, é investida de uma maior capacidade de uso do respetivo potencial e facilmente evidencia mais clarividência, ou maior faculdade de raciocínio, por exemplo. Seria interessante conversar com o Dr. Bártolo sobre isto e sobre tantos outros aspetos da vida, em geral, e do quão acelerador do pensamento aquele seu edifício se evidenciava para um indivíduo como eu. Nestas coisas das sensibilidades, das apetências e dos gostos, porém, é sabido que há em cada cabeça doses e temperos específicos disto e daquilo, o que quase sempre resulta em perspetivas e em interpretações distintas. A Zé Patife, por exemplo, os cheiros dos atapetados e da madeira velha talvez oferecessem um entusiasmo diferente, ainda que não tanto quanto o toque e o aconchego do veludo verde e coçado do sofá. Nele se acomodou, juntando as mãos sobre a barriga e dizendo que iria descansar apenas dois minutinhos, eram só dois minutinhos.

Dirigimo-nos para a biblioteca, cujas portas Baiôa abriu recorrendo ao molho pesado de chaves que eu via pela segunda vez. Como sabes, o Dr. Bártolo morreu há sete meses, começou por dizer-me, enquanto pousava sobre a escrivaninha os primeiros de dezassete dossiês transbordantes de folhas, que continham o original inacabado da magnum opus do médico. À medida que Baiôa ia trazendo e empilhando, um a um, os vários volumes, notei que o espaço atrás da escrivaninha possuía como que um recorte na estante, um espaço do tamanho de uma janela, que deixava ver a parede de cor amarelada e no topo da qual, abandonado, morava um prego escuro em cujo entorno se desenhava uma ausência retangular. Baiôa pousou mais um dossiê e disse: deixou-me esta casa, deixou-me esta biblioteca, deixou-me este livro e deixou-me uma tarefa. O livro li-o no primeiro mês. No segundo, dei voltas à cabeça, reli vários capítulos, tomei notas, pensei alto e pensei baixo, até que decidi salvar a aldeia. Tendo dito isto, com estas ou com outras palavras, abriu o primeiro dossiê e explicou-me que o título não era definitivo: para o Dr. Bártolo, o título só poderia fixar-se no final, caso o propósito fosse cumprido; aí, sim, a obra poderia ter por definitivo um nome à imagem daquele com que sonhara, como o que na primeira visita àquele espaço Baiôa referira: Novus Ars Medicina – A Arte Definitiva da Prevenção, do Diagnóstico e da Cura no Dissoluto Pós-Moderno. Depois, mostrou-me o aspeto geral dos escritos. Era um texto manuscrito, quase sempre a tinta azul, cheio de rasuras e pequenas adendas de papel recortado, coladas com fita-cola, e que se desdobravam para baixo, aumentando o tamanho de algumas folhas em mais vinte ou trinta centímetros, ainda que uma delas ele tenha desdobrado cinco ou seis vezes, atribuindo àquele documento, no total, um tamanho que não deveria distar muito do metro. Havia folhas claras entre outras de papel amarelecido, o que indiciava terem sido acrescentadas. Havia ainda emendas inseridas a caneta preta e, em certos casos, acrescentos a tinta vermelha. Uma folha inteira, reparei, estava escrita a esferográfica verde. Havia frequentemente ilustrações e fotografias coladas nas páginas A4 que compunham aquela versão original. O papel cheirava a uma mistura de mofo com tinta; certas páginas, as mais rasuradas, estavam como que ensebadas e havia migalhas entre algumas, cuja origem Baiôa não soube atribuir – se ao trabalho do médico, se às suas leituras. Estranho foi também eu ter encontrado um cabelo comprido entre duas folhas do quarto volume, dado que Baiôa garantia só ele ter acesso ao livro.

O Dr. Bártolo entregara a vida a uma ideia própria que tinha da medicina. Por esse motivo, decidira mudar-se para aquela região do país, na qual estava convencido reunirem-se as condições ideais para testar a teoria à qual diariamente dava sustento. Juntou até aos autóctones um homem-rato e, diz-se, sacrificou muitos animais de todos os tamanhos, sobretudo porcos, que depois mandava assar (em peças por ele previamente cortadas) e servir ao povo, que, de barriga cheia, pouco comentava as experiências feitas em casa pelo médico. Uma vez por ano, mandava vir da zona da Guarda uma vitela de raça jarmelista, a sua favorita. Tanto me falaram Baiôa, Zé Patife e Adelino das qualidades daquela carne, que combinei com Baiôa, antes de este ter beirado o vegetarianismo, que haveríamos de encomendar uma daquelas vitelas para a assarmos. Eles ficaram felicíssimos, porque nos anos mais recentes, estando já debilitado, o médico não se dera a tais trabalhos, e os estômagos daqueles amigos sentiam do sabor único daquela carne saudades salivantes – e cada um as comparou com as que noutras situações se impõem aos homens: são como as que os emigrados sentem da pátria, considerou Adelino; são como aquelas de que sofriam os soldados na guerra, por estarem perto da morte e longe das mulheres e dos filhos, disse Baiôa; ou então são como as que o vinho provoca na gente ao fim de algumas horas, sugeriu, por fim, Zé Patife. E brindámos todos à vitela jarmelista, não uma, mas sucessivas vezes, noite dentro, vivendo em antecipação uma felicidade muito desejada e, no nosso entender, mais do que merecida.

Os estudos do Dr. Bártolo pareciam dar-lhe uma visão estranhamente completa de todas as pessoas: dos saudáveis, dos doentes e dos que não estavam ainda doentes, dado que defendia que, na velhice, não havia indivíduo que não desenvolvesse pelo menos uma de várias patologias próprias da degeneração celular. Dizia o médico que a ciência já provou que, tirando os acidentes, ninguém morre de velhice, naquela perspetiva romantizada de último suspiro, sem motivo que não o passar dos anos, e que toda a gente morre de doença. No limite, a velhice poderia ser entendida como um estádio próprio para a manifestação dos problemas de saúde, isto é, quase como um sinónimo de doença. Colegas provaram-no autopsiando milhares de velhinhos centenários. Todos morreram de doença, mesmo estando aparentemente saudáveis, e quase todos vítimas do chamado ataque cardíaco – mesmo que por vezes este seja um ataque silencioso. A dada altura, podia ler-se também: se a vida é o processo através do qual os seres vivos criam mais seres vivos, a morte consiste no método estabelecido para que esses seres vivos deixem de o ser e deem espaço existencial a outros. Esta naturalização da morte não me espantou, mas, sem saber que voltaria a ela várias vezes depois de Baiôa me revelar o tão esperado grande segredo, fotografei a passagem com o telemóvel.

A dado momento, Baiôa parou de folhear o dossiê que tinha em mãos, inspirou fundo e disse-me que aquilo que mais o impressionava no Dr. Bártolo era… e fez uma pausa. Disse-me que o acompanhasse e dirigimo-nos para uma espécie de despensa grande e malcheirosa, uma arrecadação cuja luz fraca oferecida por uma lâmpada velha e tiritante revelava repleta de tralhas. Baiôa, que só bebia vinho, pegou numa garrafa de whisky e foi à cozinha buscar dois copos. Eu fiquei a olhar em volta, reconhecendo outras centenas de garrafas e objetos. Dias depois, cheguei a contá-los e as quantidades eram deste género: 37 garrafas de whisky VAT69, 22 de whisky J&B, 16 de whisky William Lawsons, 4 de whisky Chivas Regal, 7 de Ricard, 3 de aguardente CRF, 11 presuntos pendurados no teto, 9 deles secos e bolorentos, ao lado de 7 bacalhaus mirrados, 23 pares de meias acondicionados numa cestinha de vime, 4 rádios a pilhas, 3 capotes, 28 boinas e bonés e 184 garrafas de vinho cheias das seguintes regiões: Alentejo, Dão, Douro e Bairrada. Para além de 33 vazias de um vinho específico da região dos Vinhos Verdes.

Regressámos à biblioteca, Baiôa deitou bastante whisky VAT69 nos copos – eu sem entender bem a solenidade do momento – e retomou a conversa, dizendo que o que o mais impressionava no Dr. Bártolo, sobretudo nos anos mais recentes, era uma espantosa capacidade de prever a morte. Segundo ele, o médico sabia com exatidão quando é que determinada pessoa iria morrer. Confesso que aquilo não me pareceu grande façanha, por isso não valorizei especialmente o que Baiôa me contava. Até acrescentei: se uma pessoa está doente ou é muito velha, não é difícil adivinhar que o seu final está para acontecer. Mas Baiôa explicava e insistia que não era dessas situações que falava e que o Dr. Bártolo parecia saber mesmo quando é que as pessoas, mesmo as aparentemente saudáveis, iriam morrer. Ainda na dúvida, perguntei: ah, sim? E isso aconteceu muitas vezes? Foi em função da resposta de Baiôa que comecei a levar a história um pouco mais a sério. Disse: nos últimos vinte e sete meses, adivinhou as datas de todas as mortes, com uma margem de erro mínima – de um mês, no caso menos bem-sucedido. Eu já estava calado, mas aí senti-me emudecer. Recuperei o fôlego algum tempo depois, para lhe perguntar se o médico previra só a morte dos então já defuntos ou também as dos que naquele momento continuavam vivos. Ele debruçou-se – esclareceu Baiôa – sobre os casos de praticamente toda a gente que vivia por aqui, isto é, os que já se foram e os que ainda cá estão. Nessa altura, mostrou-me um dossiê que apresentava a aldeia como caso de estudo: revia toda a história do lugar, no que me parecia um longo trabalho de antropologia médica, e, de acordo com Baiôa, isolava cinquenta e três pessoas e sobre todas, como mais tarde haveria de mostrar-me, discorria demoradamente, indicando, por vezes, dados de análises ao sangue, mas sobretudo informações obtidas através da observação direta – da iridologia e outros métodos pouco consensuais das chamadas medicinas não convencionais, à clássica palpação. Mas, pelo menos de modo aparente, o Dr. Bártolo opunha-se severamente a tudo o que não tivesse evidências científicas. Tirei muitas fotografias a partes do texto e passo a apresentar algumas ideias que guardei.

A páginas tantas, lê-se que a felicidade não é somente categoria do espírito. Por mais que um indivíduo doente do coração, ou dos rins, ou dos pulmões, possa conseguir sentir-se alegre e frequentemente bem-disposto, não é crível que não tenha momentos de incómodo ou de achaque, de sofrimento ou de infelicidade por conta da respetiva maleita. Por outro lado, as explicações dadas pela medicina não evoluíram tanto quanto por vezes supomos. Lidas as centenas de páginas deixadas pelo Dr. Bártolo, de sorte a entender melhor o catecismo eficaz que exercera sobre Baiôa, percebi que, grosso modo, tais explicações apenas se transferiram do fígado e da vesícula para o cérebro. Antes, eram as diferentes bílis a controlar lá em baixo os nossos humores e ações; agora, são as hormonas, cá em cima, que o fazem. O Dr. Bártolo tratava uns colegas como heréticos e acusava outros de ainda não terem visto a luz. Alguns colegas meus, que me perdoem, mas em muito se assemelham a curandeiros, pois esbulham e criam corruptelas a partir da empiria, outros limitam-se a inventar. E não digo que não tenham talento criativo ou imaginação, mas alongámos muito a vida e vamos sofrer cada vez mais de doenças cardiorrespiratórias, oncológicas, entre outras, cuja prevenção e sobretudo tratamento não se coadunam com adivinhações intuitivas.

Apesar de toda aquela suposta exatidão, havia nos escritos do Dr. Bártolo várias referências vagas a outras mortes, uma espécie de previsões que não podiam senão ser baseadas na criticada intuição. Uma delas preocupava Baiôa de forma particular. Não é que eu acredite nestas coisas, dizia, mas fico inquieto. Quando, muito hesitante, me mostrou uma frase em concreto, eu próprio me inquietei também. Em dado parágrafo, podia ler-se assim: os que chegarem primeiro, primeiro se irão. Baiôa temia que aquilo pudesse dizer-me respeito, afinal tinha sido eu o primeiro novo povoador da aldeia. Numa fase inicial, como referi, o vaticínio deixou-me pensativo, talvez até um pouco assustado, mas tendo refletido bem concluí não fazer qualquer sentido. O médico profeta não sabia que chegaria gente para habitar a aldeia e, mais evidente ainda, não me tinha conhecido, não me havia examinado, não sabia nada sobre mim. Não havia ponta por onde pegar naquelas predições de fancaria, e disso tentei convencer Baiôa, que principiava por concordar comigo, mas terminava dizendo que se calhar eu deveria voltar para Lisboa, ou, pelo menos, resguardar-me mais, como se estando em casa não pudesse o telhado cair-me em cima – isso não, que o travejamento está bem assente, diria ele –, ou o coração parar-me a meio da noite. Propus que nos concentrássemos na matéria mais exata, que bem poderia ter base científica, e que deixássemos o que era do domínio da imaginação, que na melhor das hipóteses tinha origem intuitiva, para uma segunda fase. A contragosto, Baiôa disse concordar. Embora fosse evidente que não queria que eu morresse, era também claro que não lhe agradava a ideia de eu regressar à cidade, porque isso o faria perder o ajudante, que era, como adiante veremos, o único em condição idêntica à dele.

Conversámos um pouco mais sobre já não sei o quê, até que, por fim, e disso recordo-me como se tivesse sido ontem, caso depois não tivesse ido para a taberna, ele me disse: tu não estás a entender. Desviei o olhar dos dossiês abertos e fitei-o com atenção. Então, Baiôa acrescentou: no livro, o Dr. Bártolo não só desenvolve toda uma teoria médica, como também a alicerça em casos concretos. Ele acompanhou-nos ao longo de mais de quarenta anos, examinando-nos regularmente, com cuidados que a nosso ver faziam dele o mais extremoso dos médicos de família. E foi-o. Mas, na verdade, ele veio para cá estudar-nos a todos. Fomos as cobaias da investigação à qual decidiu dedicar toda a vida. E ele sabia que a tese só ficaria provada quando todos morressem. Caso fosse capaz de prever as datas e as causas das mortes de um conjunto razoável de pessoas – de uma amostra representativa do ponto de vista científico, dizia –, o Dr. Bártolo teria a sua tese validada. É claro que isto levanta uma série de questões, muitas delas éticas, de que Baiôa me falou e que aqui sintetizo de modo um pouco mais organizado: se sabia quando iríamos morrer, estava ou não ao alcance dele tratar-nos? E ele fê-lo ou não? Não era evidente um conflito de interesses entre o tratamento de um doente e a tentativa de previsão da respetiva morte? E essas previsões eram feitas antes ou depois de a pessoa adoecer? Também sobre estas e outras questões deixou o médico um capítulo redigido, ao qual chamou Considerações de Teor Ético à luz do Sagrado Juramento de Hipócrates, no qual alega ter sempre exercido a arte com máxima consciência e dignidade, e salienta que, não tendo nunca descurado a saúde dos seus doentes, o objetivo maior da sua carreira foi zelar pela saúde da humanidade, mormente através dos anos de afincado investimento e dedicação ao trabalho em apreço.

A mim parecia-me um pouco estranho que o médico fosse capaz de saber quando é que alguém iria morrer e até disparatado investir tempo nisso em vez de apostar em prevenir e em curar doenças. Interessava-me saber se o Dr. Bártolo tinha feito tudo o que estava ao alcance dele para tratar cada doente e perceber se fazia as previsões de morte depois de concluir que a doença era irreversível, o que ainda assim era bastante estranho em época de cada vez maior investimento em cuidados paliativos. Também a esse assunto o Dr. Bártolo se dedicava longamente, durante dezenas de páginas. Começava em diálogo aberto com os colegas ingleses responsáveis pela criação dos primeiros procedimentos pensados em específico para doentes incuráveis e demorava-se em abordagens à derrota que constitui para um médico a incapacidade de curar um doente. Foi ao ler essas páginas que, mais tarde, encontrei um grande apreço dele pelos cuidados paliativos, pela busca de resposta para problemas decorrentes da doença prolongada, progressiva e incurável e pela diminuição do sofrimento a ela associada. Invocava casos clínicos de pessoas com doenças em diferentes órgãos, causadoras de insuficiências manifestas a nível renal, hepático, respiratório ou cardíaco, apresentava situações de doenças neurológicas degenerativas graves e de indivíduos com demências avançadas, para sustentar a evidência de que este tipo de caso afeta todas as famílias e a necessidade de um real investimento nesta área. Quando conversávamos a este propósito, Baiôa lembrava frequentemente o prazo de vida das estruturas em betão armado: sabemos que, lá dentro, o ferro acabará por apodrecer e levar à capitulação da própria estrutura, mas não vamos deixar de lhe oferecer a devida manutenção. Eu perguntava-lhe se já tinha feito alguma estrutura em betão armado, ele dizia que não, mas que nunca se sabia se tal empreendimento não viria a acontecer, e eu comovia-me com aquela capacidade de, já tão perto do final, mirar o futuro e, não deixando de caminhar, sonhar com a chegada a um tempo ainda distante.

A dada altura, voltei à questão das previsões, interessava-me olhá-las, perceber quem tinha sido contemplado. Baiôa explicou-me então que havia uma lista sinóptica – na verdade, várias versões dessa lista – e que seria interessante que a olhássemos em conjunto. De repente, ouvimos barulho vindo de fora da biblioteca. Olhei para o relógio e percebi que tinham passado três horas. Zé Patife entrou no escritório e disse: deixei-me dormir mais um bocadinho, mas não muito. A maior parte do tempo estive a pensar numa boa forma de vos ajudar a descodificar o livro. Pediu um dossiê, abriu-o ao acaso e começou a olhar atentamente para o papel. Depois, disse: era mesmo sobre isto que eu tinha estado a pensar, vou ler com atenção. E encostava-se bem na cadeira. Logo depois, de cada vez que começava a ler, fazia-o em voz alta e aos soluços, seguindo as letras com o dedo indicador, repetindo algumas palavras – dispepsia, dispepsia – quando finalmente as conseguia pronunciar – nasogástrica, sonda nasogástrica! – e acabava por adormecer ao fim de dois ou três parágrafos.

Eu olhei para todos aqueles dossiês espalhados em cima da secretária, para os que estavam pousados na escrivaninha que lhe dava apoio, também para os muitos outros ainda emprateleirados dentro da estante secreta e pensei que talvez fosse melhor fazermos uma pausa. Sugeri-o a Baiôa e ele concordou. Eram muitas ideias novas, era muita informação para apreender de uma vez só, era um mundo novo surgido de uma estante. Por isso, acordámos Zé Patife e saímos. Havia um mar de vinho à nossa espera e era tácito que iríamos ao encontro dele para naufragar, ocorrência que, como é sabido, é por vezes do domínio da necessidade humana.

184 Rui Couceiro

56

As preocupações pedagógicas do Dr. Bártolo

Se as noites eram más, os dias nesta fase não eram melhores. Em síntese, o morto-vivo enfiava cafeína em todas as veias e tomava sete duches por dia. E, posto isto, talvez seja desnecessário dizer que durante o tempo das insónias pouco ou nada ajudei Baiôa. Eu tentava, mas não conseguia; estava demasiado concentrado em satisfazer as necessidades dos meus próprios problemas. E, como é evidente, recriminava-me por não dar ao velho a ajuda de que ele necessitava. Ia-lhe dando uma mãozita, mas eram mais os momentos em que parava para tomar um café e fumar um cigarro, ou para ir enfiar-me debaixo de água morna como fuga ao sol ardente (ela não saía fria dos canos), do que aqueles em que, como bom servente que gostaria de ter sido, lhe chegava os materiais ou executava as tarefas que ele me destinava, como lixar, emassar, ou betumar. Naquele período, eu vivia com uma volumosa peça de aço aparafusada à fronte, um peso constante atrás da testa, cada vez maior e mais justo ao espaço que ocupava (o que, por vezes, me levava a crer que, pelo menos na parte ântero-superior da minha caixa craniana, havia demasiado espaço livre). Claro está que, se eu desse conta ao meu encarregado de obra de que sentia uma massa dura e pesada a inchar dentro da cabeça, o Dr. Baiôa suporia logo que se encontrava em mim, e em acelerado crescimento, um tumor cerebral e, além de me prescrever doze mezinhas, iria ainda de imediato pôr-se a procurar, com o auxílio precioso da obra sagrada do seu mestre, fazer a classificação anátomo-patológica e molecular daquele tipo de tumor, entre muitas outras angustiadas diligências às quais, com o bom senso que me restava, eu preferia poupá-lo. Sobretudo de manhã, eu sofria de uma enorme dor de cabeça. Não tinha em gestação dentro de mim um carcinoma; precisava de café com umas gotinhas de limão, de bastante paracetamol, talvez de uma codeinazita, acaso na farmácia ma vendessem, por certo de muitas horas a dormir, mas a maleita não obrigava a tantas preocupações assim. Não digo que, lamentavelmente, e aqui disso me penitencio, não me sentisse irritadiço e não tenha mesmo chegado a responder-lhe torto ou a mostrar-me impaciente – e como isso era injusto –, mas não queria acrescentar mais uma às já muitas preocupações do velho Baiôa.

Por não encontrar desenredo para o meu estado, deixava-me vogar à deriva, como faz um náufrago agarrado a uma tábua e que espera avistar, no limite do horizonte, um pedaço de terra. Quero com isto dizer que, mesmo depois de noites de tempestuosas insónias e de dias passados a trabalhar carregando um ar de convalescença, eu esperava sempre um bonançoso descanso; quando anoitecia, eu esperava conseguir, finalmente, dormir.

E, sendo certo que não me considero um tipo supersticioso, em matéria de sono procurava cumprir uma regra elementar: não pensar no assunto. Notava que, desse modo, passava melhor os dias. E a já lembrada esperança, essa que nunca se esquece, luzinha acesa lá ao longe, guiava-me até à cama com mais otimismo do que sentimento de derrota. Só já deitado, com o passar das horas, eu conseguia encarar o facto. E, claro, nesses momentos em que lentamente se instalava em mim o desespero, retinia na minha cabeça uma frase que eu ansiava ver cair em desuso: nós não somos nada.

E talvez eu não fosse mesmo nada. Mas o Dr. Bártolo era certamente muito mais do que nada. E Baiôa também, dado que acabara de me dar a excelente ideia de recorrer ao livro do médico em busca de possíveis respostas para o meu problema. Entusiasmei-me infantilmente com tal hipótese – e a esperança, já se sabe, tanto nos mantém vivos como nos conduz à desilusão. Mas como é que eu, que andava a ler alguns dos volumes, não me tinha ainda lembrado de tal coisa? Aquele livro e os seus ensinamentos já faziam parte dos meus dias há várias semanas. Passava horas à conversa com Baiôa tendo o livro e respetivos conteúdos científicos e terapêuticos como objeto.

No mesmo livro em que relatava casos de pessoas que, por ali, morriam com doenças que se arrastavam desde a era da pestilência e da fome, doenças infeciosas, como tuberculose, pneumonia e diarreia, o Dr. Bártolo ansiava que o futuro chegasse à aldeia, na forma de mortes do século XIX: doenças pulmonares crónicas, doenças cardiovasculares, ou cancros. Em todo o mundo, acabaram-se as epidemias de pestes, por isso venham as epidemias de doença crónica, provocada por ação dos próprios humanos. A chegada dessas doenças, escrevia o Dr. Bártolo Proença de Melo, não seria senão um sinal claro de evolução civilizacional. O médico previa que tais causas de morte não tardassem a tornar-se mais prevalentes, dado o facto de serem provocadas, em grande parte dos casos, pela generalização de dietas e estilos de vida globalizados, ricos em alimentos e em comportamentos altamente nocivos para o organismo – o sedentarismo, o tabagismo, o alcoolismo, os alimentos processados, etc. Estava para breve o dia em que essas doenças chegariam a países como a Índia, historicamente muito menos propensos a tais males, e a lugares como Gorda-e-Feia. Da fome, afirmava o Dr. Bártolo, passou-se à sobrenutrição, com açúcares e cereais refinados, óleos e carnes em excesso. E dava o exemplo de Zé Patife e da sua predileção por donuts.

Ao longo de centenas de páginas, o mui sapiente esculápio dissertava sobre a forma como erradicámos a peste, a varíola e a poliomielite, doenças terríveis, que mataram milhares e milhares de pessoas. Apendicites, disenterias, pernas partidas, ou até anemias deixaram de ser mortais. Mas, porque a esperança média de vida aumenta, surgem muitas doenças que se tornam crónicas, ainda que várias delas evitáveis. A diminuição da mortalidade trouxe com ela o aumento da morbidade. Por outro lado, a evolução da espécie humana ainda não acabou – para o Dr. Bártolo, seria um erro repleto de pretensiosismo julgarmos que atingimos o máximo do potencial da nossa espécie e que somos a quintessência da criação – e o ser humano continua a evoluir e a precisar de adaptação. Portanto, doenças cardíacas, algumas alergias, doenças renais, ansiedade, insónia, depressão, demência, certos tipos de cancro ou diabetes do tipo 2 são, nos tempos que vivemos, problemas provavelmente advindos destes dois aspetos. E há ainda maleitas como lombalgia, refluxo gastroesofágico, obstipação, ou síndrome do cólon irritável. Muitas seriam evitáveis. Doenças e incapacidades recentes, como a miopia ou a osteoporose, constituem grandes desafios para a espécie, dado que o corpo humano não evoluiu tão depressa como o próprio funcionamento das sociedades e os modos de vida nelas criados.

Ao ler estas ideias, fiquei convencido de que o malogrado Dr. Bártolo haveria de ficar orgulhoso por encontrar na aldeia um doente do século XIX como eu. Lancei-me à procura de respostas para o meu problema no seu inacabado livro. Primeiro no índice remissivo, também ele carecente de cuidados, mas não encontrei nenhuma secção específica para os problemas de sono. De todo o modo, li em subsecções ligadas a outros temas que, hoje, se sabe que o ser humano está claramente desenhado para dormir de noite e acordar pela manhã: sem a luz do dia a entrar-lhe pela retina, não é produzido o cortisol que o faz agir, mexer-se, seja para caçar, seja para trabalhar. Daí que, se assim não for, a pessoa se sinta mais sonolenta, por ao seu cérebro e ao seu corpo não ter sido ainda dado o sinal de que é hora de acordar e de começar o dia.

Eram merecedoras do meu aplauso as preocupações pedagógicas do Dr. Bártolo. Tirando um ou outro capítulo mais encriptado pela linguagem científico-laboratorial, notavam-se evidentes intenções e capacidades de transmitir de forma clara conhecimentos adquiridos à conta de milhares de horas a ler artigos científicos e de muita empiria alicerçada em maciça erudição.

57

PECADILHOS OU UM DIDATISMO MAIOR

DIDATISMO MAIOR só o encontrava nas explicações da minha mãe, capaz de reduzir o meu problema à sua mínima expressão e sobretudo à mais evidente de todas as possíveis origens. Numa primeira fase, foi perentória: eu teria de pecar menos, se não queria pagar tal preço. Depois, discutíamos sobre a existência de deus, sobretudo de um deus castigador. Eu pensava em todos os meus eventuais pecados e só me vinham à cabeça coisas leves, para mim pouco merecedoras de castigo tão cruel. Não é por acaso que, historicamente, a privação do sono é uma forma de tortura das mais utilizadas em variadíssimas latitudes. No tempo que passei na aldeia, por exemplo, pouco pequei. Pelo menos de acordo com os meus critérios, porque se considerasse os da minha mãe outra coisa não deveria fazer que não benzer-me e pedir perdão ao altíssimo.

Há talvez um ou outro episódio do qual me não orgulho. A violação dos segredos alheios é talvez o maior. Recordo-me também de um episódio que porventura a presente confissão possa de algum modo atenuar. A dada altura, já perto dos últimos meses que ali passei, Baiôa – vá-se lá saber como – bateu com a sua traquitana no porta-bagagens do meu carro, ferindo-o de forma bastante notória. O farolim ficou na calçada, a matrícula ao dependuro, o para--choques a arrastar pelo chão, o vidro estilhaçado e a chapa parecia ter sido sugada pelo interior do carro. Um toque mais ou menos ligeiro tinha provocado um estrago sério. Porque o seguro do velho estava caducado e para não o meter em despesas, lembrei-me de algo que, peço perdão, bem sei que não é bonito, mas que, assumo, fiz, está feito. Ele bateu-me no carro a um domingo e, na manhã seguinte, prendi o para-choques e a matrícula e, muito devagarinho, para não se soltarem, saí por volta das oito. Procurei uma localidade minimamente movimentada, de preferência com rotundas. Chegado a Moura, poucos minutos antes das nove, pus-me às voltas pelas ruas, procurando apenas carros de gama alta. Quando, pelo retrovisor, identificava um BMW, ou um grande Mercedes, travava com força. Por quatro vezes os potentes travões das referidas marcas mostraram de que fibra eram feitos. Até que, à quinta tentativa, no meio de uma rotunda, me bastou levar ligeiramente o pé ao travão, para sentir um impacto forte à retaguarda e a frente de um Mercedes branco embater no meu porta-bagagens doente. Felizmente não é muito dada a leituras, mas se a minha mãe soubesse deste episódio não só me obrigaria à confissão aos pés do dono do Mercedes e de nosso senhor, como desataria a queixar-se da sua falta de sorte à minha madrinha, porque por mais educação que se dê os filhos por vezes são ingratos e só usam o que bem lhes apetece. E, entre os muitos suspiros com que pontuaria a conversa telefónica, lembraria e repetiria: estamos entregues, filha, estamos entregues, nós não somos nada, nós não somos nada.

Poderia ter usado como exemplo outros pecadilhos, mas invoquei este porque no dia em que ocorreu – ou em que o pratiquei, se preferirmos – deu-se o inesperado caso de eu, a meio da noite, dormir um pouco. Quando acordei, parecia que alguém batia a massa de um bolo dentro da minha cabeça: mais líquida, a espantosa perceção de ter conseguido dormir; mais sólida, a memória de um sonho que parecia ainda não ter deixado de ocorrer; como resultado, uma mistela de alegria por ter dormido e tristeza por ter acordado, mesmo estando a sonhar algo sem grande sentido.

Sonhei que estava na taberna, entrou um homem, pediu um Martini com cerveja e começou a contar que já tinha estado para se matar várias vezes. Que várias vezes pusera a corda ao pescoço, que chegara a encostar uma faca grande – com uns trinta ou quarenta centímetros, disse – ao próprio peito e até uma pistola na mão para se matar. Contava cada um desses episódios com satisfação, como se de aventuras se tratasse. Chamava-se Agostinho e ostentava a cobardia daqueles que são incapazes de decidir. Nessa noite, deixei-me estar na cama, a pensar no sonho. Do mesmo modo que não se consegue impedir um sonhador de sonhar, não é possível impedir um medroso de temer ou um cobarde de recuar. A natureza de cada um dita aquilo a que muitos chamam destino, ao atribuírem-lhe uma preexistência, mas não é mais do que uma configuração e um modo de encaixar cada um num todo social. É uma estratégia bem pensada pela natureza, diria Baiôa. Eu, só para que a minha mãe não se zangue comigo, julgo que é vontade de deus, porque sei desde pequenino que nós não somos nada.

58

A LISTA

NÃO É GARANTIDAMENTE COMO, em dia de eleições, chegarmos ao local onde estão instaladas as mesas de voto da nossa freguesia e começarmos a procurar o nosso número de eleitor e o nosso nome completo, para sabermos onde votar. Também não se assemelha à sensação de, em jovens, na escola, olharmos para um quadro de corticite em busca da pauta relativa à nossa turma e começarmos a percorrer os nomes, ali organizados por ordem alfabética, até chegarmos ao nosso e à respetiva nota em determinado exame. A sensação não se parece com qualquer destas experiências, uma vez que a primeira vai remeter-nos para um local aonde, em princípio, poderemos voltar e a segunda para uma classificação que, por mais que influa no nosso futuro, jamais ditará sobre ele uma irremediável sentença. Imaginemo-nos, contudo, a pegarmos num papel. Esse papel contém uma lista de nomes organizados alfabeticamente. À frente de cada um desses nomes, surge uma data – não a do nosso nascimento, mas uma data futura. O nosso nome próprio começa, imaginemos, pela letra M. Percorremos a lista, que arranca com uma Ana, vamos por ali fora, continuamos, até que damos com o nosso nome, ali está ele, aconchegado entre outros dois, completo como no nosso documento de identificação, e logo depois, à frente dele, uma data, porventura abreviada para o formato DD/MM/AAAA, uma data não muito distante, uma data para a qual faltam, suponhamos, dois meses e dezassete dias. Os dias estarão, a partir desse momento, todos contados, bem contadinhos, porque a coluna das datas indica a data provável de morte das pessoas ali listadas, indica a data provável da nossa morte.

Este não será, eventualmente, um cenário agradável de imaginar. Não aconteceu comigo, porque nunca existi na vida do Dr. Bártolo, que morreu antes de eu chegar àquela aldeia, não aconteceu com Baiôa, por motivos que um pouco adiante apresentarei, mas sucedeu ao próprio autor da lista preditiva – certamente com menor impacto, por já conhecer a data antes de a registar naquele papel –, mas sucedeu-lhe, sem dúvida, olhar várias vezes para a lista e encarar a data da própria morte. Ninguém se aborrecerá se, neste ponto, eu partilhar a minha opinião de observador atento e, em certa medida até, de participante neste contexto. Saliento que, quando o vi entre os demais, considerei a inclusão do próprio nome e da própria previsão de morte do Dr. Bártolo naquela lista uma opção exemplificativa – ou pelo menos indiciadora – de uma certa honestidade e daquilo que me parecia ser a índole moralmente inatacável do clínico. Ao adotar em relação a ele próprio os mesmos procedimentos que usava para os seus doentes, o Dr. Bártolo Proença de Melo demarcava-se, mesmo que parcialmente, de algumas eventuais críticas às quais atrás aludimos a propósito do juramento a que se obrigam os médicos e de algumas das questões éticas que este seu projeto inevitavelmente forçava a discutir.

Havia, portanto, uma lista. O Dr. Bártolo deixara, destacada em testamento, o tal que consagrava Joaquim Baiôa como único herdeiro, uma extensa tabela com as datas das mortes futuras, com as datas últimas dos que na aldeia ainda estariam vivos aquando da morte do Dr. Bártolo, uma lista abreviada a partir de uma lista geral incluída no livro no qual trabalhava há uma vida inteira e que contemplava todos os indivíduos abarcados pelo estudo de caso que o sustentava e que, portanto, contemplava tanto mortos como vivos.

Quando perguntei a Baiôa se a primeira morte prevista pelo doutor para depois da morte dele próprio tinha sido a do Sr. Cabral, este respondeu-me que não. Quis saber, então, se as galinhas da Ti Zulmira também estavam incluídas na previsão. Não, a lista inclui apenas gente, nada de bichos, esclareceu. Nesse caso, disse eu, morreu alguém antes de eu chegar, isto é, entre a morte do doutor e a minha chegada. Baiôa respondeu-me que não, que ninguém tinha morrido nesse intervalo. Baralhado, perguntei: então quem é que a lista indicava como sendo a pessoa a morrer imediatamente depois dele? Enquanto acabava de enunciar a pergunta, passou-me pela cabeça que Baiôa fosse dizer-me que era ele próprio e, ato contínuo, atacar-me o pescoço, hábito comum, como sabemos, entre os sanguinários mortos-vivos. No entanto, ele não só não se revelou um zombie, como também me respondeu tranquilamente que, depois do Dr. Bártolo, a próxima pessoa a morrer seria Maria da Luz. Tendo-lhe eu respondido, baralhado, que Maria da Luz ainda estava viva e que o Sr. Cabral já tinha morrido, Baiôa decidiu, então, esclarecer-me. Fitou primeiro o vazio, depois as próprias mãos e, por fim, disse-me que na lista, onze pessoas surgem assinaladas, numa coluna destinada a observações, com um S maiúsculo. Depois olhou-me nos olhos e disse: só quando o Cabral se matou é que percebi que essa letra assinala os potenciais suicidas. Havia na lista uma data para a morte provocada pela doença que o consumia, mas havia também a salvaguarda de que o homem poderia antecipar a morte suicidando-se. Por isso, na prática, nada está a correr de modo diferente do previsto pelo Dr. Bártolo. Na verdade, respondi eu, aqueles que o doutor identificou com a letra S são os únicos que conseguem contrariar a doença que os iria levar. Nem mais, disse Baiôa, tomam um atalho e, por isso, são os únicos que conseguem ludibriar a morte e contrariar o destino que tinham.

Percebi, então, por que motivo Baiôa me tinha levado a conhecer Maria da Luz e por que razão não se espantara com o suicídio do Sr. Cabral. Ele sabia que a primeira iria morrer em breve e que o segundo estava para morrer de cancro, daí que tenha entendido o motivo pelo qual se matou. Porém, ao conversarmos um pouco mais sobre aqueles dois casos, Baiôa explicou-me que Maria da Luz também tinha um S à frente do nome, acompanhado por um conjunto de observações, que remetiam todas para uma secção posterior àquela em que estava a tabela e na qual podia ler-se: a doente apresenta alta probabilidade de se suicidar, tudo indicando que porá cobro à vida de forma voluntária no período indicado. Com o dedo indicador, Baiôa apontou para o intervalo referido e disse: está para breve, temos de ficar atentos.

Eu, no entanto, não conseguia deixar de olhar para o resto da lista. Queria perceber se as pessoas a quem já me afeiçoara iriam também morrer em breve. Por isso, disse: há uma coisa que me inquieta, há algo que tenho de perguntar. Baiôa sorriu ligeiramente e disse: eu sei que estás curioso e posso dizer-te que, como é evidente, o meu nome também está na lista. Então o Baiôa sabe quando é que vai morrer? Na verdade, não sei. E não sei porque o Dr. Bártolo deixou por preencher esse quadradinho na tabela. Será que é imortal?, perguntei. Baiôa riu-se muito, gargalhou como eu nunca imaginei que fosse capaz. Pensava até que os velhos não eram capazes de rir daquela maneira. Depois, pôs-me a mão nas costas e disse: ou o doutor morreu antes de acabar a tabela, ou quis poupar-me a essa informação... mas imortal não creio que seja. E sorriu.

E o Zé Patife?, perguntei. Também cá está e com data de morte. E a Ti Zulmira? Também. E o Adelino? Também. Estão todos, sentenciou. Ficámos em silêncio durante algum tempo, até que Baiôa acrescentou: tirando o caso do Cabral, que iria finar-se depois da Maria da Luz, já não morre gente desde que o próprio doutor se apagou, mas em breve as coisas irão mudar. Depois, para desanuviar, mostrou-me uma anotação que fizera pelo próprio punho: à frente do nome da Fadista escrevera Grito, o título do fado de Amália Rodrigues que há anos ela dizia querer que tocasse no funeral dela.

Baiôa carregava às costas o peso de um segredo, que se desdobrava em vários outros. Por um lado, era portador de todo o trabalho científico de um médico de grande génio, que se dera durante décadas a uma colossal investigação, e que lho entregara com um propósito para ele ainda desconhecido, mas que o obrigava a agir. Por outro, sabia quando iriam morrer todos os que com ele habitavam a aldeia e perímetro envolvente, o que correspondia a conhecidos e amigos – em suma, a toda a gente. Em simultâneo, desconhecia quando iria ele próprio morrer, o que, por ser tão banal desconhecimento, comum a todos os mortais, não deveria angustiar ninguém, a menos que esse alguém fosse o conhecedor único de um segredo sobre a extinção de um mundo. Sim, porque era disso que se tratava, da extinção da aldeia, e Baiôa não conseguia vê-lo de outro modo. Morriam as pessoas, morria a aldeia, morriam as memórias, os costumes e a história de uma aldeia, de um pequeno mundo que toda a vida fora dele. Sentia, por isso, ser seu dever fazer alguma coisa. E, já que não podia evitar aquelas mortes – as mortes dos que lhe eram queridos –, lembrou-se de fazer renascer a aldeia com outras pessoas. Não seria a mesma coisa, mas não era isso que acontecia a todos os lugares? E, se os que ali habitavam não tinham já idade para procriar, ele traria para aquele lugar quem estivesse ainda em condições de o fazer.

Primeirissimamente, havia que criar condições para as pessoas ali viverem, condições que atraíssem gente nova. E tal empreendimento passava por fazer de uma aldeia em ruínas uma aldeia habitável, hercúlea tarefa para um homem só. No entanto, porque sentia que lhe tinha sido confiada uma missão de importância capital para o mundo – para o mundo dele, para o mundo que conhecia –, deslocou-se Baiôa à sede do município por quatro vezes: a primeira, para falar com quem mandava, mas que só lhe serviu para ficar a saber como poderia tentar falar com quem mandava; a segunda, para devolver o requerimento de audiência; a terceira, dois meses e meio depois, para falar com o adjunto do vereador; a quarta e última vez, para levantar um documento, assinado pelo presidente da Câmara, no qual este declarava que, por entender o valor da empreitada a que o cidadão supranomeado se propunha, merecia da autarquia e dele próprio, enquanto respetivo governante, o maior dos apreços, desde logo por não possuir a autarquia verbas – tão pequena era a dotação que recebia do erário público – para ela própria executar tão necessários trabalhos, atribuindo--lhe pois um alvará provisório para a realização de obras de construção civil, e isentando-o de todas as burocracias e formalismos necessários à execução de trabalhos de conservação e de reconstrução, no âmbito do disposto no Regime Jurídico da Urbanização e da Edificação, considerando-se assim devidamente instruído e comunicado o aviso de início dos trabalhos em todas as edificações dentro do perímetro urbano de Gorda-e-Feia, desde que cumprido nos referidos trabalhos um conjunto básico de normas previstas pelo Regime Geral das Edificações Urbanas e simplificadas pelo Regime Excecional de Reabilitação Urbana, nas redações então em vigor, tais como as respeitantes às fachadas e à volumetria das edificações, bem como todas as demais regras para intervenções consideradas de escassa relevância urbanística e identificáveis nos documentos em anexo, um conjunto de textos legais eficientemente sublinhados a marcador amarelo fluorescente, que tive oportunidade de ler e de ajudar Baiôa a reanalisar numa longa tarde de chuva, etc.

E, se a primeira resolução de Joaquim Baiôa consistia num projeto de monta, a já referida recuperação das várias edificações da aldeia, uma segunda decisão que tomou não parecia ser empreitada menor ou mais simples. Dando corpo às minhas desconfianças, explicou-me o titular do único alvará de construção civil de toda a freguesia que, à falta de informação sobre o assunto na lista do Dr. Bártolo, tinha decidido começar a tentar adiar a morte, prolongar a vida o mais que podia, adotando uma série de hábitos saudáveis, para se certificar de que ficava para último – já que os outros iriam todos morrer nos meses que se avizinhavam – e de que cumpria o plano a que ambiciosamente se havia proposto. Para tal, contava com a minha ajuda. Tu também não tens data para morrer, disse-me, de forma cúmplice. Encontrávamo-nos, pois, na mesma condição. Sem data para morrer. Ele, por não constar da lista; eu, por ser de fora.

196 Rui Couceiro

59

Angústia

E SE, EFETIVAMENTE, EU nunca morrer? Tendo a crer que Baiôa nunca fez esta pergunta a ele próprio, que nunca a ideia da imortalidade lhe passou pela cabeça. O que realmente o preocupava era a possibilidade de não terminar a tarefa missionária que tinha feito nascer e atribuído a ele mesmo.

Já eu, porventura mais sensível a inclinações de espírito para o que é desprovido de pragmatismo, não conseguia pensar noutra coisa. Era-me em absoluto impossível agir ou pensar em linha reta: tinha o cérebro a descair para aquele lado, para a possibilidade da vida eterna. O que não deixa de ser irónico numa terra que me havia apresentado algo tão desconhecido como a ideação suicidária. Sentia-me como uma criança desorientada pelo facto de os adultos lhe ensinarem umas coisas e depois fazerem outras. A princípio, percebo que o morrer ali usa nó de gravata. Mais tarde, é-me explicado que os que sobram têm todos contrato de muito curta duração. E, de súbito, afinal o fulano que desencadeou a minha ida para a aldeia talvez seja imortal. Eu sabia lá se a lista do maluco do médico era ou não para levar a sério. Naquele momento, não sabia. Palavra que não. Estava desorientado. Quase acendia os cigarros uns nos outros. Via-me numa terreola perdida, a mãos com o primeiro homem da história da humanidade – pelo menos, que eu soubesse – com a vida eterna. Ditas assim, estas ideias parecem descabidas? Admito que sim, mas eu, já o disse, sentia-me desnorteado. Tinha prometido a mim mesmo não ir à taberna naquela noite, mas via os meus pensamentos a derraparem no chão de ladrilho da minha casita e a esborracharem-se com estrondo contra as paredes brancas.

Era difícil lidar com aquilo, por isso fui em busca de uma solução, nem que provisória. Agravava a situação o facto de a noite começar a cair e de a Fadista ter escolhido para início de concerto um fado que toda a gente conhece e que começa assim: Foi por vontade de Deus / Que eu vivo nesta ansiedade. Decidi agir. Imprescindível era tirar aquela balbúrdia de ideias tão angustiante do meu pensamento. Sentia-me a um pequeno passo de compreender o que sentem as pessoas que querem que a vida os deixe em paz.

60

Fulano começou numa macaqueação

Quem frequenta cafés sabe que todos constituem ecossistemas com particularidades irrepetíveis, por possuírem fauna e flora específicas. É comum que determinados cheiros só se encontrem em certos espaços, é também habitual que a luz e o som ambiente – sempre uma conjugação de equipamentos frigoríficos, audiovisuais e humanos – sejam próprios de cada estabelecimento comercial de restauração e bebidas, como poeticamente lhes chama a legislação em vigor. Há ainda em todos os cafés pessoas barulhentas e incomodativas, gente exigente e gente discreta, clientes gastadores e outros a tenderem para os serviços mínimos, e é facto também que todos são frequentados por um ou outro cliente estranho, criaturas com hábitos invulgares ou de quem pouco se sabe por nada dizerem, ou às quais alma alguma se aventura a perguntar o que quer que seja. Serve este introito apenas para não começar de supetão, até porque é mesmo para isso que os começos servem, isto é, para não darmos aos meios um papel que não é deles. Nunca ninguém me explicou, ao certo, o que fazia e onde morava o tipo alto e magro, sempre vestido integralmente de branco e de cabelo pintado de preto. Ninguém falava dele. E, como ninguém falava, eu também nunca perguntei. Quando entrava na taberna, o fulgor das conversas amainava e nenhum dos demais clientes o olhava, ou lhe dirigia a palavra. Alguns chegavam até a sair, para fumarem, ou até mesmo para regressarem às respetivas casas. Quando aquele messias saído do cabeleireiro finalmente partia, sempre sem cumprimentar ninguém, podia esperar-se que, entre os circunstantes, começassem os comentários ao seu comportamento, à sua figura e ao seu caráter. Mas ele lá ia, a lembrar um estilista reformado, como se nada fosse, e a taberna também readquiria o anterior balanço, pipo de vinho à deriva na terra. Eu imaginava-o, com o seu bigode fininho, a entrar num daqueles carros desportivos de gama média dos anos 1990, tipo Toyota Celica, originalmente vermelho mas pintado de branco num domingo de manhã, com a ajuda do cunhado, para, feita a pausa para a cerveja com Martini, regressar ao seu templo de candomblé e aí retomar a atividade de pai de santo, ou de aspirante a Roberto Leal. Não me desiludiu muito o lançador de búzios quando, da segunda vez que o avistei por lá, o vi partir minutos depois: foi a primeira vez que vi um Mercedes 180D, aqueles vulgarizados em Portugal na função de táxi, pintado de cor amarela – um amarelo-torrado eventualmente inspirado no famoso Porsche do Futre. Na bagageira, tinha colado um autocolante da Penélope. Conduzia como se todas as estradas do Alentejo lhe pertencessem.

Entrar na taberna e ver o dono daquele carro era, para mim, motivo de contido prazer. A aparição dele não resultaria em conversas, mas ofereceria muito que observar. Tirando daquele homem, na taberna falava-se de tudo. Lá, ouvi muitas coisas pela primeira vez, recebi informações certas, dados que não consegui confirmar e pistas que nunca pude seguir. Lá, percebi que o Dr. Bártolo merecia uma estátua. Ele e o Professor. O Professor Pedro da Piedade, a quem pelo menos um busto era devido, senão mesmo uma estátua, daquelas em bronze e em tamanho nunca menor do que o real. Lá, ouvi falar de Maria da Assombração e do seu vómito negro. Fora dali, viam-se mais gatos e cães – já para não falar em vacas – do que pessoas. E, mesmo quando seco, o rio tinha mais peixes do que toda a região gente jovem. A taberna era a morada da socialização dos homens e a venda a das mulheres, com a diferença que elas se aviavam do que podiam comprar para toda a família e eles se preocupavam apenas com a própria boca, sempre tão necessitada de beber e de fanfarronar. Mas, nos dias em que ele aparecia, quase ninguém falava. Para mim, que, na verdade, me sentia naquela aldeia um espectador de uma peça de teatro, era extraordinário ser testemunha daqueles momentos. Imagine-se o protagonista, vestido de branco, a entrar no meio de um conjunto de personagens secundárias ou figurantes, todas de cinzento, castanho e preto. Já que falo de figurinos, quero dizer que aqueles velhos usavam uma roupa que eu nunca vira em loja alguma dos centros comerciais e um calçado que eu não conseguia imaginar onde pudesse comprar-se. Talvez tivessem ali um túnel secreto que desse

200 *Rui Couceiro*

acesso direto aos anos 1950 – essa era a única explicação plausível que eu encontrava para aquelas indumentárias e deixo esta inquietação aqui registada para o caso de no futuro alguém saber esclarecer-me.

Daquela vez, poucos instantes depois de eu entrar, o fulano começou numa macaqueação, numa bizarria motora e verbal sem sentido, uma espécie de delírio dançado e cantado em redor do fogo que para nós era o vinho. Tremia, ou abanava-se, balbuciava palavras atreladas umas às outras, ou cortadas a meio. Dizia coisas como: frigo serpentinafalantedebatata cata rodabricolage. Ficou tudo simultaneamente constrangido e boquiaberto – até o sapo de louça que Adelino tinha em cima do balcão e que lhe fora oferecido pelo primo do Norte. Os demais ficaram a olhar de lado para ele, a tossicar e a pigarrear, a dar cotoveladas ao colega do lado, até que, de repente, ele como que voltou a si, passou a mão pelo cabelo, readquiriu a compostura pintarolas, perguntou quanto é, pagou e saiu. Ao passar a porta, insultou a puta da vida e não apareceu durante uns tempos. O silêncio ficou pesado. Eu mantive-me calado até que o ambiente se normalizou, sem grandes comentários relativos ao sucedido, e pedi um cesto de pão e um pratinho de presunto, para fazer de conta, perante mim mesmo, de que não ia apenas ao vinho.

61

Ó VINHO, DEIXAI OS HOMENS

IMPRESSIONAVA A CRENÇA PROFUNDA de que era aquele o único caminho, chegava até a enternecer a devoção que religiosamente dedicavam à libação naquele templo. Uns de pé, outros sentados, consoante a influência dos ânimos próprios ou alheios, variando, uns e outros, em função do álcool ingerido por cada qual nas horas anteriores, os velhos e os menos experientes não se dedicavam somente às comezinhas discussões sobre penáltis por marcar, falcatruas de governantes ou empreiteiros, cilindradas de automóveis, de motos ou de traseiros de mulheres – por esta ou por outra ordem. E, embora alguns parecessem buscar no frequentar da taberna uma certa alteridade, verdade era que todos estabeleciam entre eles e com o taberneiro surpreendentes diálogos existenciais, buscando respostas para a transcendência no fundo do copo e perguntando-se, por fim, nada mais do que se haveria vinho depois da morte. Por vezes, já esquecidos da probabilidade de os outros lhes chamarem paneleiros, pares de homens saíam da taberna abraçados como náufragos a erguerem-se na areia firme de uma qualquer praia, o mundo ainda a balouçar, eles e as suas sombras misturando-se, para irem deitar o vinho na calçada ou já dentro de casa.

Na taberna, praticava-se o escárnio e o maldizer, com ótimos resultados do ponto de vista social, dado que é sabido que a má-língua, quando exercitada em conjunto, oferece e fortalece o chamado sentimento de pertença. Também era frequente aquela equipa de veteranos executar a indignação, prática muitas vezes associada à anterior e à qual me habituei a assistir, nos anos recentes, nas redes sociais, mas que constatei não ser delas exclusivo; na taberna, diga-se por ser justo, até se levam a cabo exercícios de indignação muito mais estruturados do que os realizados na internet, partindo amiúde da leitura de notícias inteiras e por vezes até de factos verdadeiros. Praticavam-se outras modalidades mais, tanto coletivas como individuais, mas não a moderação.

Ao final da tarde, voltemos um pouco atrás, para depois andarmos melhor para a frente, tinha-me dado um sono merecedor de melhor emprego, mas decidi ir à taberna. Quando o sujeito do bigodinho terminou o espetáculo e saiu, eu fiz de conta de que estava esfomeado e pedi um cesto de pão e um pratinho de presunto. Aos que por viuvez tinham dispensa de recolher, Adelino servia pequenos pratos com toucinho e outros sustentos que pudessem atenuar, atrasar ou acompanhar a bebedeira, conforme os casos. Enquanto transformava em fatias a perna do porco, atirei-me ao cesto e, ao invés de comer pão alentejano, dediquei-me pacientemente à broa que ele comprava empacotada no mesmo supermercado do qual trazia donuts para Zé Patife. Longe ficava o pão que se migava porque de outra forma quebrava os dentes de quem o tentasse comer ou que se detinha atravessado na garganta. Azeitonas, muitas. Um pedaço de toucinho. Era o que havia para comer, explicou Zé Patife. Por isso é que o meu pão favorito é o mais molinho, em especial os redondinhos (era essa a forma como se referia aos donuts). Enquanto o ouvia, eu trincava a broa devagar.

Um dos meus maiores medos é, justamente, o de perder os dentes. Os do meu pai começaram a cair aos trinta e sete anos e aos quarenta já ele usava uma placa na mandíbula superior, à qual a minha mãe carinhosamente chamava D. Rosinha. Quando ele, ao sábado de manhã, chegava à mesa, ensonado, para o pequeno-almoço, a mastigar os beiços, a minha mãe chateava-se e gritava-lhe: tu não me apareças à mesa desdentado! Vai já buscar a D. Rosinha! Por essas e por outras, no ano passado, finalmente, ganhou coragem para colocar implantes. Acho que vai queixar-se para toda a vida de que o dinheiro que gastou teria dado para comprar um carro novo, mas a minha mãe diz que já quase tem vontade de o beijar novamente – e eu creio que isso o aflige tanto ou mais do que não poder ter um carro novo.

Terminei a broa e o presunto e virei-me para o televisor. Dentro da taberna, com o adiantar da hora, pouco se via, para além do curto e diáfano manto moldado pelo álcool. Lá dentro, os homens medem a sede sem limites uns dos outros. Debaixo do aparelho, vi Daniel Verdete, na mesa do fundo, quieto, como se tivesse morrido sentado. Chegou Baiôa passados uns minutos e logo depois Zé Patife, barafustando, erguendo e baixando o peito muito depressa, expelindo indignação como lava saindo de um vulcão. Não podia ser senão mentira, uma pantominice pegada, o que andavam por aí a anunciar: que iria ser possível fazer os programas de televisão recomeçarem. Uma pessoa perde o início do telejornal e volta atrás, liga a TV já com o jogo em um a zero e volta atrás para ver o golo que perdeu ou até todo o jogo até aí – isso era lá possível! Uma intrujice, só podia – era o costume. Baiôa lembrou-o de que ele dissera o mesmo das primeiras máquinas de lavar. E que nem depois de ter uma acreditava nas capacidades daquela tecnologia. Da primeira vez, porque tentara lavar papel higiénico na dita cuja, juntamente com a roupa, a lavagem não tinha corrido bem; da segunda, porque as mangas das camisas saíram amarradas umas às outras por nós cegos e ele pontapeara a máquina por ela estar a gozar com ele, a estúpida de merda; e, de uma terceira vez, porque lhe enfiara a barra de sabão dentro do tambor e ela não só a comera toda, sem poupar sequer para a lavagem seguinte, a esfomeada que não podia ver nada, devia ter a bicha-solitária, como também passara quase três horas a cuspir bolhinhas de sabão por todos os orifícios.

Aquele cosmos produzia todo o tipo de estados de espírito. Quando, uma ou duas horas depois, afogado em trincadeira, e por certo um pouco também em aragonês e em castelão, Baiôa pousou o copo e disse a Zé Patife que a dor mais profunda é a que não queremos, mas que infligimos a nós próprios – por não sabermos agir de outro modo, precisou –, o taberneiro intrometeu-se na conversa, como é de direito dos taberneiros fazerem, para replicar que, desde que não lhe faltasse saúde, pouco interessava o resto. Foi numa altura em que Baiôa tinha começado a mascar raiz de gengibre, encomendada através da internet pela Ti Zulmira, para ajudar os processos digestivos e regenerar tecidos maltratados; dias antes, havia tentado com alho, mas não aguentara o hálito. Quando explicou que o mais importante era a saúde, uns tertulianos menos frequentes do que nós, instalados nas mesas do fundo, mas ainda assim frequentadores quase diários, manifestaram-se de modo sonoro, não tivessem eles sido formados em contexto, porque não havia dúvida de que o que contava era haver dinheiro ao fim do mês, para pôr comida na mesa. E para não faltar vinho no copo, rematou um mais baixote, sem levantar o olhar do jornal que folheava. Todos concordaram, encheram-se copos, brindou-se não sei bem a quê com uma alegria breve e retomaram-se discussões e ânimos brandos próprios da velhice. Aprendi que, ali, as conclusões eram todas colegiais, ainda que extremamente raras ou até mesmo inexistentes. Todos os dias, reunia-se a assembleia composta por bêbedos de todos os tipos, dos perdidos àqueles a que agora se chama funcionais, num diálogo ecuménico com o vinho, e discutia-se o mundo em menos de trinta metros quadrados. A chamada ordem do dia também lá chegava: desde cedo através de um canal de notícias que até ao fecho da casa habitava o televisor, a partir das onze nas letras dos jornais que vinham de carrinha branca e, nos dias de bola, também pelo altifalante do rádio preto pendurado na parede. Por vezes, também passavam pelo programa do Goucha, mas só para verem a Cristina, que todos achavam boa como o milho. Dele, nenhum deles admitiria gostar, nem apenas para si próprios.

Baiôa, a pele pegada aos ossos, voltou a puxar o tema para anunciar que o seu fim deveria estar próximo. As unhas, por exemplo, cresciam-lhe cada vez mais devagar, tinham perdido todo o viço. Por esse prisma, pensei, a minha mão direita seria muito mais jovem do que a esquerda, dado que o corta-unhas tinha sempre muito mais a cortar nessa do que na sua gémea. Os outros riram-se daquela vontade de ir para a cova, daquele desânimo, daquela pieguice, daquela derrota, mas Baiôa e eu sabíamos que ele tinha motivos para viver angustiado. Aliás, por vezes, durante o trabalho, eu notava mais do que o evidente: não só o corpo definhava, como também os ossos se lhe tornavam ruidosos. Uns dias depois, disse-me que desconfiava de que era neurasténico. Esse estado não lhe havia sido diagnosticado pelo doutor, mas a sintomatologia batia certo com a descrição feita por ele no livro. Fosse ou não o autodiagnóstico acertado, era evidente que em breve a vida se retiraria do corpo de Baiôa, para dar a vez à morte, essa que toma para ela com alegria o que outrora foi jovem e belo e que consome com gosto tudo o que cai em decadência. Em Zé Patife, por outro lado, a barriga parecia ganhar volume mês após mês. Por vezes detinha-me a olhá-la, temendo que pudesse rebentar. Ao falar com o homem que, a custo, a transportava, sentia-lhe um terrível cheiro ácido vindo das entranhas.

O tom de voz, as borregadas e os despautérios aumentavam na taberna à medida que baixava o nível de vinho dentro do pipo escuro. Adelino enchia aqueles copos que, todos iguais nas vontades, por não terem sido para outra coisa criados, desejavam ser esvaziados. E aquele vinho punha-se-nos a descer-nos pelas goelas, uma e outra vez, em grande correria. Bebido todo o néctar possível, regressavam os homens a casa. Alguns batiam nas mulheres. Outros não tinham mulheres e era espantoso que não se matassem. Regressava Baiôa à casa onde não havia quem o esperasse, onde não estava quem com ele pudesse falar, onde não teria ninguém ao lado de quem se deitar. Talvez ficasse a pensar nos trabalhos do dia seguinte. O que o animava e aquilo de que ele mais gostava era de fazer casas de banho, de montar sanitas, autoclismos, lavatórios, bidés e banheiras. Nessas alturas, contava que, em miúdo, tinha de encher o balde para usar na sanita que ficava nas traseiras e de aquecer água ao lume para uma espécie de banho semanal. Talvez aquela melancolia lhe viesse de lembranças como esta. Ou então, acaso naquele momento não se entusiasmasse com ladrilhos, torneiras e louças sanitárias, talvez o vinho o pusesse a sentir saudades de um irmão que lhe morreu na época das sezões. Zé Patife, esse, arrastava-se, bufando, até ao seu tugúrio, onde o esperava igual companhia, sem perceber porque é que Baiôa não tinha começado as obras justamente por uma casa tão necessitada como a dele; depois, sentava-se no sofá, a ver TV, com um pacote de vinho tinto na mão e uma caixa de donuts na outra, talvez sonhando com um televisor que lhe permitisse ver à noite, sozinho, o programa do Goucha, para ser o único a olhar para a Cristina e não ter de a dividir com ninguém. No dia seguinte, queixar-se-ia de desarranjos na zona do baixo-ventre, o que a propósito contrariava a tese da minha mãe, e eu bem lho disse, que sempre pregava: cabeça forte, tripa fraca.

Eu também bebi o que me cabia, claro está. Depois, saí da taberna, chutei uma carica e caminhei até casa com a sensação de que o projetista daquelas ruas, ou os calceteiros que as fizeram, tinha bebido uns copos a mais. Já na cama, roguei ao vinho que deixasse os homens em paz.

62

Cegonhas

Era uma vez uma avó – o que pressupõe a existência de, pelo menos, um neto ou uma neta. O neto, suponhamos, era eu e a avó era a minha avó. Porém, esta equação presume também, para além de um avô e de um pai daquele ao qual aqui chamei neto, claro está, a existência de uma mãe, geracionalmente colocada entre a avó e o neto. E, por vezes, esse era o problema. Considero-me um indivíduo até bastante paciente, mas a minha mãe conseguia levar-me ao desespero. Telefonava-me todas as manhãs, para saber como é que eu tinha dormido, motivo pelo qual, ao cabo de não mais de três semanas, passei a pôr o telemóvel em modo de voo durante a noite. Por essa altura, também aconteceu deixar de precisar do despertador para acordar, uma vez que desisti da medicação para dormir, opção que me permitiu passar a estar acordado aquando da alvorada.

De manhã, os céus viam-se povoados por muito mais do que pardais e pombos, como em Lisboa. Criei afinidade sobretudo com as cegonhas. Na aldeia, as pessoas não gostam delas. Sujam os telhados, que todos os anos têm de ser limpos de ramos e raminhos que entopem as caleiras, ou tapam chaminés. Como vinha de fora, nelas eu via apenas encanto. Gostava de dar com os casais a chocalharem os bicos compridos como castanholas. Lembro-me bem de um breve episódio ocorrido pouco tempo depois de chegar à aldeia, numa altura em que contactava visualmente mais com elas do que com pessoas. Os velhos são muito de estar por casa. À noite, por exemplo, pressentia-os sozinhos e doentes, aconchegados em camas abauladas. Os velhos também são muito do silêncio e, se não formos à procura deles, deixam-se morrer. Lembro-me, dizia, de que, no topo de uma chaminé, numa cama larga e feita de ramos secos, acomodavam-se duas jovens cegonhas. De pé, estava outra, adulta, que, súbito, abriu as asas e as bateu duas ou três vezes, sem sair do sítio. As crias observavam, ainda que uma aparentasse estar distraída, coçando-se com o bico comprido. A mãe repetia o exercício. Minutos depois, as crias levantaram-se. Não eram tão pequenas quanto pareciam. A mãe voltou-se para elas e abriu de novo as longas asas, reclamando a atenção delas para o potencial do equipamento de que dispunham. Depois, bateu-as lentamente duas vezes e voltou a fechá-las. A mais atenta tentou imitar a mãe. A outra continuava a enrolar o pescoço, lembrando um gato que se rebola ao sol num pátio de cimento. A mãe cegonha voltou-se de costas para as crias e repetiu o exercício, mas usando também as pernas para, em simultâneo com o batimento de asas, dar pequenos pinotes, ameaças de descolagem que finalmente prenderam a atenção da cria mais irrequieta. Ambas ensaiaram, enfim, aberturas e fechos de asas, mas apenas a mais dedicada conseguiu batê-las, por uma única vez e de forma não sincronizada. Aquilo parecia-me formidável. A progenitora, na sua magna função de professora, deu seguimento à aula, perante o nosso estudo atento. Era como se também eu observasse um mestre. Sentindo aquilo que agora me parece ter sido uma espécie de hipnose, cheguei mesmo a abrir os braços e a imitar os movimentos dela. A cegonha virava-se de costas para nós, encarava o horizonte, abria as grandes asas e dava um saltinho que a elevava uns trinta ou quarenta centímetros – meio metro, no máximo – e batia-as de modo a não se elevar demasiado no ar nem a regressar ao ninho. Pousava segundos depois e via as crias ensaiarem, tão desajeitadas com as asas como um potro ou uma vitela com as pernas, quando estes procuram erguer-se e dar os primeiros passos. Também eu, a partir da segunda plateia, procurava executar os primeiros movimentos conducentes ao voo: ao mesmo tempo que dos braços fazia asas, punha-me em bicos de pés, fletia os joelhos, agachando-me, e impulsionava o mais que podia o corpo para o ar. Nos ínfimos instantes em que conseguia ter-me fora do chão, batia freneticamente os braços em busca de resultados. Esperava conseguir, senão uma elevação, pelo menos uma breve suspensão.

Ao perceber que a minha tentativa não surtia efeito, tentava outra vez e outra e ainda outra. Arfava. Lá em cima, as minhas colegas não conseguiam melhores resultados. Ainda que claramente mais bem apetrechadas, era evidente que possuíam menos coordenação motora do que eu. Era como jogar à bola na escola: nem sempre os mais bem calçados executavam os melhores remates e fintas; muitas vezes, o talento mostrava-se exuberante nos pés descalços ou nas solas rotas de um rapazito remeloso. A consciência do meu talento superior, mesmo face à condição privilegiada das minhas colegas, fez com que eu não desanimasse e tenha estado ali, mesmo em circunstâncias desiguais, a ensaiar durante quatro ou cinco minutos. Assim foi até que, ao aperceber-me de que a mãe cegonha se encontrava virada na minha direção, me senti apanhado, caí em mim e, envergonhado, deixei o treino para quem realmente tinha asas, enfiei as mãos nos bolsos e olhei noutra direção. É evidente que, mais tarde, senti vergonha pela possibilidade de alguém, para além da mãe cegonha, me ter visto naquela figura. Mas, que diabo, quem nunca sonhou voar? Por outro lado, estou consciente de que, mesmo que alguém venha a ler estas linhas, encontrará adiante acontecimentos muito mais capazes de pôr em causa a minha boa imagem, senão mesmo de a arrasar em absoluto. A propósito, a aula terminou com o mais prático dos exemplos: a mãe partiu e as crias ficaram a olhá-la a afastar-se. Elas ainda não sabiam, mas dentro em breve iriam segui-la.

63

Um par de amanhãs

Tomamos como certo que o nosso estilo de vida é determinante para a nossa saúde e, consequentemente, para a nossa longevidade. Esta afirmação poderia constituir saber apenas de experiência feito, mas trata-se de algo que encontra sustento em todas as artes e ciências médicas. A esse propósito, Baiôa deu-me a ler partes do livro do Dr. Bártolo e tais páginas não só alicerçam cientifica-mente a referida noção, como também permitem compreender a mudança que Baiôa decidiu operar na própria vida.

Fiquei a saber que o médico investigava as modificações epigenéticas do ADN, isto é, procurava perceber a evolução do ADN de cada indivíduo em vida. Por exemplo: caso se dê a circunstância de a idade biológica ser cinco ou até dez anos superior à idade real, o risco de morrer mais cedo duplica; e a situação oposta também é válida, pois uma pessoa com uma idade epigenética mais baixa do que a que tem no documento de identificação tem uma probabilidade maior de viver mais tempo. Ao ler o Dr. Bártolo, aprendi que a idade biológica reflete o que se viveu até ao momento da análise: em suma, o estilo de vida, as doenças que se teve, a salubridade do meio onde viveu. Quem teve um estilo de vida saudável, praticou exercício físico de forma regular e moderada, teve a felicidade de não contrair doenças e infeções graves, entre outros aspetos, costuma ter uma idade biológica inferior. No fundo, a realização da análise ao ácido desoxirribonucleico é um jogo com o tempo: usa-se o passado para entender o estado presente e tentar prever o futuro. Contudo, alerta o Dr. Bártolo, este tipo de estudo constitui apenas uma das bases da análise realizada a nível macroestrutural, uma vez que há sempre um período não estudado – o que ainda está por viver. Isto é: o doutor poderia analisar o genoma nas suas condições iniciais, poderia até perceber de que maneira ele se transformava, em função do já vivido pelo indivíduo em estudo até ao momento da análise, mas faltar-lhe-ia sempre saber o que iria experienciar essa pessoa no período ainda por viver. Daí que os seus estudos se baseassem em quatro momentos: no do nascimento, que possibilita conhecer as condições genéticas de partida; no da análise, que permite saber o que se viveu até então; no que está ainda por viver; e no momento da morte, que oferece uma segunda possibilidade de analisar o que está para trás e de fechar o círculo interpretativo. Era sobre o terceiro momento que o Dr. Bártolo fazia incidir outras metodologias, que o levavam a analisar o indivíduo do ponto de vista sociológico e psicológico, a fim de tentar enquadrar um conjunto de probabilidades comportamentais e de degeneração física e intelectual.

Baiôa decidiu intervir sobre o terceiro momento, sabedor de que mudar ou melhorar o seu estilo de vida poderia estabilizar, ou até fazer regredir, a respetiva idade biológica, conseguimento que, em teoria, lhe daria mais algum tempo. Ele não queria muito, costumava dizer. Não tinha garantias de durar sequer uma noite mais, por isso ambicionava pouco. A esta distância, acho que o convívio repetido com a morte criou nele também um apego incomum à vida, uma espécie de biofilia levemente desesperada.

Precisava apenas de mais um par de amanhãs para resolver tudo. Era tudo quanto desejava. E, por saber que ninguém dava nada a ninguém, dizia, nem deus, nem outra entidade qualquer, sobrava-lhe o mesmo caminho de sempre, o do trabalho: então, decidiu trabalhar para adiar ao máximo uma morte que não sabia quando viria. Preciso apenas de um par de amanhãs, insistia todos os dias. Faltava-lhe só acabar de caiar não sei quantas casas, faltava-lhe só ir buscar duas paletes de tijolos que estavam a estragar-se numa obra abandonada, contactar fulano que por vezes lhe dispensava uns sacos furados de cimento velho, consertar três telhados, fazer uma nova canalização, acabar uma cozinha, restaurar doze janelas, reabilitar duas instalações elétricas, cimentar um pátio, reerguer uma chaminé, nivelar um chão, montar uns tetos falsos, plantar umas árvores, tudo se fazia, bastava tempo e saúde – e ele esperava que apostar na saúde lhe desse tempo. Ele só queria ter mais um par de amanhãs. Foi assim que disse, sabedor de que, correndo tudo como até então, o tempo continuaria a descontar-lhe dias. Disse aquilo e o espírito lá se lhe foi, com asas ou sem delas precisar, para outras paragens. Não voltou a falar a tarde toda. Ele só precisava de um par de amanhãs.

64

UMA MULHER DE SONHO

O QUE O LEITO do rio aprende com as cegonhas é que também a água há de voltar. Já as pessoas nem sempre aprendem com a natureza. Ou, então, se dela guardam bons conselhos, vezes há em que deles não se lembram, vezes há, por exemplo, em que não se recordam de que as coisas boas – como a água para as necessidades da terra – acabam sempre por regressar. E, em certos momentos, basta uma canção a passar na rádio, um perfume que remete para a infância ou para outra altura feliz, ou até mesmo um sonho – seja dos que arquitetamos acordados, seja dos que na melhor parte são interrompidos pelo acordar.

A dada altura, os estranhos sonhos que me acometiam foram sendo substituídos por outros de cariz menos incomum, até que, sem durante muito tempo perceber porquê, comecei a sonhar com uma mulher. Tinha a pele morena, como se fosse sul-americana, e o cabelo era escuro; não me parecia alta, e eu nunca a tinha visto. Surgia ao longe, nos meus sonhos, algo indefinida. Parecia-me bela, mas eu não conseguia vê-la com nitidez, por isso tentava limpar os olhos à manga da camisola, mas apercebia-me de que esta não tinha mangas; depois, recorria ao tecido da T-shirt e afinal notava que estava de tronco nu, na praia, e até tinha alguma areia colada ao corpo. Ou então dava por mim num sítio cheio de fumo. Ou de repente alguém apagava a luz, ou o dia transformava-se em noite, ou surgia um nevoeiro espesso, ou dezenas de carros e autocarros turísticos cruzavam a rua que nos separava, como se estivéssemos em Times Square em hora de ponta. Certa vez, até acordei tateando a mesa de cabeceira, em busca dos óculos – e eu nunca usei óculos. Passava os sonhos a vê-la ao longe, a uma distância nunca suficiente para a alcançar, e à procura de uma torneira que me oferecesse água para lavar os olhos e vê-la com nitidez. Topava com garrafas de água vazias, poças de água enlameada ou com espuma resultante da lavagem de carros, chegava até a encontrar tornei-ras, a abri-las, e a não acontecer nada, ou então a dar com elas a deitarem aguardente ou outro líquido inesperado e impróprio para lavagens oculares. Foi assim durante quase dois meses. Dia sim, dia não, sonhava com ela. Por vezes, acordava com a sensação de ter os olhos a arder e corria a lavar a cara. Para não alarmar a minha mãe, não lhe contei nada disto, nem sequer lhe falei da ligeira sensação matinal de ardor ocular, porque a imaginava a benzer-se no mesmo instante e a pedir diariamente – regularidade igual àquela com que acenderia velinhas por mim – a nosso senhor que o contacto com velhos não estivesse a provocar-me cataratas, ou que o seu filhinho querido não tivesse contraído uma forma desconhecida de cancro dos olhos. Ignorando proposita-damente a consciência que tinha destes sonhos, quis pensar que talvez pudes-se estar com princípios de conjuntivite, pelo que me pus a ler coisas na internet sobre síndroma do olho seco, conjuntivite, blefarite, entre outros problemas mais ou menos comuns e reais, mas a verdade é que, durante o dia, os meus olhos funcionavam na perfeição e eu via com a mesma acuidade de sempre. O problema não existia com a luz do dia e até cheguei a beber menos depois de jantar e a experimentar não ir à taberna, para perceber se era o vinho que me estava a turvar a visão noturna.

A pouco e pouco, porém, a mulher dos meus sonhos começou a surgir mais perto de mim e eu próprio passei a vê-la, bem como a tudo o resto, com maior nitidez, conjugação de fatores que me fizeram, progressivamente, deixar de preocupar-me com a forma como via e me permitiram focar-me naquilo que via. Mas estava ainda longe de lhe conhecer o rosto em detalhe. Via-a passar ao fundo do corredor de um supermercado, corria para ela, só que era como se tivesse desaparecido. Avistava-a no andar superior de um centro comercial, mas as escadas rolantes junto das quais me encontrava eram apenas descen-dentes; ainda assim, desatava a correr por elas acima e, quando finalmente chegava ao topo, já ela lá não estava. Até na televisão a vi, no final de uma reportagem que não pude rever, por no televisor que tinha não ter forma de puxar a emissão atrás. De todo o modo, ao longe, comecei a vislumbrar-lhe algumas particularidades – a efetiva baixa estatura, o cabelo muito liso, um rabo e um peito que não eram nem grandes nem pequenos, uma cintura estreita, que lhe dava uma graça de boneca – e isso, de algum modo, fez diminuir a minha ansiedade. Dormir deixou de constituir a certeza de uma angústia, para passar a ser um momento esperado. Em simultâneo, fui-me convencendo de que aquela mulher que me era cada vez mais visível se tornava mais acessível, mais real. A cada dia era-me dado a conhecer um aspeto novo: quando nus, os ombros dela traçavam curvas perfeitas, que terminavam em braços delgados, de uma fragilidade que apetecia ter à volta do pescoço enquanto se promete a alguém proteção para todo o sempre. Mais tarde, vi-lhe o nariz estreito e dei conta de que os dentes, belíssimos e reluzentes em contraste com o tom de pele, possuíam uma particularidade: um dos incisivos laterais, o do lado esquerdo, estava um pouco desalinhado, isto é, tinha nascido ligeiramente atrás dos outros, numa segunda linha, o que fazia do sorriso dela – sempre dirigido a outras pessoas e nunca a mim, que, contravontade, permanecia invisível – uma fusão de beleza estatuária e de meninice malandra.

Certo dia, também percebi que os dedos das mãos, que inicialmente me pareciam delicadíssimas, eram afinal um pouquinho grossos face à restante ossatura, mas não me foi difícil perdoar os pais dela por isso. O pescoço estreito destacava-se por conta dos vestidos com que me aparecia nos sonhos. Nunca a vi de calças: usava somente saias – de todos os tipos, justas, largas, plissadas, curtas, compridas – ou vestidos – de cerimónia, de cocktail, de praia e, uma vez, facto que me fez acordar angustiadíssimo, até de casamento.

Siga aquele carro, siga aquele carro! Passe os vermelhos, se for preciso, eu pago as multas, gritava. Mas o carro dela, invariavelmente mais rápido do que o táxi velho em que eu o perseguia, acabava por desaparecer sem deixar nada que pudesse parecer-se com um rasto, apenas um sentimento de constrição de tudo o que eu tinha por dentro. Tão nítida era a forma como, nessa altura, eu conseguia recordá-la, que vê-la durante a noite e não a conseguir alcançar se transformava em ânsia crescente durante o dia. Eu acordava com a sensação vívida de que aquilo com que acabara de sonhar tinha acontecido e dava por mim agoniado debaixo do lençol, até ter coragem de me espreguiçar e levantar, a fim de ir ajudar Baiôa.

Por essa altura, comecei a pensar nela também durante o dia e a dar uso ao meu enferrujado sentir. Mas precisava de uma esperança, por mais fátua que fosse. Passei horas no Facebook, no Instagram, no Tinder e em outras aplicações a ver perfis de mulheres, de modo completamente aleatório, em busca de traços fisionómicos que pudessem corresponder aos daquela pequena e delicada maravilha. Aos poucos, notei que queria tanto viver um grande amor, daqueles dos livros e dos filmes, que, além de a ver casar-se, até sonhava com a morte da minha amada e chegava a imaginar-me a chorar e a quase morrer também de tristeza no seu funeral. Pensei até escrever romances de amor, para rentabilizar todas aquelas emoções.

Tão triste quanto verdadeiro é concluir que nunca, durante os meses em que me apareceu em sonhos, tive a possibilidade de estar parado diante dela, de lhe dirigir algumas palavras, nem que fosse apenas para cumprimentá-la ou perguntar-lhe o nome, estender-lhe a mão, para sentir o toque da sua pele e um pouco de realidade numa relação onírica de contornos diáfanos.

65

Borbulhinhas

Lembro-me bem: no dia seguinte às minhas aulas de voo com a mãe cegonha, enquanto lavava os dentes, dei conta de que várias pequeninas pintas vermelhas me cobriam a pele. E não era apenas no rosto e no pescoço. À noite, à medida que me despia, descobria aquilo que, de manhã, durante o banho o sono não permitira ver e confirmava: elas estavam por todo o lado. Mas o surpreendente não era ter nascido em mim aquela espécie de sarampo miniaturizado, o que impressionava era o facto de as pintinhas minúsculas se disporem pelo meu corpo formando linhas direitas, como se tivessem sido desenhadas por um tatuador.

Quando, nesse dia, me encontrei com Baiôa, para darmos início à jorna, falei-lhe no assunto. Sabia que, se como era habitual quando adoecia, telefonasse à minha mãe, das duas uma, ou ela se metia no carro e disparava para o Alentejo, ou me ordenava que tomasse mezinhas e remédios vários, antes de chamar o INEM para me ir buscar, não fosse eu estar a manifestar os primeiros sinais de uma doença grave e rara trazida de África por algum inseto. Baiôa, porém, tranquilizou-me e sugeriu que fôssemos consultar o livro do Dr. Bártolo.

O facto curioso é que, enquanto folheávamos o dito, e procurávamos comparar as descrições que nele o autor fazia com as minhas borbulhinhas, nos apercebemos de que elas haviam desaparecido. Arregaçando as mangas, erguendo a camisola ou as pernas das calças até ao joelho, constatávamos que pura e simplesmente já não havia qualquer borbulha no meu corpo. Devolvemos à estante o grosso volume dedicado à dermatologia e fomos trabalhar. Pelo sim, pelo não, Baiôa passou o dia a tentar inculcar-me os seus recentes hábitos.

66

ADIAR UMA MORTE INCERTA

QUANDO ACORDAVA, FAZIA ASSIM: bebia dois copos e meio de água morna (num total de três decilitros e meio), que aquecia no micro-ondas. Era um método ancestral, muito usado também no Oriente, sobretudo no Japão, para pôr o organismo em funcionamento – refiro-me à ingestão de doses de água em jejum e não ao uso do micro-ondas, evidentemente. A Ti Zulmira bem insistia que aquilo fazia mal, era certeza que lera na internet: a água, ao ser aquecida no micro-ondas, absorve toda a imundície acumulada dentro do aparelho. Baiôa respondia com um encolher de ombros. Exatos vinte e cinco minutos depois de beber a água tépida, comia um kiwi maduro da sua própria planta-ção, recomendação antiga do Dr. Bártolo, para o ventre preguiçoso. No tempo delas, também comia ameixas maduras, e três vezes por semana até as deixava de véspera em água, para lhes beber os sucos ao acordar, na quantidade atrás indicada: três decilitros e meio. Torrava pão escuro, que comia com compota preparada com muito pouco açúcar e um fiozinho de sumo de limão pela Ti Zulmira. Mostrou-se interessado em experimentar pão sem glúten e creio que cheguei a comprar-lho uma ou duas vezes, mas não se acostumou ao sabor. Durante a manhã, bebia infusões que ele próprio preparava. Tinham como objetivo ajudar o fígado a autorregenerar-se, dizia.

Não digo que não me tenha divertido muito a vê-lo, em frente à televisão, tendo nas mãos os comandos de uma consola que adquirira pela internet – com a ajuda, claro está, da Ti Zulmira. O intuito não era jogar, mas sim fazer ginástica, nos dias em que o mau tempo não permitia dar adianto a trabalhos de exterior. Quando assisti àquilo pela primeira vez, tive de me controlar para não me rir. Já antes, pelos vistos, comprara uma máquina de exercícios anunciada na televisão. Mais tarde, vendeu-a a Mr. Beardsley e, com o dinheiro, comprou os ladrilhos que aplicou na minha casa e outros que tem guardados para mais três – material de segunda escolha, com imperfeições quase impossíveis de vislumbrar, e por isso mais barato.

A determinada altura, até já se interessava pela dermocosmética, essa indústria da ilusão. Lembro-me de que pediu à Ti Zulmira que procurasse na internet por coisas para a pele. No dia seguinte, falavam de colagénio, ácido hialurónico e Q10. Por estar tanto tempo a trabalhar ao sol, tinha receio de contrair um cancro de pele, motivo pelo qual besuntava o rosto sulcoso com protetor solar fator 50. Para tonificar a derme em toda a sua espessura, passou a beber o café frio – com casca de laranja, como é evidente – ao pequeno--almoço e, duas horas depois, tomava vinte e duas gotas de sumo de limão. Chegou até a falar em lavar a cara com gotas de orvalho recolhidas na manhã de São João, dado que havia muito quem dissesse que produzia verdadeiros milagres – talvez os mesmos especialistas que lhe disseram que os problemas de pele significam sempre algo de positivo, nomeadamente que uma doença interna está a tentar sair do corpo, atravessando os poros. E dava o exemplo da acne (temo, admito, que Baiôa tenha lido isso no livro do Dr. Bártolo – hei de confirmar), que, nessa altura, me disse poder tratar-se esfregando nas zonas afetadas saliva de sapo, de lagarto, ou de cabra. Era aquela uma fase em que se agarrava a qualquer pequeno floco de esperança que lhe caísse, como neve, nas imediações, numa derivação que ia da obsessão pelo que é saudável a uma quase metrossexualidade.

Baiôa perspetivava o calendário como algo face ao qual estava sempre em perda, mas tal noção do tempo à míngua tomou conta dele mais tarde do que cedo. Imagino que não tenha tido crises de meia-idade. Chegou à velhice e, de um momento para o outro, apercebeu-se. Então, passou a ver a vida continuamente em fuga. Como solução, não lhe restava senão correr. Sentia-se na obrigação de fazer alguma coisa, de correr sempre, sempre, sempre (e, muito provavelmente, para construir nada mais do que um nunca). Para isso, precisava de estar de boa saúde.

Não posso morrer, disse uma vez. Talvez se resignasse, um dia, quando a natureza fosse instalar-lhe uma doença das graves no corpo e, com isso, entre cicatrizes no ventre e cateteres no peito, o convencesse de forma dolorosa de que era melhor ir com ela, de que era hora de partir. Até lá, não. Negava-se a entregar-se à desprezível da morte. Havia tanto por cumprir. E punha-se a enfiar pregos, a serrar, a soldar, a pintar, a fazer o que fosse preciso para evitar a morte da aldeia. Em dias de menos ânimo, que também os tinha, queria decidir tudo – se faríamos uma porta nova ou tentaríamos aproveitar a antiga, se uma parede ia abaixo ou ficava erguida, se nos abalançávamos a um canteiro na entrada da casa do Zé Patife – antes de ficar com as ideias esclerosadas. O Alzheimer um dia destes bate-me à porta, disse noutra circunstância. Naqueles momentos, as pausas eram mais longas e ele falava um pouco da própria vida, punha-se em balanços. Disse-me que fora parido à beira-rio, sob a luz mansa da lua, por não haver no casebre onde habitavam os seus pais nem azeite nem lume para alumiar o seu nascimento. Não tivesse Baiôa vindo ao mundo em janeiro e não teria a beira-rio sido de todo mau lugar para tais trabalhos, dado que águas para limpar o rebento e a mãe, por ali, só havia aquelas e, como o rio não ia a casa – água canalizada e esgotos, disse-me ele, só ali chegaram perto do século xxi, quando já todos estavam mais para a cova do que para banhos –, iam-se as gentes para perto dele fazer, muitas vezes em forçado refrigério, o que preciso era, fosse beber ou lavar as vergonhas.

Se eu aproveitava para lhe falar nas minhas insónias, ele apaziguava-me com meia dúzia de palavras, falando-me da beleza das manhãs. Joaquim, que era Borges antes de na assinatura ser Baiôa, dizia que as noites sempre às noites são iguais. Depois, sorria e, quando sorria, os olhos sumiam-se-lhe debaixo de uns finos regos horizontais, e o rosto fazia-se ameno, parecendo-me mais amistoso do que o dos demais mortais. Talvez esse sorriso merecesse, só por si, uma imortalidade maior do que aquela que podem oferecer as fotografias que lhe tirei. Para contribuir para tal desígnio tão contrário ao da providência, tomava um remédio – umas gotinhas, que bebia diluídas em água – à base de extratos de cardo-mariano, alfazema, alcachofra e hortelã-pimenta, recomendado pela Dra. Julieta da farmácia. Recorrendo à internet, Baiôa e a Ti Zulmira haviam confirmado, nas melhores fontes que foram capazes de encontrar, as propriedades dos componentes e tinham-nas na ponta da língua, dado que ambos consumiam diariamente o alquímico preparado. Aparentemente, o cardo-mariano – *Silybum marianum*, na nomenclatura científica – era considerado uma planta medicinal, oriunda da região mediterrânica e da macaronésia, cuja floração acontecia entre abril e julho, e cujas sementes continham propriedades capazes de ajudar à regeneração de células hepáticas danificadas. À alcachofra, aquela planta gorda e espinhuda, cientificamente conhecida por *Cynara cardunculus*, também são reconhecidas na literatura da especialidade capacidades hepatoprotetoras. Sobre a alfazema, ou lavanda, muitíssimo usada na indústria cosmética, no domínio da aromaterapia e no campo ornamental, fiquei a saber ser considerada pelos defensores das terapias naturais uma espécie de panaceia, sendo-lhe reconhecidos méritos no tratamento de depressões, insónias, ansiedade, hiperatividade, cefaleias, stress, acne, abcessos, eczemas, psoríase, dermatites, dispepsia, asma, bronquite, sinusite, dores menstruais, gripe, catarro, enjoo, epilepsia, feridas, queimaduras, fraqueza cardíaca, gota, tensão alta, varizes e problemas digestivos. A verdíssima hortelã-pimenta, mentha x piperita, resultante do cruzamento entre a mentha aquática e a mentha spicata, não lhe ficava muito atrás. Tinha, dizia-se, propriedades eficazes a combater dores de cabeça, dores de dentes, problemas cutâneos, constipações, picadas de insetos, insónias, excitação nervosa e, claro, dificuldades digestivas, sendo supostamente eficaz contra gases, náuseas, úlceras e capaz de contribuir para o tratamento do pâncreas e para a regeneração do fígado. Mais tarde, passou a encomendar a poção a uma curandeira, que, com outro elixir mágico, lhe havia baixado a tensão depois da morte do Dr. Bártolo. Morava no cimo da vila e chamavam-lhe Nélia Curandeira, o que por vezes me baralhava, porque havia também por lá uma Dália Lavadeira, que mais tarde percebi ser irmã mais nova da curandeira. Quando lá fui pela primeira vez com Baiôa, para buscar o preparado, não resisti a perguntar-lhe de que modo baixara a tensão ao meu amigo. Nélia conduziu-nos da entrada para dentro de casa, acendeu a luz de outra divisão e mostrou-me uns frasquinhos com rolhinhas de cortiça, que lembravam os acondicionamentos de especiarias. De imediato, deu início a uma aula de curas e mezinhas: já a minha mãe e a minha avó tratavam estas coisas da tensão e da circulação com tília, com erva-prata, com marmeleiro, com tojo e até mesmo com folha de oliveira. E depois purificavam o sangue com arnica. Se bem que, para o sangue, não há como o medronheiro. O fruto purifica e a raiz fortalece, explicou. Estávamos num quartinho minúsculo, sem janelas, contíguo à cozinha, que Nélia Curandeira transformara numa espécie de laboratório. Havia uma mesa velha de madeira, cujas pernas conservavam a pintura de amarelo, mas cujo tampo revelava já a cor da madeira, sobre a qual se destacavam um candeeiro branco e uma pequena balança digital igualmente branca, daquelas que se compram nas lojas de chineses, rodeada por restinhos de diferentes ervas e folhas, umas acastanhadas, a maioria entre o verde-escuro e o verde-seco. Nas paredes, prateleiras de madeira repletas de frascos, frasquinhos e saquinhos de plástico. Os frascos maiores pareciam os dos feijões, das salsichas, das azeitonas ou dos pickles. Havia ainda caixas de sapatos emprateleiradas e caixas de cartão mais grosso, quadradas, no chão.

A minha avó até dava conta do reumático com alho, sabia? Foi com ela e com a minha mãe, que o senhor as tenha, que aprendi tudo. Depois das festas, você há de ver que todos me batem à porta. Sabem que lhes acalmo o estômago. E cada estômago faz a sua reação ao tratamento, por isso uso uma coisa diferente para cada pessoa. Tanto pode ser cidreira, como erva-luísa, erva-pinheirinha, flor de laranjeira e até funcho, claro. Ao Manel Polícia até consegui evitar a queda do cabelo, o senhor fazia ideia? Com estevão. E antigamente tratava o sarampo da criançada com papoilas. Mas é claro que é preciso saber fazer as mezinhas. O poejo seco cura as constipações, mas não é só poejo. Tem de se lhe juntar ainda casca de bolota, casca de cebola e mel. E as folhas e as flores de malva? Dão para quase tudo. Eu aprendi com a minha mãe, mas quem sabia mesmo muito era a minha avó. Conhecia as plantas todas só de as cheirar. Curava tudo. Como ela costumava dizer, só não tinha nada para fazer crescer os dentes, de resto, tinha remédio para tudo.

Cheguei a ver Baiôa várias vezes naquele ritual de ingestão de diferentes bebidas medicinais. Todas as manhãs, bebia a referida poção e aproveitava-a para engolir uma microdose de carvão ativado. Tinha rituais e remédios para tudo, pelo que vê-lo em casa, a prepará-los, era como ver um druida, em pleno processo de alquimia, a procurar a fórmula correta. Aos poucos, foi alterando a sua alimentação. Quando estávamos a trabalhar, fazia pausas para comer peixe seco trazido não sabia eu de onde – pelo menos até o passar a comprar e a comer também.

E, se Baiôa procurava adiar uma morte incerta, outros fins iriam acontecer com dia e hora marcada. De todos os suicídios que naquela aldeia aconteceram durante o período em que lá vivi, assisti apenas a um e dele darei conta não muitas páginas adiante.

67

Algumas considerações sobre o corpo
e respetiva morte

O que neste capítulo se historia carece de qualquer interesse no contexto deste relato, pelo que sem reservas se aceita – e recomenda – que o leitor menos dado a estradas sinuosas avance sempre a direito para o seguinte.

Ao bonacheirão que ficou, agradecida e respeitosamente se sugere que encare os próximos minutos como um desvio para ver as vistas – equivalente, talvez, a outros a que, sem estragos de maior, se sujeitou em páginas anteriores – e ainda que, no caso de o que aqui se aborda lhe interessar, e se estiver para aí virado, procure contactar-me, independentemente do local em que me encontre então asilado. Ficar-lhe-ei muito agradecido.

Tive uma ideia que, a concretizar-se, pode revelar-se do interesse de mais gente. Do livro do Dr. Bártolo, transcrevi vários excertos, e tenciono continuar tal trabalho, dado ser agora também herdeiro da obra que deixou inacabada. Tenho em mente produzir uma súmula que, a talhe de foice, não só possa servir-me de guia durante a vida, mas sobretudo venha a funcionar como manual de instruções de saúde para os futuros habitantes da aldeia. Tal compêndio poderia nortear também quem, futuramente, quisesse estudar o legado científico do clínico. Tenho, aliás, pensado ceder todos os seus escritos à Academia das Ciências ou à Faculdade de Medicina da Universidade de Coimbra. À síntese na qual tenciono trabalhar com afinco nos próximos meses pensei chamar Algumas Considerações sobre o Corpo – Ideias e Pensamentos do Dr. Bártolo Proença de Melo. Uma outra hipótese poderia ser A Ciência Médica do Dr. Bártolo Proença de Melo, mas, de momento, entusiasma-me mais a anterior, pelo que, antecipando uma eventual publicação, muito grato ficaria se o leitor pudesse não esquecer-se dela. Não ignoro, todavia, que talvez haja demasiado academismo nestes nomes, pelo que trabalharei em duas versões: uma, para auxílio à academia, isto é, redigindo e compilando uma versão mais detalhada, capaz de servir como guia a quem quiser aventurar-se nos milhares de páginas escritas pelo doutor; outra, de maior simplicidade, para o cidadão comum e, sobretudo, como referi, para os habitantes da aldeia. Imagino assim o título desta versão descomplicada: Manual para Uma Vida Ajuizada. Mas suspeito de que talvez possa transportar um paternalismo excessivo. Ou então poderia porventura chamar-se: Manual para Uma Vida Saudável e Feliz – A Arte Médica do Dr. Bártolo. Ou mesmo, quem sabe, algo com um evidente lado mais prático, como Dez Regras para Uma Vida Saudável e Feliz – A Arte Médica do Dr. Bártolo, o que me obrigaria a condicionar o conteúdo em função da estrutura, mas faria do doutor um autor de autoajuda como mandam as regras.

A título de exemplo, tomarei a liberdade de transcrever alguns dos excertos que já recolhi, mormente no que ao fim da vida concerne, que é matéria que reúne não só a minha, mas também, e sobretudo, a preferência do doutor, que pela mão amiúde me tem levado a refletir e constatar.

Quando somos crianças, sabemos que o carrossel acabará por parar, mas não queremos que tal aconteça; na vida adulta, em condições normais, não é diferente. Se a vida for para nós globalmente positiva – note-se que agora não emprego a palavra feliz, ainda que felizes sejam, tirando para quem enjoa, os minutos que se passam num carrossel –, não há razão lógica para querermos que acabe. Esta seria boutade muito graciosa de se escrever, não fosse a vida tudo menos um parque de diversões e de muitos nem sequer no mais tosco e miserável dos carrosséis alguma vez terem entrado, tal o equilíbrio e a justeza com que a coisa por aqui foi feita e as oportunidades distribuídas – e deus e a minha mãe, sua emissária na terra e procuradora dele junto de mim, me perdoem a heresia, mas ver gente engravatar-se com uma corda numa árvore, ou mergulhar para um poço, como se de uma piscina num resort na Riviera Maya se tratasse, é coisa de difícil digestão, mesmo que estimulemos a produção de sucos gástricos com medronho ou aguardente bagaceira. Aqui, e em tantos outros lados, há gente que todos os dias acorda para o mesmo sofrimento. E o doutor sabia-o melhor do que ninguém, aliás, tece na sua obra longas e interessantes considerações sobre a região, suas gentes e costumes. Gentes, diz, que se valem a elas próprias, que inventam até comida a partir do que parece lixo – sobretudo, acrescento, a quem, como eu, filho de uma classe remediada, sempre dispôs de outras condições. Aqui, é tudo gente crescida, ninguém faz birras. Se a coisa corre mal, mais honrado é o final do que o lamento. Termina-se com o que está errado e parte-se para outra, mesmo que nela não se creia. É justamente no domínio da crença e da capacidade de adaptação às circunstâncias, ou da falta de ambas, que o Dr. Bártolo alicerça a sua perspetiva suicidológica.

> Nestas terras, morre-se a sério. Carpe-se a sério, grita-se, sofre-se a morte de outrem. Por não haver transcendência que valha às gentes, ou por estas ao que as transcende não se quererem dar, acabar com a vida não é ilegítimo, antes constitui prática social enraizada. Na região em estudo, o suicídio tem robustez de instituição. Quando elas morrem, matam-se eles ou deixam-se morrer a seguir. Dependentes delas, esperam e desejam que elas morram depois, o que é normal, dado eles, enquanto homens, se terem desgastado mais em trabalhos duros e se terem entregado mais aos excessos, como o vinho, e elas ao recato. Matam-se os que sofrem de viuvez, os que sofrem de depressão, que se não vê como a uma perna partida, mas também alguns ainda novos, com filhos até, por falta de emprego, por sofrimentos vários, por desespero. Choram às escondidas, ficam a manhã inteira na cama, vão deitar-se ao rio, penduram-se numa árvore, enfiam na têmpora ou na gorja balas de caçadeiras ou de pistolas noutras épocas contrabandeadas, mas sempre limpas e funcionais.

O Dr. Bártolo utiliza frequentemente a palavra fracasso quando aborda o tema do suicídio. E tanto se refere ao fracasso pessoal sentido pelos que decidem matar-se, como ao fracasso social, isto é, da estrutura que permitiu tal desfecho. Para ele, a relação entre a sociedade e o suicídio funciona como bumerangue, uma vez que, embora seja um ato personalíssimo, a morte autoinfligida tem um grande impacto social. Lembra que "tormento e desesperança" são pilares centrais da depressão, e esta, nas circunstâncias socioculturais que por cá se vivem, é estado mental conducente ao suicídio. Discute a consciência do ato e a possibilidade de doença psíquica, contrapõe pecado e coragem, aborda crime e vergonha. Para o doutor, o fenómeno tem de ser analisado numa perspetiva psicossocial, porque está ancorado psicossociologicamente. Não pode ser somente objeto de estudo da psiquiatria, quer no domínio psicológico, quer na vertente biológica, e lembra que já se sabe isso desde o final do século XIX, com Durkheim e até, um pouco mais tarde, com Freud.

> No modelo psicológico, o suicídio surge como consequência da dor motivada pela frustração de necessidades vitais ou do isolamento e leva a que o indivíduo o veja como a única saída. [...] O chamado modelo nosológico (vd. Jansen), como se sabe, considera que o suicídio não advém das circunstâncias, ou de causas hereditárias, mas se arreiga à personalidade, enfraquecendo-a. [...] Por seu turno, o modelo sociológico estruturado por Foigny (1997, pp. 467-531) encara o suicídio como facto social – a este propósito, é nossa obrigação destacar o suicídio anómico, dos viúvos, divorciados e desempregados, e debruçarmo-nos mais demoradamente sobre os hábitos coletivos, não desviando a atenção de conceitos como ansiedade, depressão, solidão, baixa autoestima e alcoolismo.

O Dr. Bártolo Proença de Melo sublinha a traço grosso, várias vezes ao longo da obra que não logrou concluir, que, como médico, tem a obrigação de conhecer bem a biografia dos seus doentes, na medida em que ela diz tudo, ou quase, sobre o seu fim. Na completíssima base de dados que criou para registar tudo quanto pôde recolher sobre os seus doentes, o Dr. Bártolo Proença de Melo oferece longas linhas ao assentamento das agruras da vida: o gorar de expectativas, os divórcios, o surgimento de doenças – enfim, as circunstâncias. A este capítulo da síntese que estou a fazer pensei chamar Renúncias e Desistências – O Fim do Sofrimento.

No mundo, fiquei a saber, mata-se uma pessoa a cada trinta segundos e, por cada pessoa que se mata, vinte falham o suicídio. Em Portugal, morre muito mais gente por suicídio do que por homicídio. Em Gorda-e-Feia, centro nevrálgico do estudo do doutor, e arredores, a tristeza tem um significativo peso económico e social, como explica o autor: Por redundar nas sevícias que sobre si próprio o desesperado exerce, tornando-se suicida, ganha cariz de forte herança cultural.

Ao ler isto, dou por mim a pensar nos casos de Baiôa e Zé Patife, evidentes exemplos de homens que não sucumbiram – pelo menos em absoluto – à solidão e a outras provações que a tantos outros conduziram à cova. O doutor salienta a importância da sociabilização para uma vida saudável e, por conseguinte, o facto de, em localidades de pequena ou pequeníssima dimensão, como é o caso, o estreitamento das oportunidades nesse domínio agravar o cenário.

Como um vício, há na obra do Dr. Bártolo um repetido recurso ao hipertexto. A páginas tantas, vejo-me a seguir a sugestão do autor, a trocar de tomo para um dedicado à fisiologia e a ler, na página 271:

> [...] numa lógica autopercetiva sustentada pela noção que cada indivíduo tem dos seus movimentos, posturas e posições, ou seja, do funcionamento do seu sistema músculo-esquelético, a chamada propriocepção, e ainda pelas sensações que advêm das profundezas do corpo, isto é, dos órgãos, a chamada interoceção.

E adiante:

> [...] tal como sustentado pelo meu jovem e talentoso colega António Damásio, nos estudos da consciência a que se tem dedicado com grande sucesso, e em especial quando desenvolve o conceito de proto-self.

Volto ao volume em que me encontrava e leio, a propósito do suicídio de um tal Adérito Seita, que a morte da mulher o fez cair em depressão. Tudo indicava, todavia, que também o seu sistema imunitário tenha enfraquecido com o estado depressivo – basta que pensemos, lembra o doutor, que passou a comer pior – e que isso tenha tornado o seu corpo terreno mais fértil para o surgimento do cancro. O Dr. Bártolo salienta que tal associação comporta uma dose de especulação, mas salvaguarda também que ela, e cito, erguida pela intuição científica, é uma base impossível de ignorar no que concerne ao desenvolvimento da medicina. Lembra, aliás, que: colocar hipóteses e verificar a respetiva validade é parte fundamental do método científico. Por outro lado, é evidente, escreve, que um dia saberemos mais sobre as relações entre as condições psicológicas e a doença física. Também aqui o Dr. Bártolo citava o seu ilustre e jovem colega António Damásio, para dar força à sua visão, uma vez que o neurocientista terá sublinhado a necessidade de se alcançar uma visão total do indivíduo. Talvez nem tudo venha a ser quantificável através de dados, até porque tal realidade tornaria o ser humano escravo de algoritmos, mas também é claro que, como defende o também seu colega Júlio Machado Vaz, que o autor afirma gostar muito de ouvir na rádio, não é possível quantificar os sentimentos, prever-lhes a evolução e a influência sobre a dimensão física das pessoas. Adiante, citando de novo o psiquiatra, o Dr. Bártolo refere a chamada culpa do sobrevivente, para sustentar a razão por que não considera improvável que a tristeza e a culpa tenham estado na origem da depressão do defunto Adérito Seita.

Ao folhear aqueles milhares de páginas, eu era uma criança numa loja de doces. Queria experimentar tudo. Divertiam-me, por exemplo, as notas de cariz psicológico.

Magro e simultaneamente reservado, Baiôa era referido como asténico (ou leptossómico, em algumas páginas), e o Dr. Bártolo estabelecia curiosas relações entre a sua constituição física e a sua, e estou novamente a citar, tendência para a introversão e melancolia, naquilo a que – socorrendo-se de referências, como Kretschmer, Sheldon ou até Abrunheira Passos – chamava perfil esquizotímico. Espírito aberto, Zé Patife, por seu turno, era o exemplo do homem pícnico, de personalidade ciclotímica, isto é, tendendo para, defendia, a afabilidade e dependência de relações interpessoais. Ler tudo isto e, no final, e há que voltar à vaca-fria, não atentar na data provável de morte de cada um dos analisados seria não só desumano, mas também claramente uma impossibilidade. No contacto com aquelas enormes tabelas era sempre para a derradeira coluna que o meu olhar deslizava. Mais tarde, li naquelas páginas sobre o princípio da incerteza, sobre a mecânica quântica de Heisenberg, fiquei a conhecer a experiência teórica do Gato de Schrödinger, e dei por mim, inevitavelmente, a entender a pergunta que Baiôa tantas vezes fazia: será que, se soubesse quando é que iria morrer, não estaria já a interferir com o momento da minha morte? E não se aplicará o mesmo aos demais? Aparentemente, ao optar por não incluir a data de morte de Baiôa no livro, o autor não terá sido dessa opinião, mas, seja como for, entendo que, tendo Baiôa consciência de tal quadro teórico, tenha decidido salvar a aldeia de outro modo. Numa primeira fase, achou que poderia avisar um a um, mas concluiu que ninguém acreditaria nele e percebeu que isso não evitaria que as pessoas morressem. E se achassem que ele andava a alarmar toda a gente? Por outro lado, se era inevitável a morte de todos, talvez a aldeia pudesse não desaparecer, caso outros viessem para cá. Fosse como fosse, o ideal era não mexer no que parecia estar pré-determinado.

Além do mais, na aldeia de Gorda-e-Feia, e mesmo antes de eu ter transgredido, a morte estava bem viva, podia mesmo dizer-se que se encontrava de boa saúde, eu diria mesmo em excelente forma, criando destinos e finais como os que de seguida apresentarei.

68

Viver para sempre

No final da manhã seguinte, terminámos mais uma casa. Melhor dizendo: Baiôa terminou mais uma casa. Não contém novidade a minha falta de aptidão para o trabalho disciplinado. Justamente o oposto de Baiôa, que estava feliz da vida por ter conseguido cumprir o prazo que impusera a si próprio. No calendário dele, o renascer de uma casa estava quase sempre alinhado com a partida de alguém.

De um escombro, Joaquim Baiôa reerguera uma hipótese de futuro com o mínimo de dignidade para quem quisesse aproveitá-la. Não tinha luxos, mas não lhe faltava o essencial, que era já muito mais do que tivera e fora três meses e meio antes e nos muitos, demasiados, anos anteriores. Várias vezes fiz questão de lhe dizer que estava ali uma bela casinha. Penso que ele concordava. Quando, após as limpezas, fechou a porta e viu a obra finalizada, pôs a mão suja sobre a cal imaculada e atirou: talvez seja isto viver para sempre. Depois, olhando-me muito sério, disse aquela sua frase: só precisava de mais um par de amanhãs.

Carregámos as ferramentas e o material sobejante, guardámo-lo no barracão de Baiôa, e cada um foi tomar banho e vestir roupa lavada. À tarde, encontrar-nos-íamos na taberna para discutir o plano para o dia seguinte.

69

A boa morte de Maria da Assombração

Sob um sol castigador, Maria desnudou primeiro os sentimentos, libertando berros uivantes, e só depois o corpo. Assim a vimos, nas suas nudezas demoníacas, usar o que lhe restava de humano para se salvar. Pagava em desespero o pecado da tristeza. Recordo com nitidez o assombro que transportava nos olhos verdes, os seios brancos pendentes sobre o ventre, os braços engelhados por cima das axilas abundantes de pelos, as saias pousadas na barriga murcha, as costas às pregas diagonais, carregadas de sinais gordos e de pústulas – um corpo, em suma, esquecido pela urgência da boca, que ao trabalho condena os desvalidos. Tentando contrariar a imerecida madrastez daquela vida, alimentou de peito até tarde, para fazer deles homens rijos, barbitesos, os que vieram a finar-se no fogo e na água. Tinha confiado a vida a deus, na esperança do paraíso e de saúde para os filhos. Vivia por isso uma vida a salvo de tragédias quando a tragédia principiou. À noite, depois de lhes dar de mamar, rezava ao senhor por ajuda em forma de pão para aquelas bocas, mas quem mais tarde acabou por entregar-lhe o farnel foi o diabo. Em deus não acreditou mais e, se existisse, ou era fraco ou desprovido de coração. Diariamente atingida por impropérios sentimentais, sabia que o tempo passara em vão sobre as mortes dos filhos. Foi em exaspero, e com o juízo desconcertado, que deitou a correr nua pelos campos. Era a altura do pó, que antecedia a altura da lama. Aconteceu numa fase em que o povo lhe chamava já Maria da Assombração e dizia que se alimentava de ratos. Quando a vi pela primeira vez, não falámos, mas, da segunda vez que estive com ela, Maria da Luz contou-me o que fazia: apanhava-os para os dar aos gatos que lhe povoavam a casa e a vida desde a morte dos filhos e do marido. Entregando-se aos bichos, aliviava o padecimento de tristeza e de desesperança. Eram às dezenas: pretos, muitos; malhados, bastantes; amarelos, alguns; magros e doentes, quase todos. De cada vez que a visitava, conhecia novos gatos: um, crescido, com o rabo cortado; outro, pequenito, de orelha roída; dois outros, certamente irmãos, com os olhos remelosos; uma ou duas, prenhas; e vários gatitos em correrias e aos pinotes, que me pareciam sempre novos membros da família. Naquela pequena habitação de porta permanentemente aberta, sentia-se o cheiro insubmisso da merda. De Maria da Assombração dizia-se que trazia no baixo-ventre pestilências várias, algumas transmitidas pelos gatos, outras pelos exércitos de pulgas, carraças, carrapatos, piolhos e lêndeas aos quais dava abrigo, e as mais repugnantes das várias que evidentemente carregava dentro e fora de si havia-as encomendado o diabo e entregado ao domicílio. Era uma mulher transtornada, o próprio rosto era estranho, difícil de perceber. O povo dizia que o tinha branco, como o de um morto, mas eu via-o de forma diferente: não era amarrotado como o dos outros velhos, antes uma massa inconforme e escurecida – parecia que tinha a cara do avesso.

Dando-lhes com a enxada para os deixar atordoados, Maria da Luz, mulher em andrajos, criação de belzebu, apanhava ratos, toupeiras e leirões nos campos. Depois, enfiava-os na velha máquina de lavar roupa. Na gaveta do amaciador, despejava vinho tinto e, na do detergente em pó, depositava alguns dentes de alho. Assim cozia os animalejos, para depois, já temperadinhos, os servir aos gatos famintos, que comiam ratos com a avidez de quem come uma bolacha de chocolate. E, quanto mais àqueles cozinhados se dava, tanto mais comensais lhe apareciam à mesa. Servia-os aos sete e aos oito de cada vez, num tabuleiro de estanho debruado em forma de cachos de uvas, que outrora cumprira o propósito da decoração, sem nunca por certo imaginar que, quando se desse a servir bocas, essas seriam de gatos e não de pessoas. Reunidos na cozinha, em torno daquela manjedoura improvisada, cabeças mergulhadas nos bichos tingidos pelo vinho, gatos de cores e tamanhos variados disputavam as melhores partes. Alguns abocanhavam um rato inteiro e deitavam a correr, de orelhas para trás e com todos os sentidos alerta, para o comerem sozinhos em algum canto, ou, no limite, o partilharem apenas com mais um comensal. A tudo isto Maria assistia com visível felicidade, falando com os felídeos como quem dialoga com gente: tenham calma, que chega para todos; não se empurrem uns aos outros; vejam lá que tal está ou se precisa de uma pitadinha de

BAIÔA SEM DATA PARA MORRER *231*

sal. Por vezes também cantarolava ladainhas pouco católicas: engulam as delícias / como eu engoli as tristezas / embuchem com vontadinha / que eu embuchei obrigadinha; com amor de perdição / muitos creem na ressurreição / com infinita piedade / os chutam para a maldade; deus promete / para o diabo nos remete – esta era a que mais vezes repetia.

Dela se dizia também que não dormia, facto que desde logo aguçou o meu interesse, e que todos os dias à meia-noite acendia fogueiras, para convocar o demónio – eu nunca vi nenhuma acesa, mas é verdade que pouco foi o tempo que passei na aldeia até ela morrer. Também nunca cheguei a encontrar o demo, mas várias pessoas que por lá conheci garantem ter avistado encarnações dele, sob as mais diversas formas: desde um carteiro pretensamente homossexual a quem o povo avistou uma tatuagem no pescoço, motivos óbvios para associações a satã; passando por um indivíduo baixo mas corpulento a quem chamavam mata-porcos, por a ele lhe serem sempre encomendados os necessários sacrifícios dos suínos de toda a região, e que enlouqueceu quando deixado pela mulher, tendo espetado a faca no próprio peito; até a uma cabra que se assegura ter nascido não muito longe dali, em Felgueira Nova, no inverno de 2007, com duas cabeças, indícios claros de que o demónio há muito rondava a aldeia. Outros garantiram, mais tarde, que de nada valeram os madeiros a Maria da Luz, e estava bom de ver que tinham razão, dado que Lúcifer acabara por conseguir recrutá-la para o exército do mal. A minha mãe diria que também ela estava entregue.

Quando, tirocínio para os infernos, lhe morreu o primeiro filho, pousou sobre os ombros, e aí o manteve até aos últimos minutos de vida, um grande xaile negro. Em lamentos repetidos, dizia sentir noite e dia um frio e uma solidão terríveis. E tapava-se com o encobre-misérias. Imagino-a, nas noites escuras, em busca de aconchego naquele abraço de grossa lã, tantos eram já os castigos infligidos pela morte e pelo demo, sem porquê, sem outro motivo que não o facto de haver nascido. Não tenho, por isso, certeza que não a de que, compadecido, ele aceitara oferecer-lhe a justa e clemente proteção. Por saber que é sobre os miseráveis que mais pesadamente elas se abatem, era sob um manto negro que Maria da Luz se abrigava das tragédias de um mundo tão incompreensivelmente atento à sua pessoa. Só o tirou quando, de emoções a drapejarem, se lançou ao escuro de um poço aberto pelo marido. Entre o começo de um hábito triste e o fim desesperado que deu à vida, outras três mortes a esquartejaram. Daquele salto, o povo – que não marcou presença no funeral – disse ter sido uma boa morte.

70

Gatos

Vieram os bombeiros, veio um poceiro e até houve ajuda de um mineiro. Vieram novos e velhos, de perto e de menos perto, assistir ao resgate do corpo da bruxa do fundo da terra, mas o que recordo com mais nitidez – e que merecia ser pintado – era o cariz inusitado conferido ao cenário por seres não humanos. É evidente que não me refiro a criaturas demoníacas, embora não falte quem as associe ao pai e dono de Maria da Assombração, mas sim aos gatos da defunta. Ao redor da zona de acesso restrito, delimitada por um profissional barrigudo da Proteção Civil, mas também dentro desse espaço, para irritação do homem e do bombeiro que o auxiliava, deambulavam – aparentemente atordoados – dezenas de gatos que se uniam num miar quase ininterrupto apesar de entoado a várias vozes. Por mais que os enxotassem, com barulhos agressivos e com pontapés, voltavam sempre. Finda a operação, e nos dias que se lhe seguiram, eu e Baiôa víamo-los a miarem ao redor da casa ou sentados à volta do poço entretanto tapado com tábuas grossas, daquelas usadas nos andaimes. Eles sabiam que por aquele cilindro tinha passado viva a mão que os alimentava.

Com pena dos bichos, Baiôa e eu comprámos sacos grandes de ração num supermercado a que fomos propositadamente no meu carro e alimentámo-los durante vários dias. Certa manhã, porém, chegámos junto da casa de Maria da Luz – que, apesar de os dali a considerarem assombrada, Baiôa dizia que poderíamos equacionar recuperar depois das que compunham a aldeia – e não vimos nenhum dos gatos. De um dia para o outro, tinham desaparecido todos. Demos umas voltas à casa, em busca de alguma pista, e acabámos por nos dirigir para o poço. As tábuas estavam em posições diferentes, havia terra pisada a toda a volta e várias manchas mais escuras sobre ela. Levantámos duas das tábuas e espreitámos para dentro do poço com a ajuda da lanterna do meu telemóvel, mas não conseguimos ver grande coisa. Minutos depois, regressámos com uma lanterna forte que Baiôa tinha em casa e vimos dezenas de gatos mortos empilhados uns sobre os outros no fundo do poço, uns por certo submersos, outros caídos sobre os seus semelhantes.

Nunca se soube como aconteceu aquilo. Dias depois, um camião despejava terra no local para aterrar o poço.

Como toda a gente, eu já vira muitos gatos e cães mortos nas estradas e, em Lisboa, pombos atropelados sobre os paralelos das ruas todas as semanas, mas, naquele Portugal que o passar dos séculos, ao invés de aproximar, afastou mais ainda do centro onde tudo ou nada se passa, comecei a sensibilizar-me também com a morte dos animais – e até de certas plantas, como árvores antigas. Também me impressionou ver decapitar galinhas e assistir à horrenda matança do porco. Ainda pensei em fotografar um outro momento, mas depois achei melhor não, por respeito às vítimas, que, de todo o modo, guardei na memória: no segundo inverno que ali passei, o rio ficou vidrado durante a noite e, de manhã, havia pássaros caídos debaixo das árvores, já congelados, ou estertorosos de frio. Tentei salvar dois ou três, mas não aguentei nas mãos o peso da morte. Acobardei-me e regressei para junto do fogo, remoendo remorsos durante semanas, tentando encontrar no meu passado momentos de valentia e imaginar no futuro façanhas de exequibilidade razoável, que pudessem permitir-me olhar-me ao espelho sem me ver cobarde. Na solidão, procurava o silêncio, por considerar ser esse o estado natural de quem vive sozinho. E, sem saber como, o som da morte a chegar e a ceifar, ceifar, ceifar confundiu-se com o bater do meu coração.

71

Onde se explica, ponto por ponto, por que tragédias o povo não compareceu ao funeral de Maria da Luz

Se alguém julga que a criatividade é coisa de gente jovem, desengane-se. Naquelas paragens, não havia senão gente velha e as novidades eram diárias. Só ao fim de algumas semanas entendi que as notícias do país e do mundo não são suficientes para quem vive só – essas pessoas também desejam pertencer a um e a outro. Felizmente, nem sempre por ali havia novidades que prestassem para as televisões ou para os jornais, por isso, nesses casos, as cabecinhas das velhas e dos velhos davam mostras de um viço que os corpos já não possuíam e dedicavam-se a montar acontecimentos que como requisito tinham apenas de parecer-se com a realidade. Os ficcionistas da terceira idade criaram uma trama tão cheia de informações marginais fantasiosas, que só a muito custo fui capaz de desenhar um esquema do mais significativo acontecimento da história da aldeia e arredores.

Creio que nasci sem grande faro para mentirosos nem para a desmontagem de artimanhas, talvez por conta deste nariz torto, que um dia elegantemente parti contra um bidé, mas, como auxílio, chegaram-me das ruas, que é onde as verdades se moldam, informações como didascálias. Reconstituí, pois, o melhor que pude e soube, os principais acontecimentos da tragédia que, como lava jorrada de um vulcão, arrastou em incandescente abundância toda a família de Maria da Luz. Elenco-os aqui, com algumas notas, comentários e breves explicações, a fim de oferecer um enquadramento que facilite a compreensão de tudo quanto sucedeu e que resultou num funeral deserto de uma mulher que morreu solteira e viúva ao mesmo tempo.

1. Maria da Luz Chouriço nasceu a 23 de abril de 1958, em Gorda-e-Feia. Nunca casou com José Horácio Lima de Carvalho, embora nesta história a eles me refira como mulher e marido, um minhoto nascido dois anos antes, a 3 de agosto, em Ponte da Barca, mais especificamente na freguesia de Paço Vedro de Magalhães, que alguns dizem ter sido berço do navegador Fernão de Magalhães.

2. Maria da Luz e Zé Horácio tiveram dois filhos: Ricardo Manuel Chouriço de Carvalho, nascido a 21 de junho de 1982, e Rui Manuel Chouriço de Carvalho, que viu o mundo pela primeira vez a 9 de agosto de 1985.

3. Foram dos que nunca saíram da aldeia e pouco mais fizeram do que toda a vida dar-se à terra. Nos anos recentes, Zé Horácio estivera empregado numa herdade não muito distante e oferecia as horas vagas às courelas que tinha adquirido com o dinheiro de uma vida de trabalho e nas quais Maria da Luz passava os dias, cuidando da horta e dos animais.

4. Ricardo Manuel ficou-se pelo oitavo ano e trabalhou como mecânico de automóveis desde cedo, lá para os lados de Pias, onde casou e montou poiso com uma moça de nome Maria Pífaro, de Vila Verde de Ficalho, até meio ano antes de morrer, altura em que se divorciaram, meses após terem descoberto ser ele infértil, por motivos congénitos. Tentou matar-se duas vezes, mas das duas foi apanhado: faltava-lhe a coragem para o fazer de forma resoluta. Rui Manuel terminou o liceu e, nos anos mais recentes, morava amantizado com uma mulher mais velha e mãe de três filhos, em Barrancos, onde conseguira emprego como vigilante de um supermercado, trabalho que lhe permitia dedicar-se àquilo de que mais gostava: ler revistas National Geographic, que comprava pela internet.

5. Os irmãos andavam desavindos desde que os pais tinham decidido fazer partilhas e deixá-las testamentadas. Porque um e outro queriam tudo e consideravam ficar a perder para o outro em qualquer cenário de divisão equitativa que os pais tentassem montar, insultavam-se e chegavam até a esmurrar-se – com vantagem para Ricardo Manuel, mais dado à dimensão física da existência – de cada vez que se encontravam. Assim seria até ao dia em que as nuvens apareceram escuras e bem nutridas e se desman-

charam sobre o chão, acabando de vez com o fogo que em poucos minutos consumira o corpo do filho mais velho de Maria da Luz e Zé Horácio. Foi a 6 de março de 2014.

6. Fez-se um grande e sofrido funeral, como é usança neste Alentejo. Velou-se o que restava do corpo um dia e uma noite completos. Chorou-se e gritou-se muito, ai o meu rico menino, ai que desgraça, ai que se foi, ai que ele era tão bom, um menino como não havia igual, sempre amigo do seu amigo, uma joia de moço, ai que desgraça, ai meu rico menino. A 8 de março de 2014, foi a enterrar Ricardo Manuel Chouriço de Carvalho.

7. Principiava soalheiro o mês de novembro desse ano quando, numa tarde que só por uma hora ou duas se viu coberta por algumas nuvens, pegou fogo o corpo gorducho de Rui Manuel, e sem que ninguém tivesse visto. Foi encontrado pela mãe, que sentiu vir da rua um cheiro a queimado, às dezoito horas e cinquenta e dois minutos de dia 3 de novembro, segunda-feira, segundo o mui preciso auto da GNR, como um leitão esturricado. Não gritou, de acordo com as autoridades, por, ao contrário do irmão, que ainda dançou em chamas, ter sido atingido diretamente.

8. O velório também foi muito menos intenso do que o do irmão. Toda a população sentia medo de que um incêndio de repente começasse a lavrar no peito de Zé Horácio, ou no de Maria da Luz, gente fadada para criar fogos. Ainda assim, algumas mulheres choraram a morte do segundo filho de Maria da Luz – umas por obrigação, outras por terem encontrado naquele acontecimento um pretexto para poderem chorar e libertar-se de outras mágoas. Só uma não chorou: a que vira o filho a arder. Quem não vertia lágrimas por um filho não era digno de compaixão ou confiança, só podia estar de contas feitas com a maldade, sentenciou a Ti Zulmira, depois de rejeitar o meu argumento de que lhe haviam secado as lágrimas de tanto chorar. Seis de novembro de 2014 foi a data do enterro de Rui Manuel Chouriço de Carvalho. Sempre fora bom moço, sempre a apanhar do irmão. Mas nunca desistia. Lia jornais e revistas o dia inteiro. Em garoto, era uma maravilha; já em graúdo, desde que fora para Barrancos, não devia ser flor que se cheirasse. Aliás, para ter morrido como o irmão, castigado daquele modo, não podia ser boa gente. Deu-se início a um tremendo falatório: o povo não queria aqueles dois corpos tocados pelo demo a partilharem a mesma terra que os seus entes queridos. O presidente da Junta apressou-se a propor uma solução que, convenientemente,

justificava a recente e controversa ampliação do cemitério (para um terreno contíguo adquirido a um primo seu e com a adjudicação da empreitada de infraestruturas e de construção do muro ao seu cunhado). Após a transladação de Rui Manuel, ficariam os dois malogrados irmãos no extremo norte da parte nova do cemitério, e a terra teria tempo de os consumir até, dentro de alguns anos, os talhões vizinhos serem enfim ocupados. Mas nada disso sucedeu e a pressão popular acabou por fazer os desamparados pais aceitarem a cremação do que sobrava dos corpos já cremados dos filhos.

9. Emocionalmente arruinados, Maria da Luz e Zé Horácio deixaram a casa da aldeia e foram viver para o monte. Nas courelas que tinham adquirido, havia uma pequena casinha, à qual, com a ajuda do sempre solidário Baiôa, ofereceram condições de habitabilidade.

10. Mas a história de Maria da Luz, disse-o antes, foi trágica. Quando já não tinha mais filhos que lhe pudessem arder, foi-se-lhe o marido. Corria o mês de março de 2015. O dia era o 7 e a vítima, já o disse também, Zé Horácio. A este final, mais uma vez, ninguém assistiu, para além do assassino, mas não faltou quem me relatasse o momento como tendo sido de incomparável tensão. Houve até quem garantisse que, durante toda esta cena, os pássaros deixaram de bater as asas, detendo-se no ar, e as plantas pararam de crescer. Dizem os relatos mais fidedignos que, depois de se ter assoado, ainda se pôs a fumar um cigarro, mas que não teve vida para mais do que pensar em apagá-lo com a bota. Quando o atirou ao ar e adiantou a perna direita para lhe colocar a sola em cima, foi-lhe o fogo ateado sabe-se lá por que feitiço e o corpo consumido pelas chamas. Pouca gente se viu no funeral. A restante população da aldeia e da vila fugia como centopeias daquela gente embruxada. Era coisa do demónio, encomenda das maiores, mau-olhado de proporções nunca vistas, pelo que se revelava imprescindível manter distâncias.

11. Maria da Luz era uma mulher forte, podes crer, disse-me Baiôa quando a fomos ver. E eu acreditei, claro. O Dr. Bártolo também lhe gabava a saúde no seu caderninho: tinha um quadril notável, esplêndido para parir, peitos fartos para amamentar, os sangues vinham-lhe com regularidade, fazia boas digestões, tinha bom pulso. Face a estes acontecimentos, contudo, não me admiraria que tenha simplesmente sentido que nós, humanos, nós não somos nada.

12. Ao fim de pouco tempo, ninguém sabe precisar quanto, começou a fazer fogueiras à noite, que, como é do conhecimento geral, é quando vive o profano. Rapidamente, Maria da Luz deu lugar a Maria da Assombração e o povo passou a fugir dela como de uma morta insepulta. Quando soube desta história, a minha mãe implorou-me que regressasse. Passou dias a penitenciar-se, rezando ainda mais do que o habitual, pelo facto de – logo ela, sempre tão atenta ao noticiário – não se ter apercebido daquele caso. Durante duas semanas, até Baiôa a ter tranquilizado telefonicamente, considerando que aquilo fora um caso isolado, choramingou a todo o momento e telefonou-me várias vezes ao dia, pedindo-me que saísse dali. Depois, aos poucos, conformou-se, ao seu estilo: estamos entregues, filho, nós não somos nada.

13. A lucidez abandonou Maria da Luz antes de eu morar na aldeia e em desvario funcionou ainda vários meses, até ter vindo o diabo reclamar o que já era dele. Escolheu como quis e, como seria de esperar, sem especial cuidado com o conforto da nova recruta, que se viu – ainda futura finada – a cair de borco sobre não mais de meio metro de água lodosa. Foi a 15 de junho de 2016. Ao funeral de Maria da Luz Chouriço, só Baiôa e eu comparecemos.

72

As mortes dos filhos de Maria da Luz
revistas em detalhe

Eram capazes de se esfaquear, disputando a herança de quatro courelas tortas e nove vacas, uma delas coxa e outra cega, contaram-me um dia, na taberna. Anos depois havia ainda quem nitidamente se lembrasse – ou, pelo menos, dissesse lembrar-se, como Zé Patife – dos olhos do primeiro defunto, Ricardo Manuel, muito abertos, a gritarem por salvação, assumindo o papel de uma boca já emudecida pela dor maior da morte. Todos recordam ainda o dia em que mataram o irmão, Rui Manuel. E não houve também ninguém que não tenha ficado a saber que, se depois de dois filhos se mata um pai, a morte de dois filhos e do marido acaba com uma mulher, sendo certo que esta é a última a tombar, mesmo que para dentro de um poço.

Acontece e é incontroverso que a fatalidade nunca deixa de perseguir a vida das pessoas, ainda que nuns casos mais do que noutros. Aos domingos, para desgosto que até então não conhecera igual aquela mãe, os dois irmãos almoçavam à vez em casa dos pais, desavindos que estavam há coisa de meio ano, por motivos já referidos e outro ainda, de nome Benvinda, mãe de três filhos. Rui Manuel acusava Ricardo Manuel de lhe galar a mulher e garantia que o irmão mandava mensagens a Benvinda. É errado pensar-se, contudo, como creio ter ouvido dizer, que aquela mulher era motivo único de uma pega já tornada malquerença de forquilha em riste e de caçadeira apontada. A desavença não se instalara apenas pela marrã e pelos seus três porquinhos, como na taberna alguém que não eu, naturalmente, lhes chamou; havia ainda, como já sabemos, umas courelas de extensão razoável, pouco onduladas, com algum montado, e que ambos os varões queriam, por entenderem serem bastante adequadas para vinha, olival, até amendoeiras e, com a chegada do regadio, quem sabe, para culturas exóticas, como frutos tropicais e, em especial, abacates. Prometiam pegar-lhes fogo todos os anos, se o outro ficasse com elas, ameaçavam-se um ao outro com tiros de caçadeira e garantiam aos pais que a história iria acabar mal, se estes não a resolvessem a contento de cada um, coisa que era impossível porque queriam exatamente a mesma coisa. Fica com as cabras, que eu fico com as terras, dizia Rui Manuel a Ricardo Manuel. Fica tu com as cabras, que já estás habituado, meu cabrão, tens uma em casa!, respondia o irmão. Devia ficar com tudo, devia, que tu não mereces nada, seu miserável, nem escrever o teu nome sabes! Sei escrever o meu nome e sei dar-te dois murros nos cornos, seu filho da puta! É a mesma que te pariu, seu boi de merda! E lutavam.

Eu cheguei à aldeia quase nove meses após a morte de Rui Manuel e quatro meses decorridos sobre o assassinato de Zé Horácio e depressa percebi que ninguém se aproximava da casa da destroçada Maria da Luz. Que aquilo era gente malfadada, que tinham sido mordidos por bichos estranhos, provavelmente morcegos vindos de África, que as orelhas lhes cresciam à noite, que tinham os olhos completamente brancos, que a Maria da Assombração lhe haveria de nascer uma cauda dentro de pouco tempo, que tinha unhas e língua como as dos répteis, que dormia de pé, que não dormia, que comia lixo, que bebia leite podre misturado com vinagre, que arrotava fumo, que cagava canivetes. Boatos insalubres e maldades variadas caíam-lhe em cima aos magotes. Tudo se dizia dela, toda a casta de nomes lhe era chamada. Atirava-se um ror de vitupérios – eu chegava a achar que havia quem passasse dias a pensar em novas possibilidades – para dentro de um caldeirão ao lume e mexia-se, mexia-se e remexia-se, até tudo se harmonizar num caldo pestilento que era servido àquela mulher sem ela sequer estar presente. Em matéria de pecado carnal, tinham ela e o marido sido incomparáveis, eram gente de muito maus instintos. Aliás, o que lhes acontecera fora mais do que merecido, porque ela toda a vida tinha sido mulher de se meter debaixo de tudo quanto era homem ou perto disso: novos, velhos, solteiros, casados, viúvos, pernetas, manetas ou aleijadinhos das ideias. Quase pior do que a Fadista, lembraria a Ti Zulmira. E ele, dele nem se fale, sujeito do piorio, não havia oportunidade na qual não se pusesse: ele era nas sobrinhas, nas primas, na cunhada, nas vizinhas, nas cabras de duas e nas de quatro patas, nas almofadas, nos sapatos e em tudo o que houvesse com orifícios ou apertos, gente do diabo, pervertidos como nunca se viu ou cheirou, traziam os odores da depravação colados ao corpo. De Zé Horácio, dizia-se na taberna que só não dava conta dos próprios amigos por consideração. E depois, imagino, todos riam de bocarras bem abertas, exibindo a falta de dentes. Na venda, ouvi que Maria da Luz tinha a boca suja como uma fossa, que o mais certo era trazer estrume entre as pernas. Para todas aquelas palavras loucas, Maria da Luz não pôde senão procurar fazer orelhas moucas.

Quando se lhe finou o primeiro rapaz, Maria da Luz confiava ainda que deus não lhe faltaria com seus socorros e rezava horas seguidas, confessava-se aos domingos e obrigava o marido – que desde o seminário em Braga nunca mais pusera os pés na igreja – a fazer o mesmo. Era uma mulher bondosa, que tinha vários cães e gatos, aos quais chamava netos. Opunha-se às touradas, tentara impedir o marido e os filhos de irem às corridas a Barrancos, insurgia-se com a forma como se maltratavam os touros e com a crueldade com que se matavam os porcos, e Baiôa garantiu-me mesmo que foi até das primeiras pessoas das redondezas a falar em vegetarianismo. Com carinho de mãe, cuidava de passarinhos feridos, de toupeiras desnorteadas e até de lagartixas sem rabo. Se algum animal lhe morria de forma inesperada, ou se ia por velhice, Maria da Luz ficava tão infeliz que adoecia com febre.

Porque de dietas não era Ricardo Manuel amigo, em dois domingos do mês, quando não também à semana, empanturrava-se com as comidas da mãe e encharcava-se em vinho com o pai. Eram refeições demoradas e que terminavam com pai e filho, na taberna, emborcando aguardente, enquanto, em casa, a mãe lavava a loiça. Ricardo Manuel ia sempre à frente, tamanhas se mostravam nele duas coisas que eram na verdade uma só: a sede e a necessidade de apoio digestivo. Zé Horácio demorava-se um pouco mais, uma vez que era depois de almoço que, todos os dias se sentia gratamente acometido por uma irresistível vontade de se sentar na casa de banho a ler o jornal A Bola, chegado à vila mesmo antes da refeição, quase como se fosse um vespertino, por volta do meio-dia e quinze minutos. Foi, portanto, sentado, a ler as novidades do treino do Benfica do dia anterior, que ouviu entrar pelo postigo da casa de banho – um acrescento feito à casa nas traseiras – um grito forte, contínuo e terrível. Com o tempero do horror na voz, desatou a gritar também a mulher desde a cozinha, deixou cair a assadeira do bacalhau ao chão, que se partiu em pedaços gordurosos, saiu para a rua e viu, a não mais de trinta metros, o filho em chamas, dançando de pânico, dançando e cantando a dor maior de um fogo que o dilacerava. Chamou pelo marido – acudam! Zé, Zé! Ai, acudam, por amor de deus! –, que apareceu aos tropeções, de calças pelo joelho e com as vergonhas à mostra, para logo se ajoelhar ao ver e ouvir que o filho gritava com a boca toda, língua e dentes, gritava com a garganta, incluindo a laringe, a faringe, as amígdalas a baloiçarem e até com a ajuda do esófago, gritava com os pulmões, de repente fortes como os de um nadador, apesar do tabaco e da tosse, Ricardo gritava com força desde o estômago, gritava com os braços, agitando-os, tentando livrar-se do fogo, enxotá-lo, gritava com o pescoço, conjunto de cordas retesadas, gritava com as mãos abertas e com os dedos em pânico, pequeninos sofrimentos com vida própria. Maria correu a buscar um cobertor. Da taberna, do outro lado da ponte, todos acorreram, mas ninguém se aproximou de imediato – afinal, estava uma pessoa em chamas! Adelino apareceu depois com um pequeno extintor, Baiôa tentou pô-lo a funcionar e, de súbito, enquanto Zé Horácio corria para o filho com uma bacia cheia de água e já a pensar – haveria de contar mais tarde – em empurrá-lo para o rio, as nuvens carregadas fizeram o que pela respetiva natureza lhes compete. Soou, como se uma pedreira inteira desabasse, um enorme trovão e a chuva começou a cair sobre Ricardo Manuel, entretanto tombado no lajedo que assinalava o começo da ponte. Perante o desespero dos pais, que assistiam ao lavar do corpo esturricado do filho pela chuva, mas não a viam devolver-lhe o respirar, os que vieram da taberna improvisaram uma tenda de campanha com um guarda-sol e vários guarda-chuvas abertos sobre pais e filho. Veio o Dr. Bártolo, apoiado numa bengala, socorrer a vítima que, mirrada e escurecida, foi levada já sem vida pela ambulância. Ainda que grata ao céu, por naquele dia ter ficado sem cor e enfim ter poupado o filho a um sofrimento maior, Maria da Luz não lhe perdoou a demora a libertar a chuva, pois, ao ver a ambulância partir, teve a certeza de que não deixaria de ter os olhos húmidos.

Estando ainda por se perceber o sucedido, foi, no mesmo dia, detido o irmão para interrogatório, conhecido que era o ódio que tinha ao morto, mas às perguntas Rui Manuel respondia com choro e soluços de indesmentível tristeza, embora várias pessoas me tenham dito que estava feliz por poder almoçar em casa da mãe todos os domingos e por ter ficado com a herança só para ele. Registaram-se algumas frases cepudas do rapaz, que se juntaram aos relatos das testemunhas, e aguardou-se pelo resultado da autópsia, que indicou o óbvio: Ricardo Manuel Chouriço de Carvalho, 31 anos, 1,73m e 89 quilos no momento da análise, morrera carbonizado. Outras causas ou indícios não surgiram no texto do médico-legista, pelo que a ninguém restaram dúvidas de que o moço tinha sido atingido por um raio. A partir de então, Maria da Luz não pôde em definitivo perdoar os céus. Porém, temente dos poderes testemunhados, continuava a pedir a deus saúde para toda a família, livrai-nos da desgraça, senhor. Sabedora de que infusões e água benta nunca fizeram mal a ninguém, decidiu socorrer-se também dos préstimos de Mariazinha Remelosa, uma velha encorrilhada que vivia sozinha num monte próximo e que diziam possuir prestigiados predicados em várias artes da adivinhação, tais como a leitura dos movimentos das águas, dos voos das aves, da cor das frutas, todos plenos de significâncias naturais e sobrenaturais, e ainda das cartas de tarô, quando, fustigada a terra por chuvas ou calores, a senhora tinha menos vontade de sair de casa na lambreta na qual se autotransportava para ser gratificada por contemplar a natureza. Para mal de Maria da Luz, e mesmo sendo aquela desde há muito terra fértil em santos, pessoas de virtude e bem-aventurados, bruxo ou virtuoso nenhum – nem mesmo a dotada Mariazinha Remelosa – conseguiu acabar-lhe com o mau-olhado e desviar-lhe a vida do encalço do demo.

Em dias de trovoada, ou de algo que ameaçasse assemelhar-se-lhe, e onde quer que tivesse chegado notícia do ocorrido, as pessoas quase deixaram de sair de suas casas. Assim era, de modo mais evidente, em Gorda-e-
-Feia, que parecia atingida por uma pandemia das que levam a um obrigatório recolher. O confinamento tornou-se hábito das gentes, senão para dar resposta a uma grande necessidade de vinho na taberna, caso fossem, claro está, do sexo masculino.

O tempo passou e, como não há mal que sempre dure, o povo esqueceu, como tantas vezes acontece. Meio ano volvido, e já nenhum dia a dia se fazia condicionado pelo medo de relâmpagos. Rui Manuel, que como o povo adivinhara tinha aumentado a frequência das visitas aos pais, desde logo porque não dispensava também os cozinhados da mãezinha, facto bastante evidente pelos cento e dois quilos registados no relatório da autópsia, só diferia do irmão em termos de apetites no gosto maior por doces. Mas dizia-se à boca pequena que andava inchado também por lhe caber a ele toda a herança, que caminhava devagar e de peito feito. Pavoneava-se de tal modo, que nem se lembrou de que, com um céu a encobrir-se um pouco como o daquele dia 3 de novembro, não era de pôr de parte a hipótese de, dali a umas horas, chegar uma trovoada. Perguntará o leitor qual é a probabilidade de um raio cair sobre um homem apenas meio ano depois de, no mesmo local, um raio ter vitimado outro homem e de essoutro ser seu irmão. Alguém melhor do que eu o poderá dizer, mas o facto é que, perante o sucedido, Gorda-e-Feia foi vista durante algum tempo como lugar amaldiçoado pelos céus.

Regressava a casa dos pais o filho mais novo de Maria da Luz e Zé Horácio, quando morreu carbonizado, no meio da rua, a menos de dez metros da porta. Foi assim que acabou e ninguém viu o começo do incêndio. Achou-se, já o referi, que tinha sido atingido por um raio. O céu estivera claro todo o dia, e apenas ligeiramente ensombrado àquela hora, ainda que muita gente dissesse que se tinha encoberto por completo, pelo que o motivo estava bom de ver, mesmo que olhos nenhuns que não os do morto tivessem visto fosse o que fosse. Havia, aliás, quem jurasse ter ouvido o trovão e pessoas devotas chegaram a afiançar a ruindade do rapaz, motivo óbvio para nosso senhor ter decidido oferecer-lhe tamanho castigo. Foi por andar a gozar a morte do irmão, disse-me alguém. Quis, aliás, a divina providência – ou pelo menos assim pensaram – que a enlutada família não tivesse tempo de despir as negras vestes. Ainda Maria da Luz perguntava todos os dias e todas as noites aos céus por que motivo lhe haviam levado um dos meninos, quando a tristeza se lhe dobrou. Do mais novo, e isto parece cantiguinha do diabo, quase nada sobrou. O jovem de vinte e nove anos ter-se-á batido até o fogo lhe consumir as entranhas e quase toda a carne, mas o fogo é calado e ninguém se apercebeu, ninguém o socorreu. E aquela mãe, de olhar inflamado e coração ao léu, gritava e gritava, agarrada por um marido guiado por mais nada do que o instinto, sem acreditar na repetição daquele inferno.

Até que se viu forçada a acreditar. Outro remédio não teve, porque os receitados pelo médico não os tomou. As dores maiores, tal como as alegrias, vêm do sangue, dizia. Há que aguentá-las com paciência de forma virtuosa. Dizia coisas dessas e outras de maior motivação, quando se cruzava com Baiôa na rua, tais como: quem teme a morte, perde quanto vive. No entanto, acumulando pensamentos obscuros, como pedras nos bolsos, Maria foi cedendo ao peso da dolência mais cruel e resvalando, depressão fora, até cair num negro precipício. Contrafeita, sentia-se a beber do poço do inferno, um poço que ela própria alimentara com lágrimas todos os dias e todas as noites até estas terem secado. Maria da Luz, como São Francisco, poderia ter ficado cega de tanto chorar. É o que se diz. Suportava-se menos na razão e mais numa fé cambaleante, sobrevivia com forças alheias, vindas sabe-se lá de que mundo, encomendadas sabe-se lá a que entidades. A verdade, parece-me, e talvez a própria o tenha reconhecido mais tarde, é que, para Maria da Luz, o segundo filho e deus morreram no mesmo dia.

Curioso aspeto há a destacar no que respeita aos momentos subsequentes. Se o irmão, Ricardo Manuel, uivara e esbracejara com a inclemência da dor provocada pelo fogo, mereceram a minha especial atenção os relatos da morte de Rui Manuel. Ouvidas várias versões, parece incontroverso, ou, se o não é, já se tornou verdade, que depois de posto o seu corpo a arder, e evidenciando tato para a sobrevivência, Rui Manuel ter-se-á agarrado com as duas mãos à genitália, como quem se agarrava à vida. Tivesse alguém captado uma fotografia do momento com o telemóvel e candidatar-se-ia com legitimidade ao World Press Photo ou à celebridade nas redes sociais. Terá, dizem, cerrado os dentes e fechado os olhos com toda a força, tombando depois de lado, em posição fetal, as mãos entre as pernas, todos os músculos contraídos ao limite, resistindo em silêncio, em força e em dignidade à consumição pelo fogo, um cobarde, cruel e ignóbil assassinato, escreveu-se num jornal mais tarde. Sobrou o cheiro a torresmo e a porco queimado, comentou-se na taberna, mas também o evidente odor a gasolina, na opinião desgovernada da mãe, a quem todos davam um desconto significativo e ouviam com enorme condescendência.

As estranhas mortes dos irmãos Ricardo Manuel e Rui Manuel não levaram as autoridades a ajudarem como de imediato prometeram. No país real, estava-se demasiado longe do sítio onde as coisas realmente importavam e o povo há muito sabia que quem não manda doces oferece conselhos. O presidente da Junta, que por certo terá sido um excelente aluno na escola primária, apareceu nos jornais nacionais a dizer que tudo faria para devolver a tranquilidade à freguesia, que aqueles eram efetivamente fenómenos isolados, que não era preciso as pessoas irem-se embora para a capital e para outras cidades, e, numa espécie de assembleia informal improvisada no larguito que dava para a ponte, aproveitou para anunciar investimento público e prometer uma rotunda com um fontanário junto à ponte, empreitada que não só melhoraria o trânsito na aldeia, como também homenagearia as vítimas.

Dizem-me que, poucas semanas após a morte de Rui Manuel, começaram a ver-se pequenos focos de incêndio nas redondezas, que se extinguiam em poucos minutos, lá longe, junto à serra. Muita gente acreditou que a maldição se tinha mudado para outro lugar e, portanto, aos poucos, recomeçou a sair-se à rua nos dias de céu nublado. A confiança foi sendo readquirida e a vida social restabeleceu-se. Fizeram-se as festas na vila (embora aí alguns tenham achado estranha, ainda que não alarmante, a marca de uma pequena queimada num beco escuro) e a alegria voltou – mas não às vidas de Maria da Luz e Zé Horácio, claro. E elenco-os assim, mulher primeiro, de propósito. Estes penitenciavam-se duramente com jejuns, liam a Bíblia sempre que podiam e tinham uma vida desprovida de envolvimento social, a não ser as idas a todas as missas quantas, poucas, havia na vila e no contacto de Zé Horácio com o patrão. Diz-se que não se matava por ter estudado para padre, lá no Minho onde nascera e do qual fugira por conta de um transcendental apreço pelo belo sexo. Maria da Luz e ele chegaram mesmo a pensar mudar-se, mas não tinham para onde. Numa combinação de espírito de missão conjugal e de esforço para contrariar o mutismo em que lhe apetecia viver, Zé Horácio tentava consolar a mulher. Fazia-o, parece-me, para convencer-se também a ele próprio, dizendo que os filhos não estavam sozinhos, pois tinham-se um ao outro do lado de lá, onde seriam já amigos. Real ou fantasioso, esse equilíbrio pouco tempo durou.

73

Sobre como Zé Horácio se foi

Naquele dia, calhou Zé Horácio ter mais trabalho e regressar com o céu já escurecendo, o sol adivinhando-se apenas, por detrás dos cerros, e os morcegos principiando a bailar por entre os cabos elétricos. Parou a carrinha do lado da vila, para ir buscar cigarros – o seu único pecado, porque até de beber tinha deixado. Saído já da vila na sua velha Toyota Hiace, aviado de tabaco, atravessou a ponte, subiu ao monte onde com a mulher vivia temendo uma trovoada, aproximou-se de casa e estacionou. Provavelmente, estaria ainda de cigarro aceso na boca, possibilidade que poderá ter ajudado a deflagrar. Tirou o lenço da manga, para se assoar, pois as autoridades deram com ele no chão, intacto de fogo mas húmido de uso, e, não tinha ainda enfiado a chave na fechadura, já estava em chamas.

Ao contrário dos filhos, Zé Horácio foi de imediato acudido em sorte pela mulher, que, heroicamente, lhe despejou baldes de água em cima do corpo estertoroso. Não duvides, amigo, ela era uma mulher valente, acrescentou Zé Patife, enquanto Adelino nos servia mais do vinho que nos irmanava. Perguntei-lhes de imediato se naquele dia trovejava. Que não, que não, nada disso, daquela vez o céu estava limpo. Depois, perguntei se não teria sido Maria da Luz a atear fogo ao marido. Nem pensar. Ela tentou socorrê-lo, disso não tinham os meus companheiros dúvidas. Mas quando regressou com o cobertor roubado à enxerga, o marido estava ainda mais queimado e mais subtraído à vida. Maria da Luz, penso, não terá gritado de imediato, antes se terá deixado cair de joelhos, tão atormentada que precisava mais da morte do que de ajuda. Terá sido assim porque, entre a extinção da chama, avistada na aldeia pela Fadista, que cantava à janela, e o ecoante grito que Maria da Luz terá dado pouco depois, um grito nunca em parte alguma ouvido igual, terão distado, garantiu a Fadista e todo o povo, uns bons trinta segundos. Talvez, naquele intervalo, Maria da Luz tenha olhado em volta, procurando o assassino, correndo já por entre o moitedo ou esfumando-se no ar subitamente fresco. Ou talvez nem o tenha feito e se tenha quedado, imóvel, buscando dentro de si a reação adequada ao momento, a explosão certa para uma dor tão grande e tão precisada de sair, tão mais ajustada a espaventar a planície, os cerros, gentes muitas e até o mundo inteiro, ao invés de consumir uma só pessoa.

Os socorristas ainda pensaram levar Zé Horácio para o hospital distrital – nenhum popular se aproximou para observar, leio nas notícias (e muito menos para ajudar) –, mas o morto estava mais do que morto. Era um escombro queimado. A Maria da Luz tê-la-ão tentado internar na ala psiquiátrica. Relato o sucedido dessa forma, porque, nesta fase, já pouco importa que possa ter sido de outro modo. Escrevo-o assim, para que seja como deveria ter sido. E talvez tenha sido mesmo, já não sei bem, tanto foi o que ouvi.

Se, com a morte de Rui Manuel, chegou aquilo a que comumente se chama circo mediático, quando mataram Zé Horácio, a aldeia celebrizou-se. Vieram jornalistas de toda a região e, sobretudo, da capital, para darem a conhecer ao país aqueles três estranhos casos dentro da mesma família, aqueles crimes dos quais a polícia não encontrava rasto, nem suspeito, nem presumível culpado, como os meios especializados tanto gostam, nem explicação alguma.

Além da viúva, do padre, dos senhores da funerária e do coveiro, Baiôa foi o único no funeral. Ti Zulmira achou melhor não ir, tinha medo do que se poderia por aí dizer, até porque continuava a crer no bruxedo aplicado àquela família, e Zé Patife inventou uma dor terrível na perna. Não havia, como há sempre, mãos e faces quentes a quererem tocar um rosto gelado, para o último adeus – desde logo, porque do que fora um rosto pouco sobrava e talvez não estivesse propriamente gelado. Aliás, muitíssimo eficiente, o coveiro fez o que lhe competia e até mais: espalhou a informação de que o que sobrara do rosto de Zé Horácio adquirira feições diabólicas depois de morto. Parece certo, assegurou-me Baiôa, que as pálpebras, enegrecidas e coladas, ameaçavam rebentar a qualquer instante e que, erguidas, as sobrancelhas chamuscadas projetavam o assombro que a boca, mirrada e com os cantos caídos, continha em sofrimento, como um grito que se segura. Surdo para hipóteses lógicas ou racionais, como as que as autoridades tentavam confirmar, o povo explicou sabiamente que só naquele dia Zé Horácio deixou de ser o que parecia para se mostrar como era. Por motivo que desconheço, não foi o corpo cremado. Enterraram-no no extremo da nova ala do cemitério, a que em tempos tinha estado destinada aos corpos queimados dos filhos.

Cheguei a acreditar que toda aquela sucessão impressionante de mortes acontecia para que alguém um dia o escrevesse, coisa que os jornais, a bem dizer, fizeram com abundância de palavras. Ao fundo, apontadas sobre o muro do cemitério, sete objetivas de longo alcance e duas câmaras televisivas registaram tudo e mostraram nos dias subsequentes. Família explosiva, o mistério da combustão espontânea no Alentejo e homens queimados pelo demónio foram alguns dos títulos de notícias de primeira página que consultei.

Porque saco vazio nunca se aguentou em pé, a sabedoria popular, há séculos conhecedora da metempsicose, explicou em conversas mais ou menos discretas que a alma de Maria da Luz, naquele instante, tinha fugido do seu corpo, para não ter de continuar a lidar com os tormentos que lhe haviam sido infligidos, e que, como sempre acontece em casos semelhantes, o seu lugar tinha sido tomado por uma alma errante. E o facto, garantiu-me Baiôa, é que, desse momento em diante, Maria passou a comportar-se de modo desconforme, impossível de enquadrar senão no domínio da paranormalidade, e pouco tardou até que o povo a presenteasse com nova e formosa graça, tal como fora desejo do diabo: Maria da Assombração.

Como se de uma pestífera se tratasse, as pessoas passaram a fugir dela e a multiplicar-se em esconjuros. Garantiam que seria a próxima a arder. Tirando Baiôa e este que relata, ninguém mais se acercou do monte. Ao presidente da Junta foi apresentado um pedido para que a mandasse internar, o que, parece-me, não teria sido pior. Mas, por alguma razão, o sistema falhou e isso nunca aconteceu.

74

Poderia ter sido assim

Sob a forma de efabulações, teorias, suposições e pequenos delírios, elementos soltos do episódio que se segue foram-me contados por variadíssimas pessoas e trazidos por distintas notícias, factos que a minha mente aproveitou, por legítima crença, ou vencida pelo cansaço de não encontrar explicação, para condensar, amalgamados com outros vindos sabe-se lá de onde.

Note-se, antes de mais, que a morte de Zé Horácio foi em muito diferente das dos filhos Ricardo Manuel e Rui Manuel. Zé Horácio foi assassinado e, para o matarem de morte bem morrida, o peito foi-lhe atravessado por dois tiros e por um ferro da grossura de um pau de vassoura. Para que entendamos como pôde tal coisa ter sucedido, basta que regressemos ao momento em que Maria da Luz reentrou em casa, para ir buscar um cobertor com o qual pudesse acabar de abafar o fogo que devorava o marido, e fiquemos a saber que, suplicante, este se reergueu da terra seca e, nesse preciso instante, se ouviram dois disparos equivalentes aos dois tiros com que foi atingido no peito. Quando, em pânico, a mulher se reaproximou, Zé Horácio tinha também um ferro cravado no peito. Perfurado por balas e por um ferro que, apesar de nunca se ter visto naqueles ofícios, terá cumprido de modo irrepreensível o papel que lhe atribuiu o matador, perfurando o peito num movimento só, capaz de rasgar pele, afastar costelas e perfurar pulmão.

Com a morte de Rui Manuel, surgiu na aldeia um profissional de investigação criminal, mas só à terceira morte se encarou com seriedade a possibilidade de haver mão criminosa na liquidação daquela linhagem. Graças ao rápido socorro de Maria da Luz, buscando lucidez onde lucidez já faltava, foi possível perceber que o incêndio, apagado antes de consumir todo o combustível despejado em cima de Zé Horácio, tinha sido provocado com recurso a gasóleo agrícola. É evidente que também se falou em suicídio: disse-se que o marido se havia querido matar da mesma forma que os filhos lhe tinham morrido e até se espalhou que fora ao café buscar fósforos para atear o incêndio. Sucede que a tese não procedia, por nunca ter sido encontrado no local qualquer recipiente que pudesse conter o combustível, facto que levou os responsáveis pela investigação a depreenderem que o assassino o havia levado de volta na fuga. Duas balas de calibre quarenta e cinco foram encontradas horas depois no interior de uma alfarrobeira, que as autoridades mandaram cortar a metro e trinta de altura, serviço executado por dois bombeiros, com a serra elétrica de Mr. Beardsley. Eram as balas que tinham vitimado José Horácio Lima de Carvalho. Nunca se soube quem era o homicida. Mas Maria da Luz pressentiu a explicação e decidiu esperar, entregando o que lhe restava de vida ao silêncio, aos gatos e à terra.

Longos meses se passaram até a termos em cena. O palco está cortado pelo rio que já conhecemos e defronte do qual dezenas de pessoas – parecem milhares – assistem a uma possível morte como a uma corrida de touros. A noite cai e Maria da Luz vai encontrar-se com a morte.

O rio, arte natural para benefício do homem e dos demais habitantes da terra, intrometido nas geometrias agrícolas, arte produzida pelo homem para sustento próprio enquanto habitante da terra, mas que só podia ser admirada do céu, em havendo dinheiro para lá chegar, o rio, dizia, recebeu em dramaturgia o corpo caindo. Não é Maria de Luz quem cai. Um homem em chamas mergulhou e impediu o fogo que em justiça lhe comia a carne de lhe roer também os ossos e o que lhe restava da vida. Depois de se atirar ao rio, lá no fundo pouco profundo, era como se respirasse água, dado que, mesmo tendo passado muito tempo submerso – uns cinco ou dez minutos, garantiram os mais exagerados –, conseguiu começar a erguer-se, para surpresa de todos. A salvação, porém, não foi eterna, mas momentânea. Ainda não tinha o negro corpo conseguido pôr-se verdadeiramente de pé e já Maria da Assombração, da qual ninguém ousara aproximar-se, se enfiava também nas águas, que corriam apenas com mediana determinação, agarrando-o com sobre-humanas forças e devolvendo-o ao fundo, uma e outra vez, até o afogar. A tudo isto assistiu, segundo os autos, e para além dos civis, um militar da Guarda, que, acabado de chegar, e do outro lado da ponte, com pontaria treinada em caçadas, como o próprio salientou com orgulho, disparou uma sequência de tiros que tingiu de justiça o rio e permitiu que a identidade do assassino em série fosse, minutos depois, revelada. Ouviu-se o disparo de três tiros e quase se escutou também o chumbo a voar na escuridão até entrar sequencialmente – um, dois, três – no peito do homem. Maria da Luz sabia bem quem ele era. Derramando-se no rio, e alongando o respetivo caudal, corriam o rubro sangue do atingido e as grossas lágrimas – de vingança e de justiça – vertidas por Maria da Luz. Acabara de matar o pai dos seus filhos.

Acorreram ao local também os bombeiros, felizes por se sentirem úteis. Os militares da Guarda que ficaram a tomar conta do corpo até à chegada da ambulância contaram, mais tarde, que o criminoso a cada minuto parecia mais morto. E ainda bem, terá pensado a maioria, não faz cá falta.

A Guarda encontrou no bolso da camisa de Zé Luís Maia uma carteira de fósforos e dois isqueiros, além de alguns papéis. Um deles sabemos que o transportava para todo o lado, há mais de trinta anos. Tinha junto ao peito o fogo e o princípio do fogo, uma carta assinada por Maria da Luz. Dizia: Não voltes, por tudo to peço. De tanto te aguardar e de tanto sofrer para sozinha alimentar duas bocas, dei-me aos cuidados de outro homem, um homem bom, que tem sido pai para os meninos. Não tive forças para to dizer antes, espero que possas perdoar-me. Os filhos são já dele. Chamam-lhe pai e não sonham sequer que o não possa ser. Peço-te que aceites e rezo a deus para que possas ter também uma vida com paz, saúde e amor.

Só que, um dia, muitos anos mais tarde, o emigrado Zé Luís voltou. Matou primeiro os próprios filhos, depois o homem que lhe ocupara o lugar e, por fim, haveria de matar também Maria da Luz. Não tivesse esta resistido, heroicamente, quando se cruzaram junto à ponte. Não tivesse ela, intuindo o perigo, porque é sabido que são as mulheres, sobretudo se mães, criaturas mais bem programadas para o exercício da intuição, esse superior sentir que faz primeiro bater em retirada ou desembainhar a espada, surpreendido o assassino jogando contra ele próprio o combustível e o isqueiro zippo aceso, devolvendo ao agressor o destino luciferino com que ele procurava presenteá-la.

Este foi o final que desejei para esta história, mas tão distantes moram habitualmente os desejos da realidade que do meu espírito e destas páginas ele não passou. Ansiei por uma explicação lógica para o mais inquietante encontro com a morte promovido pela minha estada em Gorda-e-Feia. Tudo aquilo seria mais fácil de justificar se tivesse origem na maldade humana, atribuída a um qualquer Zé Luís. Sucede que o real desfecho desta tragédia familiar já o conhecemos. Sem vingança alguma a exercer sobre um homem ou sobre o mundo, condenada a aceitar o que não tinha explicação, Maria atirou ao chão a faca com que cortava um resto de pão e, porque nem todas as grandes dores são mudas, a voz tornou-se-lhe combustão da alma: gritou, gritou, gritou em tom indefinido e assustador, como fizera quando o marido lhe fora roubado pela morte. Despiu o encobre-misérias e deitou a correr porta fora, tanto quanto lhe permitiam as pernas varicosas – porque o viço que levava, esse, não era da idade que tinha –, libertando-se, uma a uma, das roupas que trazia, até desnudar os peitos e as pernas brancas, tão brancas que revelavam o sangue correndo para um momento de dignidade. Tinha chovido muito, depois de almoço. Pingas grossas e pesadas, como as lágrimas que teimavam em não secar. Lembro-me de sentir as nuvens às cavalitas, à medida que nos dirigíamos para casa dela. Nua, correu Maria a atirar-se a um poço, buscando, num gesto de sagração do amor, a boa morte. A única forma que aquela assombrada alma encontrou de se livrar do infernal fogo que a consumia foi atirar-se a um poço aberto pelo marido. Ao buscar o afago dele, decerto procurava também uma ausência, porque partir assim, tão sem regresso, era a solução que sobrava.

75

As mortes de Ricardo Manuel e Rui Manuel à luz do conhecimento científico do Dr. Bártolo

Ainda aqui não se falou, e é fundamental fazê-lo, para se oferecer ao leitor nova e interessante perspetiva, da visão que tinha o Dr. Bártolo das estranhas mortes dos filhos de Maria da Luz – uma visão científica, claro está.

Como é comum face a tudo o que acontece, a morte de Rui Manuel, a juntar à de Ricardo Manuel, não foi encarada por todos do mesmo modo. Para alguns, é facto que representou uma inédita e saborosa atenção prestada à aldeia pela imprensa regional e nacional, mas, em geral, a população ficou alarmada e temerosa. Por via dos relatórios inconclusivos das autópsias, e depois de uma reunião entre os representantes da Junta de Freguesia, da Guarda e da Proteção Civil, decretou-se o recolher obrigatório – mandamento desnecessário, segundo Baiôa, tão grandes eram os medos comuns a todos e ainda os inventados por cada um. Se um capricho do funcionamento climatérico tinha servido de explicação à morte de Ricardo Manuel, a interpretação do ocorrido alterara-se profundamente quando Rui Manuel morreu de modo igual, mas num dia em tudo diferente. Os registos das entidades que estudam as condições meteorológicas indicam que foi de sol e céu limpo o dia 3 de novembro de 2014. Desse modo, não se tendo registado nebulosidade nesse novo dia funesto, como a que serviu de álibi ao assassino no dia da morte do irmão deste que então se finara, a hipótese da trovoada estava afastada, e as autoridades às quais competem tais trabalhos encarregaram-se da deslindação do caso recorrendo aos mais avançados métodos e técnicas de investigação criminal. Tais diligências fizeram com que começasse a ser visto em Gorda-e-Feia um investigador graduado da polícia judiciária que parecia genuinamente interessado, dizem, em evitar o alarme social, logo de seguida acompanhado de perto por uma jornalista de televisão especializada em escândalos e crimes, bem como por uma especialista em suicidiologia da Universidade de Évora. Mas nada se descobriu, a nenhuma conclusão se chegou.

Explicações paranormais e do domínio da bruxaria irromperam então de todo o lado, como ervas daninhas, e muitas arreigaram-se ao cimentício senso comum do povo. Os homens que se atreviam a sair de casa, apesar de se fazerem valentes na taberna, passavam longe da casa de Maria da Luz e Zé Horácio. À boca pequena, e por uma questão de precaução, que tinha que ver, claro, com o bem-estar geral, não faltava quem os quisesse linchar ou ver dali para fora. Estranho é, por isso, no meu entender, que o investigador da PJ não tenha querido conhecer – quando Baiôa lho propôs – as ideias deixadas em papel pelo Dr. Bártolo. De acordo com o que eu próprio fui capaz de apurar, e algo estranhamente, na minha opinião, também o presidente da Junta e o responsável da Proteção Civil dispensaram tal leitura, e até a académica que veio de Évora mostrou desinteresse pelo olhar clínico do Dr. Bártolo Proença de Melo, o médico que melhor conhece a região, as suas gentes e toda a fenomenologia que lhes está direta ou indiretamente associada. Só mesmo a jornalista terá querido ler o texto, mas Baiôa preferiu não lho facultar.

O doutor avançou uma hipótese, no entender dele nada descabida, que colegas da ciência confirmavam já ter efetivamente acontecido noutras partes do mundo: a combustão humana espontânea, um fenómeno cuja origem podia estar na eventual concentração excessiva de substâncias inflamáveis no organismo da vítima. Ouvi a uma mulher da vila, Miquinhas da Fonte, viúva de Arlindo Remelgado, tão eficiente a falar da saudinha própria como da alheia, que as flatulências e outras coisas do demónio eram problemas que passavam de pais para filhos. Com incontestável sabedoria me explicou que não estava provado que não fossem contagiosas. O Dr. Bártolo, porém, deixou escritas as hipóteses nas quais acreditava. No caderno de anotações que Baiôa me passou para as mãos – de capa preta, folhas grossas amareladas e sem linhas, e a marca inglesa inscrita a letras douradas na parte de trás – dedicava-se, ao longo de oito páginas redigidas sob a forma de bosquejo para a obra científica maior na qual trabalhava, a dar conta da plausibilidade de uma teoria que relacionava três circunstâncias que, no entender do proponente, faziam dos filhos de Maria da Luz e Zé Horácio incubadoras perfeitas de incêndios espontâneos. Em traços gerais, o Dr. Bártolo considerava que tanto Ricardo Manuel como Rui Manuel reuniam as três condições que, historicamente, eram tidas como geradoras da combustão humana espontânea. A saber:

a) eram consumidores diários de bebidas alcoólicas, e por isso possuíam esse poderoso líquido inflamável no sangue, num e noutro casos – e lembro-me de ler no texto esta parte – quase sempre em grandeza bem acima da conta;

b) ainda que menos importante do que os demais motivos, o facto de se ter acumulado, ao longo de vários anos, uma quantidade de gordura mórbida superior à normal era tida pelo médico como potenciadora de combustões – este aspeto, porém, é, segundo o doutor, mais controverso do que os anteriores e entra nas suas conjeturas somente pela ligação que estabelece com o motivo seguinte e pelo evidente sobrepeso das vítimas;

c) não espantava também o médico que pessoas com excesso de peso tivessem dietas baseadas no consumo exagerado de hidratos de carbono, habituais causadores da produção de gás metano nos organismos de um terço da população mundial; esse consumo excessivo – e a provável inexistência, nos intestinos dos irmãos, de enzimas capazes de digerirem esses hidratos de carbono – levava as bactérias que ocupam aquele meio a fermentá-los, produzindo, durante o processo, gás metano; lembrava depois o Dr. Bártolo, de novo, com recurso a um sublinhado, que uma em cada três pessoas produz gás metano, exatamente o mesmo que se usa, explicava, nos fogões das cozinhas, razão pela qual, e passo a citar, acender um fósforo junto ao ânus instantes antes de libertar uma ventosidade pode ser perigoso; de resto, a mistura de metano e hidrogénio, um gás também presente no intestino, é muitíssimo inflamável. Ajudava àquela elucubração a coincidência de Rui Manuel ser conhecido desde a infância por Cheira-Bufas.

Outra possibilidade aventada pelo Dr. Bártolo, mas pouco explorada – o texto não foi terminado –, ligava a combustão humana espontânea a uma possível recuperação da teoria do flogisto, de Georg Ernst Stahl, uma ideia que não convenceu Lavoisier, mas que o Dr. Bártolo considerava parcialmente válida.

Impressionado com aquilo que entendia ser uma incrível perda de massa ocorrida durante a combustão daqueles corpos, pensava que ela só poderia ter que ver com a sobreacumulação de gases gastrointestinais, que resultaria, quando não aliviado o meteorismo, na ignificação das vísceras, tornando o corpo humano mais combustível do que por natureza já era, e provocando a consequente libertação de muito flogisto.

Às voltas com os documentos que nos davam a conhecer tais conceitos, a cada página e a cada copo de vinho (que Baiôa ia alternando com uma infusão de cardo-mariano), eu e o fiel depositário da obra científica do Dr. Bártolo íamos estranhando cada vez mais a falta de crédito atribuída pelas autoridades àquelas fascinantes teorias.

76

Luísa e Zé Miguel

Uns se foram e outros vieram. Muito aconteceu, muito vivi, e várias foram as coisas que fiz enquanto morava em Gorda-e-Feia das quais não me orgulho. De algumas até me arrependo. Não estou certo de que a que passarei a relatar seja uma delas, mas talvez devesse merecer um grau mais elevado de remorso. Trata-se, como dizer, de uma violação de intimidade.

Importa começar por dar conta de que foram precisos quatro meses e dezassete dias para que chegassem os primeiros portugueses à aldeia. Decidi chamar-lhes Luísa e Zé Miguel, adiante veremos porquê, mas não integravam o grupo dos novos habitantes com que Baiôa sonhara para fazer renascer a terra onde nascera. Luísa e Zé Miguel vinham para morrer. Ocuparam a casa imediatamente ao lado da minha. Tinham iniciado a vida em Gorda-e-Feia, contou-me a D. Luísa. Agora, estando o marido a sofrer de Alzheimer e tão cheio de viço como o trigo ceifado, ela decidira dar o sossego do campo aos seus últimos dias. Não fazia sentido continuarem a viver em Almada. Mal por mal, mais valia estarem na aldeia. Tinham oitenta e um e oitenta e três anos, respetivamente. E o prédio nem tinha elevador. Descer dois lanços de escadas com a cadeira de rodas era um problema quando o marido tinha de ir ao médico. E, nos dias em que uma crise o obrigava a ir ao hospital, os bombeiros, que deus os proteja, faziam o sobe e desce com rapidez, mas das outras vezes quem ajudava eram os vizinhos. Foi uma bênção o que fez o Quim Baiôa. Quando recebi o telefonema da Zulmirinha, nem quis acreditar.

Mudaram-se, mas não levaram muita coisa, apenas o imprescindível. A casa de Almada continuaria a ser a morada principal, embora os filhos já tivessem falado em vendê-la: sabe como é, diz-se que a economia vai recuperar e que a coisa vai começar a ficar boa para esses negócios. E os moços não têm vida fácil, ninguém tem, não é? Também lhes faz jeito o dinheiro.

Quando viu brilhar ao sol a cal ainda cheirosa da casa que Baiôa para ela e o marido tinha recuperado, inebriaram-se-lhe os sentidos. Juntou as mãos contra o peito, apertou os lábios como quem segura palavras feias, e ficou a olhar para a pequena tabuinha pousada por Baiôa na terra do canteiro fronteiriço à casa, no qual, espigadota, entre outras plantinhas, crescia uma buganvília. Dizia, em letras maiúsculas, pintadas a tinta branca, e já a contar com a invasão de turistas que ambicionava: PEDE-SE A FINEZA DE NÃO CORTAR FLORES OU PLANTAS. Emocionada, D. Luísa agradeceu a Baiôa e à Ti Zulmira como quem dá graças a santos e prometeu contribuir com dinheiro para ajudar nas restantes obras, coisa que os meus pais também já tinham começado a fazer todos os meses. A minha mãe, aliás, passara a comunicar-se por email, Skype e telefone com a Ti Zulmira e em conjunto procuravam descobrir outros antigos habitantes da aldeia e respetiva descendência. Para mal dos pecados do meu pai, ela até já falava na hipótese de se mudaram também para a aldeia, imaginando que eu pudesse por lá ficar e assim reunindo toda a família. Vendiam o apartamento deles e compravam uma casa boa ali. À conta da saudade da terra, pedia-me duas ou três vezes por semana que lhe mandasse fotografias dos resultados dos trabalhos de Baiôa e dizia sempre, numa mistura de suspiros e encantamento: que maravilha, a aldeia está a ficar tão bonita!

A D. Luísa e eu ficámos amigos, sobretudo depois da morte do marido, que pouco tardou a chegar – talvez umas quatro ou cinco semanas, não mais. Morreu meio deitado, com a dignidade possível de quem não se basta a si próprio nem controla o que controlo exige e por isso usa fraldas e outros auxílios, mas morreu em sossego, como era vontade da mulher. Fosse por conta da ineficiência acústica das paredes de taipa – porque nessa fase Baiôa ainda não se apercebera do quão prático era isolá-las com placas de poliestireno extrudido, ou até mesmo com cortiça ou lã mineral, por motivos dessa ordem mas sobretudo térmicos –, eu ouvia a D. Luísa falar com o Sr. Zé Miguel, embora este nada respondesse. Havia casas em alvenaria de adobe, graças à terra argilosa existente naquela que era também uma zona de aluvião, mas as paredes – sobretudo as interiores e as que dividiam as habitações umas das outras –

eram quase todas em taipa, pelo que ouvir conversas era coisa que se fazia sem intenção nem portas abertas.

A meio de uma noite como as outras, ela na cama e ele ao lado, no cadeirão do qual eu ia duas vezes por dia ajudar a levantá-lo, o respirar de Zé Miguel suspendeu-se por mais tempo do que, à conta de uma apneia do sono, por vezes acontecia. E, dando-se a um sentido que só as mulheres têm, foi o silêncio intenso que acordou Luísa. Sei que sentiu unirem-se bem dentro dela, no coração, a tristeza e o alívio. Abraçada ao marido, testemunhando com a pele o arrefecimento daquele corpo também seu, ouvindo dentro dele os últimos sinais de vida, Luísa esperou pela manhã. Depois, telefonou aos filhos e logo a seguir bateu-me à porta, de olhos vermelhos, procurando um abraço que a Ti Zulmira repetiu com muita força, já que os braços familiares ainda demorariam algumas horas a chegar. Baiôa, perito em concretizar, tratou do necessário na casa mortuária e no cemitério. Parecia muito abalado, por isso não me surpreendeu que tivesse preferido estar longe do morto.

Fez-se o enterro, veio gente de Almada, de Lisboa e de Tomar, onde estava parte da família. Alguns choravam, mas terminavam a elogiar a ideia de o ter deixado morrer em sossego, na terra que o vira nascer, que para mais estava tão bonita. Eram os mesmos que tinham achado aquela mudança uma loucura. Onde é que já se vira levar um doente para uma terra sem médicos nem hospitais? Naquele dia, porém, enterrado o sofredor, gabavam o encanto da aldeia e das casas, tiravam fotografias, pareciam alegres. Falavam em alojamento local, airbnb, e lamentavam apenas a distância: pena ser tão longe, diziam quase todos.

Na semana seguinte, a D. Luísa regressou a Almada para tratar da única coisa boa que, sem se aperceber, a morte traz: as burocracias, que, não deixando de ser o que são, isto é, um fruto do inferno, têm o condão de resgatar das camas e dos choros em que podiam prolongar estada os mais próximos dos idos, bem como de os obrigar ao exercício da racionalidade, da objetividade e da sensatez, contribuindo assim involuntariamente para o regresso à normalidade. Uns dias depois, no fim de semana, voltou no carro do filho mais novo, um homem de ar sólido que era funcionário do Partido Comunista no Seixal, e trouxe vários caixotes. O automóvel vinha carregado, eram coisas que fazia mais sentido que estivessem ali. Em duas grandes e pesadas caixas de cartão, que eu e Baiôa carregámos a meias para dentro de casa, enquanto o filho da D. Luísa levava outras coisas sem dificuldades, trazia o que me pareciam ser livros.

Descarregou-se também um móvel pequeno e estranho, com duas portas e uma fechadura ao meio, um candeeiro, uma mala com roupa, passe-partouts com fotos de casamentos e batizados e um aquecedor a óleo. A D. Luísa tencionava ir lá passar temporadas e eu até disse que por certo os meus pais poderiam dar-lhe boleia uma ou outra vez. Arejou a casa, lanchou com o filho umas sandes de queijo com marmelada que trouxera, acompanhadas com uma cerveja e um sumo que o filho foi buscar à taberna do Adelino, e, antes de com ele voltar a Almada, foi pedir a Baiôa que guardasse, para o que desse e viesse, uma das cópias da chave da porta da entrada que tempos antes ele próprio lhe entregara. Depois, abraçou-me e enfiou-me uma coisa no bolso. Já em casa, constatei que era outra chave, embrulhada num papel que dizia, em maiúsculas: GUARDE-A TAMBÉM, POR FAVOR, NÃO VÁ O QUIM FALECER E A CASA FICAR SEM QUEM LHE POSSA VALER. OBRIGADA E UM BEIJO GRANDE DA SUA AMIGA LUÍSA.

No dia seguinte, telefonei-lhe para lhe dizer que, se ela concordasse, proporia a Baiôa que me emprestasse a sua chave – já que ele desconhecia que eu também tinha uma –, para que, duas ou três vezes por semana, eu abrisse portas e janelas e arejasse o interior da habitação. Com a imediata concordância de ambos, passei a assegurar com gosto essa tarefa. Mas fiz também algo de que não me orgulho e que devo aqui confessar. E, se não me orgulho da violação da intimidade que levei a cabo, que, bem sei, não fica em absoluto protegida pela alteração de nomes dos protagonistas que operei nestas páginas, também não posso regozijar-me pelo que agora vou fazer. Mas um homem tem as suas fraquezas. Talvez a família da D. Luísa e do Sr. Zé Miguel seja constituída por pessoas de extraordinária capacidade de aceitação da natureza humana e por isso muito capazes de perdoar, caso venham um dia a ler o que passo a contar, e que só publicarei depois de a D. Luísa morrer.

77

Confissão

Passo então a confessar que, mal entrei pela primeira vez no quarto da D. Luísa, com o único e exclusivo propósito de abrir janelas e portas, que atrás mencionei, e deixar correr os ares frescos da manhã, o meu olhar foi atraído para o pequeno móvel que eu ajudara a transportar. Não era bem uma cómoda, porque mais estreito, nem uma mesa de cabeceira, porque mais alto. Lembrei-me de que podia ser um oratório, ou um camiseiro. Poderia aqui dizer que notara a ausência dos livros que transportara, porque gosto muito de ler, e que imaginei que estivessem ali guardados por serem volumes do Marquês de Sade e edições múltiplas do Kama Sutra. Ou talvez fossem apenas clássicos que o Sr. Zé Miguel gostava de ler e que, dentro do armário, ficariam resguardados do pó que entraria na casa quando eu a pusesse a arejar. Ninguém levaria a mal a minha sede de cultura, o meu amor incontrolável pelos livros. Eu poderia apresentar essas hipóteses, mas não foi nada disso que senti.

O meu espírito ficou simplesmente curioso quanto ao formato e ao conteúdo do armário e, por isso, tentei abri-lo. Como seria de esperar, estava fechado à chave. Abri as portadas e a janela, apaguei a luz que tinha acendido ao entrar e sentei-me na cama, de frente para o móvel. Estudei o método de fecho e saí, regressando no minuto seguinte com a minha caixa de ferramentas. Fechei a porta da casa, não fosse aparecer alguém. Dirigi-me para o quarto, cuja porta também fechei, espreitei pela janela para me certificar de que Baiôa não tinha, por acaso, ido a um dos quintais que de lá conseguia avistar, e voltei a sentar-me na cama, de frente para o móvel. Com o auxílio de duas chaves de fendas, consegui forçar o trinco e fazer com que as portas se abrissem em par – depois veria como fechá-las. Diante de mim tinha apenas um conjunto de objetos emprateleirados num pequeno móvel, muitos deles com ar bastante velho, tal como a velho era o seu cheiro. Sabendo já o que tinha encontrado e o que iria fazer com isso, as paredes e a colcha brancas iluminadas pelo sol, deitei-me na cama e puxei de um dos livros. Eram cinquenta e quatro volumes de um diário mantido em agendas de capa dura ao longo de outros tantos anos, desde o dia do casamento, a 31 de julho de 1955, até ao dia 16 de junho de 2016, dia da morte do Sr. Zé Miguel. A letra era a dela e era tão bonito perceber que ela tinha querido guardar ali, na terra que recebera o marido, a memória de um casamento, como era entusiasmante ler – não tudo, não era essa a minha intenção – o que sem filtro uma mulher havia confessado a um amigo tão confiável como é um diário. Quantos de nós, sozinhos perante um diário de alguém, seriam capazes de o não ler? Nem que fosse apenas um pedacinho, para aferir o teor das confissões. Creio, por isso, que talvez possa um dia ser perdoado pela fraqueza moral que constituiu aquela devassa da vida privada, que agora me preparo para expor publicamente.

Entre muitos outros dados e pormenores nus daquilo que constitui, realmente, uma vida conjugal e da forma como funcionava a cabeça de uma mulher portuguesa nascida numa aldeia do Alentejo dito profundo ainda na primeira metade do século xx, encontrei, ao longo de várias horas de leitura, espalhadas por vários dias, relatos de uma vida sexual muito dinâmica, o que tolamente me surpreendeu, porque a imagem que deles tinha era a de pessoas em fim de vida e sobretudo a de um homem doente e por certo já muito distante dos ímpetos e dos prazeres da carne. Não se pense, por isso, que aqui partilho dois episódios sem critério. Faço-o porque os considero profundamente simbólicos, do ponto de vista do contexto sociocultural, e, porque não dizê-lo, no que respeita ao amor que unia aquelas duas pessoas.

Quando casaram, ela tinha vinte e ele vinte e dois anos. Até então, ela pensava que era possível uma rapariga engravidar por dar a mão a um rapaz. Mas, até aos vinte e três anos dela, de todos os pecados da carne só não tinha experimentado um, confessa a jovem Luísa aos 20 de abril, no diário de 1958. E, porque o tom é precisamente de confidências, admito que me senti excitado ao ler o que aquela mulher escreveu com uma letra bem desenhada, sempre a caneta azul, meio século antes. Aos dezassete dias do mês de maio do referido ano, Luísa transportou-me de imediato para a ação e começou o relato explicando que, depois de breves minutos de investimento de José Miguel sobre a sua retaguarda, debruçados ambos sobre um tronco de sobro, ele com a boca na nuca dela, e sentindo ela uma mistura de culpa e de prazer que a levara a gritar não e sim quase em simultâneo, o corpo como sede do pecado, fechou os olhos com força, agarrou o rosário que trazia ao peito e pediu perdão a nossa senhora e ao altíssimo. Prolongou o rogo durante tantas semanas quantas teve o verão, até não conseguir resistir ao que o corpo pedia com mais veemência do que aquilo que encomendava o senhor, e confidenciar ao marido, sob a reserva dos lençóis brancos, o desejo de que ele voltasse a investir sobre o proibido – a urgência vital de experimentar de novo. Assim, no meio de beijos muito húmidos e com o entusiasmo já agarrado aos corpos, levantaram-se tão depressa quanto lhes foi possível. Era domingo de manhã e os campos estariam livres de quem os trabalhava, muitos iriam para a missa, pelo que era tão seguro como necessário fazê-lo no mesmo sítio. Não que, explicava Luísa, a missa fosse garantia de ruas desertas e os pusesse a salvo de serem apanhados, mas estava a aprender, dizia, que tudo o que assusta também pode entusiasmar. Assim, combinaram que diriam a quem notasse a ausência de ambos na missa que Zé Miguel estava adoentado e que Luísa ficara em casa a cuidar dele – pretexto perfeito para um domingo de amor, primeiro no campo e depois efetivamente em casa.

Na vida do quotidiano, um virar de costas significa egoísmo e cobardia, mas no amor carnal – a única salvação para muitos quotidianos tristes e a redenção de muitas vidas pobres – é um ato revelador da mais sincera das entregas. Sentia isso José Miguel quando, finalmente, naquela manhã de confissão, Luísa encostava de novo o peito a uma árvore para que ele lhe erguesse a parte de trás das saias e lhe aplicasse o respetivo castigo. E, assim, depois de ela o ter seduzido com a sinceridade de um desejo, ali se viam e sentiam eles, ela espreitando por cima do ombro, num cenário composto por árvores cúmplices e terra sedenta de água que a penetrasse, para que ele faunescamente se pusesse nela onde só uma vez se tinha posto e os dois se unissem em volúpia.

Quase quatro décadas mais tarde, a 21 de fevereiro de 2013, e já muito afetado pela doença de Alzheimer, Zé Miguel cai de cama, incapaz de se bastar nas mais elementares tarefas, incluindo a higiene. Cinco dias depois, Luísa regista no seu diário uma ideia que, acredita, vai por certo aumentar a qualidade de vida do marido. Escreve assim: esta manhã, ao lavar o Zé Miguel e ao lembrar-me ele, sem sequer falar, do homem que ainda é por detrás da cortina da doença, ocorreu-me algo que, estou certa, irá ajudá-lo a suportar melhor os seus dias tão carecentes dos momentos que antes mais o animavam e faziam feliz. Estou realmente convencida de que tive uma boa ideia e dou graças a deus por me conservar o juízo ainda fresco e capaz de ajudar, como ele merece, este homem que toda a vida foi tão bom para mim. Assim, diariamente, pela manhã, e por vezes também a meio da tarde, a contento dele e, como mais adiante admite, também dela, Luísa começa a aplicar-lhe um remédio de que ele muito gostava, disso não havia dúvidas – era, graças a deus, por demais evidente o quanto ele gostava. Conta também que, por felizmente as pernas ainda lhe permitirem tamanhas ginásticas, quando em certas tardes ele está no cadeirão, olhando para o televisor sem nada ver, não se limita a consolá-lo com a boca, mas, porque a fonte da vontade ainda não a tem seca, chega também a despir-se e a pôr-se com cuidado em cima dele. Explica: o Zé Miguel não reage a nada, mas quando faço aquilo, que se por deus é permitido é porque é coisa boa e a fazer para bem do meu marido, não há qualquer dúvida de que um pouco do seu juízo comparece e que ele sente – ai se sente! – o que está a acontecer. Não faz nada, não mexe sequer os braços, mas, além daquele sinal forte que me dá, quase igual ao de sempre, oferece-me um abrir de olhos que me emociona e arrepia. Noutra página, meses depois, diz: ele tem sempre os olhos quietos, como que adormecidos apesar de abertos, mas naquelas alturas abre-os muito, revelando espanto por a vida ainda ter algo de bom para lhe oferecer. E eu dou graças ao senhor por nos abençoar deste modo.

A última entrada no diário é a de um sábado, o dia do enterro, e é sobre ele que Luísa escreve. Nas páginas que dedica à noite da morte, 16 de junho de 2016, quinta-feira, elogia o auxílio que logo de manhã lhe prestaram os que ainda viviam na aldeia naquela altura, incluindo eu, mas regista sobretudo, ao longo de várias páginas, o fim de vida do marido, a que aqui já fiz alusão. Enquanto vela o corpo de Zé Miguel, ouve ruídos vários provindo do corpo dele, mas, a dada altura da noite, apercebe-se também de um movimento vivo a nascer lentamente no corpo do morto. E, com três breves frases, termina assim o relato: com esta boca que deus me deu, benzi pela última vez o único homem que amei. Graças a deus. Que vá para o céu com todo o meu amor.

266 *Rui Couceiro*

78

MUNDO PEQUENO

NO VERÃO, O SOL faz com que cada dia na aldeia pareça um mês inteiro. No cerro, a esteva namora o ar, que por vezes acode perfumado às gentes e aos animais na forma de vento. As andorinhas, libérrimas, dançam entre os cabos de eletricidade que chegam à aldeia, trazendo uma prosperidade pouca. A noite vem de muito longe, demora a chegar, motivo bom para os homens se deixarem estar até tarde na taberna do Adelino. No inverno, não há nada disto, tirando a insignificante prosperidade, mas os homens não deixam de permanecer na taberna até tarde. As mulheres queixam-se de que a roupa não seca, a Ti Zulmira é disso exemplo. Desabituara-se de a pôr junto do fogo, porque o falecido marido, quando chegava da taberna, dizia que tinha as ceroulas a cheirar a fumeiro. O vinho é ciumento, obriga-os a ficar. Homens gastos, homens velhos, velhos caquéticos, velhos de aspeto vário e outros sem distinção. Era sobretudo gente já muito habituada a estar viva. Mas também não haveriam de durar muito.

Vi de tudo naquelas terras. De remendados e andrajosos velhos trabalhadores rurais, descendentes dos que eu conhecia das narrativas neorrealistas e subnutridos como os vindimadores que conheci num fim de semana de setembro no Douro, a latifundiários de Bristol, versões mais a sul dos proprietários que ainda grassam a norte. Contactei com gente solitária, com gente moderna, com doenças reais e com doenças imaginárias, com pessoas boas, com pessoas não tão boas e outras más, com bichos belos, animais assustadores e até com um cão que vomitava, com fantasmas e assombrações, com falta de rede e excesso de tecnologia, com fado e com cante, com caça e com reabilitação de edifícios, com vinho, com enforcados e com adivinhos. Rapidamente, percebi que a aldeia não era um mundo pequeno, muito pelo contrário.

79

Quatro dias maus e um bom

Terrível sensação é a da dúvida persistente. Poucas coisas são mais atarantantes do que estar em determinado local e não saber para onde ir ou do que ter em mãos tarefas tamanhas e não ser capaz de tomar decisão alguma. No livro do Dr. Bártolo, o médico registara duas datas de morte de Daniel Verdete: a mais distante, à conta do cancro, e a mais próxima efetivada pelas próprias mãos em momento de embriaguez. O que significava que, havendo duas possibilidades, uma delas poderia ser evitada.

Para Baiôa, era difícil obrigar-se a não tentar influir no curso dos acontecimentos. Para mim, não era mais fácil. Tinha-nos sido concedida uma espécie de capacidade de antevisão do futuro, mas ninguém nos dissera que deveríamos transformar-nos em super-heróis esvoaçantes que agarram quem vai atirar-se de uma ponte, ou de um edifício alto. Mas, se sabíamos daquelas mortes, não era obrigação nossa avisar as autoridades? Não o fazermos tornava-nos cúmplices de algo – fosse ataque cardíaco ou enforcamento – que poderia ter sido evitado? Como viveríamos com a noção de que poderíamos, pelo menos, ter adiado algumas mortes? E que direito tínhamos de evitar o que já estava previsto na degeneração celular de alguém ou nos planos íntimos de outrem? E será que intervir em determinados acontecimentos não provocaria desarranjos graves no curso da história? Por outro lado, não nos chamariam malucos por crermos nos escritos delirantes de um excêntrico médico da província?

Passámos horas e horas a discutir estas questões. Foram dias muito maus. Sentíamo-nos num pântano borbulhante, cheio de incertezas submersas, que nos ferravam os calcanhares com dentes aguçados, de ansiedade persistente e com uma concentração de angústia por litro que nos deixava com suores frios e totalmente incapazes de chegar a uma margem ou sequer de decidir para qual deveríamos tentar nadar. Assim estivemos até que, ao cabo de cinco dias – quatro dias maus e um bom –, fomos, finalmente, capazes de superar as muitas dúvidas que se nos tinham agarrado à pele como carraças.

Perguntávamo-nos muito e, como é usança em cabeças não mais do que normais, concluíamos pouco, facto que, só por si, talvez já constituísse uma resposta para os nossos dilemas. Foi, pelo menos, a essa ideia que nos devotámos. Se nada concluíamos, era porque nada deveríamos concluir. Habituei-me, de pequeno, por influência da minha mãe, a confiar no destino: o que vier será melhor, para a frente é que é o caminho, o que não tem solução solucionado está, só há um senhor do nosso destino, estamos nas mãos de deus, estamos entregues, etc. Não deixa, por isso, e a esta distância, de ter a sua graça ver um materialista como Baiôa e um nada como eu – um e outro espelhos de gerações – entregues à divina providência ou a qualquer outra entidade do mesmo tipo. Mas a verdade é que foi isso que aconteceu: decidimos assumir-nos somente como observadores. Ademais, não possuía outro mister a lista do Dr. Bártolo. Ele tinha-a criado como mero exercício clínico e intelectual, sobretudo por conta de uma já muito notória mobilidade reduzida, que lhe confinava as ações à escrita. Deixar a lista ao cuidado de Baiôa não acarretava incumbências nem missões sujeitas a elevado grau de hesitação ética. No fundo, como herdeiro de tudo o que fora pertença do médico, Baiôa não era senão o fiel depositário do seu trabalho científico, do qual, por acaso, era parte integrante uma lista preditiva das mortes das gentes da região. À parte isso, nada lhe fora pedido: nem a criação de um museu ou fundação e menos ainda a salvação de outros seres humanos de uma morte que um dia, provavelmente, sem crer nos indícios da lista do Dr. Bártolo, também acabaria por lhe bater à porta.

Confortáveis com aquela abordagem, iniciámos de modo oficial os trabalhos do Observatório da Morte, como eu chamava ao nosso segredo. Daniel Verdete, Ti Quirino e Chiquinho Suicida eram os próximos, segundo o médico defunto.

80

A morte de Daniel Verdete em cinco desordenados atos

O vómito do cão

Eu nunca tinha visto um cão a vomitar. E o facto é que também não foi nesse dia que assisti a tal espetáculo, mas, quando ouvi aquele bolsar tão diferente do habitual, tinha acabado de passar pela taberna um cão sem uma pata, pelo que, no momento em que o som da regurgitação me entrou pelos ouvidos, o meu cérebro associou uma bizarria à outra.

Saí para a rua de imediato e vi o cão dirigir-se a passo soluçado para os campos. Nada nele ou na calçada indiciava um desarranjo de estômago e já nada se ouvia que pudesse vir das entranhas de ser algum. Ainda persegui o vadio animal – que já me rosnava e fugia de mim, não a sete pés, mas à velocidade possível para um quadrúpede de três pernas – durante umas centenas de metros, movido pela dupla curiosidade de verificar se ele pararia para vomitar de novo, bem como para perceber, a talhe de foice, de que modo, estando diminuído no que concerne à locomoção dianteira, alçaria ele a pata traseira para urinar no tronco de uma árvore ou de qualquer outro objeto que considerasse merecedor de tal ginástica de afirmação genética.

Relembrando tudo isto, percebo que o meu cérebro sempre assim foi – fácil de enganar. Embora estivesse mais do que avisado do estado de Daniel Verdete, apesar de já não ser a primeira vez que o sabia deitar borda fora o vínico sustento, deixei-me excitar com a hipótese que apresentava maior potencial de excentricidade e não vi o que deveria ter visto nem auxiliei quem de auxílio necessitava. Escusado será referir que também não foi naquele dia que me deleitei com um espetáculo – daqueles de que este meu miolo tanto gosta e que, quais injeções de dopamina, me mantiveram feliz em Gorda-e-Feia – de tamanha bizarria, como o que por certo constituiria assistir ao vómito de um pobre cão perneta. Vem isto à colação só para que o leitor saiba de que forma funciona a cabeça do narrador, na eventualidade de eu ainda não o ter tornado claro e caso veja nisso algum interesse. Perdoe-me, se não for o caso. Admito, aliás, que poderia ter começado pelo velório. São vívidas as recordações – como poderiam não ser?

O VELÓRIO DE DANIEL

A CAMISA ERA INCAPAZ de conter a barriga inchada e, por entre os botões, assim como nas mãos, no pescoço e no rosto, via-se uma pele esverdeada, a condizer com a espuma que, de tempos a tempos, lhe saía por uma frinchinha dos lábios mal colados pelos funcionários da agência funerária, bem como pela narina direita. Sempre que tal acontecia, uma mulher grande e gorda com ar de general apressava-se a limpar a boca borbulhante do morto com lenços de papel, que depois deitava num caixote já atafulhado e a tresandar a bílis. Irónica ligação, a que se estabeleceu na vida deste homem, entre o começo, como Daniel Barras Verdete, assim ficou para sempre identificado no registo, e o final, com o rosto esverdeado.

A dada altura, a boca do defunto abriu-se um pouco mais, como uma cratera que se prepara para a erupção, e os senhores da funerária pediram aos presentes para abandonarem momentaneamente a sala, se não fosse incómodo, para restabelecerem a normalidade e devolverem àquele nosso irmão a dignidade devida. Entre dentes, Zé Patife deu-me conta de uma singularidade que, mais tarde, com Baiôa, confirmei nos escritos do Dr. Bártolo. Além da dentição completa, graúda e disforme, fiquei a saber que aquele homem guardava no interior da boca um segredo: dezasseis dentes extra, muito pequenos e redondinhos, alojados no céu da boca, que toda a vida lhe causaram problemas que procurava resolver no Dr. Figueiredo da Nóvoa, um dentista afamado de Évora. Zé Patife defendia que o apego que Daniel Verdete tinha ao álcool não era mais do que uma forma de procurar alívio tópico para as dores de que por certo padecia à conta daquela dentição múltipla. Ele próprio, por vezes, tinha muitas dores de dentes, talvez até piores do que as do Daniel, muito piores. Mas o álcool desinfeta tudo, mata tudo, dizia.

O que eu queria era chegar à causa e ao momento da morte de Daniel Verdete. Perdoem-me os mais sensíveis, bem sei que é de mau tom insistir no universo da regurgitação, mas não há outro modo de fazer isto. Sucede que lembrar este homem é sobretudo falar daquela imensa boca, princípio e fim de tudo para ele. É uma inevitabilidade.

A história precisa, portanto, de ser contada. É estranho afirmá-lo – por, como na absoluta maioria das pessoas, ter acontecido apenas uma vez –, mas a morte de Daniel Verdete não foi mais do que uma repetição fatal de vários episódios menos consequentes ocorridos com o próprio. O que deles a distinguiu, como tantas vezes sucede também, foi justamente o final. Tal como ocorre com as mentiras, um desfalecimento mil vezes repetido certo dia torna--se derradeiro, resulta em morte. Os ensaios tendem muito para isso: com o aumento da frequência, cresce também a eficácia na execução. Com Daniel Verdete, não foi diferente: tanto ensaiou o apagão, que um dia ele se deu mesmo; primeiro aos soluços, depois de vez. Zás. Foi-se.

O Dr. Bártolo tinha acertado de novo.

O PRINCÍPIO DA TRANSPARÊNCIA

LEMBRO-ME DE, PELA PRIMEIRA vez, o ver vomitar. Apoiado num muro, bailava embalado por um vento que soprava só para ele. No dia seguinte, ao passar pelo local (não fui lá de propósito, quero salientar), dei com uma mancha bordeaux no muro e, escorrida para a terra, via-se uma papa espumosa da mesma cor, na qual identifiquei alguns grãozitos de arroz. Da segunda vez que o encontrei, vi um homem deitado no caminho. Aproximei-me. Estava sujo e com ar embriagado. Perguntei-lhe o nome e respondeu Carlos Lopes. Não tinha ar de atleta, mas instantes depois vomitava quantidades olímpicas.

Então, tal como agora, ter-me-ei posto a pensar: quanto vinho terá engolido aquela boca até ao último dia? Quanto vinho aguenta uma boca? Essa boca contraditória, que tanto beija como escarra, essa boca que come mas também vomita. Quanto vinho? No corpo, as mesmas vias que excrescem também oferecem o júbilo. Quanto vinho? O que terá querido dizer-nos a natureza, ao juntar em nós o imundo e o celestial? No livro do Dr. Bártolo, encontrei o que a propósito de outras vias também se aplica a estas: a partilha de caminhos parece assumir a forma de aviso – ao tomar consciência da própria natureza dual, da dimensão dialética que se estabelece em si, terreno neutro mas fértil tanto para o bem como para o mal, e com a purga a meio caminho, o indivíduo fica alerta para a mais profunda verdade da condição humana.

Como referi, a morte já a tinha previsto o Dr. Bártolo para aquela data, profundo sabedor de que dentro de Daniel Verdete há muito se havia instalado o princípio do fim. Em rigor, a data de morte era a única coisa em falta, porque quem o visse com olhos de ver poucas dúvidas teria de que não estivesse para breve. Acontece que – e descontam-se aqui as cegueiras diagnosticadas – nem todos os olhos estão em condições de ver e que a capacidade definida por tal verbo depende sempre de muito mais pressupostos que não apenas os da saúde ocular. Neste caso, tudo dependia da forma como se olhasse para Daniel Verdete.

Todos lhe criticavam a vagabundagem, mas não o apego excessivo ao vinho. Vagabundo, nem pensar; bêbedo, tudo bem, era uma coisa dos homens. Creio, porém, que todos olhávamos para Daniel com um misto de desprezo e de ternura, ainda que por norma uma dessas dimensões se sobrepusesse à outra. Chamemos-lhe princípio da transparência e aceitemos como postulado que para todas as pessoas podemos olhar: a) trespassando-as, por nada nelas atrair o nosso interesse; b) pousando nelas a vista e reparando nas respetivas particularidades; c) vendo-nos refletidos nelas, como se fossem espelhos. Assim, creio que o desprezo a que por vezes votávamos Daniel Verdete tinha que ver com uma certa transparência da sua figura – olhá-lo era ver um desgraçado que não teve nem tino nem força para se aguentar –, pelo que nem sempre os olhos se detinham nele – atravessavam-no como se fosse vidro ou, no limite, nevoeiro fino. A compaixão surgia nos momentos extremos: quando Daniel Verdete dava mostras muito evidentes da péssima condição em que se encontrava, tal manifestação tornava-se uma capacidade de refletir, para o olhar dos mais despertos, a pouca distância que os separava. Estou em crer que poucas vezes algum de nós se tenha preocupado com o que de facto aquele homem era ou tinha de seu para além de uma sede sem freio. Nem no dia do enterro tal se verificou, pois os homens mais conscientes só nele viam um reflexo daquilo em que eles próprios poderiam vir a tornar-se e os homens menos atentos continuavam a trespassá-lo com o olhar, como se fosse transparente, um desgraçado caído em desgraças nas quais, como se sabe, só os outros caem. Nem as mulheres, por norma tão mais perspicazes ou sóbrias, atentaram no homem ali estendido. Temerosas, viam espelhadas no rosto de Daniel Verdete as caras dos próprios maridos, tão amigos de beber, que deus os protegesse.

Sopa de grelo de cebolo

Na taberna, Daniel Verdete era como um fantasma. Estava sempre lá para o fundo, sozinho. De quando em vez, dizia qualquer coisa difícil de entender. Deixávamo-lo estar. No máximo, com um encolher de ombros, alguém dizia: é o Daniel. E continuávamos a conversar. Nem sequer lhe servia um ditado que a minha avó usava muito: o parvo calado de sábio é reputado. Talvez tenha sido por isso, por ser vítima de tão evidente desprezo, que passei a prestar-lhe alguma atenção. Ele calava-se e bebia, para, logo a seguir, às escondidas, mas debaixo do conhecimento conivente e piedoso de todos, ir vomitar à casa de banho, como uma máquina de tabaco que pede moedas e logo depois de as receber as cospe em rejeição. Estava no final, uma combinação de cancro e de cirrose levá-lo-ia em breve. Todos o sabíamos. Desaparecia a meio da tarde e reaparecia depois da novela que antecedia as notícias, altura em que a mulher se agarrava ao telefone para falar com a irmã emigrada na Suíça. Desde a morte do Dr. Bártolo, e tal como todos, era seguido no centro de saúde. Derrotada pelo ar esverdeado do homem que não havia jeito de parar de beber, a Dra. Aida dera-o como caso perdido, na conversa tida com a mulher do condenado, nascida Idalina Maria de Jesus Pereira dos Santos. Mais valia deixá-lo beber. Não duraria mais se abandonasse o vinho naquela fase. A Idalina, nem a proximidade evidente aos Santos, ou maior ainda a Jesus, ou sequer a geminação com Maria, lhe valeu. Aliás, por essa altura, e tal como previsto nos escritos do médico, principiaram a surgir-lhe várias excrescências pouco habituais na anatomia de um ser humano. Começavam por assemelhar-se a cravos, mas rapidamente adquiriam formas maiores e uma tonalidade mais escura. Apareciam por todo o corpo e, confesso, originavam uma certa repulsa. Temíamos que estivesse tomado pela peste. Felizmente, dentro da taberna, com o adiantar da hora, pouco se via, para além do curto e diáfano manto moldado pelo álcool. Lá dentro, naquela altura como noutras, medía-mos a sede sem limites uns dos outros. Em casa, confidenciou-me mais tarde, Idalina pensava em matar-se, engolindo muitos daqueles comprimidos que a Dra. Aida lhe dera para a depressão, mas continha-se quando pensava no que haveria de ser do marido, se se visse sozinho.

Poucos motivos como a viuvez levam os pescoços dos homens a cordas, mas poucas desgraças fazem mais viúvas do que o álcool. Daniel Barras Verdete foi a enterrar a 30 de junho, apenas quatro dias depois da primeira data alvitrada pelo Dr. Bártolo. Guardo boas memórias dele. Quando, a dado momento, dissemos na taberna que preparávamos o carro para subir às beiras, Daniel Verdete, que fizera a tropa em Viseu, abriu os lábios lentamente – re-velando uma caverna escura, na qual dois fios de baba espessa, mais grossos no início e depois cada vez mais estreitos até se quebrarem, se assemelhavam a estalactites e a estalagmites – e disse: há um restaurante em Barbeita, na estrada que vai para Mangualde, antes de chegar Santos Evos, que tem na ementa, entre os pratos de carne e de peixe, sopa de grelo de cebolo. Está lá mesmo escrito! No menu, no meio dos pratos de carne e de peixe. Sopa de grelo de ce-bo-lo. Num restaurante em Barbeita. Está lá mesmo escrito. Sopa de grelo de senhora. Está lá mesmo escrito. Tomámos nota da sugestão, sem dúvida digna do melhor guia gastronómico, mas nem era preciso. De cada vez que eu entrava na taberna, e ele passava lá os dias desde que, por já não atinar com o serviço na oficina, o patrão o tinha mandado para casa, Daniel dizia-me: não te esqueças! Há um restaurante em Barbeita, ali na estrada que vai para Mangualde, antes de chegar a Santos Evos, que tem no menu, lá no meio dos pratos de carne e de peixe, sopa de grelo de cebolo. Vem lá mesmo escrito! Sopa de grelo de cebolo. Sabes como é o grelo do cebolo? Eles lá fazem sopa daquilo. E vem mesmo escrito na ementa: sopa de grelo de senhora.

De novo o vómito, enfim a morte

É ESPANTOSA A CAPACIDADE que certas pessoas têm de fazer de maneira dife-rente coisas que toda a gente faz do mesmo modo. Quem vomitava, como se em vez de pessoa fosse cão, percebi mais tarde, era Daniel Verdete. Morreu sozinho, como sempre estava na taberna, homem transparente ou refletor.

O cenário era idílico ao longe: estava deitado debaixo da única nogueira da aldeia. Quando regressei da perseguição ao cão de três patas e me aproximei, vi-o encostado à árvore. Acerquei-me mais e, perante a gravidade da situação, gritei por Baiôa. A nogueira tinha o tronco coberto por uma mancha avermelhada. Tentámos acordá-lo, Adelino acorreu também, mas Daniel já tinha as mãos e o rosto frios. Senti culpa. Eu a levá-lo à casa de banho, a regressar à mesa dos meus companheiros e, minutos depois, sem que eu notasse, os passos arrastados do costume conduziram-no até ao exterior, para, sentado à sombra, respirar outro ar, até que foi a morte a levá-lo dali. E eu a perseguir um cão perneta, pensando vê-lo vomitar.

Uma desnecessária autópsia confirmou o que para todos ficou de imediato evidente: Daniel morrera asfixiado no próprio vómito. O povo disse que era morte por desventura.

81

A MORTE DO TI QUIRINO

NO MESMO CAMPO EM que uma derrota anímica irrompera terra fora, impondo-se como um eucalipto que cresce vigoroso e seca tudo à volta, uma vitória ética se deu, sem que o próprio terreno se apercebesse do florescer da referida planta. A crença na individualidade enquanto forma de definição do futuro era modo de ser daquele homem. Na hora da morte, o Ti Quirino recusou-se a prescindir do livre-arbítrio, da vontade sua e de mais ninguém, porque deus nenhum, nem doença alguma tinha o direito de dizer-lhe se e quando deveria partir e muito menos para onde.

Quando pela primeira vez vi Baiôa ler o jornal ao Ti Quirino, longe estava de imaginar o passado que aquele corpo guardava. Conjeturava, isso sim, e com detalhe, que aquela seria a última vez. Que diabo, o homem tinha quase cem anos, estava cego, mirrado e queixava-se de dores fortes nas articulações. É certo que se animava ouvindo rádio e, sobretudo, com a leitura das notícias ao vivo na taberna. Júlia Pinheiro atacada por alentejanos em Ponte de Sôr, lia devagar e bem alto Baiôa, de revista aberta. E, durante pelo menos uma hora, lia notícias que cuidadosamente selecionava de acordo com o que lhe pareciam ser os ânimos diários do seu atento ouvinte.

O Ti Quirino, que quando cheguei a Gorda-e-Feia tinha noventa e seis anos, guardava da vida uma única tristeza: a de não saber ler. Dera a volta ao mundo entre os vinte e os vinte e três anos, numa altura em que passar fronteiras era um desafio à astúcia e à retórica e deixando a mãe a julgá-lo morto, mulher que se tornou crente somente no dia em que o filho, magro e queimado por diferentes sóis, lhe apareceu de novo na aldeia, dando verdade à bíblica história da ressurreição. Muito cresceu o jovem Quirino nessas aventuras, sem saber ler nem escrever, mas de olhos bem abertos. Foi sempre isso que lhe valeu, até à traição das cataratas, motivo pelo qual de pouco lhe serviria naquela fase possuir a faculdade da leitura. Duas vezes fora operado às vistas e tinha-as, todos o sabiam, à força de tanto o ouvirem, piores do que o chapéu de um pobre. Isto escutando, Zé Patife de imediato reclamava também um pouco de doença ocular: eu também não estou nada bem dos olhos. A doutora até já me disse que eu tenho demasiada tensão ocular e que posso ficar cego a qualquer momento. Ela diz que é muita tensão ocular, muitíssima tensão.

Ao Ti Quirino interessavam sobretudo as notícias dos amores e desamores dos famosos. Sofria da tantas vezes incurável e terrível doença que é o luto. Animavam-no também, que claro fique, as notícias da bola. Deixou de querer saber de política quando Cunhal e Soares se desentenderam. Precisava também de ajuda para ir à casa de banho e rapidamente fiquei a saber que, por ser eu o mais novo, era a mim que me cabia auxiliá-lo, por mais que preferisse não o fazer.

Por sorte, o Ti Quirino não ia todos os dias à taberna. Aparecia somente quando o neto, Eurico, que trabalhava numa bomba de gasolina um pouco longe dali, estava de folga e o podia trazer da vila até à aldeia no seu Seat Ibiza tunning, no qual se gabava de já ter investido mais de dezassete mil euros.

O fim do Ti Quirino estava próximo e, mais do que uma vez, Adelino teve de lhe emprestar umas calças. Tinha várias num baú cheio de roupa que pertencera ao pai, Raúl, o Rapa-Caveiras, que toda a vida morara nas traseiras do seu polivalente estabelecimento comercial. Adelino era um bom homem. Tinha, a meu ver, um único defeito. Um defeito enormíssimo. Além da voz de sacristia, claro. Sempre que servia ao cliente aquilo que ele, segundos antes, havia pedido, perguntava: simplesmente? Era insuportável. Ainda me lembro da primeira vez que o fez. Coçou a virilha, ou os tomates, pelo menos era o que parecia, dado que havia um balcão entre nós, e perguntou: simplesmente? Que irritante! Que raio de pergunta era aquela? Onde é que já se vira perguntar: simplesmente?

A mulher, a barbeira, fora enfermeira durante quarenta anos. Já a sua mãe e a sua avó haviam sido parteiras. Uma e outra trouxeram a este admirável mundo a maioria dos poucos que aqui moram ou moraram durante as últimas décadas, incluindo o Ti Quirino.

Noventa e sete anos depois, chegado à ponta oposta da vida, sentiu que era hora de partir. Certo dia, disse-me: em Portugal, morre-se mal. Voltávamos da casa de banho, quando acrescentou: tomara eu poder morrer noutro lugar. Meia hora mais tarde, tornámos ao urinol e, quando eu fechava a porta, o Ti Quirino deteve-a e disse-me, baixinho: à medida que as forças diminuem, aumenta a dependência e decai também a dignidade. Quando perceber que começo a deixar de ter forças para assegurar a minha dignidade, o meu final estará verdadeiramente por um fio. E depois fechou a porta. Não estava nada debilitado do juízo, percebi. Só o corpo o atraiçoava.

Faltavam cinco dias para a data registada a tinta azul na incompleta obra do Dr. Bártolo, e o Ti Quirino aproveitava os momentos em que eu o levava pelo braço a urinar para me confidenciar os seus derradeiros pensamentos. Regressado à mesa e ao convívio dos demais, apertada a bengala debaixo da palma da mão esquerda, e segurando o copo com a direita, falava do mundo que tinha conhecido: do deserto e dos crocodilos enormes da Mauritânia, dos nevões de janeiro em Varsóvia, do brilho e do encanto da torre, em Paris, ou da mais linda mulher do mundo, que viu em São Miguel de Tucumã, na Argentina. Com frequência lembrava Vieira: para nascer, Portugal. Para morrer, o mundo. Como conhecia ele aquilo, sem saber ler, é coisa que ainda hoje me intriga.

Quando da vez seguinte nos levantámos, ele deteve-se mesmo antes de chegar ao destino e pediu-me para o ir buscar a casa nos restantes dias da semana, porque o neto estaria a trabalhar de manhã. Nesses seus últimos quatro dias, descarregou histórias. Nem sei como é que tinha para elas tanto fôlego. Se as não contar a quem é jovem, perdem-se, argumentava. E eu também hei de escrevê-las, a fim de cumprir o desejo do Ti Quirino.

Na véspera do dia que o Dr. Bártolo previra como o da sua morte, que coincidiu com a véspera do dia que de facto veio a confirmar-se como o da sua morte, falou-me de uma azinheira que ficava por trás da sua casa. Era uma árvore antiga, junto da qual costumava brincar em criança com uma irmã que morreu tuberculosa antes de completar sete anos. E eu, que nem me considero especialmente esperto, vi o filme todo, caro leitor. Era a véspera da data da morte anunciada nos escritos do médico vidente e eu fumava mais do que nunca – um maço já não me chegava para um dia – e voltara até a roer as unhas, coisa que não fazia desde os doze anos, altura em que, a muito custo, conseguira deixar o vício aliciado pela oferta de uma bicicleta por parte da minha mãe. O Ti Quirino ia suicidar-se e eu não aguentava saber e nada fazer.

280 Rui Couceiro

Baiôa lembrava-me de que não era o nosso papel evitar mortes e eu concordava que, sobretudo num caso em que era o próprio a querer morrer, menos correto ainda seria intervir. Mas custava-me. Mentiria se dissesse o contrário. Agravando o meu estado de ansiedade, na véspera da sua morte, despediu-se de mim pedindo que não o fosse buscar na manhã seguinte. Afinal, decidira ficar a descansar em casa, porque se sentia muito cansado, e se mudasse de opinião chamaria o neto para o levar ao convívio dos restantes camaradas. Sem dizer nada a Baiôa, mal principiou a amanhecer, plantei-me a uma distância que me permitia ver a azinheira e a porta de alumínio que dava para o quintal. O dia acordara cinzento e fresco, lembro-me bem. Esperei duas horas, até que Baiôa me telefonou. Tentei atender, mas a rede era fraca e pouco conseguia ouvir ou dizer. Ainda assim, ele dirigiu-se à vila e apareceu minutos antes de ouvirmos um grito de mulher. Entrámos em casa do Ti Quirino. De mãos no peito, a filha do morto nem nos olhou. Apenas dizia: meu rico pai, meu rico pai, meu rico paizinho. Depois, Josefa abraçou as pernas de Quirino Cabo Escoval, pendurado pelo pescoço numa trave do telhado.

Perto dos cem, fintou-nos a todos. A mim, varreu-me para junto de uma árvore. À filha, jovem viúva de setenta e dois anos, driblou-a com facilidade: sabia que tomava comprimidos para dormir e que, ao contrário do ruído, só a luz – da qual não precisava para se pendurar – a despertava do sono pesado. Deixou-lhe a casa que já fora dos seus pais e algum dinheiro em certificados de aforro. Ao neto, deixou um colchão recheado de notas, que Eurico – um fulano baixote que cheirava a gasolina – com todo o amor aplicou na nobre arte do tunning.

Se até aí eu não estava totalmente desfardado do meu ceticismo, o rigor da previsão do Dr. Bártolo sobre esta morte autoinfligida impressionou-me muito. O Ti Quirino foi-se na data marcada. E eu, aos poucos, porque mais haveriam de morrer assim, fui percebendo como funcionavam as coisas por ali. Aquela era gente que desde cedo afeiçoava as ideias às cordas, as mesmas às quais haveriam de dar os pescoços. O Ti Quirino foi-se na data marcada. Bendito seja o senhor na sua infinita misericórdia, diria a Ti Zulmira, que deus a tenha. Josefa, a filha, mandara gravar na campa feita em mármore de Estremoz: Eterno viajante, passou alegre pela vida, plantou esperanças e cultivou amizades, partiu em silêncio e no escuro, com a bondade de quem muito ama os seus.

Fora-se Daniel Verdete, pendurara-se o Ti Quirino, outras mortes estariam para breve, sabíamo-lo bem, e o único que parecia não querer morrer era justamente Chiquinho Suicida.

82

O incrível caso do Benzodiazepinas

Logo de começo, precavi quem me lê de que desatou tudo a morrer; por ser verdade, permita-me o leitor menos apressado que, em meia dúzia de páginas, partilhe com ele mais uma breve história que termina como as demais e à qual poderíamos chamar O Incrível Caso de Alberto, se toda a gente não o conhecesse por Benzodiazepinas.

83

Papeizinhos e anotações

Nunca o conheci, e digo-o com aquela tristeza que nos acomete quando, ao longo da vida, nos referimos a um avô cuja morte chegou antes do nosso nascimento e de quem, por esse motivo, só ouvimos falar. Aquilo que aqui deixarei é, portanto, tão-somente o que me foi contado – sobretudo por Zé Patife.

Ao contrário de outros, é incontroverso o facto de, um dia, aqui ter chegado, vinda de Lisboa, uma equipa altamente apetrechada com a mais sofisticada maquinaria tecnológica de filmagem, a fim de gravar, para uma marca de blocos de notas, um anúncio publicitário em casa de um dos habitantes da aldeia.

Ao que parece, semanas antes, havia morrido um homem que incessantemente tomava notas nas mãos, em papeizinhos autocolantes, em agendas, guardanapos, pedaços de jornal ou revista e em tudo o que fosse papel. Não anotava ideias, nem poemas, mas todas as tarefas do dia a dia – da mais corriqueira à de maior importância. Fazia-o, está bom de ver, para não se esquecer. Mas não só: também registava a sua vida num diário, para não se esquecer. E escrevia num grande caderno todos os factos, históricos ou não, de que se lembrava. Para não se esquecer. Nos bolsos de todos os casacos e nas mesas de todas as divisões tinha blocos de notas. Era um homem daqueles que se diz valerem por dois. Tinha papel sempre à mão.

Nas paredes de cada um dos estreitos compartimentos da casinha que habitava, havia papel de cenário na parede da sala e alguns pequenos quadros de lousa para qualquer anotação urgente. Engana-se, porém, quem pensar que os seus escritos estavam meticulosamente organizados. Uns e outros, os deixados no papel de cenário e os feitos nos quadros, por exemplo, não aparentavam possuir qualquer tipo de organização. Quem os olhasse, veria superfícies caoticamente rabiscadas com utensílios sem dúvida próprios para a escrita, mas cuja cor da tinta e grossura do traço pareciam ter sido escolhidas para acentuar a desordem. E, se havia anotações que se percebia terem sido feitas à pressa, antes que a lembrança fugisse, outras foram escritas com calma e até com diferentes cores, como as crianças gostam de fazer quando aprendem as letras e ainda não entendem que os adultos gostam de, com uma só cor, dar unidade formal àquilo que está ligado pelo sentido.

À porta de casa, segundo me disseram, havia sempre um saco de supermercado cheio de blocos de notas com marcas de medicamentos, aparentando chegada recente. Em todos os espaços visíveis, salvadores pedaços de jornal rabiscados ou oportunos guardanapos anotados.

Está o leitor a ver aqueles papeizinhos amarelos, com uma banda autocolante no verso, que descolamos de um bloquinho, para depois os colarmos seja onde for, em jeito de lembretes? Pois bem, no caso em apreço, é decerto mais correto empregar a coloquial expressão em tudo quanto é lado, para designar o uso intensivo que era dado por este indivíduo aos referidos papéis. Isto, claro, se elevarmos ao expoente máximo tal expressão e levarmos a sério a seguinte imagem: uma casa, atafulhada de tralhas infindas, cujas paredes e as próprias tralhas estão quase integralmente forradas por tais papeizinhos, uns ainda bem fluorescentes, outros de cor já mais desmaiada, outros ainda com ela já francamente abatida. Colados ou caídos, dispersos ou enturmados, os sempre úteis papeizinhos amarelos brilhavam por todo o lado, dando forma a uma singular necessidade de responder com ordem a inquietações metafísicas relativas ao caos.

Deste homem, cuja casa uma marca de blocos de notas terá filmado com autorização dos herdeiros, se diz ainda que parte das economias gastava-as num cofre de um banco em que colocava volumes fotocopiados dos seus registos anuais, que semanalmente ia policopiar a uma papelaria de Safara, o que desde sempre me levou a perguntar-me onde estariam depositados os originais.

84

UMA INCRÍVEL SUCESSÃO DE ACONTECIMENTOS

APROXIMEMO-NOS AGORA DA TRÁGICA morte de Alberto, mas não o façamos sem antes dizer que benzodiazepinas era a palavra preferida deste homem. Também não estamos a querer estabelecer qualquer relação entre a referida mas ainda não explicada morte e esse tipo de fármacos, até porque, se nem o Dr. Bártolo nem as competentes autoridades a encontraram, não seríamos nós a consegui--lo. Em todo o caso, será para o leitor pelo menos uma experiência nova imaginar um homem a dizer benzodiazepinas em cada frase, como se de pontuação se tratasse: benzodiazepinas vou então à venda buscar um quilo de arroz benzodiazepinas, está bem?

Regressando à meada da morte, que já se disse ter sido trágica, mas ainda tem muito fio para dar, esclareço que Alberto era um grande fã de ciclismo. Acompanhava as principais provas velocipédicas nacionais e, desse modo, não era raro encontrá-lo, dias ou horas antes, de trincha na mão, a escrever no macadame ou no asfalto o nome dos seus corredores prediletos. Como não poderia deixar de ser, não pintava na estrada apenas o nome dos seus ídolos, antes os fazia sempre acompanhar por uma palavra que se tornou, no meio velocipédico nacional, uma das mais conhecidas alcunhas – e alguns dos que leem este texto certamente o poderão confirmar. No dia em que morreu, corria-se a Volta ao Algarve e, poucos minutos antes de passar o pelotão, e apesar dos avisos da mulher alertando-o para a chegada dos corredores, Alberto decidiu registar no asfalto um incentivo de última hora ao seu ciclista favorito.

Começou aí toda a tragédia. No dia 22 de fevereiro de 2014, Dia Europeu da Vítima de Crime, precisamente às dezasseis horas, treze minutos e onze segundos, Alberto Isidro Gorjão, o Benzodiazepinas, não foi vítima de crime algum, mas viu-se no meio de uma incrível sucessão de acontecimentos. Um pássaro, provavelmente desnorteado com a agitação instalada numa zona que era mais sua do que daqueles foliões aficionados das duas rodas, ou por outra razão qualquer, um pássaro de porte bastante razoável – houve quem dissesse que era uma pomba, outros falaram numa águia, os mais exagerados juraram ter visto uma cegonha, mas houve quem referisse alguns corvos e até um morcego (estranha ave) – terá chocado com a nuca de Alberto, que se assustou e desequilibrou, tendo caído para o lado esquerdo. Nesse exato momento, passava, de bicicleta, um ciclista amador, desses que seguem as provas montados nas próprias máquinas de corrida e equipados à profissional, que não conseguiu desviar-se a tempo e deu um coice com a roda da frente na região lombar do desamparado Benzodiazepinas. A zona era de subida, pelo que, embora o ciclista não seguisse a grande velocidade, não é difícil perceber que um encontrão de bicicleta, aplicado no dorso de um indivíduo desequilibrado, mesmo à face de uma estrada estreita e de montanha, tenha doído só de ver e sido suficiente para que o atingido rebolasse ribanceira abaixo. Quem também viu tal acidente foi a mulher de Alberto – os amigos, um pouco mais adiante, só reconheceram a voz dele a gritar um palavrão, seguido de benzodiazepinas –, que se precipitou heroicamente para a berma e se jogou para o desconhecido, encosta abaixo, para deitar a mão ao marido, presumimos, ou num ato de solidariedade que só o amor possibilita. Tenha sido para sofrerem os dois juntos, para o salvar ou até para não ter de sofrer a morte dele, morrendo também, certo é que o salto da mulher de Alberto não era assim tão perigoso, uma vez que a queda e as cambalhotas nunca lhe infligiriam mais do que uns quantos ossos partidos. Dadas as características do terreno, pouco pedregoso, só fruto de uma azarada combinação de fatores um mergulho daqueles provocaria a morte – qualquer pessoa o diria. Portanto, também a queda de Alberto não seria, à partida para tão trágica corrida, um sprint para a morte.

Mas foi. Ia Alberto a rebolar, consciente apenas de que estava perdido, talvez com vontade de o deixar por escrito, e a mulher atrás, às cambalhotas, tentado deitar-lhe a mão, quando, na estrada, vinte ou trinta metros acima, começa um burburinho e de repente gritos assinalando a queda vertiginosa de um poste de eletricidade, que embate num furgão estacionado na berma, de lado para o barranco, fazendo-o resvalar e depois rebolar, desgovernado, na direção em que, presumiu de imediato quem assistiu, o Benzodiazepinas e a mulher iriam parar. Tudo isto aconteceu muito depressa e, talvez por isso, à primeira, ninguém tenha percebido que a única grande pedra que se via naquele espaço estava precisamente na frente do veículo desgovernado. O embate acontece, a pedra pouco mexe, mas tomba a árvore – por ironia, a única de dimensões consideráveis por ali – que havia crescido no seu resguardo. O tronco precipita-se sobre marido e mulher, já enrolados num rebolar conjunto (tudo isto acontece, note-se, em poucos segundos). O acaso, ainda a gostar do jogo cujos dados havia lançado instantes atrás, quando um homem pintava o chão de uma estrada, fá-lo acertar em cheio na cabeça de Alberto, cujo corpo prensou contra a terra, num movimento seco e eficaz, se era eficácia o que pretendia a morte sua mandante neste caso. A mulher, inconsciente, ficou estendida ao lado do pinheiro sob o qual jazia já o seu falecido marido.

Rádios relataram quase em direto, televisões reconstituíram com a ajuda de testemunhas oculares ou apenas de ouvido, para espanto do país, o incrível e trágico acontecimento. Jornais dissecaram utilizando infografias das mais modernas e citando especialistas em fenomenologia, física, astronomia, psicologia, filosofia, sociologia, criminologia, aeronáutica, biologia, observação de aves, automobilismo, desporto em geral, ciclismo em particular, mortes estranhas, assassinatos invulgares, direito, seguros e até comentadores especialistas em comentar tudo em geral e nada em particular. E eu, admito, tenho uma certa pena de não ter assistido e aproveitado para filmar com o telemóvel – o vídeo correria o mundo nas redes sociais!

Agripina, assim se chamava a mulher do recém-falecido Benzodiazepinas, pediu socorro e tentou erguer-se com a ajuda do braço direito, que diferia do esquerdo no facto de não estar partido. Ao mesmo tempo pensava na falta que lhe iria fazer aquele braço – mulher de ideias organizadas, as coisas corriqueiras não deixaram de lhe passar pela cabeça. Era canhota e apanhou por isso em miúda. Não na escola, porque não a frequentou, mas no trabalho. Começou como ajudante de costureira, sem ganhar tostão, aparte os açoites bem fortes, que me obrigam a dizer que não ia para casa sem levar alguma coisa. Levava mesmo. Quando era vista a cortar tecido com a mão esquerda, os clientes apenas reparavam que pegava na tesoura de forma estranha. Não notavam, sequer, que aqueles instrumentos eram feitos para os destros e que, portanto, os canhotos tinham de se desenvencilhar, para conseguirem fazer o trabalho bem feito. Legitimamente, poder-se-á perguntar pela pertinência destas últimas linhas. A essa pergunta, responderei que elas pretendem apenas demonstrar que há quem já nasça desgraçado (neste caso por um nome, porque na verdade ninguém deveria ser obrigado a chamar-se Agripina), quem cresça em desgraça (a apanhar porrada, afirmemo-lo sem rodeios) e quem desgraçado fique na idade adulta (como ela ficou quando, em apenas alguns segundos, perdeu o marido e a saúde física, fruto de múltiplas fraturas que demoraram a sarar). O pior de tudo é que há ainda quem – talvez por ter nascido de pés para o mundo, se calhar rejeitando-o – caia na desgraça maior de viver todas as menores, qual gula do terror, numa só vida.

Outros casos houve – um ou dois – em que a própria morte foi ludibriada; e não será desprovido de interesse relatar um deles.

85

Chiquinho suicida

A PRIMAVERA CHEGOU NO final de fevereiro. A nevoagem pesada descampou e, nas janelas, teias de geada deixaram de esconder as manhãs. São dessa altura as primeiras memórias que tenho de um homenzinho que, na vila, não havendo já chuva nem frio, passava os dias sentado no degrau da porta da própria casa, enfeitado com tubos que desciam das orelhas até ao nariz. Ao lado dele, sentava uma maquineta do tamanho de uma embalagem de detergente da roupa, ou pouco maior, na qual se destacava um cilindro transparente com uma espécie de fole no interior, que saltava quando ele tossia, mas que, providencialmente e a compasso, lhe injetava ar para dentro.

Ar. Ar. Ar. Ar.

Perdoem-me, mas, de cada vez que o via, eu não conseguia evitar imaginar a carga da bateria da geringonça a acabar de repente e o velho Chiquinho a arrastar-se em angústia de soldado ferido até à tomada mais próxima, tentando desesperadamente reabastecer de energia o seu pulmão artificial.

E, se esse cenário me parecia divertido, porventura por não ser real, o facto é que nunca me habituei a vê-lo, como frequentemente via, sem os tubos a penetrarem-lhe no nariz. Várias vezes ao dia, Chiquinho desligava a máquina e retirava os tubinhos do rosto. Mas não se afastava da sua companhia vital, que nesses momentos descansava a seu lado, enquanto ele, calmamente, fumava um SG Ventil sem ser incomodado pelo ritmado aviso da doença. Chiquinho convivia com o assassino e com o salvador em menos de um metro quadrado. Quando terminava o cigarro e esmagava a beata contra o chão, voltava a prender os tubinhos nas orelhas, como se de auscultadores se tratasse, e, nelas suportados, devolvia-os ao nariz, como quem busca uma indulgência. Da primeira vez que o vi cumprir tal ritual, passei secretamente a chamar-lhe Chiquinho Suicida.

86

A DOENÇA MORTAL DE CHIQUINHO SUICIDA

NÃO CHEGAVA A SER metro e meio de gente. Mediria, talvez, um metro e quarenta e cinco – na mais otimista das hipóteses. Talvez seja, contudo, desadequado falar em otimismo neste contexto e valorizar – como é comum fazer-se – a possibilidade de ele ter mais uns centímetros do que na realidade. Ter uma estatura superior poderia, na verdade, ter significado a morte de Chiquinho. Analisados todos os dados que, de momento, tenho ao meu dispor, uns do Instituto Português de Oncologia, outros do Dr. Bártolo, tudo parece indicar que foi a sua pequenez – e este é um dos casos que naquela aldeia mais me fascinam – a mantê-lo vivo, pelo menos, até à data em que escrevo este relato.

Como referi, num ano em que o frio se aquartelara na região e parecia estar para ficar, a chegada de surpresa da primavera – apanhando desprevenido o próprio inverno, que sem aviso se viu obrigado a partir para outras paragens – expulsou um nevoeiro persistente e não só fez explodir flores e verde pelos campos, como também – e sem rebentamentos, felizmente – devolveu Chiquinho Suicida e a sua maquineta ao degrau da casita que habitavam na vila.

Aquele homem pequenino constituía um caso muito interessante. Li na internet que, nos suicidas – e nos deprimidos em geral, porque a maioria dos primeiros integra também o grupo dos segundos – a esperança é a primeira a morrer. Depois, perdem-se mais algumas coisas, como a confiança e a autoestima, até à efetiva morte autoinfligida. Chiquinho Suicida, percebi mais tarde, não carece de nenhum desses condimentos existenciais. Demonstra absoluta paz com a existência e uma incomum capacidade de aceitação das limitações impostas. Cheguei a achar que era crente, mas a Ti Zulmira rapidamente me desenganou, dado que nunca lhe conhecera visita à igreja ou ligação ao altíssimo – e ela sabia muito bem quem é que nos funerais fazia o sinal da cruz.

No mapa de mortes anunciadas, e apesar de ambos serem homens fragilizados pelas próprias circunstâncias, Chiquinho Suicida contrastava enormemente com o Ti Quirino. Este último possuía duas certezas que, vistas assim, postas lado a lado numa mesa ou neste papel, se revelavam sobremaneira antagónicas: por um lado, gostaria de continuar a viver, caso o seu estado de saúde pudesse tomar outro rumo; no entanto, via-se como dono da própria existência, sabia que não era dela um mero usufrutuário. Não tinha, como um arrendatário que encontra casa, assinado contrato para ser inquilino daquele corpo – ou da vida. Por isso, podia fazer com ela o que entendesse melhor para ele próprio. Mesmo que o melhor significasse pendurar-se pelo pescoço, deixando assim, conscientemente, de ser ele e passando a ser nada senão uma memória na cabeça dos que ficam. Nem precisava, para tanto, da faculdade da visão, como atrás percebemos. Fazer uma laçada é coisa que se aprende na meninice e dar o pescoço à corda não é mais difícil do que pôr uma gravata em dia de casamento. Para uma cadeira sobe-se sem dificuldade de maior, não é preciso olhos sãos, depois respira-se fundo, a ausência de visão até ajuda, porque não se vê o mundo pela última vez, pensa-se não sei bem em quê, talvez na mãe, nos netos que estudam em Lisboa, na filha que dorme ali ao lado ou no amor de uma vida, está-se decidido, agora não há marcha-atrás, e, enfim, dá-se um passo em direção ao vazio, empurrando a cadeira com o outro pé. Baque, dor na traqueia, braços no ar, mãos à corda, é instinto, o sangue sobe aos olhos, parece que lhes dá vida, não se consegue respirar, sufoco, está quase, agonia, está quase, está quase, e de repente...

(É estranho falar assim, friamente, do fim de gente que se conheceu. Pergunto-me amiúde que efeito, por ora indescobrível, terá tido em mim um contacto tão próximo com tantas e tão variadas mortes.)

Já Chiquinho Suicida, que o Dr. Bártolo descreveu como possuidor de uma personalidade subdepressiva, aparentava não ter, na altura em que eu o via sentado na soleira da porta, qualquer gosto particular por estar vivo. Mas, estranhamente, não só parecia não morrer, como também acabou por ganhar, por conta da doença, uma razão para estar vivo. Isto pode parecer confuso, mas não é.

Francisco Manuel Fachadas Galhoz sabia que transportava dentro dele um cancro que os médicos consideravam de gravidade fatal, estava ciente de que a doença se alastrara e de que, sendo um doente metastizado, morreria à conta dela, fizesse ou não quimioterapia – era, como é comum dizer-se do inevitável, uma questão de tempo. Por isso, rejeitara novo tratamento, tão duros haviam sido os realizados um ano antes: primeiro, fizeram-lhe uma resseção segmentar, a remoção de uma parte do pulmão; logo depois, nova cirurgia, para retirar um lobo inteiro, mas que acabou por resultar numa lobectomia, na remoção total do pulmão, por este estar já afetado na totalidade. A fim de garantir que a doença não tinha ficado nas células que rodeavam o pulmão doente e não se multiplicavam para o pulmão resistente, foi submetido a vários ciclos de quimioterapia. Meses depois, porém, detetaram-lhe metástases no cérebro e no sistema linfático.

No Instituto Português de Oncologia de Lisboa – e o caso até foi noticiado – aquele pequeno homem que na aldeia era conhecido como Chiquinho chegou a ter apenas algumas semanas de vida, depois talvez mais dois meses, visto que estranhamente a doença aparentava ter estacionado, passadas semanas mais um mesito ou dois, por fim talvez meio ano, no máximo, não se sabia, dada a evolução lenta do que por natureza seria rápido, até que já ninguém arriscava previsões. No IPO, nunca quiseram dar-lhe alta, mas Chiquinho meteu-se num autocarro com a mulher e voltou para Gorda-e-Feia. A morrer, que morresse em casa. E, já que ninguém sabia quando, mais valia estar em sossego, sentado à porta de casa, a fumar os seus pequenos cigarros SG Ventil.

87

POR QUE MOTIVO NÃO MORREU CHIQUINHO SUICIDA

CHIQUINHO NÃO MORREU, EM primeiro lugar, porque não era suicida. Em segundo lugar, há que referir que este é um daqueles casos que a ciência não explica de forma cabal, porque, de acordo com todos os prognósticos, Chiquinho já deveria estar mais do que morto e enterrado. Justiça lhe seja feita, o Dr. Bártolo deixou informação escrita que, de algum modo, pode ajudar a explicar por que razão a sobrevida de Chiquinho não tem parado de aumentar.

Segundo o médico da aldeia, Chiquinho possuía vestígios da chamada síndrome de Laron, uma doença do foro genético, que tem origem numa mutação recessiva de um gene e que resulta numa espécie de nanismo. Cito o que pode ler-se a este propósito no seu Novus Ars Medicina – A Arte Definitiva da Prevenção, do Diagnóstico e da Cura no Dissoluto Pós-Moderno: Alguns colegas têm descoberto moléculas e vias químicas que podem explicar a longevidade de algumas comunidades isoladas e de determinados indivíduos. [...] Em indivíduos com a via da hormona do crescimento inibida, a longevidade tem vindo a demonstrar-se inversamente proporcional à sua invulgar pequenez. Tal erro genético – a chamada mutação E180 – teve origem na Península Ibérica e espalhou-se pelo mundo quando os judeus sefarditas fugiram da Inquisição. Contudo, alguns indivíduos ficaram em Espanha e em Portugal transmitindo essa informação genética às gerações futuras.

O médico explicava, nas muitas notas e observações anexadas à sua lista de previsões, que não era absolutamente claro que Francisco Galhoz fosse portador de tal síndrome e que seriam necessários mais exames para o confirmar. O facto, porém, de manifestar vários indícios e sintomas fazia com que não fosse descabido esperar que, no futuro, ele pudesse até contrair doenças graves, às quais os doentes com Laron são por norma imunes, sem que isso resultasse em consequências graves.

A inexistência do fator de crescimento insulínico de tipo 1, ou recetor IGFI, da chamada hormona do crescimento, inibe o desenvolvimento, mas, surpreendentemente, parece funcionar também como regulador do metabolismo e, sobretudo, como um espantoso carcinogénico. O sangue das pessoas afetadas com a síndrome de Laron, diz quem sabe, como que as protege de doenças graves, como a diabetes ou o cancro.

Não espanta, por isso, que à data em que redijo estas linhas, Chiquinho esteja de novo no IPO, mas como caso de estudo, acompanhado em permanência por uma equipa de sete médicos especialistas. Longe de mim pôr em causa a competência e o saber dos médicos da instituição, mas tenho pensado em fazer-lhes chegar cópias das páginas em que o Dr. Bártolo se refere a este caso. O desaparecido médico salienta que a natureza genética do ser humano inclui o bom e o mau e, portanto, que, da mesma forma que temos genes associados a determinadas doenças, está na altura – e cito – de a comunidade científica perceber de uma vez por todas que também possuímos genes protetores e que esses devem ser estudados e valorizados, ao invés de se pensar somente em tentar modificar ou acabar com os genes que provocam as doenças.

Apesar de salientar estarmos a entrar numa época em que as preocupações com hábitos de vida saudáveis parecem estar definitiva e felizmente a impor-se, o Dr. Bártolo considerava que a genética era a componente mais importante. No seu livro, quando fala no que determina a longevidade, refere-se amiúde à conjugação de genes, ambiente, hábitos de vida e acaso. E lembra mais do que uma vez a importância de se prestar atenção a uma disciplina como a epigenética.

Como referi, à data em que escrevo este relato, Chiquinho continua a pulverizar todos os vaticínios. Faz agora do IPO a sua casa, tendo-se entregado à ciência. Com ele, a morte meteu a viola e a foice no saco, mergulhou as mãos nos bolsos e deu meia-volta. Baiôa telefona-lhe com frequência e diz que o sente animado como nunca, talvez até feliz no papel de sobrevivente e batedor de recordes. Imagino que, de quando em vez, continue a sentar-se num qualquer degrau, vendo passar os dias e inalando a vida – sorvendo-a toda, até ao último estertor.

88

Freira Susana

Aproveitando o embalo positivo conferido à narrativa pelo caso de Chiquinho Suicida, e até porque muitas desgraças estão ainda por vir nas próximas páginas, permita-me o leitor que, muito rapidamente, lhe dê conta de um dos aspetos que mais apreciava no casal composto pelo taberneiro e pela barbeira: ambos tinham, depois do 25 de Abril, mudado de identidade. Se o assunto lhe parecer despiciendo, posto que o relatarei com o detalhe e a minúcia que a minha mãe me ensinou necessários à narração de qualquer história, seja ela própria ou alheia, sinta-se à vontade para saltar para o capítulo seguinte.

Ela deixou de ser Freira e ele de ser Susana. Assim foi, com tirar e pôr de graças, que Adelino e Rosa mudaram as respetivas vidas – e os nomes de cada um. Ele nascera Adelino José Leandro Susana – quatro nomes próprios e uma desgraça em embrião fecundado pelo destino, que lhe cruzou a vida com a de uma Rosa Maria Gato Freira. Porém, para bem dos seus dois melhores pecados, Adelino logrou, fazendo uso desconhece-se de que engenharia, alterar o último apelido para o nome de família da avó materna, que não lhe desaguara na graça no momento do registo; já Rosa conseguiu deixar de ser Freira e adotar no lugar desse nome o novo apelido do marido. Não só Adelino nunca quis ser Susana, e por isso cedo começou a assinar Reis, apesar da desconformidade com o nome que trazia na cédula pessoal, como nunca desejou outra coisa para os seus dois filhos que não fosse evitar a óbvia calamidade que resultaria da junção do apelido da mulher com o apelido dele. A mudança de nome de Adelino José Leandro Susana, a 20 de maio de 1975, na Conservatória do Registo Civil de Évora, à rua da República, número 133, 2.º andar, junto à esquina com a rua do Cicioso, para Adelino José Leandro Reis, não só lhe transformou a autoestima, como acontece a um míope com duzentas dioptrias que passa a usar umas lentes de contacto especiais ou consegue uma cirurgia milagrosa, como evitou que os seus dois filhos, frutos de pecados apaixonados perdoados pelo senhor por terem resultado em procriação, viessem a chamar- -se, respetivamente, Álvaro Manuel Freira Susana e António Miguel Freira Susana. Ficaram com graças, sem dúvida, muito melhores: Álvaro Manuel Gato Reis e António Miguel Gato Reis. Rosa deixou de ser Freira depois de casar, tendo passado a assinar Rosa Maria Gato Reis, em vez de Rosa Maria Gato Freira, os filhos ficaram com os mesmos apelidos da mãe, o pai deixou de se chamar Susana, e sobretudo os miúdos deixaram de ter sobre a cabeça o machado do bullying que, impiedoso, não deixaria escapar o facto de ambos se chamarem Freira Susana. Saliento, portanto, que considero muito bem resol- vido o caso da família Reis, detalhadamente documentado nos escritos incom- pletos do Dr. Bártolo.

89

Bruma

Era comum, de dezembro a fevereiro, o dia acordar baço. Eu abria a janela e via o nevoeiro pousado sobre a aldeia, esperando que o sol, acaso viesse forte, o libertasse e lhe permitisse dissipar-se. Por vezes, com o chegar da noite, ficava a vê-lo erguer-se do rio, como se partes do flume quisessem aproveitar o recolher das gentes às respetivas habitações, e o subsequente adormecimento geral, para escaparem da condição de cativeiro. Invariavelmente, não iam longe. Pouco depois de iniciada a fuga, já carecentes de forças, acabavam por deter-se a uma altura não superior à das chaminés mais altas e aí ficavam, quietas e frias, juntando-se umas às outras, para se aquecerem, aguardando ajuda para subirem aos céus. Mas o sol nem sempre comparecia forte e libertador. Em semana e meia que veio a revelar-se funesta, de 16 a 26 de fevereiro de 2016, o nevoeiro não desapareceu. Durante dez dias, a aldeia permaneceu coberta por uma espécie de smog londrino, uma nuvem baixa que boiava sobre o rio e dele partia, flutuando no ar, a enfiar-se entre as casas, pelas ruelas, até rodear toda a aldeia e deixar à vista apenas chaminés sujas e antenas de televisão velhas, como um pedaço de algodão cravejado de alfinetes velhos.

Eu juro que ainda não estava devidamente familiarizado nem com a ciência do fim nem com a metodologia que lhe estava apensa, mas logo que a bruma chegou lembrei-me de que, independentemente das previsões do Dr. Bártolo, talvez a morte ou outro criminoso aproveitasse aquele ardil natural para laborar conforme lhe desse na gana. E foi na terceira noite que a Fadista cantou pela última vez.

90

A morte da Fadista

À hora a que, de modo espaçado, os cães principiavam a ladrar, o povo já sabia que a Fadista iria começar a apanhar – eles farejavam a tensão. Naquela noite, minutos depois de deles recebermos os primeiros avisos, ouvimo-la gritar. Um ai de surpresa atravessou o nevoeiro espesso e ecoou brevemente dentro da taberna. Calámo-nos todos. Até os mais surdos. Depois, a vítima entoou outros, esses mais secos porque já esperados, ao ritmo de cada pancada que acomodava no corpo. Quanto mais ele lhe chamava puta, mais os cães ladravam. Por vezes, calavam-se todos: vítima, agressor e animais. Parecia que até o televisor emudecia. Chocalhando contra o cimento dos pátios, ouvia-se apenas a dança nervosa das correntes metálicas que prendiam os cães. Nessas alturas, retomávamos as conversas, fazendo de conta que nada se passava. Passados alguns instantes, e como era costume, porque nem as melhores fadistas cantam para sempre a dor, já a voz bonita e gemente dela estava silenciada e ele e os outros cães aos berros: ele insultava-a, os cães protestavam, ela já não ouvia. Tirando o trágico desfecho, o espetáculo daquela noite em casa da Fadista em nada se diferenciou de outros aos quais assistimos, impassíveis.

A que não voltou a cantar dor alguma envergava, segundo a Ti Zulmira, uma merecida reputação de libidinosa, para não dizer de puta, que é palavra feia na boca de uma senhora. Terá sido, porém, ela, a sua maior inimiga, e por motivo que nunca pude apurar, a fazer queixa do agressor. Quero crer que se impôs ao ódio que lhe sentia uma espécie de solidariedade de género, uma identificação com a vítima. Foi isso que desatou aquele nó ao qual nós não tivemos coragem de deitar as nossas muitas mãos. Mas a Ti Zulmira não falava daquele gesto que nem os velhos nem eu fomos capazes de ter. E nós também não aludíamos ao sucedido. Admito: fui cobarde. Não fui capaz de enfrentar aquele problema, de o resolver. Todas as semanas, a Fadista apanhava e eu ouvia. Ouvia e não fazia nada. Não fui capaz. Deixei-me levar miseravelmente pelos discursos dos outros homens: aquele dizer repugnante que começa por entre marido e mulher e que não fui capaz de contrariar. Por mais que tenha tentado – e, numa fase inicial, tentei – explicar-lhes que nada justificava a violência física e até, ridiculamente, que eles nem sequer eram marido e mulher. Não fui capaz. Falhei. O que se passa dentro de quatro paredes, só a quem lá está diz respeito, costumava ouvir-lhes. Falhei.

Talvez o Dr. Bártolo soubesse que eu iria falhar, caso soubesse também que eu iria chegar, porque é verdade indiscutível que a minha chegada em nada alterou o curso dos acontecimentos e que a Fadista morreu no mês em que o clínico previra – ainda que, neste caso, como num ou noutro, não especificando o motivo da morte. Por isso, durante semanas, eu e Baiôa policiámos-lhe a vida, em busca de indícios. Inspecionámos-lhe o frigorífico, chegámos até a abrir-lhe as gavetas – de uma vez que saíra para fazer compras – em busca de análises ou de exames médicos. Não vimos nada que pudesse indiciar a morte dela, embora o escutássemos todas as semanas. Fiquei, creio eu, a conhecer-lhe um pouco melhor as inquietações, mas não é por isso que ainda hoje me lembro dela.

Aleatória na escolha daqueles que toca, essa coisa a que chamamos beleza não viveu sempre no corpo da Fadista. Entrados à socapa em casa dela, buscando indícios mas na verdade acumulando recordações, vi numa parede e sobre os móveis várias fotografias dela ainda jovem. E bonita, muito bonita. Na casa de banho, que tinha a porta entreaberta, não pude deixar de reparar que não havia um espelho, apenas uma foto colada por cima do lavatório. Nela, a Fadista aparecia jovem e bela, de cabelos compridos como os lamentos que cantava e volumosos como o sorriso que oferecia na imagem. Também no toucador do quarto, percebemos depois de ela morrer, o espelho tinha sido removido. Decerto, deixara também de se fitar nas águas, se porventura gostasse de passear à beira-rio. Por sorte, não havia por ali montras de lojas, e carros também eram poucos, caso contrário também já não procuraria ver-se refletida nos vidros. Porque ao olhar-se ao espelho via a juventude cada vez mais perto do destino, a Fadista reduzira a cacos os três refletores de evidências que tinha em casa, incluindo um, pequenino, que por certo transportava na carteira. Nunca mais aqueles espelhos lhe perguntaram a idade pela manhã nem à noitinha lha lembraram. E nós, apesar de termos guardado aquela imagem nas nossas memórias, não descobrimos nada que pudesse levar-nos a pensar que a Fadista iria sucumbir de modo simultaneamente tão ignóbil e tão óbvio. Não culpo Baiôa. Lamento a cultura instalada, mas não encontro no que relatei e em tudo o mais que remoí outro culpado que não eu.

91

Um silêncio mais denso

Deu-se a morte da Fadista às mãos do amante, namorado, esposo, visitante, marido, o que quisermos chamar àquele miserável que continuadamente a submeteu à violência a que hoje se chama doméstica. E eu não fui capaz de o deter, sequer de tentar. Posso procurar aliviar a culpa lembrando-me de que parecia evidente que ela não queria ser salva, porque recebia aquele homem semana após semana, mas aprendi, durante os dezanove meses que ali passei, que, por um lado, a noção de igualdade e dos direitos próprios são coisas que demoram a chegar aos lugares muito mais do que os donuts ou a internet, e que, por outro, enfrentar a nossa própria miséria dói mais do que o fender da carne, ou o quebrar dos ossos. De cada vez que apanhava, passavam-se alguns dias até voltarmos a ver a Fadista.

Naquela noite de nevoeiro, os cães ladraram mais do que era comum. Talvez tenha sido isso a pôr em sentido a Ti Zulmira. Ou então apenas a sua natural propensão para o policiamento dos hábitos normais e dos costumes invulgares. Como sempre, veio mais tarde a testemunhar, ela ouvira a Fadista a gritar, enquanto Manel Polícia exclamava, alternadamente: sua cabra, sua puta, minha valente vaca, galdéria de merda, puta, cabra, vaca, porca, badalhoca, puta, cabra, vaca. Ela gritava, à medida que apanhava, e, tal como sempre acontecia, de repente, parara de queixar-se. Mas, naquela fatídica ocasião, segundo a Ti Zulmira, o silêncio fizera-se mais denso e pesado do que das outras vezes. Não era capaz de o explicar, mas sentiu que algo havia de diferente naquela súbita quietude, lá isso sentiu. Os cães também, já que desataram a uivar, recordou ela e eu confirmo. Minutos depois, ouviu-se um disparo. Quando a Guarda chegou, encontrou o corpo nu da Fadista já frio na cama, com evidentes marcas de estrangulamento, e o chão da cozinha tingido de vermelho, por debaixo do cadáver de Manel Polícia, que observava tudo de olhos muito abertos, a arma ainda presa aos dedos engalfinhados, e a têmpora direita, como uma fonte que vemos secar, a derramar as últimas gotas de sangue sobre a tijoleira branca.

A Ti Zulmira guardou o orgulho que tinha no ódio de estimação que há anos alimentava e esteve presente no funeral. Além de mim, que sentia o teto da casa mortuária sobre os ombros, o mais incomodado era Mr. Beardsley. Dizia que ponderava regressar a Inglaterra, que não aguentava viver tão perto do local de um crime hediondo sobre um dos seus e assustava-nos com uma até então desconhecida familiaridade com a ideia de suicídio. Maybe o melhor, dizia, seria so do I desaparecer desta horrible mundo. E concretizava, explicando que, se nem os que diariamente estão incumbidos de evitar que o mal se faça conseguem estar a salvo desse mesmo mal, se são contaminados por ele, ou já o carregam dentro de si à nascença, então, concluía, então a mundo está toda wrong, tremendously wrong.

Mr. Beardsley era um crítico pertinaz dos tempos modernos. Citava os aforismos do bisavô, como se os tivesse escutado na véspera, recorria à obra de Shakespeare para ilustrar todos os conflitos humanos e achava que qualquer desavença deveria ser resolvida com um duelo de espadas, chegando até a disponibilizar-se para emprestar duas da respetiva coleção, nos casos mais bicudos. Foi preciso a Guarda impedi-lo de ir a casa armar-se com sabe-se lá que frâmea, porque a dada altura o homem achava imprescindível atravessar com aço o coração de Manel Polícia e cortar-lhe a cabeça.

Quando a Fadista lhe faltou em casa, cantarolando enquanto engomava ou limpava o pó, Mr. Beardsley descobriu que, afinal, gostava de fado. It is not so terrible as I thought, ouvi-o dizer uma vez ao telefone a propósito de Lady Amália. Escutando fado para alimentar a tristeza e a melancolia que tomaram conta dele, e em poucos meses o inglês envelheceu o equivalente a vários anos.

92

O REGRESSO DA MODA DOS CABELOS COMPRIDOS

ERA UM HOMEM BOM, disse Baiôa. Zé Patife, de forma solene e silabada, acrescentou: no Natal, até rifava um bacalhau. Depois, coincidimos os três na necessidade de silêncio. Até que Baiôa, sempre ele, voltou a verbalizar saudade. Tratava-me estupendamente, disse. E a mim?, interpôs Zé Patife. Eu indicava acordo, balouçando a cabeça para trás e para diante, sem tirar do chão o olhar. Voltámos a mascar o silêncio, então durante mais tempo, até que Baiôa disse: era um homem como havia já poucos. Como havia já poucos, concordou Zé Patife. Mantendo a originalidade, eu meneei a cabeça em sinal de acordo. Acho que poderíamos ter ficado assim, a trocar lamentos, durante a semana inteira. O passado já morreu, mas, em certa medida, fica em nós. Na memória de Baiôa, Adelino ficou como um indivíduo honesto. Zé Patife preferiu guardá-lo como honrado, porque, fez então questão de nos explicar, homem honrado por todos é lembrado.

No meio de tantas mortes às quais assisti, a de Adelino foi mais simbólica do que as demais, por ter produzido também uma grande transformação social. Desde logo, resultou num dos acontecimentos mais dramáticos que vivi em Gorda-e-Feia, numa verdadeira tragédia: o fecho da taberna. A taberna era o centro social da aldeia e, uma vez encerrada, desconjuntava as vidas de várias pessoas – de todas as que restavam. E saiba-se que o desaparecimento de Adelino teve ainda consequências na economia local, pois, como é evidente, redundou também no fecho da barbearia e em cabelos a crescerem como ervas daninhas nas nossas cabeças. Recusávamo-nos, simplesmente, a cortar o cabelo noutro lado. Fazíamos daquela teimosia – eles por sentida convicção, eu por solidário mimetismo – uma homenagem ao amigo Adelino José Leandro Reis, enterrado com a mulher Rosa Maria Gato Reis, no cemitério da vila, a 25 de setembro de 2016, e, por vontade do próprio, num espaço há muito comprado ao lado dos dois metros quadrados ocupados por Acácio José Leandro Susana, seu irmão gémeo, cujo final a pedra branca testemunha a quem para ela quiser olhar: Com valentia lutou e em combate tombou em Moçambique aos 21 anos. Adiante, pude notar (e fotografar), havia mais um militar sepultado. Dizia o epitáfio: Aqui repousa o sargento-ajudante de infantaria 2, combatente da Grande Guerra, Tomé Mestre Cebolinho Limpo. A vida toda trabalhou na guerra e por onde andou com lealdade e apego para a minha terra honrar só aqui veio encontrar condigna paz e socego [sic]. A descendência de Adelino e Rosa também mandou gravar na campa o respetivo estado de espírito: Com enorme dor vossos corpos aqui depositamos ainda que para sempre conosco [sic] vossa lembrança fique eterna saudade de filhos noras e netos. Baiôa ladrilhou-lhe as imediações da campa, usando os restos dos materiais que ano e meio antes empregara para amanhar a casa de banho da taberna e que Adelino e sua senhora consideraram dos mais bonitos que em toda a região já se tinham visto. Eram brancos, de formato retangular e de dimensão pouco maior do que a de um telemóvel, para além de biselados em cada um dos quatro lados, como os que se veem nas casas do Norte do país, e que por essa exótica singularidade de imediato haviam apaixonado a barbeira. Por não ter surgido ainda precisão de os utilizar – ou porque talvez os tivesse já destinado a este fim –, Baiôa deitou-os sobre uma cama de cimento-cola ao lado de Adelino e respetiva companheira e depois uniu-os com cal espessa, por não ter à mão betume para juntas. Serve, ademais, a referência a este improviso, para introduzir o aparentemente estranho facto de Baiôa ter sido apanhado de surpresa pela morte de Adelino. Pois não tinha o taberneiro – e o barbeiro, não o discriminemos – lugar na lista do Dr. Bártolo? Posso garantir que sim. E até certificar, como quem reconhece assinatura, que a previsão do médico estava correta quanto ao dia e mês de morte de Adelino: 24 de setembro. Mas errou por um ano. A morte antecipou-se, ultrapassou as expectativas criadas em nós pelas previsões científicas do doutor e deixou-nos em grande choque. Contávamos com aquilo noutra altura e de outra forma. Parecia traição, um ataque à falsa-fé. Estávamos consternadíssimos. Baiôa indignava-se com a morte, por ela não nos ter permitido aprontar – ou da necessidade de isso convencer a família – um caixão maior do que o preparado para o efeito e que fosse capaz de receber não só o taberneiro e a mulher, mas também o barbeiro.

Sobre a morte dos três, ainda que as autoridades tenham registado apenas dois óbitos, devo dizer não se ter tratado de um acidente de automóvel, como é de eufemística gíria jornalística hoje usar-se, mas sim, como sabiamente dizem os mais velhos, de um desastre de automóvel, de um terrível desastre. Digo-o assim porque os efeitos do acidente de viação foram desastrosos.

Consequência primeira? Passámos a reunir-nos – pelo menos durante mais umas semanas, não muitas – em casa da Ti Zulmira, facto que por si só melhorou os nossos hábitos alimentares, mas que reduziu o nosso convívio a apenas quatro, pois deixámos de ver os clientes pontuais da taberna. Consequência segunda? Começámos a deitar-nos muito mais cedo, porque a Ti Zulmira gostava de estar na cama às dez (no meu caso, convém referir que tal mudança não me pôs propriamente a dormir mais cedo). Consequência terceira? A aldeia recuou ainda mais no tempo e passou a ser refúgio de dois velhos – Baiôa e Zé Patife – e de um jovem – eu – que pareciam vindos de outros tempos. É que não só deixámos de ir cortar o cabelo, como não voltámos a barbear-nos. Zé Patife aproveitou logo para dar uso a uma frase cuja autoria atribuía ao próprio pai: homem sem barba é cara sem vergonha. Por vezes também dizia: homem que não tem barba não tem vergonha. Ele e Baiôa sabiam que, por via do desaparecimento do Rapa-Caveiras, iriam a enterrar naquela figura, barbudos e com os cabelos longos e brancos a escorrerem-lhes por debaixo das boinas. E, se eu talvez parecesse ter sido para ali teletransportado desde os anos 1970 (cheguei até a tirar selfies a preto e branco, nas quais o meu pai não me reconheceu e que valeram um enorme desgosto à minha mãe, que me censurou o aspeto pouco asseado de pedinte: ai filho, estás pior do que o chapéu de um pobre, disse), os meus dois amigos – e eles que me perdoem, se a partir de algum outro lugar estiverem a ler isto – assemelhavam-se a homens das cavernas. Faltava apenas despir-lhes as calças e as camisas e atar-lhes, à volta do tronco, na diagonal, umas peles de vaca. O quanto eu desejei que eles gostassem de celebrar o Carnaval e de se divertirem fantasiando-se. Mas volto a ater-me às consequências do acontecimento que vitimou aquele inusitado triângulo amoroso formado por uma doméstica, um taberneiro e um barbeiro. Esquecendo talvez o guedelhudo aspeto com que rapidamente ficámos, a maior de todas – e escrevo-o retesando os músculos e enchendo o peito de ar, para não ceder à tentação de falar em tristeza – foi termo-nos visto obrigados a passar a atravessar o rio a pé.

93

A QUEDA DA PONTE

A NOSSA PONTE NÃO era monumento de interesse histórico, a sua construção não remontava à época dos romanos e o estilo arquitetónico não era sequer definível. Conjugação elementar de pedra e cimento, unia duas margens pobres, duas ruas esburacadas, duas localidades esquecidas, mas era uma ponte e, como tal, era-nos muito útil. Ali, onde o Estado nunca tinha chegado, o seu desaparecimento constituiu uma tragédia tão grande como o fecho da taberna e, por via do acaso, da irresponsabilidade política, ou da vontade de deus, uma e outra calamidades estavam ligadas.

Que falta nos fazia a taberna. Naquele espaço escuro, cumpríamos variadíssimas e imprescindíveis tarefas do nosso quotidiano: troçávamos uns dos outros, víamos futebol na TV, comíamos toucinho, bebíamos meios-quartilhos (uns dedais com vinho que eles consideram copos), ouvíamos noticiários desportivos na rádio, víamos futebol na TV, bebíamos meios-quartilhos, comíamos toucinho, troçávamos uns dos outros, víamos futebol na TV, bebíamos meios-quartilhos. Eu comia pão com queijo, com presunto e até com tomate. Aliás, lembro-me de como, da primeira vez, achei notável o facto de o tomate ali saber mesmo a polpa de tomate. Naquele espaço, que aos poucos comecei a achar apenas moderadamente malcheiroso, protestávamos com os políticos corruptos, lamentávamos o facto de a chico-espertice ser o maior problema de saúde pública em Portugal e de os governantes só quererem saber de Lisboa. Eles começavam as conversas, a partir sabe-se lá de onde, e, um pouco mais bebido, eu não só concordava, como também opinava. Desancava um país em que pouco mais se fez, dizia, do que autoestradas, a Expo 98, modernos estádios de futebol, um país ao qual mais tarde chegou a TV por cabo, era verdade, o Euromilhões, o Cristiano Ronaldo e os telemóveis, mas pouco mais. Eles gostavam de ouvir-me em registo populista e eu dava-lhes o que eles queriam. Era frequente terminar brandindo – e com isso reclamando garantidos aplausos, exultações e brindes – que mais valia terem-se lembrado de legislar no sentido de dar corpo à mais necessária e revolucionária das infraestruturas jamais idealizadas para o país: uma rede de condutas de distribuição capaz de disponibilizar em todas as casas de Portugal um bem absolutamente essencial, o desde sempre muito aguardado vinho canalizado.

Infelizmente, por falta de freguesia, a taberna já pouco fazia as vezes de venda – Adelino dispensava-nos apenas pão e, aqui e ali, também um pouco de conduto para nos desenrascar –, na vila também só havia duas mercearias tristonhas e, portanto, era comum eu enfiar-me no carro e conduzir umas dezenas de quilómetros para ir a um supermercado de uma cadeia nacional buscar aquilo que não encontrava perto de Gorda-e-Feia. Certa vez, em finais de setembro, esperei pelo final do trabalho com Baiôa, e entrei no automóvel, que tinha estado a aquecer ao sol. Conduzia a olhar para os lados. Se, no verão, os campos, de tão secos, pareciam dizimados por sucessivos fogos e colocados em pousio até a chuva trazer fertilidade – o que, nessas alturas, parecia poder acontecer dentro de quarenta ou cinquenta anos –, naquele 24 de setembro, para ser mais preciso, porque me lembro bem da data, era o verde que dominava e o olival até já estava florido. No entanto, e estranhamente, nem o verde nem o colorido daquela primavera antecipada me davam esperança. Tudo me parecia tão seco e queimado como em agosto. Olhando para trás, coisa que também fazia, porque não havia carros a cruzarem-se com o meu, olhando para a aldeia e para a vila, via uma miséria tão ardente como um incêndio. E, como toda a gente sabe, no pior pano cai a nódoa.

Ao regressar, meti pela rua central da vila, aquela que dá para a ponte, e comecei a avistar um formigar de gente. Ao fundo, via-se uma viatura dos bombeiros, dois carros da Guarda, uma série de outros automóveis, algumas motorizadas e gente, muita gente. Creio, na verdade, que nunca por ali vi tantas pessoas como naquele dia. Parei o carro à pressa, aproximei-me e, entre gritos desesperados e lamentos vários, percebi: a ponte tinha caído. Avistei Zé Patife, muito vermelho, abraçando a bengala contra o peito. As pessoas falavam todas ao mesmo tempo. Corri até à margem. Baiôa estava enfiado nas águas, com as autoridades, de volta de escombros de pedra e cimento e de um carro mergulhado de cabeça sobre o leito – era a carrinha Fiat Marea azul-escura de Adelino, sepultada pela ponte ruída.

Tentei descer ao rio, mas a Guarda não deixou. Disse que era amigo, mas de nada me valeu. Nesse momento, do meio da marulhada, começou a ouvir-se uma voz procurando impor-se. Que me perdoem todos os demais hominídeos, mas não espanta que certos indivíduos não nos pareçam hoje muito diferentes daquilo que supomos terem sido os primeiros homo erectus. E não me refiro à fisionomia, ainda que neste caso talvez as parecenças a esse nível não sejam também de desprezar, mas à forma primitiva como se comportam. As pessoas continuaram todas a falar ao mesmo tempo, até que, instantes depois, a fim de se fazer ouvir, e com o improviso dos grandes estadistas, um homem com ar bovino tombou o contentor do lixo e lhe subiu para cima, enquanto mandava calar toda a gente: estejam calados, pouco barulho, façam silêncio, façam silêncio! Pensei que ia falar de cátedra, mas o povo – ansioso por saber se Adelino e a mulher estavam vivos – cochichava que o presidente da Junta falava como uma vaca espanhola. Começou por dizer uns disparates irrecuperáveis, logo após explicar – disso lembro-me bem – que, independentemente de se conseguir ou não recuperar os corpos com vida, a ponte seria reerguida num abrir e fechar de olhos. Naquele momento, percebi que havia entre a populaça membros da oposição. Uns e outros eu nunca vira. Políticos da situação e da oposição envolveram-se então em troca de impropérios. Os votos dos habitantes daquela aldeia mortiça não fariam diferença na eleição para a Junta, mas convinha impressionar as muitas dezenas de eleitores que se iam acumulando junto à margem. Um membro da oposição, que mais tarde vim a saber ser como eu professor, mas de Educação Visual, dizia que o presidente, cujo nome não registarei, para não se correr o risco de que, de algum modo, fique na história, era um populista impenitente. Um e outro disparavam munições verbais e o mais que diziam era que o oponente era mentiroso. A dada altura, o untuoso presidente fartou-se de falar às pessoas e decidiu discursar para as águas – digo-o assim, porque peixes já não há, e porque essas sempre podem fugir para outro lugar. Virou-se em cima do imundo palanque e começou a defecar mais ideias, depois a robustecer a promessa feita minutos antes, falando também da existência de grandes projetos por parte da Junta para aquela parte tão importante da freguesia, realizações em preparação e a anunciar mais perto das eleições, mas que, tinha todo o gosto em desvendar já, eram do domínio dos arruamentos, do saneamento, da iluminação, do ordenamento do tráfego e das infraestruturas de apoio às atividades turísticas que estavam previstas para aquele local.

Na opinião de Zé Patife, o presidente tinha um ar de pega-rabuda, seja lá o que isso for. Para mim, como bicho, ficava algures entre o sapo e a lagartixa; como pessoa, ainda hoje me faltam ideias capazes de o descrever. O que dizia parecia decorado a partir dos discursos das grandes campanhas nacionais, a cujos comícios, ou parte deles, assistimos pela televisão. Havia ali elaborações discursivas difíceis de acompanhar mesmo para o entendimento de quem se considera competente do ponto de vista linguístico. Não havia dúvida de que o presidente se inspirava nos belos exemplos de superação, criaturas que, de alunos medíocres, incapazes de redigirem uma frase, passaram a oradores profissionais, verdadeiros especialistas na melhor retórica sofista, ou porventura aristotélica. Ou, como disse Baiôa, entulho que atafulha as assembleias em busca de carne podre. Naquela guerra intestina, continuaram todos a vociferar e a atacar com as armas de que dispunham. De um lado, sua baixeza real, o presidente em primeiro mandato; do outro, a oposição que desde sempre estivera no poder. Pelo canto do olho, percebi que Zé Patife ensaiava um ar zangado. Segundos mais tarde, como nós não lhe prestássemos atenção, reforçou o franzir do sobrolho e acabou por dizer, atropelando a minha conversa com a de um bombeiro: é bom que ele saiba que não hão as muletas em que me carrego de impedir-me de o esbofetear! O bombeiro, um homem que ostentava uma invejável monocelha, olhava para ele com um ar tão parvo como aquele que costumam ter, nem mais nem menos, os indivíduos parvos.

Parece tudo isto de leveza televisiva, do universo do entretenimento, mas limito-me a adiar a narração do que era e é já por todos sabido. Aconteceu, então, que Baiôa principiou surgindo das águas, subindo à margem com ajuda de dois bombeiros. Vinha transtornadíssimo. Berrava que era preciso tirá-los dali, para dar início imediato às reanimações. Não falava em tentativas de reanimação. Baiôa tinha a certeza de que Rosa e Adelino não morreriam naquele dia. Sabia de ciência exata que se finariam noutra altura. Apesar de os bombeiros, primeiro, e os paramédicos, depois, insistirem que nada havia a fazer, para ele era forçoso que se iniciassem manobras de reanimação. Você não está a entender, gritava para o comandante dos bombeiros, eles vão acordar!

94

UM ERRO DE GRAFIA

OS MILITARES DA GNR tentaram chamar Baiôa à razão, com a visível condescendência de quem reconhecia nele uma pessoa transtornada pela morte de gente que lhe era querida, mas sem sucesso. Rejeitou a manta que tentaram dar-lhe para se aquecer, não eram aquelas águas que haveriam de o entortar, pensavam que ele era o quê? Eu nunca o tinha visto assim. Em jargão jornalístico, dir-se-ia que estava visivelmente alterado.

À medida que os bombeiros tentavam desencarcerar os corpos dos nossos amigos de dentro do automóvel parcialmente submerso e coberto de inertes, fui tentando chamar Baiôa à razão, ou a qualquer outro estado de acalmia, apesar de Zé Patife funcionar, naquele momento como noutros, como uma espécie de coro, que repetia tudo o que ele dizia, e por isso muito dificultar qualquer tipo de comunicação serena, como era necessário que aquela fosse.

Foi só depois de os corpos – completamente brancos e gelados – de Adelino e Rosa terem sido transportados nas ambulâncias que consegui acalmar um pouco Baiôa. Também já o presidente da Junta havia tentado – ó homem, você deixe-se lá disso –, mas as coisas estiveram a ponto – o senhor esteja calado, seu charlatão – de passar àquilo a que é comum chamar-se vias de facto – você não me insulta assim, quem é que você pensa que é? Tem idade para ser meu pai, mas também tem carinha para apanhar –, não fosse, e o jornal assim o escreveu, a pronta intervenção das autoridades presentes no local.

Não sei já como, mas convenci-o a ir a casa trocar de roupa. Demoraríamos um minuto, disse. As manobras ainda iriam tardar. Enfiámo-nos então na água e, tentando que ela não nos chegasse aos bolsos, porque a queda da ponte estava a represá-la, alcançámos a margem que era a da aldeia. E foi enquanto o acompanhava, sacudindo os sapatos, que comecei a perceber melhor o estado de espírito de Baiôa. Antes de ir a casa, ele queria consultar de novo a lista preditiva do Dr. Bártolo. Aos poucos, o tanto que insistiu nas tentativas de reanimação começou a fazer sentido. Ele tinha a absoluta certeza de que aquela data não era a que constava na lista. O dia e mês estavam corretos, mas o ano da morte registado pelo punho do doutor era somente o ano seguinte, o que estava por vir. Daí que não quisesse desistir da reanimação dos amigos. Ele sabia que o casal da taberna só morreria dali a um ano.

Nessa altura, creio ter começado a entender também o sucedido. Com cuidado, tentei explicá-lo a um Baiôa ainda nervoso. A meu ver, as manobras de reanimação dificilmente seriam bem-sucedidas – porque eles demoraram anos a tirá-los da água!, gritava Baiôa –, não por falha dos bombeiros ou dos paramédicos do INEM entretanto chegados ao local – dizia eu, com tanta serenidade quanta me era possível –, mas por erro do Dr. Bártolo. A coincidência do dia e do mês do desastre com o que estava registado na lista do médico demonstrava que ele – e esta é a hipótese em que ainda hoje acredito – por certo se tinha enganado a escrever o ano. Isto é: escrevera corretamente o dia e o mês da morte do casal, mas enganara-se a grafar o ano em que ela se daria, o anterior e não aquele.

Foram-se os corpos na ambulância, foram-se as autoridades contactar os familiares com o nosso auxílio, foi-se Baiôa abaixo um pouco mais tarde, altura em que o conduzi a casa e mantive em descanso e sob vigilância até ao dia seguinte.

No velório, luzes brancas faziam sobressair do escuro das vestes negras e dos azulejos castanhos dois rostos lívidos e tristes. Como era usança por ali, Rosa e Adelino não casaram quando começaram a coabitar. Juntaram-se ainda moços e só depois se casaram, criando os filhos sem pecado.

Impressionava-me a frieza do local, incomodava-me a tradição do choro por obrigação, ainda que compreendesse tratar-se de uma forma de normalizar o sofrimento dos enlutados, mostrando-lhes que não se encontravam sós, mas a choradeira era tanta que, a dada altura, eu me perguntava se não estaria antes numa maternidade. Fora isso, apareceu também um velho muito velho, de motorista, num grande Mercedes. Disseram-me ser dono de uma das maiores herdades de todo o Alentejo. Disseram-me que tinha uma enorme garrafeira e uma grande biblioteca, mas que o filho cedo tratara de prodigalizar os néctares e o intelecto do pai em jantaradas sob o telheiro aquecidas por fogueiras de livros.

Talvez o que agora vou dizer denote alguma insensibilidade, mas a páginas estas já começo a não me importar muito com o que possam pensar de mim. Se aqui chegaram, talvez me perdoem por, durante o enterro que no dia seguinte se efetivou, eu estar preocupado sobretudo com o facto de a morte de Adelino e Rosa representar também o fecho da taberna. Onde passaríamos a encontrar-nos? Que lugar nos receberia para convívio e retempero dos ânimos?

Cabisbaixos, Baiôa, Zé Patife e eu começámos a reunir-nos à porta da taberna. Baiôa levou quatro cadeiras velhas, de plástico, que tinha guardadas no barracão – uma a mais, para quem por acaso aparecesse. Mas, durante dias, só nós aparecemos. Zé Patife levava um garrafão e uns copitos facetados cujo uso havia tornado foscos, quase brancos. Muito bom vinho já me deram estes copos a beber, dizia, orgulhoso. E ali ficávamos, olhando pouco uns para os outros e mais para os copos, que fazíamos dançar entre os dedos, sem conversa que fizesse sentido, com pensamentos partilhados de tristeza pelo sucedido e pela situação em que nos encontrávamos.

95

CALÇAS ARREGAÇADAS

Os PRINCÍPIOS, JÁ SE sabe, são de vidro fino. E as promessas dos governantes, transportadas para longe pelos ventos, derrubam-nas, delicados cálices de cristal nas mãos de pugilistas. Por ser isto verdade, ninguém se espantará se eu referir que a aldeia e a vila continuam desligadas e que obra pública alguma ali foi feita.

O carro de Baiôa ficou do lado da aldeia e ele poucas vezes voltou a pegar-lhe nos meses seguintes. Transportá-lo para lá obrigava a uma volta enorme que a esperança de que a ponte fosse reerguida por bom senso desaconselhava. Mas não havia forma de tal acontecer e, apesar de nos faltar a taberna, era frequente atravessarmos o rio da única forma possível – a pé.

Sem ponte, convido o leitor a imaginar o que agora revejo numa das fotografias que à socapa tirei aos meus amigos. Mesmo quando o rio não tinha mais de dois palmos de fundura, obrigava-nos essa pouca água a arregaçarmos as calças até aos joelhos para o atravessarmos a pé. Na foto, Baiôa tem a perna esquerda mergulhada na água e ergue o joelho direito, como quem pisa uvas, enquanto na mão esquerda transporta os sapatos e com a palma direita segura a boina contra a careca. Um metro atrás, Zé Patife, pernas grossas como troncos, leva as calças arregaçadas até ao cimo das canelas, já um pouco molhadas, um sapato em cada mão e a bengala debaixo do braço, como um burguês passeando a sua baguete a um sábado de manhã num qualquer boulevard de Paris. Em acrobacias próprias de garotos se fizeram as travessias, até que certo dia me meti no carro e fui comprar galochas para todos. Era triste vê-los naquelas figuras. Eram gente já muito anoitecida, que merecia descanso e não exigência física. Mas Baiôa não se conformava, por isso não queria parar.

Na manhã seguinte ao enterro, bem cedo, dei com ele de balde de cal e pincel nas mãos, a desenhar circunferências brancas em torno dos buracos das estradas e arruamentos. Como vai começar a vir para cá mais gente, é preciso prepará-los para o pior. As pessoas não conhecem as ruas, ainda dão cabo dos carros. Eu não sabia a que movimentações se referia Baiôa, mas deixava-o falar. Percebia que aquilo era uma reação natural, semelhante à que tivera quando pintara, certa vez, a frase não deite brasas no contentor no único recetáculo para lixo que tínhamos à mão e que ficava do lado de lá da ponte. Para deitarmos o lixo fora, era preciso passar o rio a pé. Na aldeia, não havia nenhum contentor e àquele, de verde recente, convinha oferecer proteção, dado o incêndio sofrido pelo antecessor, à conta de certa vez alguém nele ter deitado brasas – estavam velhas, já não serviam, olha que merda.

De tanto lavar os pés nas águas do rio e na inércia dos que nos governavam, não querendo viver de esperanças, nem morrer de desenganos, Baiôa decidiu avançar com o que na sua inquieta mente há muito germinava e – tal como depois do fogo das cinzas começa a brotar o verde – dos escombros da antiga travessia erguer uma nova ponte.

96

O HOMEM QUE NASCEU NO SÉCULO XII

POR VEZES, VIA SAPOS gordos junto ao rio, ou atravessando a rua aos pinotes, ou ainda voando – voando mesmo – enquanto esperneavam em desespero nas garras de uma ave de rapina. Cada momento desses instalava em mim um certo assombro: habituado, no limite dos horizontes de vida selvagem da cidade, a ver pombos disputarem pedaços de pão, ou cães vadios rasgando sacos de lixo, dava por mim a sentir, a duzentos quilómetros de Lisboa, o espanto bacoco do turista de safari no Kruger Park, agravado pelo facto de, vivendo plenamente a era que ditou o fim dos rolos de vinte e quatro ou trinta e seis fotografias, essa ditadura da contenção, e que desenfreadamente assiste a tudo através do ecrã do próprio telemóvel, em vez de olhar para os acontecimentos. Um gafanhoto saltava à minha frente e eu, mais rápido do que a minha própria sombra, sacava do bolso o revólver da pós-modernidade e desatava a disparar na direção do bicho inocente e indefeso. Aquilo que, na minha infância, se registava em imagens tinha como destino o futuro – guardava-se numa caixa metálica a cheirar a bolachas de canela, ou de cartão a cheirar ao couro dos sapatos, e visitava-se ao longo de anos. Hoje, acumulamos milhares de fotografias e vídeos nos smartphones e nas clouds, mas esses registos têm no imediato o principal objetivo. Regista-se para registar e não para revisitar; conta o ato e não o efeito.

Nas primeiras semanas, admito que me sentia a visitar uma exposição. Tudo era novidade e, portanto, naturalmente, passível de partilha nas redes sociais, facto que nem se revelava tão fútil como à primeira vista aparenta, dado que, através de um recorrente lamento da minha mãe, dava mostras de grande serventia: ontem, só soube de ti pelo Instagram, dizia amiúde.

A mudança de perspetiva que se operava em mim surgia muito à conta do auxílio involuntário das pessoas, e cruzar-me com Baiôa no primeiro quartel do século XXI foi também conhecer alguém nascido noutro tempo, numa época distante. Mesmo que ele tivesse apenas setenta e oito anos, aquando do nosso primeiro encontro. Mas o que era verdadeiramente espantoso era que, apesar da idade que dizia ter, Baiôa tinha nascido no século XII; não havia sido conservado em formol, não possuía – até ver – a vida eterna, mas não restavam dúvidas quanto a isso.

Quando me via usar com destreza o smartphone, Baiôa aproveitava para lançar uma blague que continha uma verdade: dizia sentir-se uma pessoa do século XII. Certa vez, contudo, talvez fruto de alguma reflexão, abordou o assunto de modo diferente: nasci no século XII e vivo no século XXI, começou por dizer. Depois, explicou: nasci numa casa sem água nem eletricidade, tal qual eram as casas do século XII, e agora olho para ti e percebo que vivo no século XXI e que atravessei vários séculos numa só vida. Pôs-se então a contar-me como se vivia naquela infância. Eu imaginava o balanço forte dado à enxada por uma criança de sete anos, movimento tão diferente dos deslizares de dedo por ecrãs minúsculos de objetos frágeis, os movimentos maiores dos miúdos de hoje.

97

E O HOMEM QUE NASCEU NO FINAL DO SÉCULO XX

DEMOREI DEMASIADO TEMPO a perceber verdadeiramente que vivíamos na mais triste circunstância. Sempre juntos, o que à partida pode não parecer mau, mas demasiado próximos e como que sem alternativas, tendo-nos apenas um ao outro. A nossa situação não era diferente de tantas mais, mas, hoje, constatar que vivíamos só os dois, um com o outro e um para o outro, deixa-me num estado de incontornável dolência. Sinto até uma certa pena de mim. A casa, um T1 num quinto andar arrendado a preço de amigo pelos cunhados da minha tia Alzira, e no qual, uns anos antes, nos seus tempos de faculdade, e até ir morar com aquele gordo, vivera a minha prima Mariana, não era grande e não estava sequer localizada numa zona da cidade que permitisse muitas saídas, mas chegava perfeitamente, sobretudo porque, mesmo quando deixou de ser novidade, eu passava o tempo agarrado a ele. E se, no caso dele, era da sua condição, isto é, era totalmente expectável que vivesse para mim, até porque a nossa relação se iniciou com algum ascendente – natural, parece-me – da minha parte, é facto que eu nunca imaginei – e digo-o com toda a sinceridade – vir a estar em igual situação e a viver para ele. Todavia, a honestidade com que me propus redigir este relato obriga-me a admitir que todo esse ascendente com que iniciei a relação se perdeu de forma rápida e eu passei a ficar em absoluto dependente dele, da forma como estava sempre disponível para mim, da atenção e até do prazer que me dava de modo incondicional, mesmo quando começava a ficar sem energia. Vivíamos só os dois e vivíamos um para o outro, eu e o meu smartphone. E apercebi-me deste lamentável cenário aos poucos: primeiro surgiu a dúvida, a espreitar-me ao longe, depois dei conta de como se tinha instalado ao meu lado e por isso vi-me obrigado a encará-la, ainda que receoso, até que, mais tarde, bem mais tarde, com ajuda, fui capaz de dar razão a esses medos e de aceitar o problema e a seriedade que claramente ele evidenciava.

Os construtores de aplicações davam-me alternativas ao injetar da dopamina. Creio que não me obrigavam em absoluto a ser um dependente, mas, caramba, estava colocado longe de casa e não conhecia ninguém. Foi assim que me viciei nele. Passava o tempo nas redes sociais, a procurar as novidades e o conforto que a vida não oferecia. Portanto, era comum trocar mensagens, inclusivamente enquanto conduzia, procurar pessoas em aplicações que oferecem essa possibilidade, consultar as redes sociais e o email, atividades quase sempre desnecessárias, às quais se juntavam outras de índole mais prática, como fazer pagamentos, compras e pesquisas – tudo isto a toda a hora. Li algures que pegamos no telemóvel, em média, cento e cinquenta vezes por dia, mas eu estou certo de que o fazia dez vezes mais, com a naturalidade do pestanejar e a necessidade constante do respirar. Passava todos os tempos mortos – e mesmo os que dificilmente encaixariam nessa categoria, como almoçar, jantar e conduzir – naquela busca incessante de algo, de um contentamento ou de uma pequena porção de esperança que brotasse de repente de uma janela de 4,7 polegadas. Tinha sempre instalada em mim uma leve inquietação, uma constante expectativa de um contacto de alguém. Habitava um espaço rodeado por outros espaços com gente dentro, as ruas encontravam-se sempre repletas de carros e esses carros transportavam mais gente, nos passeios movimentavam-se pessoas em diferentes direções e até a televisão mostrava gente que falava sem parar, por isso parece-me estranho que eu me sentisse sozinho e buscasse uma interação, mesmo que à distância, algo que, por ser dirigido a mim, anulasse ou disfarçasse o facto de apenas eu habitar aquele espaço. Em busca de um consolo para uma vontade impossível de satisfazer, parecia-me que o tempo andava demasiado devagar e eu, não havia dúvida, tolerava pouco a realidade. Queria sempre mais dela, mesmo muito mais do que ela costumava dar. Pegava no telemóvel, procurava as palavras dos outros no Messenger, no WhatsApp, no Instagram, pesquisava gente com quem falar e, nos intervalos ansiosos das conversas, procurava posts novos no Facebook e no Instagram, emails novos, notícias novas – a novidade como autocracia.

Baiôa sem data para morrer *319*

Sentia-me compelido a pegar no telemóvel no momento imediatamente seguinte àquele em que o tinha pousado. Havia que verificar se por acaso a resposta não tinha chegado sem eu dar conta. Por vezes, enquanto esperava retorno de alguém, e não vou referir nomes, para não atribuir demasiada importância a quem na realidade não a tem, acontecia um fenómeno curioso: eu aguardava por uma resposta que tardava em chegar, até que sentia o telemóvel vibrar na algibeira; pegava nele, desbloqueava o ecrã e constatava que nenhuma mensagem tinha chegado. Então, voltava a guardar o vício no bolso e retomava os meus afazeres, isto é, as coisas que fazia nos intervalos entre as interações com o telemóvel. Depois, sentia-o vibrar de novo e pensava: agora, sim, finalmente respondeu. Mas, ao olhar para o ecrã, percebia que não havia qualquer mensagem à minha espera, o que era estranho, porque eu poderia jurar ter sentido a vibração junto à perna. Pousava o telemóvel em cima da mesa e ficava a olhar para ele, para ver se o apanhava em falso. Invariavelmente, ao cabo de três ou quatro minutos durante os quais nada acontecia, guardava-o no bolso. Ainda pensava em ligar o som, esse não mentia, mas eu queria perceber se o malandro era capaz de me enganar de novo. Algum tempo depois, caramba, a sensação não enganava, o telemóvel tinha vibrado contra a minha perna, eu tinha sentido. Mas não, não havia motivo para ter vibrado, nenhuma mensagem tinha chegado, nenhuma chamada, nada de nada. E eu pensava que, ou o telemóvel estava avariado, ou eu estava maluco. O que sentia era real, mas na verdade ilusório. O meu cérebro estava a enganar-me. O meu desejo de receber uma resposta rejeitava a realidade e construía um cenário alternativo em que eu recebia aquilo que queria mesmo sem efetivamente o ter recebido. Eu queria aceitação e não rejeição, por isso rejeitava a realidade, que não correspondia às minhas expectativas. Não era tolerante com ela. Por isso, procurava solução noutro universo; por isso, pegava no telemóvel vezes sem conta. E, assim sendo, como é que, isolando-me numa aldeia, eu poderia resolver o meu problema? Foi mais esperta, como sempre, a minha mãe e, por mais que ela garanta que não premeditou tudo, vibra em mim a certeza de que o fez. E ainda bem.

Na aldeia, a falta de rede impedia-me de aceder com eficácia à internet, o que por sua vez evitava que eu passasse dias inteiros a vergar a cerviz e noites em branco a alimentar tendinites nos dedos. Foi desesperante, no começo, mas talvez a minha salvação. É evidente que continuei a fotografar aquilo que, visualmente, estimulava a minha imensa curiosidade e, claro está, não deixei de estar enredado na economia da dependência, procurando validação da minha vida real no mundo digital, ansiando por gostos e comentários. Estou em crer que é por isso que forjamos a nossa realidade e as nossas circunstâncias, tornando-as mais sedutoras. Vivemos em busca da recompensa. O nosso comportamento é induzido. A nossa mente fica refém da interação por via digital e da recompensa. Esperamos novas publicações divertidas ou interessantes, novas mensagens – às vezes até novos emails – como gratificações. E precisamos delas a todo o instante. Foi fechado num pequeno apartamento de um quinto andar que, socializando digitalmente através da minha seringa de dopamina, que com os seus algoritmos viciantes e capazes de oferecerem a cada instante possibilidades mais divertidas e estimulantes do que a realidade, me arrastei tempo de mais.

Hoje, parece-me óbvio que o telemóvel nem sempre me oferecia opções mais interessantes do que a realidade em que me encontrava. Mas eu, um rapaz nascido mais para o final do século xx, vivia distraído com aquela dependência, com aquele tabaco do século xxi. Vivia dependente do telemóvel como quem vive dependente de drogas, como os cigarros, o café, o álcool, a cocaína ou a heroína. E é, percebi mais tarde, uma dependência amplamente generalizada. Se fizermos a experiência e percorrermos um autocarro ou um comboio de uma ponta à outra, percebemos que muito poucos são os que leem um jornal, uma revista ou um livro – uma clara maioria dos passageiros acaricia os telemóveis com os dedos.

98

VER PASSAR O SOL SOBRE AS TERRAS TENDO UM POÇO FUNDO E ESCURO POR DENTRO

ANDAVA HÁ SEMANAS A fazer contas à vida, até que, certa manhã, ao chegar a casa para almoçar os restos do jantar da noite anterior, senti uma absoluta exaustão, vi-me num estado de insolvência anímica. Não era estado que me desagradasse completamente, mas os braços pesavam-me toneladas. Enquanto distraído mordiscava uma coxa de frango assado, pus-me a imaginar – a desejar – a substituição do meu estado de ânimo por outro igualmente duro, para não pedir demasiado, mas mais adequado ao meu feitio. Antes estivesse, por exemplo, a sentir-me insolvente do coração, que é padecimento muito mais nobre. Viver há demasiado tempo um amor precário – dor permanente, fratura sempre exposta – afigurou-se-me como explicação muito mais sedutora para a minha situação. Naquele momento, e como quase sempre em mim acontece, eu sentia-me de determinada forma e, em simultâneo, refletia sobre o que estava a sentir, de modo que nunca me entregava em absoluto ao que sentimentalmente estava a viver. Passei o dia nisto: consciente do meu estado, mas a efabular sobre ele, dando-lhe outra roupagem, mais romântica, quiçá mais compreensível ou justificável. Por isso, ao contrário do que acontecia com todas as más circunstâncias nas quais me vira e das quais, sem exceção, nem me recordava já muito bem, senão através de sensações, dado serem estas, por natureza, mais acessíveis à lembrança, fiz de conta que havia em mim uma memória que eu era capaz de revisitar plenamente e à qual, mesmo contravontade, porque naquele ligeiro delírio eu não queria ser incomodado por tais pensamentos, acedia através do domínio das lembranças, para além do universo das sensações. Era um momento de sofrimento de respeitável dimensão, que beneficiava de contributos de vária proveniência. Eu não conseguia deixar de lembrar-me de muitas dores, antigas e recentes, mas uma maior me habitava naquele instante e não se configurava somente no campo da memória: era uma dor que eu continuava a sentir. Tinha dentro de mim um poço fundo e escuro, no qual, desde há muito tempo, caía diariamente, desamparado, como se fosse a primeira vez. E não conseguia evitá-lo.

Instalava-se em mim um pouco de Camilo, de Castilho e de Soares dos Passos, uma espécie de lirismo ultrarromântico para expressar um sofrimento sem freio. Pelo sim, pelo não, tomei nota deste cenário no telemóvel, para o caso de a ele ter de recorrer no futuro, para explicar a minha ida para a aldeia. Toda a gente compreende uma dor de amor e se compadece e solidariza com a tristeza de um coração que sofre. Por outro lado, tenho sérias dúvidas de que explicar que estava viciado no telemóvel, ou, imagine-se, que sentia velocidade na cabeça, pudesse prestigiar-me ou sequer gerar compreensão e empatia. Ao contrário, o amor é sempre o amor: desejado por todos e, por isso, nobre e respeitado. Como duas crianças quando brincam aos super-heróis e aos médicos, e como fazem escritores e leitores de ficção, instituí entre mim e eu próprio um pacto que tomava por verdade o cenário desenhado naquele dia de intensa lucubração. Se, de acordo com o Dr. Bártolo, o meu lado insone fazia de mim um doente do século XIX, porque não ser a outros níveis um homem desse tempo? No dia seguinte, por via de um lampejo que considero de sanidade, decidi guardá-lo cá dentro – e, por segurança, no telemóvel –, para uso imediato. Na calmaria da aldeia, apenas perante mim assumiria os reais motivos do meu débil estado.

Eu sabia que era a mim que competia agir, pelo que procurei ajudar-me através de decreto próprio. Tinha lido tempos antes um artigo na internet que dizia que em Inglaterra se pensava criar um ministério da solidão, para ajudar os milhões de pessoas que vivem sozinhas. Por que motivo não haveria eu então de criar o meu próprio ministério da lentidão, da vida calma e tranquila, longe de burocracias e necessidades constantes de encontrar alguma coisa? Aquele era o local ideal para esperar pouco, isto é, as expectativas em relação ao mundo não eram ali mais elaboradas do que desejar chuva ou sol e que nascessem crianças. Sustento e reprodução, prato na mesa e multiplicação – tudo o mais era enfeite, vida de pechisbeque ou fancaria.

A realidade parecia indicar que aquele era o local adequado para eu me dar à simplicidade da vida, a tudo aquilo que pacifica em vez de exasperar. Os meus pais já tinham feito o liceu em Beja, porque ali nem escola havia. Quando o terminaram, casaram e partiram para Lisboa, por falta de opções, para fugirem ao campo. Baiôa nunca tirou a mulher do campo, então um dia ela foi-se embora. Portanto, se a aldeia não tinha para oferecer mais do que ver passar o sol sobre as terras, de levante para poente, não seria ali que a minha vida sofreria grandes atribulações.

99

A MELHOR IDEIA DA MINHA VIDA

POR VEZES DETENTORA DE sensatez, rapidamente a realidade se ajustou – é certo que não durante muito tempo – e passou a oferecer a todos uma situação de maior conforto e benefício. Eu fazia as compras, a Ti Zulmira cozinhava e Baiôa e Zé Patife juntavam-se-nos ao almoço e ao jantar para comermos em conjunto. Elegemos o ensopado de borrego como prato favorito daquelas semanas e não errarei se disser que tais tertúlias elevaram o moral daquela tropa nada fandanga. Ao fim de algum tempo, a Ti Zulmira começou a manifestar o desejo de ter uma Bimby. Era muito prática e fazia um pouco de tudo, garantia. E mostrava-nos vídeos demonstrativos no YouTube. Zé Patife perguntava se a Bimby fazia donuts. Numa sexta-feira em que ficámos até mais tarde a bebericar aguardente, regressámos os três a casa e decidimos coletar-nos para oferecermos o mágico robô de cozinha à chefe Zulmira.

Foi sentado àquela mesa que soube que o Dr. Bártolo não estava sepultado na aldeia, mas em Penedono, na Beira Alta, distrito de Viseu, a chegar ao Douro. Foi sob o efeito de um empadão – o prato favorito de Zé Patife, que tinha vários pratos favoritos – e de um vinho de São João da Pesqueira, que tive a melhor ideia da minha vida: irmos a Penedono colocar uma lápide que assinalasse a passagem de um ano sobre a morte do doutor. Todos concordaram com entusiasmo juvenil e, por momentos, senti que estávamos na taberna do falecido Adelino. Baiôa sugeriu que aproveitássemos para ir à mítica vitela.

No dia seguinte, ao almoço, e com os bigodes menos molhados em vinho, alinhavámos o plano. A Ti Zulmira e eu tratámos de reservar quartos para todos numa pensão, Baiôa traçou comigo o itinerário e Zé Patife deu ideias variadas de merendas a transportar. Na semana seguinte, Baiôa mandou produzir uma bonita lápide em mármore de Estremoz: uma placa de tom claro, atravessada perto do limite direito por um veio escuro e sobre o qual ficaram gravadas, de cima para baixo, as seguintes palavras: partiu, morte, saudade.

Na manhã da viagem, a Ti Zulmira acordou indisposta e não quis ir. Ainda pensámos em ficar todos, mas ela fez questão de nos incentivar a não desistirmos do plano. Zé Patife, incapaz de resistir a um lamento alheio, desatou a queixar-se de dores na perna e disse que também não estava em condições de viajar. Ficaria com a Ti Zulmira. Até poderia ser que ela lhe fizesse um empadãozinho só para ele. Baiôa pôs-se de acordo, mas sugeriu-me que, assim sendo, saíssemos somente na manhã seguinte. Remarcámos as dormidas na pensão e preparámos a saída para domingo às oito horas. Nessa manhã, a Ti Zulmira continuava maldisposta, mas voltou a insistir para que fôssemos e pediu-me para lhe ir enviando fotografias via WhatsApp.

100

Quantas vidas pode contar este granito?

Ali, não havia prédios com a bonita arquitetura de empreiteiro dos anos oitenta, nem, empilhadas, preclaras e graciosas marquises. Não se viam centenas de chicletes nem dejetos de cão colados nos passeios. É certo que não havia muitas varandas para marquisar, nem passeios em todas as ruas, é verdade também que não existiam ali tantos miúdos assim para revestirem o chão de pastilha elástica e que os cães vadios podiam cagar à vontade no monte – se quisessem, até resguardados por uma giesta, sem terem de o fazer à porta do café, com toda a gente a ver –, mas o facto é que só por esses aspetos aquele local já me agradava. Ali, tal como em Gorda-e-Feia, não se sentia o mau hálito das cidades. Ali, não se ouvia o trabalhar conjunto de milhares de carros, nem outros ruídos urbanos – se rumor se escutasse, era o da pedra. Ali, próximos dos derradeiros limites da Beira e a caminho curto dos socalcos do Douro vinhateiro, via-se a natureza a sobrepujar sobre o Homem.

Perdoar-me-á quem possa estar a ler este relato se nas próximas páginas eu o transformar num guia tosco de turista deslumbrado. Creia que me custa tanto não partilhar o retrato impressivo da nossa permanência naquelas paragens, como me foi difícil resistir à pulsão de apontar o telemóvel e disparar sobre tudo o que mexia e o que não mexia.

Com um objetivo assumido e um oculto, decidimos – Baiôa e eu – fazer-nos à estrada. A ideia assumida consistia em irmos colocar uma lápide na campa do cemitério no qual estava enterrado o Dr. Bártolo. Esta boa intenção dissimulava uma outra pensada apenas para nosso deleite: irmos buscar uma vitela jarmelista à Guarda. Um e outro, lápide e vitela, pretextos de enormíssima nobreza, bem sei.

Foi entre Castelo Branco e a Guarda que a paisagem verdadeiramente se alterou e que eu comecei a disparar sem parar com o telemóvel, mesmo enquanto conduzia. De tempos a tempos, Baiôa avisava-me: olhe a estrada!

À medida que, com o horizonte enquadrado pela serra da Estrela, cruzávamos placas com indicações de localidades como Tortosendo, Covilhã ou Belmonte, os nossos estômagos começavam a dar horas – a Guarda estava perto e a vitela jarmelista também. Através da internet, havíamos decidido ir comer à Pensão Aliança. Sucede que Baiôa, fiel ao espírito que era o dele, quis que eu telefonasse para perguntar se estavam abertos também no dia seguinte. Melhor ainda do que ir lá hoje, argumentou, é aguentar um pouco mais o desejo e ir lá amanhã. Vai saber-nos muito melhor. E, tendo ele dito isto, nada mais pude eu dizer, senão o que ao telefone ouviu a senhora que na pensão atendeu a minha chamada: boa tarde, minha senhora, era para saber se estão abertos amanhã. Estão? Então, nesse caso, gostaria de marcar mesa para dois. Desculpe, mas estou a ouvi-la mal. Ah! Para a uma hora. E diga-me mais uma coisa, por favor, é possível comprarmos-lhe uma vitela inteira? Não, não, não, desculpe. Crua, queremos crua, é para levar. Seguiram-se minutos de trocas de impressões sobre a melhor forma de transportarmos a carne devidamente refrigerada no carro, o mesmo no qual já rolávamos em direção à Guarda. A dado momento, e de acordo com o GPS, passámos por terras como Maçainhas, Benespera, João Antão, Ramela ou Panoias de Cima. Estávamos perto e não foi fácil ver a Guarda ao fundo e marginá-la sem atracar para ir à vitela. Era meio-dia, que diabo.

Adiante, em vez de seguirmos em direção a Trancoso, e daí para Penedono, berço do Dr. Bártolo, Baiôa sugeriu que da terra de Bandarra fôssemos em direção a Aguiar da Beira, seguindo depois para Sernancelhe e então para a Penedono. Viajávamos por um pequeno vale – curvando, subindo ou descendo onde a tal éramos em absoluto obrigados –, vendo somente verde rasteiro e montes cheios de cabeços ao redor fazendo companhia a um ribeiro a que chamam rio Távora, avistando uma casita aqui e além. Parámos para Baiôa verter águas atrás de um pinheiro – não sem antes me lembrar que, da juventude, sentia falta da bexiga, nem sem eu pensar que lhe faria mais jeito uma próstata jovem –, momento que aproveitei para me informar online sobre

328   *Rui Couceiro*

a região de Távora-Varosa. Passámos Vila Novinha e a sua magnífica ponte em ângulo obtuso, menor em dimensão, mas não em beleza, do que a ponte do Abade, que encontraríamos uns quilómetros mais a jusante. A toda a volta, via-se o verde dos pinheiros que o vento não vergou. Haveria de levá-los o fogo, no verão seguinte. Espero que neste país as árvores não saibam que crescem para o fogo e que sonhem com vidas longas. O princípio da tarde serpenteava entre os montes e nós seguíamo-lo. Os montes eram verdes e desde sempre pedregosos. À noite, passavam a ser escuros, mas continuavam pedregosos. Tinham uma estrada a contorná-los, em contínua sedução. O céu era azul durante o dia e os aviões deixavam nele rastos de modernidade, estradas a direito que se apagavam antes de o azul dar lugar ao negro.

A conselho de quem sabe, fomos à Senhora da Lapa comprar um queijo e por lá almoçámos javali com castanhas. Vimos ainda – acredite quem quiser – um enorme crocodilo. Difícil foi sair do casario que rodeia o santuário sem levar vários connosco – queijos e não crocodilos, bem entendido –, tal o empenho com que todas as vendedeiras procuravam concretizar as vendas, fazendo gala das qualidades incomparáveis dos seus produtos, pregando tão dubiamente como as peixeiras do Bolhão que vemos na TV. Ó senhor, compre-me antes a mim. Ó jovem, apalpe aqui para ver como é molinho. Veja aqui como ele é bom. Sinta este cheiro como nunca sentiu igual. E por aí fora, pouco variando na forma, mas sempre enriquecendo o meu ouvido no que respeitava ao cheiro e ao sabor dos convites. Seguimos para Sernancelhe e, pouco depois, tendo já cruzado um rebanho grande e um pastor velho que parecia curvar-se para nos cumprimentar, começámos a avistar, enfim, o castelo de Penedono. Nesse caminho, e enquanto Baiôa me dava conta de que, lá para os lados de Gorda-e-Feia, havia uma mulher que pastava avestruzes, entendo finalmente o que é o planalto beirão. Pardo e pedregoso, alisa-se ao longo de vários quilómetros até começar a subir para Penedono e seu castelo de espantoso arcaboiço. Olhá-lo ao longe, crescendo à medida que o automóvel nos aproximava da vila, era ver o homem a desafiar a natureza, pondo-se às cavalitas dela e com ela erguendo a mil metros de altitude uma pequena, mas admirável, fortificação. Dissera-me a internet que era uma construção senhorial com mais de mil anos. Ao longe, e ao contrário de outras vilas e aldeias que fomos avistando, Penedono não parecia ter sido abandonada no meio de um descampado, ali deixada por esquecimento do tempo. Ficava absolutamente claro que Penedono não nascera naquele lugar por acaso nem fora erigida senão para perdurar, sobre o frio e secular sono das pedras. A vila eleva-se no topo de um penedio e impõe-se perante qualquer olhar, mesmo a vários quilómetros de distância. Em Penedono, castelo e monte são um só. Do avistar dessa singularidade dual fica, quem chega às imediações – e esse foi o meu caso –, com uma memória visual que dificilmente esquecerá. À margem da estrada, umas florzitas laranja-avermelhadas pareciam papoilas. A tarde ainda não ia a meio e, como já disse, Baiôa tem um hábito que é terrível para uma pessoa como eu, o de gostar de deixar sempre o melhor para o fim. Daí que, quase chegados a Penedono, ele tenha querido a todo o custo que contornássemos a vila para irmos ver o Douro, que era já ali adiante, e voltássemos depois.

Eu mal podia acreditar! Estava ansioso por ver o castelo de perto e aquele velho jarreta sugeria deixá-lo para mais tarde. Mas também não queria contrariá-lo e, por isso, lá conduzi o carro na direção de São João da Pesqueira. Tomámos a estrada que liga a uma terra de nome Ferradosa e depois seguimos como quem vai para a Barragem da Valeira, de modo a podermos ver o rio a partir do Miradouro de São Salvador do Mundo.

E valeu a pena. Com medo de no futuro ter poucas palavras para a paisagem, peguei no telemóvel e fiz vídeos e fotografias panorâmicas. Os montes, vincados por córregos, apontavam para o vale no qual o rio se enfiou, buscando o melhor caminho até ao seu destino, nunca adiando a jornada, contornando todos os obstáculos. Vistas de cima, as curvas tornavam tudo mais belo, a água a enfiar-se em cada um dos recuos dos montes. De certeza que, lá em cima, deus teria uma janela virada para aquela paisagem. Milagres são estas terras da Beira, do demo, do Douro, de Trás-os-Montes, todas contidas e amansadas em socalcos ou entre muros. E o cheiro? Outros mirones, estacionados ao nosso lado e que tiravam tantas selfies como eu fazia vídeos, disseram-me que era cheiro a xisto misturado com esteva. Baiôa, sentado em cima de uma pedra a ver tudo o que os olhos conseguiam mostrar, concordou. Aquele perfume impressionou-me tanto, que fui até ao carro, abri a bagageira e retirei da mala a bolsinha de higiene e de dentro dela um pequeno saco de plástico de fecho hermético. Libertei-o de tudo quanto continha e ergui o saco no ar durante uns segundos, aberto, e fiz com ele movimentos circulares, como se fosse um balde que se enche de água num tanque. Depois, fechei-o rapidamente, feliz por ter guardado para depois aquele aroma a xisto e a Douro. Talvez o espírito de Baiôa estivesse a contagiar o meu.

De regresso a Penedono, fui eu que fiz questão de contornar a vila para nela entrarmos como teria sido o caso se viéssemos de sul, como originalmente sucedera, antes de Baiôa ter a proveitosa ideia de irmos aspirar os ares durienses. Fomos então recebidos pelo voo delirante das andorinhas, entre meia dúzia de casas brancas e modernas que abriam a vila. Ouviu-se o canto de outros pássaros. Baiôa pôs a hipótese de ser um papa-figos. À esquerda, o quartel dos bombeiros, os correios, o centro de saúde e uma estátua de enxada às costas, imagino que de um camponês, mas se fosse de um elefante eu não poderia negá-lo, porque só o castelo, alto e elegante como eu nunca vira outro, se destacava ao fundo da comprida avenida principal (que não é mais do que uma rua), enquadrado entre uma espécie de pinheiros que não sei identificar, ameixieiras, cedros, plátanos e lampiões pretos de ferro, bem como em todo o horizonte que ocupava com orgulho. Parte da rua protege-se à sombra das grandes árvores e nós seguimos hipnotizados por aquela espantosa construção de surpreendente geometria pentagonal e ameias esculpidas em forma de pirâmide sobre torreões imponentes. Cruzámos os Paços do Concelho, magnífica e sóbria construção em pedra, uma ou outra vivenda de emigrantes, mas só o castelo me atraía. O lajedo, o pelourinho (sobre cujos degraus uma menina de ar oriental lambe um gelado de gelo) e a escadaria de quatro lanços, numa praça de postal. Quantas vidas poderia contar este granito?, pergunto-me já defronte do castelo. Gente que por aqui se faz e cria só pode ser de difícil dominação.

Detenho-me a um metro da única porta, virada a sul, de frente para os mouros, e percebo que aquele castelo é um magnífico exemplo de superação humana em múltiplas dimensões: enquanto fortificação que constituía, oferecia proteção face aos inimigos, mas também resguardava das condições climatéricas mais duras. Leio que resistiu ao perigo sarraceno e leonês. É-me impossível deixar de notar que, ao usar ferramentas e mecanismos técnicos, mesmo que arcaicos, para trabalhar e transportar aquelas enormes pedras, também o Homem superou as suas limitações físicas. Subo umas escadinhas estreitas, apoiando-me num corrimão de ferro pintado de preto, e entro numa outra escadaria, cuidado com a cabeça, esta interior mas também estreita, que me leva ao topo. Baiôa ficou em baixo, a conversar com alguém.

Do cimo do castelo de Penedono, este que terá dado berço ao célebre Magriço, bate-me no pescoço um vento morno e manso, avistam-se vários horizontes, todos eles misturas de aspereza e viço. Veem-se baldios, mas também um ou outro pinhal e vários soutos. Dizem que dali se exporta muita castanha para os Estados Unidos. Noutra época, exploravam-se minas de ouro e de prata. Os romanos também por lá andaram e, muito antes deles, há notas salientes e muitos vestígios de presença humana: dólmenes, menires, antas e outras construções seculares. Do alto do torreão mais a norte, e com a ajuda de uma aplicação, identifico um rio a que chamam Torto e, com o auxílio do mapa, julgo avistar a Mêda, depois Freixo Numão, logo depois, virando-me mais para norte, São João da Pesqueira e Carrazeda de Ansiães, que, segundo o mapa, fica do outro lado do rio Douro. Impressionado, esgoto o olhar naquele horizonte límpido e procuro outro. Mudo-me para o torreão mais a sul e, olhando em diante, para o ponto onde a terra ilusoriamente se extingue, reconheço Sernancelhe e a Lapa. O telemóvel conta-me que por ali, num lugar a que chamam Fonte Arcada, há uma ponte românica em granito perto da qual se terá dado uma batalha entre as tropas lideradas por D. Afonso Henriques e os sarracenos. Uma serra de nome curioso: a serra do Sirigo. E outras, todas tocando os mil metros: serra da Laboreira, serra do Sampaio e serra do Rebolado. Talvez Vila Nova de Paiva muito ao longe. Ou o Caramulo por detrás. O céu está transparente. Imagino Viseu mais a leste. Viro-me ligeiramente para a esquerda e avisto freguesias pertencentes ao município de Penedono: Beselga e Antas. Olho em frente, totalmente virado a sul, em busca de Trancoso e de Celorico da Beira, mas o que vislumbro, com grandes dúvidas, mas com espanto e fascínio ainda maiores, é uma elevação que não pode ser senão a serra da Estrela. Naquele momento, dava tudo por uns binóculos e é então que me lembro da loja de chineses que identifiquei junto à Câmara Municipal.

Já não sei se num texto de um geógrafo se de um poeta, porque a bem dizer uns e outros vivem debruçados sobre o mundo, observando e relatando, li que um país é sobretudo o seu osso. Chego aqui, vejo esta elevação granítica que parece saída em erupção do fundo da terra e não acredito noutra coisa. Dou por mim subitamente apaixonado pela geomorfologia. Do topo do castelo, dizem-me os olhos que a natureza não é apenas palco, mas simultaneamente atriz de papel maior neste todo. Desconheço se também encena ou se, por outro lado, se deixa encenar pelos homens. Este castelo erigido sobre um enorme afloramento rochoso é um maravilhoso exemplo de colaboração entre uma e outros e no qual se vê o triunfo de ambos.

332 *Rui Couceiro*

101

AGUARDAM O TRANSPORTE PARA A ETERNIDADE

No chão manchado pelo sol, ilumina-se a terra adormecida, polvilhada aqui e acolá por gravilha. Está tão seca e tão pisada que nem é preciso procurar outros motivos para que ali não cresçam ervas. Nem na primavera, diz uma velhinha enlutada, a natureza semeia em redor destas campas. Custa a crer que haja vida debaixo dela e que ali se decomponham os corpos. É a velhinha que limpa a primeira sepultura do cemitério que fala no assunto a uma mocinha acocorada e de olhos tristes – imagino-as avó e neta. Deus não permite que aqui haja vida, para que não se consumam as carnes. É solo sagrado, acrescenta. E o coveiro, que ali ao lado acerta os paralelos do passeio, limpa o suor da testa com as costas da mão que segura o martelo e diz, com o pragmatismo que lhe ensinam a pá e a enxada: esta terra não é boa, o sítio foi mal escolhido para cemitério. Por isso, pomos pouca terra por cima dos caixões, senão demora muito tempo a decompor. Com menos terra, há mais ar e é mais rápido o consumo dos tecidos. A velhinha benze-se e manda a neta buscar água.

Eu olho em redor e imagino-me com visão raio-x, perpassando com ela aqueles leitos marmóreos e os caixotes de madeira que estão por baixo, mas não os vendo como locais de repouso definitivos. Lá no fundo, os corpos dos passageiros estão intactos, por ter sido vedada à natureza a sua missão decompositora. Aguardam o transporte para a eternidade.

Caminha-se um pouco por ali e sente-se as gentes emudecidas, vozes abafadas pela terra debaixo dos nossos pés. Vejo senhores de fatos toscos, apertados por gravatas de domingo. Os cabelos da maioria das mulheres estão atados em puxos e elas seguram rosários entre os dedos duramente entrelaçados sobre os peitos; três ou quatro, de melhor condição, levam ouro nos pulsos e nas orelhas e expõem na cabeça a rigidez de muita laca. Estão à espera da paz dentro de caixas de pinho, ou de castanho. Também há crianças, quase sempre muito magras. Há bebés enfezados, alguns parecem nem ter ainda nascido. Há gente sem dentes e com as mãos feitas de calos. Há campas de granito não polido, poucas e antigas, e uma disputa feroz pela atenção de quem entra no cemitério. Umas têm cruzes enormes apontadas para o céu. Outras esticam-se ao lado de jazigos, apartamentos duplex e triplex em localidade de casitas térreas ou pouco mais. Ostentam cabeceiras altas e grossas, que albergam santinhas dentro de nichos envidraçados. Têm penduricalhos em forma de candeeiros, porque as lamparinas e as gambiarras podem não ser suficientes para iluminar a alma dos finados. Umas são a pilhas, compradas na loja dos chineses que também aqui chegaram, nessa invasão lenta e determinada de todo o mundo.

As velhas ajeitam flores de plástico e passam as mãos pelo tempo. Os velhos que não estão já debaixo da terra ficam-se por casa, à espera de que elas regressem, porque olhar pelos mortos é, tal como cuidar de velhos e doentes, coisa de mulher. Os daqui como os de outras geografias, conta-me Baiôa, dizem que em cemitérios só hão de entrar deitados. Mas sei que mentem, acrescenta. Sei que os visitam à noite, para chorarem junto das campas das mães. Evitam olhar para as das irmãs, dos tios e dos amigos que os abandonaram no mundo. Por vezes, preferiam também já ter ido, sabe? Não fossem as mulheres e os netos e, na verdade, mais valia, porque tristeza maior não há do que com os outros ver partir o próprio tempo. Dito isto, Baiôa caminhou até junto do nosso morto e eu deixei-o ir – queria ver tudo o resto antes de o encontrar.

Está patente naquele espaço uma profunda crença de que ele será o último leito, o derradeiro local de repouso. Ou então, por ser local de passagem, fazem-se nele esforços decorativos, na tentativa de que quem do outro lado recebe as almas se sinta na obrigação de atribuir morada de igual dignidade. Últimos ou transitórios, há uma procura evidente de fazer daqueles domicílios os mais dignos de todos. Quem em criança cresceu numa casota de pedras toscas, às vezes aos quatro, cinco e mesmo seis estendidos nas mesmas palhas, deita-se em velho numa morada de mármore ou granito, ornamentada com

334 *Rui Couceiro*

faustosos ferros e letras douradas. Variam as cores da pedra, mas pouco as inscrições nas campas, algumas em livros abertos feitos na mesma pedra. Em todos se pode ler a eterna saudade. Vejo também um coração de pedra branca, com uma mensagem dedicada a um avô. Já não se anuncia aqui jaz fulana ou sicrano. Escrevem-se mensagens para quem parte, mas que têm como destinatários, na verdade, os que ainda estão, que devem ficar a saber das supremas virtudes dos defuntos. Eterniza-se a saudade dos que ficam, já que não se pôde eternizar a vida dos que partiram. Maridos enviuvados declaram para todos verem que amar a mulher foi fácil, mas que esquecê-la é impossível. A certos mortos é-lhes pedido que, uma vez no céu, prossigam as missões de implorar a deus por todos os que ainda lá não chegaram – e que o façam do fundo dos seus parados corações. Há velas apagadas e cores artificiais por todo o lado, porque ir ao cemitério só é possível para a maioria na altura dos finados, ou em agosto, quando se vai à terra para as festas. Vêm de Viseu e de outras cidades de menor dimensão, vêm de Coimbra, do Porto, ou de Lisboa, vêm de França, da Suíça, ou da Alemanha. Alguns do Luxemburgo. Por isso, aqui e ali, também se veem mensagens escritas em francês, a mon parrain, a notre ami, que, como se sabe, é língua capaz de conferir muito mais faustosa dignidade a tudo o que é dito e escrito. Há cruzes de pedra em certos lotes a dizer comprado, pois se é sabido que convém acautelar o futuro, se até o padre o diz na missa, porque não fazê-lo mesmo até ao fim? Também há genros a deixarem mensagens. Imagino que haja flores deixadas por amantes. Vejo inscrições mais ou menos poéticas, algumas com quase um século, feitas à mão em pedra branca. Numa delas, encontro uma gralha, que os homens nisto de gravar na pedra falhavam mais do que as máquinas, basta avaliar pela caligrafia de uns e de outras. Onde deveria ler-se que, lê-se qeu. As mães e os pais partem, mas ficarão sempre nos corações de todos os que tanto os amaram. O tempo passa, mas não deixa esquecer a dor nem a recordação de esposas, filhos, netos e bisnetos. Naquele cenário de morte e de elogios, quase fico a crer que o mundo naquela pequena vila deve ter sido um local bom para se viver. Os meus pensamentos saltitam à medida que de uma campa passo para a do lado. Reparo, por exemplo, que as noras não afirmam saudades – a palavra nora pura e simplesmente não aparece.

Festeja-se o fim da dor de uns, mas chora-se a partida de todos. Declaram-se postumamente os que ficaram àqueles que partiram e é certo, porque bradado em quase todas as pedras, que uns existirão para sempre na memória dos outros. Tudo é agora frio e triste sem a companhia dos que deixaram os lares queridos, desprovidos da alegria de outrora. Porque, diz alguém à mãe sepultada, as flores murcham, as lágrimas secam, mas a saudade permanecerá para sempre. Por vezes, acontece tentar dizer-se uma coisa, mas escrever-se outra: eterna saudade de teus irmãos sobrinhos que nunca nos esquecerás.

Na maioria das campas também estão inscritas as datas de nascimento e de morte dos ocupantes. Numa delas, logo abaixo de uma morte acontecida em 1990, leio outro tropeço, certamente perdoado pelo senhor: que deus lhe deia o eterno descanso. Noutro ponto do cemitério, fico a saber que, nunca fiando, filha, genro e netos também rogam, para toda a eternidade dos séculos, pelo perdão do senhor para a alma de uma mãe, que não posso imaginar senão como mais pecadora do que todos os vizinhos, dado que para nenhum vi pedir igual perdão público. Há muitas campas pequeninas, acho que já o disse. Volto a imaginar o tamanho dos corpos e arrepio-me. Encontro túmulos que mais não são do que montinhos de terra batida a enxada. Alguns têm pedrinhas por cima, cruzes improvisadas e uma ou outra flor apanhada no contentor do lixo que existe à porta do cemitério.

Leio os nomes de todas as campas, especialmente atento aos primeiros: Palmiras, Produências, Balbinas, Adrianos, Deolindas, Valdemares, Henriquetas, Artures, Isildas, Salazares. Ao lado de muitas das inscrições, há fotografias desbotadas dos defuntos. São trabalhos de fotógrafo: há permanentes e brilhantina nos cabelos, faces coradas por vinho ou pó de arroz, e as fatiotas parecem ser as mesmas com que foram a enterrar. Talvez tenham aproveitado a sessão fotográfica para as provar, fazendo um ensaio geral para o fim.

Naquele cemitério, bons sentimentos há-os a ponto de nos encherem os olhos. É cenário revestido das melhores intenções, mas para os meus contemporâneos, que como eu estão ainda de pé, custa-me a crer que seja espaço atraente. Para além da despicienda questão da morte, o problema é que a estética não seduz. Da minha parte, palavra de honra que não vejo grande interesse em esperar pelos sapatos de defunto. Para me lembrar disso, ou porque há sempre algo de belo em tudo o que é decadente e feio, e perdoar-me-ão quando chegar a minha vez, não resisti a guardar para memória futura algumas das coisas – quase todas, admito – que por ali encontrei. Concedo que possa haver nisto um certo desrespeito pela memória de quem parte, mas não deixarão por isso os meus de tumularmente afirmar a eterna saudade que terei deixado. E assim – eu, que chegado o ano novo me tinha sentido ainda mais decidido a passar menos tempo com o telemóvel – desatei a disparar com aquela fúria contemporânea de quem precisa de partilhar tudo nas redes sociais. A boa notícia era que eu tinha efetivamente visto tudo o que ali havia antes de fotografar; só isso me distinguia ao nível de estultícia do turista moderno e da versão de mim que chegara meses antes a Gorda-e-Feia.

Vários minutos depois, já com gigas e gigas de sepulcrais fotografias armazenados na memória do meu fiel inimigo, aproximei-me de Baiôa. Ajoelhado, esfregava a campa do Dr. Bártolo. Por intermédio de um esfregão amarelo e verde, que ia molhando num balde cheio de água com bolhinhas, não só a limpava, como também fazia com que dela se libertasse um vigoroso aroma a lavanda. E se não emprego outro adjetivo é justamente porque a fragrância de lavanda do detergente lava-tudo se encontrou na minha mucosa olfativa com o odor a lavanda antitraças que imaginei estar a impregnar a indumentária dos defuntos, e em alguns casos até a emanar de pequeninas saquetas colocadas nos bolsos dos blazers e dos saia-casacos daquela gente adormecida, motivo pelo qual o cheiro a alfazema me indispôs um pouco. A Baiôa, que oferecia o seu vigor à dignificação da memória do doutor, enquanto eu me dava a tão nobres trabalhos como fotografar lápides e a tão seletos pensamentos como o que acabei de expor, indispunha-o o musgo acumulado nas juntas do mármore, o verdete nos ornamentos metálicos e uma pequena colmeia dentro de uma das floreiras (cuja atividade eu registei em vídeo para a posteridade).

Apontada aos olhos de quem passava, a lápide informava:

Bártolo Proença de Melo

N. 16-07-1934

M. 05-12-2014

Logo ao lado, em idêntica residência, podia ler-se: José Henrique de Carvalho e Melo, N. 20-10-1913, M. 03-12-1983 e Maria Vicência Almeida Proença de Melo, N. 24-04-1915, M. 13-06-1996. Baiôa desconhecia por que motivo os pais do doutor tinham excluído o pombalino de Carvalho e Melo dos apelidos da família, tampouco soube dizer-me porque nunca se casara o seu amigo médico. Finda a tarefa que ali nos levara, ajudei-o a assear também a campa do velho casal que acabara de conhecer. Tudo limpo, pousámos solenemente a lápide a estrear na campa e foi quase como se soassem trombetas.

Baiôa verteu a água suja na sarjeta que havia por baixo da torneira, voltou para junto do túmulo do Dr. Bártolo, virou o balde ao contrário e sentou-se em cima dele, defronte da lápide, que dizia assim: 1º aniversário do falecimento do Dr. Bártolo Proença de Melo – homenagem de gratidão e saudade de Gorda-e--Feia. Durante alguns segundos, também eu prestei tributo ao doutor, até que os deixei a sós e me postei à entrada do cemitério, encostado ao portão férreo e sem cor, queimando um cigarro.

102

O PÉ A FUGIR-LHE PARA A DEVOÇÃO

POR UNS MINUTOS, VIAJÁMOS em silêncio, até que Baiôa se lembrou de uma coisa. E os minutos que a esses minutos se seguiram, depois de deixarmos Penedono, foram dos mais inesperados que até então eu tinha passado com ele. Anunciada a chegada da luminosa ideia, logo o pé lhe principiou muito estranhamente a fugir para a devoção: de todos os santos e santinhos, só conheço um com verdadeiros poderes, disse. E, como se isso não fosse já novidade bastante, ato contínuo pôs-se a rebolar na mais surpreendente dedicação ao culto, ao acrescentar: e de todos os santuários deste país, mesmo daqueles que nunca visitei, apenas um tem efetiva capacidade de mudar a vida às pessoas. Eu nem queria acreditar que o ateísmo de Baiôa começava a tombar para a beatice; o hardware só poderia estar nas últimas, ou então aquela velha máquina, que é como em informatiquês se chama aos computadores, estava necessitada de uma urgente atualização de software, dado que aquele começava a dar problemas, os chamados bugs, e em breve poderia até crashar, que é a maneira modernaça de dizer estourar, dar o berro. Certo é que assim começou Baiôa a doutorar que aquilo que iria sem qualquer dúvida ajudar-me seria uma visita ao dito santuário. Além da minha mãe, iria agora tê-lo também a procurar regenerar o crente que eu, à força de tanto ouvir que estamos entregues e que não somos nada, já não conseguia ser? Ocorre que o meu amigo voltou a surpreender-me ao exibir também dotes de psicanalista, ou vidente. Vá-se lá saber porquê – há coisas que só os velhos sabem ou adivinham –, mas, com poucas falas, puxou de dentro de mim frases e confissões que se ligavam umas às outras por fios, cada uma trazendo outra atrelada.

Permita-me o leitor a reserva da vida privada e, pelo menos aqui, não partilhar pormenores do que contei a Baiôa. Não me envergonha, contudo, adiantar que versava sobre a solidão e o desamparo, o desejo de conforto e de horizontes. Durante largos minutos, não prestei atenção à paisagem, nem me lembrei da vitela que nos aguardava. No lugar do morto, quando algum solavanco abanava o carro, Baiôa levava a mão à zona lombar, pois na pensão em que pernoitáramos havia cometido o supremo erro de tentar dormir em cima do colchão, coisa à qual, como sabemos, há muito não se encontrava afeito o seu corroído costado. Segundo ele – e que pena tinha de que não houvesse solução de igual eficácia para as dores de costas – era imprescindível levar-me no domingo seguinte a um local de culto – isso mesmo, replicou, perante o meu espanto, antes de acrescentar: a um santuário. Mas como assim, a um santuário? Fazer o quê, Baiôa?

Pouco habituado àquelas devotas inclinações do meu companheiro de jornada, mas avezado no que respeitava às suas respostas evasivas, optei por não insistir. A vitela jarmelista esperava-nos e talvez dois ou três copos de vinho lhe reorganizassem as ideias, que tão afetadas se apresentavam. Talvez não tenhamos bebido o suficiente na noite anterior, numa taberna à qual chamavam Fornos do Rei, um espaço de feição medieval, no qual estivéramos até irmos beber um digestivo a um bar de nome Alcaide. Numa e noutro, a todo o momento, eu esperava a entrada de cavaleiros medievais, chocalhando as suas armaduras e cotas de malha. Não aconteceu daquela vez, mas, no que concerne ao Dr. Bártolo e a tudo o que lhe diz respeito, como aquela vila medieva em que nos encontrávamos, não havia muito que verdadeiramente pudesse surpreender-me.

O começo da manhã dedicáramo-lo a uma visita à casa que por herança também pertencia a Baiôa e que fora erguida pelo avô do Dr. Bártolo. Pouco mais era do que uma ruína, embora ainda conservasse o telhado, mas nela se destacava a magnífica fachada em pedra de cantaria, nobremente adornada com uma cornija do mesmo granítico material a todo o comprimento e com um lampião de ferro suspenso na parede, e sobretudo um bonito balcão construído com respeitáveis lajes. As janelinhas eram pequenas, para ao mínimo reduzirem a entrada do ar gelado da invernia que se instala naquelas serras e do calor opressor do estio beirão. Por dentro, parte do soalho havia cedido, por conta da chuva que entrava por uma vidraça partida, mas que Baiôa havia entaipado com tábuas e plásticos aquando da sua anterior visita. Havia mobílias velhas, muito velhas, incluindo um móvel-bar cheio de garrafas de aguardente e de vinho generoso de rótulos praticamente indecifráveis. Optámos por levar algumas, para não se estragarem e, quem sabe, talvez ajudassem à digestão da bezerra que nos aguardava. Num compartimento interior, via-se uma escrivaninha de madeira escura e uma cadeira rotativa, de idêntico material. A cozinha, à qual acedemos rompendo um denso nevoeiro de teias de aranha, a maioria das quais acabaram coladas aos meus lábios, nariz e pestanas, estava montada em cima de um impressionante lajedo – peças de dois ou três metros de comprimento, por outro de largura – e possuía uma enorme lareira, com uma grande chaminé, dentro da qual se viam uns paus atravessados, lá no alto. Num deles, penduradas por fios, exibiam-se raquíticas chouriças mumificadas. Dentro dos toscos armários, havia coadores, colheres de pau, tachos de ferro fundido, utensílios estranhos que todos juntos talvez fossem a versão medieval da Bimby desejada pela Ti Zulmira. Nas gavetas, pesados talheres sobre papéis de jornal de diferentes tempos antigos: num, terei lido Peyroteo e, noutro, Américo Tomás. Havia garrafões revestidos a verga com as rolhas carcomidas, e bacias, baldes e cântaros antigos – um deles, segundo Baiôa, em cobre. Num cómodo fronteiro à cozinha, repousava um pequeno enxergão cheio de buracos que deixavam ver palha envelhecida e escura. Nos três quartos de cima, havia já colchões de molas, ainda que todos exibissem também buracos – um deles, disposto ao alto, lembrava mesmo um queijo suíço, não só na forma, como no cheiro.

Insistentemente inquirido a propósito do futuro daquela casa, Baiôa terminou por adiantar-me que, caso a vida lho permitisse, gostaria de dedicar também – ainda que não sabendo para que fim – alguns meses ao seu restauro. Ali mesmo lhe prometi que o ajudaria, embora o ancião que curava casas e que então se fizera também beato me tenha de imediato respondido, com o seu recém-adquirido ar de fé, que eu iria ter mais com que me ocupar. Como sempre, não o contrariei e dei por mim a pensar: nós, de facto, não somos nada.

Baiôa aproveitou a pausa na conversa para comer uma maçã de variedade feia e tosca e da qual comprara uma caixa cheia em Penedono. Meia hora antes de se sentar à mesa, defendia, tal prática preparava o estômago para as refeições. Beber um copo de água também era um exercício rendoso, pois punha a máquina a funcionar, tal como o motor de um carro que, nos dias frios, antes de se sair de casa, se põe a trabalhar para aquecer.

À chegada à Guarda, o GPS levou-nos até uma rua a que deram o nome Vasco da Gama e, vendo ao fundo o restaurante que nos esperava, senti-me um navegador a avistar, enfim, o caminho para um destino há muito prometido e sonhado. Tanto eu tinha aguardado aquele momento, que logo pedi um bom vinho para o assinalarmos devidamente. Brindámos à raça jarmelista e trocámos ideias sobre a dita, com base na investigação por mim já várias vezes feita. Diz-se que por um erro de análise de um especialista se lhe colou o rótulo de variedade da sub-raça beiroa da raça bovina mirandesa, persistindo o erro até aos nossos dias, apesar de outros peritos nas reses bovinas, em registos de há mais de cem anos, a considerarem uma raça independente. É, segundo se diz, uma vaca forte, com cabeça e quadris largos, distinguindo-se da mirandesa desde logo pelo facto de ser excelente produtora de leite. Mas tem características próprias claramente identificáveis, como o dorso direito, o focinho largo, a marrafa grande, os membros altos, entre outros menos notórios, mas de igual modo distintivos, ao nível da forma e tom do pelo, dos olhos, da cauda e dos cornos. Também o sabor, porque entretanto chegou o que ali nos tinha levado, só poderia ser diferente. Sobre uma tábua de madeira, deitados numa cama de migas beirãs (com broa de milho, couve e feijão-frade), apresentavam-se-nos os ultraterrestres nacos de vitela jarmelista, cujos sabor, suculência e maciez fiquei a achar que talvez, eventualmente, na melhor das hipóteses, só encontrem paralelo – ou, melhor dizendo, aproximação – em Urano ou Neptuno.

Em Portugal, haja ou não migas no prato, não se pode comer sem pão. Até chocolate se comia com pão, contou-me certo dia Zé Patife, lambendo a beiça. Baiôa gostava de mexer nas migalhas caídas sobre a toalha. Enquanto falava, alinhava-as com o indicador direito, formando uma linha, e terminava sempre as conversas deixando um círculo fechado.

Para ajudar a embuchar um pouco mais, pedimos outra garrafa e atirámo--nos à tarefa de, calmamente, acomodar dentro dos nossos estômagos aquela tão generosa chicha. Cumprida a empreitada com distinção, sem significativo esforço nos dedicámos também a terminar a segunda garrafa – tal como a novilha, aquelas uvas não podiam ter sido sacrificadas em vão. A minha mãe ficaria orgulhosa, dado que sempre me ensinara que era pecado desperdiçar alimento – e por alimento eu entendo tudo o que é sustento, ou nutritivo, seja sólido, líquido ou assim-assim. Aliás, assim-assim – em termos de consistência, não façamos confusão – era a sobremesa servida num boiãozinho de vidro, um doce que sobre o salgado pousou como colcha macia. A cama estava feita, pelo que, depois de paga a gratificante despesa, entrámos no carro, saímos da cidade, encostámos debaixo de uma grande árvore e dormimos uma sesta.

103

Uma extravagância evidentemente sintomática de um ou de vários vazios

Tenho uma série de ideias não confirmadas a respeito de Baiôa. Muitas delas – a maioria – nunca as procurei comprovar, admito. Conforta-me o suficiente saber o que sei, o que julgo saber, ou, muitas vezes, o que imagino. Podem acusar-me de falta de audácia, até de um certo conservadorismo desajustado à minha idade, mas para quê correr o risco de estragar o que está bem? Por exemplo, estou convencido de que Baiôa não tirava a boina para dormir. Dado o significativo adianto deste relato, não surpreenderá ninguém que tal incerteza se tenha já revelado terreno fértil e oferecido clima favorável durante tempo bastante para eu ter imaginado dúzias de situações envolvendo um homem que se deita de chapéu. A simples imagem de uma pessoa estendida, coberta com roupa de cama até acima dos ombros e usando chapéu, é combustível para uma mente como a que me calhou em sorte.

Disse-me uma vez, na tentativa de explicar de que modo se dera o seu afastamento da igreja: ensinou-me o meu pai a nunca entrar em sítio onde se fosse obrigado a tirar o chapéu. E, assim, justificando uma ausência de crença que curiosamente agora parecia ressurgir, me dava o meu amigo material para devanear. E, se aqui falei da boina, foi só mesmo para chegar à religião. Baiôa não tinha a confiança da fé – muito menos certezas, que essas nem a fé as dá –, mas sentia de modo profundo que o mundo era um lugar injusto. Surpreendia-me, por isso, que pudesse achar um santuário sítio ou meio capaz de resolver fosse o que fosse. Em rigor, eu não lhe conhecia qualquer prática religiosa. Ao contrário de mim, nem o sinal da cruz fazia quando assistia à descida de um caixão e ao despejar de terra por cima da madeira. Não lhe agradavam os rituais religiosos, ainda que participasse neles. E tinha os seus próprios ritos. Era dado à abusão, a uma crendice que não era popular, mas antes própria, oriunda de uma forma personalíssima de ver as coisas. Em tempos, li que a psicanálise demonstra que toda a superstição nasce de um desejo. Provavelmente, o mesmo acontece com os ritos. Damo-nos à oração, por desejarmos que algo aconteça ou não aconteça. E, em matéria de superstição, Baiôa tinha alguns comportamentos e manias no mínimo curiosos. Hoje, não me espanta que assim fosse, mas de começo aquilo que observava impunha a fantasia no meu pensar.

Imagine-se que era homem de entrar em casa sempre com muito cuidado, abrindo pouco a porta. E, por desse modo o fazer, claro está, as pessoas presumiam. Incluindo eu próprio, o mesmo que sabia que Baiôa nunca recolhia dos bolsos moedas ou notas. Guardava os trocos sobretudo nos bolsos dos casacos, por irem menos vezes à máquina de lavar. O objetivo era simples, sobretudo quando tinha efeitos de um ano para o outro: ao esquecer-se voluntariamente de uma nota de cinco euros no bolso de dentro de um blusão que usava apenas enquanto as noites de primavera estavam frescas, a dado momento a acharia e tal reencontro proporcionar-lhe-ia um momento de alegria. Baiôa fazia este exercício propositadamente e eu, na verdade, não só não posso dizer que não lhe achasse piada, como também que nunca o tenha experimentado. Em bom rigor, como memória ou ligação ao meu velho amigo, continuo a fazê-lo. Outras práticas ele tinha que eu não mimetizo, mas esta há de ficar comigo. Uma outra, do domínio da correspondência, eu prefiro não levar a cabo.

Certa manhã – uma bela manhã de sol, lembro-me bem – acompanhei-o ao posto dos correios e, não fosse a minha particular atenção para com tudo o que existe e o que não existe, nunca teria reparado neste pormenor. Eu até estava agarrado ao telemóvel, aproveitando o facto de ali haver mais rede do que na aldeia, mas por acaso apercebi-me de que, chegado ao balcão, Baiôa recebia um envelope que tinha o endereço do destinatário – ele próprio – escrito com a mesma caligrafia, isto é, escrito pelo mesmo punho, que a carta que instantes antes ele havia despachado. Passo a explicar: o carteiro não ia à aldeia; a correspondência era remetida para a posta-restante e aí ficava à espera de ser reclamada pelo destinatário. Sucede que, naquela manhã, dei conta de que a letra presente no sobrescrito recebido era a mesma usada na carta enviada. Olhos de lince e uma dedução básica permitiram-me deslindar o resto: Baiôa escrevia cartas a um amigo e, na ausência de resposta, ele mesmo respondia a si próprio. Só isso explicava que, no envelope que despachava, no espaço dedicado ao destinatário, pudesse ler-se Dr. Bártolo Proença de Melo e, na carta que recebia, estivesse escrito, enquanto destinatário, Joaquim Baiôa.

Uma vez, também o apanhei sozinho na taberna, a um canto, escrevendo a algum defunto que pensei ser o médico, mas que claramente era alguém do sexo feminino. Eu não quis ser indiscreto, mas uma ou duas vezes, sem querer, deitei o olho rapidamente ao que no papel já tinha sido posto e, entre outras coisas, li a seguinte frase: sempre que sopra uma brisa lembro-me de te perguntar se não achas tu que as árvores estão desde sempre apaixonadas pelo vento, já que de cada vez que ele passa elas tremem e se arrepiam. Escreveria Baiôa a uma paixão antiga? Ao amor de toda uma vida? Eventualmente – embora achasse pouco provável – a uma pessoa viva? Ou apenas a um namoro imaginário?

Se escrever para ele próprio era uma extravagância evidentemente sintomática de um ou de vários vazios, perceber que entidade havia escavado esses buracos no seu espírito também não era difícil – chamava-se solidão. Eu via aquele homem magro e velho a estender, sem grande talento, a roupa no quintal e compadecia-me. Há coisas para as quais, por mais que treinemos, nunca teremos grande vocação, e Baiôa não atinava com a melhor forma de pendurar uma camisa numa corda. Quando, porventura, saíamos da taberna mais cedo, ou quando deixou de haver taberna, vê-lo regressar a casa era para mim uma dor. Imaginava-o dentro de quatro apertadas paredes, partilhando a solidão com uma TV quase sempre desligada. Talvez falasse sozinho, como tantas vezes o apanhei a fazer dirigindo-se a uma árvore junto da qual jazia, por certo, a memória de alguém importante. Bem sei como é: nos piores momentos, a boca fala daquilo de que o coração está cheio. E Baiôa vivia atormentado por alguma coisa. Nunca me atrevi a tocar em tal ferida. Mas via-o caminhar até lá e, de coração golpeado por aquela condição dolente que é própria de quem está só, conversar com a madeira viva e com as folhas verdes.

Formamos famílias, casando e tendo filhos, para substituirmos a nossa família original, que a dado momento desaparecerá. Não estamos, todavia, preparados para ver extinguir-se também essa família – a que não nos é dada mas por nós construída. Por isso, e como eu próprio me sentia desacompanhado, passávamos muitas horas juntos, fosse trabalhando na reabilitação de mais uma casa, fosse matando as horas em conversas que sabíamos que em breve deixaríamos de ter.

104

Desaparecidos

Fora do âmbito da lista do Dr. Bártolo, testemunhei outras mortes enquanto vivi em Gorda-e-Feia. Era gente das redondezas. Baiôa e a Ti Zulmira estavam atentos, as notícias chegavam-lhes. No bloco de notas do telemóvel, fui registando os nomes e as causas de morte. Com o auxílio da memória, e em jeito de homenagem, dedico algumas linhas a cada um dos desaparecidos. Que deus nosso senhor os tenha, diriam a minha mãe e a Ti Zulmira.

Ana Garro Caixeiro

Quando cheguei, ela já tinha sido atropelada. Não foi pelo rosto que a reconheceram, o que não deixa de ser irónico.

Era coisa da qual só se dava conta quando vinha a filha mais velha visitá-la à vila, mas aparentavam a mesma idade. Não que a filha estivesse especialmente envelhecida. Sucedia que o método habitual da morte, a que damos o nome de envelhecimento, parecia ter encontrado algum bloqueio no caminho que tencionava trilhar. Ana tinha, aos sessenta, rosto de quarenta. Era uma impossibilidade não achar que a aparência a mantinha bem distante da morte, pelo que esta, ao subtrair-lhe o rosto, coisa que fazia por intermédio da brutalidade, outra das suas ferramentas, empregava a única solução de que dispunha para a recolocar no caminho do seu apetite e, desse modo, eliminar mais uma pessoa daquela região. A vida nem lhe corria mal, estava empregada, a filha também, para além de casada e com filhos, o marido quase reformado, tinham comprado um carro novo e feito obras em casa – mais um quarto e uma casa de banho, virados para o quintal. Por que mais poderia ela esperar? Por tudo, menos por uma morte terrível e brutal, como a que se deu quando saiu de casa a correr para evitar que a netinha mais nova fosse atropelada.

António Escoval Bocito

A Ti Benilde tinha há dias começado a dar os primeiros passos e já a atacava uma tosse cavernosa. Espantava que o fundo de um corpo tão pequeno pudesse fazer tanto barulho. Doía só de ouvir. Tantos meses para recuperar uma bacia que se desconjuntara e agora parecia que o peito se lhe tinha estragado. Parecia estar apodrecido, confessara o Ti António, o dos galos, à Ti Zulmira, acrescentando que há três noites a mulher e ele não pregavam olho. Ela sempre com aquela tosse, a mesma que a levou à ambulância e nela direta para Lisboa, onde viria a falecer, vítima de infeção hospitalar. O Ti António, o dos galos, ainda foi levado pela segurança social para um lar, mas pouco durou. Optou por morrer. Deixou de se alimentar, não tornou a sair da cama, pouco mais se mexeu e, ao cabo de seis semanas e meia, partiu para junto da mulher – ou, pelo menos, para longe da ausência dela e do desgosto que esta lhe provocava.

Rita Doroteia Romana

A primeira coisa que se lhe viam eram os seios. Dei de caras com eles quando, pela primeira vez, nos cruzámos na rua. Antes de que nas redes sociais me acusem de ser machista ou libidinoso, seja-me permitido explicar que tal não sucedia por imposição de imponente volumetria ou decotagem, mas sim pelo facto de os referidos estarem à altura dos olhos da pessoa comum. Rita tinha uma altura invulgar, media um metro e noventa e quatro.

Nunca casou, diz-se que à conta do tamanho. Tinha o sonho de ir morar para a Alemanha, ou para a Holanda, onde lhe asseguravam haver mulheres do tamanho dela e homens ainda mais altos. Não se conhecem indícios reais de que, como chegou a ser aventado, o pai a maltratasse. Mas, certo dia, desapareceu. Como já passaram dois anos sem que – segundo apurei – dela se recebesse algum tipo de notícia, tomei a liberdade de a incluir na lista dos mortos. Os pais, esses, vivem desgraçadamente, entre o luto e a esperança.

Tomás Carrasco Celão

A VIDA ALI ERA simples até ao final dos anos 1980: quarta classe e depois enxada. Tomás era filho de um maltês e cresceu no campo, como todos os outros, e no campo toda a vida trabalhou. Aos dezanove, juntou-se com Arminda, uma mulher que lhe deu três filhos. Assim era naquelas terras sem temor a deus, terras de gente amancebada, diria a Ti Zulmira. Gostavam muito um do outro – todos mo disseram – e, antes de Tomás morrer, ainda se namoravam. Desconheço pormenores, mas, com base no que me foi relatado, imagino que não tenha sido muito diferente do que aqui contarei.

Era comum deixarem-se ficar assim, ele dentro dela, durante largos minutos. Às vezes vinte, trinta minutos, em certos casos mais tempo. Nesses períodos, ela sonhava com a felicidade e não sentia o peso do marido; ele dormia profundamente. Abandonavam-se assim, um ao outro, até ele se retirar por completo e, estremunhados, despertarem para a realidade. Mas, daquela vez, depois dos espasmos de gáudio, ele manteve-se duro dentro dela, ainda que derrotado pelo prazer. Ela, como de costume, e ao longo de muitos minutos, sonhou acordada com a felicidade. Assim esteve até se dar conta de que o corpo do marido começava a ficar frio, estava frio, não sentia já o pesado bater do seu coração, estava parado, estava frio, estava morto. Arminda gritou e nem assim Tomás acordou. Tentou rodar o peso morto de cima do seu corpo em choque, mas viu-se incapaz. Com o braço esquerdo esticado à altura do ombro, procurou o telemóvel na mesa de cabeceira. Encontrou-o e telefonou à irmã, que com a ajuda do cunhado lhe retirou de cima Tomás, de rosto branco como a cal e pénis ereto.

Numa lápide cravada na gaveta em que repousa, pode ler-se o seguinte epitáfio: À vida e à família ofereceu amor, alegria, paciência, amabilidade, bondade, fidelidade e partiu deixando eterna saudade a seus familiares e amigos.

Domingas Calhanas Teodora

Depois de perder o emprego, ganhou uma enorme quantidade de quilos e mais tarde um cancro no útero. Morreu na altura esperada, depois de infrutíferos os tratamentos. A Ti Zulmira dizia que nem era má pessoa. O marido sofria de espermatorreia desde a juventude (dizia-se que era gonorreia) e tinha-se ido dois anos antes, com um cancro da próstata diagnosticado demasiado tarde. Para efeitos práticos, quando ele estava já doente, haviam-se batizado e casado no mesmo dia. Mal se iniciava nas igrejas, brincavam os amigos, piedosos, logo desposava uma moça. Poucos meses viveram casados, poucos meses esteve Domingas viúva. O flagelo do cancro estava também já instalado naquelas paragens. Alturas houve em que outras pestes trouxeram dificuldades extras – o Dr. Bártolo destacava surtos cíclicos de blenorragia, por exemplo.

José Eduardo Abrantes de Sousa Brites Marranilha

No cemitério da vila, jazigo havia apenas um e dizia: jazigo de Manuel António Cachoupo Brites Marranilha e de sua família. Tinha ainda o busto do senhor esculpido no mármore de Estremoz, abaixo da cruz que encimava o pequeno edifício. Lá dentro, vi enfiarem Eduardinho Brites Marranilha, o Ciladas, setenta e três anos, solteiro, magro e elegante. Conta-se que tinha sida, mas ninguém sabe bem de que morreu. A Ti Zulmira chamou-lhe, sorrindo, um pantomineiro pecaminoso. E punha-se a imitá-lo: só pode ser uma cilada, querem de certeza apanhar-me aí em algum beco e abusar de mim! E ria-se. Depois, voltava a encarnar a personagem: imagine que apareceram aí num carro, para me armarem uma cilada, eu percebi logo que queriam levar-me para o meio das árvores! A Ti Zulmira era capaz de passar uma tarde inteira a falar das aventuras do Ciladas e a imitá-lo: uma vez, de férias no Algarve, dois estrangeiros prenderam-me durante dois dias inteiros no apartamento deles, veja lá bem! Também falava muitas vezes do momento em que, num barraco em que lá na herdade se guardavam animais, o pastor desapossou Eduardinho da sua honra, que, como se sabe, é coisa que fica arrecadada nas traseiras e dá dores quando corrompida de forma abrutalhada. A vítima indignou-se com o falatório e queixou-se ao padre de que a vila já não era como antigamente, de que todos tinham perdido a decência e não praticavam senão a boataria. Na verdade, toda a região foi sabendo que falta nenhuma lhe fazia a honra, dado que Eduardinho não se fartou de repetir a desonra, antes o tivessem destratado daquele modo mais cedo, porque coisa tão infame afinal podia ser melhor do que tudo.

O Enforcado

Naquele morredouro de velhos, muita gente em idade geriátrica ou perto dela sofria de depressão. Muitos acabavam com a vida pendurando-se, alvejando-se ou envenenando-se. Estas pessoas sentem um profundo e urgente desejo de antecipação de morte, explicou o Dr. Bártolo.

No caso do Enforcado, avistei-o somente ao longe, mas creio até que lhe vi as vascas. Ou talvez não tenha visto, pouco importa. Certo é que aquele pequenino cenário me impressionou e se me cravou na memória como unhas na carne. Estava pendurado no puxador de uma porta, facto que a maioria considera não ter constituído mais do que uma malsucedida das suas ameaças de suicídio. O Enforcado, ao contrário dos suicidas de verdade, passava o tempo a anunciar que iria matar-se. Quando, à conta de tantas ameaças, já ninguém o levava a sério, e da alcunha não se livrava, começou a forjar tentativas de suicídio que, invariavelmente, falhavam, por não comportarem risco ou porque alguém, conforme o próprio desejava, o impedia a tempo. Uma vez, a mulher deu com ele estendido no conforto da cama, com uma lata vazia de creolina sobre a mesa de cabeceira e duas embalagens, igualmente vazias, de veneno para ratos atiradas para o tapete. Levaram-no para o hospital, aparentemente inanimado, e depois de uma lavagem ao estômago encontraram-lhe na barriga apenas vestígios de leite meio gordo. Noutra ocasião, diz-se, terá ficado mais de sete horas, segundo as contas mais comedidas, com uma corda ao pescoço, em cima de um banco, esperando que alguém aparecesse para o impedir de saltar.

Daquela vez, vimo-lo estendido no passeio, junto à soleira do casebre que habitava, como se a própria casa o levasse a passear de trela. Assemelhava-se a um crocodilo com coleira, com a cabeçorra ligeiramente erguida e a bocarra aberta. Tinha as mãos erguidas até ao pescoço e os dedos retesados junto à corda.

VITALINO FIALHO, O MATA-PORCOS

CHAMAVAM-LHE MATA-PORCOS E NÃO é descabido considerar que talvez não fosse uma ideia provida de grande sensatez darem-lhe uma faca para a mão no momento de sacrificar os bichos. Pois se dele se dizia que andava pela região como flibusteiro em águas mansas, sempre à procura de ocasião para enganar velhos e novos, como confiar nele quando munido de um facalhão e já banhado de sangue de morte? A crer nos relatos que me chegavam, não era mesmo gente de confiança. Dava sumiço a tudo o que eram objetos metálicos, tendo chegado até a roubar, para depois vender, antenas de televisão. Oferecia-se a velhos para ir à farmácia aviar receitas e, no final, sem aviso prévio, cobrava avultadas comissões pelos serviços. Roubava melões ao vendedor ambulante, quando este contornava a camioneta para ir urinar, e depois vendia-os noutra estrada, umas centenas de metros adiante. Vendia lenha de árvores que não lhe pertenciam e que ninguém o autorizava a abater — tinha até uma tábua de madeira cravada num poste velho, junto à sua casa, anunciando, a tinta vermelha, VENDESSE LENHA [sic] —, mas que, servindo-se de uma motosserra e da força bruta de que era naturalmente dotado, em pouco tempo despachava para a caixa da carrinha e transportava para um barracão de chapa erguido nas traseiras de casa. Foi com os taipais a transbordarem de madeira de sobro que, numa curva apertada, a roda da frente do lado direito da carrinha se lhe desprendeu do eixo — diz-se que levava apenas um parafuso —, rolou até se enfiar na água, a viatura embicou em direção a um grande freixo e, na sequência do embate, o Mata-Porcos foi projetado, atravessou o para-brisas e com a cabeça manchou de vermelho o tronco caiado da árvore.

No velório, não marcou presença a Ti Zulmira, que era uma espécie de profissional das despedidas. Não falhava nenhum e em todos chegava antes e saía depois da família. Encarava aquela entrega ao choro com tamanho espírito de missão, que se aborrecia acaso alguém não reparasse nela. Daquela vez, não foi assim e não vi entre os presentes quem ficasse incomodado com a morte do Mata-Porcos. Atirou-se o caixão para o fundo, cobriu-se bem depressa, não fosse o homem acordar, nestas coisas sabe-se lá, disse a Ti Zulmira nessa noite, e depois sobrou apenas uma dúvida em forma de receio: quem passaria a enfiar a faca na pele cor de ardósia e a assegurar o macabro serviço de sacrificar os suínos?

TEODORA BRISSOS JANEIRO

A TI TEODORA, ou Titi, como era conhecida, nunca tirava o xaile, oferecido pela irmã que morava na Covilhã. Dizia que, com ele, se por infortúnio caísse, o grosso tecido feltrado lhe amorteceria o embate dos ossos antigos contra o chão duro. Pelo mesmo motivo – o medo das quedas – deixara de usar as socas e passara a andar sempre, contou-me, com as galochas, às quais, até então, dava serventia apenas na horta. Eram, dizia, mais justas aos pés e por isso menos atreitas a dançarias. Preferia também entregar grande parte da pensão à EDP em vez de cair, por isso deixava as luzes acesas à noite, por medo de, ao levantar-se para ir à casa de banho, como todas as noites acontecia, impreterivelmente, entre as 3h45 e as 4h00, tropeçar e dar cabo da cabeça contra algum móvel ou outro perigo doméstico, já para não falar de uma possível quebra da bacia, acidente a médio prazo fatal, como sucedera à sua mãe numa das primeiras vezes que usara uma banheira para se lavar. As quedas matavam muita gente da idade dela, explicava-me. Pelo sim, pelo não, pusera todos os tapetes que tinha em casa na casota do Pipoca, o caniche que lhe fazia companhia. Sempre ela ficava mais segura e o bicho, que era companheiro como não havia e tão esperto que só lhe faltava falar, mais aconchegado e quente.

Um dia, meia hora depois das quatro da madrugada, o Pipoca começou a ladrar sem parar. Os vizinhos que acudiram encontraram a Titi estendida na cama que outrora fora dela e do falecido marido. Nessa noite, a Titi não se levantara já para ir à casa de banho; talvez o Pipoca não tenha ouvido o seu último suspiro, mas foi o primeiro a sentir falta dela.

105

DEI COM ELE NO LEITO DO RIO

DADA MANHÃ, DEPOIS DE acordar, e como era meu hábito, abri a janela para deixar entrar o ar fresco e a alegria da altissonante passarada pulando de beiral em beiral, de cabo elétrico em cabo elétrico. Enquanto preparava o café, chegou-me também um bater ritmado, o mesmo que, percebi então, minutos antes me despertara. Eu passara a tarde da véspera a fazer o que só de quinze em quinze dias fazia, e que consistia em limpar a casa a fundo, de modo a receber sem receios a visita dos meus pais e a inspeção sanitária executada pela minha mãe, e por isso não acompanhara Baiôa nos trabalhos de assentamento de azulejo que nos ocupava na habitação que recuperávamos, antes me dera ao esfregar de azulejos na minha própria casa. Aquele martelar, contudo, dava conta de outros afazeres. Preparei uma bucha para ir comendo no caminho, lavei a cara no lavatório comprado por Baiôa no OLX com a ajuda da Ti Zulmira, enfiei a roupa de trabalho e saí à rua, não sem antes fechar janelas e portadas, por um irreprimível receio de que andorinhas me entrassem casa adentro e me decorassem o teto com ninhos e o chão com cagadelas.

Dei com ele no leito do rio, entre traves, barrotes e tábuas dos mais diversos tamanhos, algumas delas ainda dentro de um carrito que servia para atrelar ao seu automóvel de primeira geração, mas que por norma puxávamos à mão pelas toscas calçadas da aldeia. Parte dela teria vindo do barracão ao fundo do seu quintal, mas a madeira que eu ali via era mais do que muita e a sua proveniência um daqueles mistérios que, relacionados com Baiôa e com aquele lugar, eu já tinha aprendido a aceitar sem questionar em demasia. Não se percebia também de que forma ele a tinha para ali transportado, só com dois braços despidos de carnes e um atrelado do tamanho de um tanquezito de lavar a roupa. Dava ideia de que, quando eu não o ajudava, o trabalho se desenvolvia com outra eficácia e que certas tarefas apareciam feitas como as pirâmides de Gizé.

Além de recuperar as casas, Baiôa mantinha as ruas limpas e os canteiros com flores. Desde há muito que ajudava as viúvas, substituindo-lhes lâmpadas fundidas, consertando torneiras ou autoclismos que pingavam, e ainda levando os mais velhos entre os velhos ao posto de saúde, ou ao hospital, quando o Dr. Bártolo o solicitava, ou tal se mostrava necessário. Ofereceu os anos de reforma aos seus e ao lugar onde nasceu. Preocupava-o o envelhecimento da população e sabia de cor os índices de envelhecimento, ano por ano, desde 2000. Referia, sem ter de pensar muito, os principais indicadores demográficos e tinha no anuário temático sobre demografia publicado pelo Instituto Nacional de Estatística desde 1935 uma das suas leituras favoritas. Após a morte da Ti Zulmira, ainda me pediu que consultasse na internet, através do meu telemóvel, certas informações presentes na base de dados Pordata. Interessavam-lhe sobretudo – e imagino que muito tenha debatido o assunto com o Dr. Bártolo – a estrutura etária da população residente no país, a natalidade e a fecundidade, bem como a mortalidade e a esperança de vida. Por vezes, referia até dados relativos ao número de nascimentos fora do casamento ou de relações de coabitação. O facto de o Alentejo apresentar as taxas de mortalidade mais elevadas do país preocupava-o, apesar de ser evidente que, também ali, cada vez se morre mais tarde. Sabia bem que, quando no final de novembro o frio se instalava, com as suas noites maiores e mais frias, trazia viço à morte, que todos os anos ceifava sem perdão até meados de março. É no final do ano velho que se adoece e no começo do ano novo que se morre, dizia. Falava de óbitos neonatais, de esperança média de vida, por género e por regiões, de nupcialidade – com especial destaque para os dados a sul do Tejo, que conhecia em pormenor –, dos muitos nascimentos fora do casamento e sobretudo de taxas de viuvez, que com minúcia me explicava serem bastante superiores no Alentejo face às demais regiões do país. Recentemente, seduziam-no os fluxos migratórios, porque esperava que estrangeiros fossem habitar a aldeia, aumentando-lhe a esperança de vida. Estava ciente de que vivia na região com a maior taxa de mortalidade do país, por isso depositava toda a sua fé em possíveis paixões de forasteiros por uma Gorda-e-Feia que via tísica mas tentava pôr bela. E acessível. Daí que uma ponte fosse em absoluto imprescindível e que, se quem tinha a obrigação de a fazer não a erguia, ele próprio a faria com os seus braços e mãos.

Encontrei-o, portanto, de volta de uma tonelada de madeira aparelhada de diferentes feitios, dando forma a uma ponte que, depois da queda da original, de provisória por certo passará a definitiva, porque, adianto o que mais tarde ouvi, o número de habitantes da aldeia não justificava – e, se era esse de facto o humano critério, cada vez justificaria menos – o investimento em tão grande obra pública. De lápis entre a orelha e a boina, no meio de marteladas e cortes feitos com serra manual, e assim era também quando andávamos a endireitar o chão de uma casa ou a substituir-lhe a caixilharia, transmitia-me as informações que ia recolhendo: sabias que, em Portugal, desde o começo do século, há mais velhos dependentes do que crianças dependentes? Com sabença me falava das friezas e das quenturas daquela terra, a única que em toda a vida conhecera como habitante de um lugar. Enquanto trabalhava, penso que chegou mesmo a falar-me na ideia de, nos hábitos próprios, substituir o vinho por gasosa, ou até eventualmente por Seven Up.

Com o vigor que lhe restava, Baiôa serrava, martelava, media, voltava a serrar, a ensaiar e a pregar. Havia nele uma determinação vinda não se percebia de onde, pelo menos eu não me lembrava de ter aprendido nas aulas dedicadas à anatomia que houvesse um órgão do corpo humano que se prestasse a essa qualidade. Em rigor, talvez aparentasse já alguma falta de força em relação aos tempos que inauguraram a nossa amizade. Durante meses, ele caiava e eu, ajudando muitíssimo, pensava em quanto valiam aqueles braços e aquele pincel, em quanto valiam sobretudo aqueles gestos. Não o suficiente para mudar alguma coisa. Ou talvez eu fosse demasiado pessimista. O tempo redunda em olvido, mas não para os obstinados.

106

O TEMPO REDUNDA EM OLVIDO

AINDA QUE ACREDITASSE QUE todos partem inteiramente, estava certo de que dos levados e dos idos ficavam as memórias, ao invés de algum tipo de consciência, mesmo que diáfana, por parte daqueles cujos corpos deixam de funcionar, e talvez isso fosse já uma forma de ficar um pouco. Sabia que, ao ver morrer vizinhos e amigos, estes o deixavam a ele e ao mundo para sempre. Sabia que o deixavam num cenário de injustiça, dado que os vivos se lembrariam dos mortos, mas estes não teriam noção daqueles nem de coisa alguma. Por conta deste inaceitável axioma único, desenvolvera um ódio insuportável à morte na sua configuração evidente. Não era aceitável tamanha crueldade, mas nenhum sinal chegava à terra − pelo menos dos que lhe eram dados ver − que mostrasse outra evidência. Não era correto ele recordar-se de décadas de convivência íntima com uma mulher, de total partilha e compreensão mútua − em suma, ter uma consciência plena do vivido a meias − e, à conta disso, sentir uma saudade permanente sem correspondência. Anos e anos de comunhão em vida não deveriam ter na morte uma ausência de resposta. De nada adiantava ser o guardião único das boas recordações de momentos vividos em conjunto, porque o que os tornara especiais fora justamente a partilha. Aceitava − à luz das incontestáveis evidências − que a morte existisse enquanto separação física das pessoas. Aceitava também, à conta do que estava igualmente bom de ver, e credor em absoluto de provas em sentido contrário, que ela separasse também o diálogo supracorporal entre as pessoas. O que era impossível de aceitar era que a memória do vivido ficasse apenas na posse dos ainda vivos e não pudesse ser partilhada – pelo menos, dizia-me muitas vezes, no domínio das memórias positivas. Tal aceção não constituiria uma forma de diálogo, dado não haver troca de mensagens, mas simbolizaria um modo mais tolerável de morte. Estamos proibidos de contactar, mas lembramo-nos um do outro. Um cenário assim, uma espécie de reencontro das pessoas separadas pela morte no campo das memórias – eu lembro-me de ti e tu, algures, lembras-te de mim e das coisas boas, e só dessas, que vivemos – era para Baiôa muito mais aceitável. Conferiria um pouco mais de justiça ao imerecido e obrigatório fim. Bem pensado tinha sido, portanto, o conceito de juízo final existente na maioria das religiões. Baiôa sabia que, ao despedir-se ultimamente dos vizinhos, se despedia também da aldeia que era o seu mundo. A morte não dava mostras de se acercar dele primeiro do que dos outros. Se assim fosse, ficaria sozinho num espaço do qual ninguém mais se lembraria. Se partisse primeiro, outros restariam em igual e madrasta circunstância. Os que acreditavam na transcendência talvez pudessem não sentir tamanha dor, mas a ele não lhe havia sido concedida a capacidade de acreditar – nem ele a desejava, no íntimo, sabendo que todo este longo novelo de dilemas era também consequência inevitável dessa inflexibilidade ideológica e de caráter. Construíra uma lucidez conducente à infelicidade, porque constituía ela própria uma imperfeição. Como um cágado saído do rio que, por ter mais uma perna, se atrapalha na marcha e acaba virado ao contrário. Por mais que esperneie, em desespero absoluto, e mesmo tendo cinco em vez de quatro patas, nada pode fazer para além de esperar a morte. Talvez pudesse condicionar o futuro para que sobrassem na aldeia somente os que creem. Esses nunca ficariam de pernas para o ar. Ou doutrinar as gentes para que acreditassem, mesmo não tendo ele fé, de modo a oferecer-lhes a salvação da consciência. Mas como embarcar num projeto de mentira por piedade, se ele implicava, precisamente, a ocultação e a deturpação da verdade? Que mundo era afinal aquele em que era preciso mentir e enganar, e enganar-se a ele próprio, para oferecer aos outros e a si mesmo vidas apaziguadas?

Tantas vezes eu quis acreditar, por saber que para quem crê não há doenças mortais, por ser a morte apenas uma etapa para outra vida. Certo é que a morte acaba com os padecimentos. Nunca li ou ouvi relatos de que depois da morte haja doenças. Baiôa dizia-me estas coisas com um misto de humor e tristeza. Podia haver vida depois da morte, mas nunca ninguém se referira a uma vida afetada por maleitas, o que, reconhecia, não era mau. Corre-se até o risco, dizia ele, de os fiéis se entregarem literalmente ao deus-dará, não se precavendo em relação a doenças, como as venéreas, por exemplo. A fé era vista pelos crentes como uma espécie de invulnerabilidade, ou, pelo menos, uma aceitação pacífica da vulnerabilidade, por encararem a morte como passagem.

Baiôa vivia consciente de que a inquietação edificava, sentia-se sabedor de que nada de mais humano existia do que o desassossego. Mas, para ele, a morte significava o fim de tudo e esse era sem dúvida o comum destino. Não é assim para quem crê, dizia-me. As doenças e outros infortúnios são apenas aspetos naturais de uma vida pré-definida, ou protegida, por conta da qual nada há a temer. Poder-se-ia, então, dizer que os crentes estavam livres da infelicidade, mas Baiôa sabia que assim não era.

Vivia em agonia, sentindo o desespero do fim através das mortes dos outros, torturas permanentes para ele que ficava e não sabia ainda por quanto tempo.

107

Domingos ritualizados

Apesar da aporia em que vivia, Baiôa não deixava de mexer braços e pernas. Para ele, a dúvida não era travão. Não havia sossego que lhe servisse nem apatia que nele vivesse. E tinha toda a vida estruturada em ritos. Era, reconheço, uma personagem inverosímil. Vivia sozinho e, com maior ou menor dificuldade a estender a roupa ao sol, sozinho se governava. Tratava das casas dos outros e era herdeiro de um significativo património e de um legado científico-afetivo importante, realidades que davam sentido à sua existência. Também bebia vinho e isso também dava sentido à sua existência e, nas horas em que o não bebia, tratava-se como um macrobiótico convalescente.

Porque raciocinava com minúcia a propósito de assuntos triviais e talvez por o ver sempre a fazer dois sudokus ao final da tarde, compenetrado, Zé Patife considerava-o um espírito superior, um intelectual. A Ti Zulmira lera na internet que aquelas palavras cruzadas japonesas eram muito boas para a cabeça. Receoso de que o álcool pudesse ter os efeitos nefastos que por aí aventavam, como a destruição de neurónios, que são as coisas com que a gente pensa, achava que de algum modo poderia compensar essas perdas com aqueles exercícios matemáticos que autoadministrava na tentativa também de adiar a demência, a doença de Alzheimer.

Mas era aos domingos que o homem que conheci cumpria de todos o mais salutar e nobre rito. Fosse hoje domingo, estivesse o leitor disponível a ir visitá-lo e ele a acolher-nos e certamente seríamos recebidos por um olor capaz de nos fazer tombar como donzelas nos braços daquele príncipe dos tachos. Talvez eu esteja a exagerar, mas Baiôa decerto estaria a massajar, com sal e pimenta, tanto o exterior como, com o dedo médio ou com o indicador, o interior de uma perdiz. Com sorte, teria mais duas no congelador e em ambas aplicaria idênticos cuidados, aos quais se seguiria um doce pincelar com uma sacra unção de azeite condimentada com alecrim, coentros e poejo moídos num almofariz que ficaria bem em qualquer altar gastronómico.

Em segundos, nos serviria queijo e vinho. Beberíamos o néctar até às últimas gotas, dado que, como já sabemos ser para ele regra, não podiam aquelas uvas ter sido sacrificadas em vão. Em salutar convívio nos sentaríamos à mesa do senhor Baiôa, pousando os nossos copos numa bonita toalha oleada aos quadrados azuis e brancos semelhante à que em minha casa houve até final dos anos oitenta e que tão saudosos pequenos-almoços de leite simples (ao fim de semana, com Toddy, Milo ou Cola Cao) e pão com manteiga recebeu. Do forno nos chegaria, primeiro, a delicada fragrância das especiarias e, logo depois, os eflúvios adocicados da carne fazendo-se tenra, a pouco e pouco adquirindo uma tonalidade acobreada, sobretudo depois de Baiôa a ter coberto com um pouco de mel de soagem, o seu favorito. As perdizes estariam piamente dispostas lado a lado sobre uma grelha que permitiria que os seus sucos escorressem para a assadeira de barro que, por baixo, receberia o previamente cozido arroz de açafrão com pinhões, passas e quadrangulares pedaços de toucinho.

Saiba o leitor, porém, que o regalo não terminaria por ali. Apesar de já nem sempre cozinhar estes e outros pratos da sua predileção, quando confecionava carne de alguidar, açorda (normalmente, de alho e coentros com ovo escalfado, mas o que tivesse de sobras nela podia entrar) ou outros sustentos tradicionais, convidava-nos para com ele partilharmos as refeições. Nos restantes dias da semana, comia de um outro modo, aprendido, com o auxílio da Ti Zulmira e da internet, que lhe fazia chegar a casa arroz integral, quinoa, lentilhas, sementes de sésamo e até alheiras vegetarianas, que o meu amigo apreciava sobremaneira, por saberem a carne. No pedaço de terra que meava a sua casa e o barracão no qual guardava materiais e ferramentas para as obras às quais se dava, Baiôa tinha passado a cultivar batata-doce, cebola e couve-brócolo. Mais abaixo, numa pequenina courela encostada ao rio, tinha tomate coração de boi, curgete, espinafre e agrião. Era de verdes, de fibras, de proteínas de origem vegetal e de outras coisas que para aquele Alentejo – durante décadas alimentado a restos de pão migado e ao que da matança tinha de servir como conduto durante um ano inteiro – constituíam inauditos exotismos, que Baiôa, aos domingos à tarde, enchia caixinhas herméticas adquiridas pela internet pela Ti Zulmira e que guardava no frigorífico para toda a semana, sobretudo para os almoços, não tendo assim de interromper o trabalho para cozinhar.

À noite, terminada a primeira entrega aos prazeres gastronómicos, a que consistia na confeção dos vários pratos, Baiôa oferecia-se a um segundo deleite, pináculo de todo o processo: o de comer um bocadinho de cada iguaria. Num prato largo, colocava um pouco de tudo quanto fizera e abria uma garrafa das melhores. Com o propósito de sentir-se ainda mais satisfeito, sintonizava uma rádio da outra banda, para acompanhar o jantar ouvindo um programa de futebol. Ali, falava-se semanalmente da disputa do título por três grandes instituições: o Real Club del Pueblo, o Atlético Superación e o Deportivo Sporting. Baiôa seguia religiosamente o programa, satisfeito por nele se falar apenas do jogo jogado e por nunca se entrar em polémicas com arbitragens ou com trocas de galhardetes entre dirigentes. Nunca soube se havia ou não de dizer-lhe o que descobri na internet: que o programa era um exercício ficcional da estação em apreço, uma espécie de radionovela de cariz satírico, e que as vozes eram todas feitas pelos mesmos dois tipos, atores profissionais, como mais tarde constatei ao pesquisar nessa grande fossa que responde por internet quando a chamamos.

Por saber que a estes rituais se entregava sempre Baiôa com a maior das devoções, mais ainda me surpreendeu que quisesse levar-me ao tal santuário. Iríamos apenas de manhã, bem cedo, e ele conseguiria conciliar tudo? Ter-se-ia esquecido dos prazeres a que àqueles dias se oferecia? Nestas dúvidas fiquei, até que chegou domingo, um em que ele não se daria aos tachos mas a outros cozinhados, e a tão esperada visita ao santuário.

108

A caminho do santuário

Um Ford Focus, preto, comercial, matriculado no ano 2000, percorria a estrada nacional número 258. Dentro dele, viajavam dois homens: um velho do campo que não queria chegar tarde e um jovem da cidade que procurava corresponder a essa vontade através de uma condução arriscada e inábil. O velho era Joaquim Baiôa e o jovem era eu. Mas isto foi depois de algumas contrariedades que talvez se possam adivinhar nas próximas cinco ou seis linhas. Se, durante anos, me perguntei que tipo de homens – e as feministas que me desculpem, mas isto é mesmo coisa de homens e estou certo de que não vão querer que seja delas também – encosta pedras aos pneus dos carros, sobretudo em ruas inclinadas, como que para os escorar, para evitar que caiam, pois bem, encontrei um: chama-se Joaquim Baiôa. Os travões de um carro não são coisa em que se possa confiar, disse-me, quando o vi, ajoelhado, retirando paralelos de baixo do seu automóvel, para de seguida nele se sentar.

Convidou-me para ir a um santuário e eu aceitei. Para Baiôa, os domingos eram dias de absoluta e intocável dimensão religiosa, à volta dos tachos. O plano consistia em, bem cedo, metermo-nos num carro velho e conduzirmos mais de cem quilómetros, a fim de visitarmos um santuário que, todos os fins de semana, atraía centenas de pessoas. Lá chegados, sentou-se à sombra de uma monumental árvore, de ramos compridos e densos, podada em baixo, para permitir abrigo do sol e da chuva aos visitantes do santuário, espécime considerado em toda a região como exemplo e prova acabada da intervenção divina sobre aquele lugar abençoado por uma relíquia e um santo poderoso. Tinha os ramos maiores suportados por estruturas de ferro pintadas de verde, para que não caíssem ao chão castanho e seco. Ensinou-me que era uma alfarrobeira. E, pelas minhas contas, seriam necessários seis homens corpulentos para abraçar o perímetro do seu tronco.

Eu não conhecia mesmo crença alguma a Baiôa, muito pelo contrário, mas colocava a hipótese de ele lá ir pela memória da mulher. Quando nos sentámos à sombra da alfarrobeira – o santuário disponibilizava uns banquinhos de madeira – começou, de modo descontraído, agindo com uma naturalidade para mim inesperada, a revelar o motivo pelo qual ali me quisera levar. Sinto-me, todavia, na obrigação de admitir – não vá alguém que conheça a história em toda a sua dimensão denunciar-me e pôr em causa a credibilidade que pretendo preservar depois de terminado este relato – que a viagem até ao santuário não foi fácil e, acreditasse eu em sinais dos céus, poderia ter-me convencido de que alguém nos dizia para não a fazermos. Logo a partir da segunda curva, a minha perna direita ganhou vida autónoma: quando se aproximava uma curva apertada, o pé buscava o pedal do travão sem ordem direta da minha consciência e o corpo retesava-se-me todo, apesar de não ser eu o condutor. O carro de Baiôa era como uma camioneta de carga, não tinha bancos traseiros. Durante meses, pensei que os encostos estivessem rebatidos, mas depois apercebi-me de que tinham sido removidos. Naquele que passara a ser espaço de carga, havia uma manta grossa estendida, que já fora bege, e sobre a qual se viam ferramentas dispersas, chapas largas e estreitas, pedaços de madeira de tamanhos vários, pequenas latas de tinta dentro de uma cesta, pincéis de pelo enrijecido, parafusos, pregos, lápis e canetas. Porém, aquilo que a camioneta improvisada de Baiôa tinha de mais interessante, para mim, estava na retaguarda: a porta traseira, a que dava acesso à bagageira, tinha um buraco, como aqueles que se veem nas portas para entrarem os gatos, e que Baiôa havia recortado para poder transportar ferros compridos que usava nas obras das casas; logo acima, o vidro era amovível, para permitir enfiar tábuas largas e outras peças de maior dimensão na improvisada viatura de carga. Estava amolgada em todos os quadrantes, e a pintura dava ares de acastanhada. Tínhamo-la escolhido para nos transportar por respeito deste que escreve pela teimosia daquele que, nem ao fim de dez quilómetros, me disse, ao conferir entre a tralha que trazia na bagageira, eu a acabar de desapertar a roda da frente do lado esquerdo, que o pneu sobresselente se encontrava vazio e a roda sem serventia. Enfiámo-la assim mesmo, pois alternativa não havia, e fomos a menos de quarenta à hora até ao posto de combustível mais próximo, sete quilómetros adiante e consideravelmente fora da rota que nos levaria ao nosso egrégio e abençoado destino. Saciado de ar o pneu, e porque mesmo não indo alta a manhã o calor se fez sentir durante as operações necessárias à mudança de roda e também pela pouca velocidade a que depois disso fomos obrigados a circular – facto que, ao invés do desejado, não fazia com que a movimentação de ar pelas janelas nos aliviasse, mas antes nos levasse ao quase desespero, até porque, como já se percebeu, o calhambeque de Baiôa, para além dos travões gastos e os pneus puídos, estava longe de ter nascido na época da generalização do ar condicionado –, decidi comprar garrafas de água, para nos refrescarmos. Nesse momento, dei falta da carteira. Voltas dadas à carripana, concluí que a tinha deixado no meu próprio automóvel, que estacionara à porta da casa de Baiôa, depois de perceber que não valia a pena tentar convencê-lo a deixar o dele a descansar e a preparar-se para o sono eterno que há muito o seu estado justificava. Atrapalhado, expliquei-lhe a situação e vi-lhe as mãos saltitarem das algibeiras para os bolsos traseiros das calças, daí para o bolso da camisa e depois até para debaixo da boina – imagino que mais por desnorte do que por aí guardar habitualmente coisa alguma – e para o interior do carro – estofos, tapete, porta-luvas, chapeleira, bagageira –, até concluir, desconcertado: também não trouxe a minha. Já tínhamos, inclusivamente, passado a herdade do Dr. Rebelo de Abecassis, gente que se percebia ser de muito boa condição, com nome de rua e avenida. Voltámos para trás e parámos no local onde tínhamos estado a mudar o pneu. Resultado nenhum, marcha de regresso até à aldeia. A minha carteira encontrei-a, como esperado, no carro, a de Baiôa ficara em casa. Desculpámo-nos ambos com a atrapalhação da saída e da escolha do automóvel a levar, e saímos, dessa feita no meu bólide projetado no final dos anos 1990, para tentarmos recuperar algum do tempo perdido, até porque Baiôa se mostrou muito preocupado com a possibilidade de não chegarmos antes do começo da celebração. Não pude, por isso, olhar com atenção a herdade do Dr. Rebelo de Abecassis, advogado formado em Coimbra, da fornada de 63, da qual saíram várias das figuras mais brilhantes da nossa política, e ainda filósofo, poeta, catequista, benemérito e columbófilo. Baiôa estava tenso, certo de que, de acordo com as contas que fez e refez várias vezes, não chegaríamos a tempo. Eu puxei do telemóvel, abri a aplicação que fazia da tecnologia GPS a nossa melhor amiga, e provei-lhe que, caso não tivéssemos de encher nenhum pneu ou outra contrariedade, estaríamos no santuário nove minutos antes da celebração. Seguimos, portanto, tranquilamente, cada um com os seus pensamentos. Baiôa, sabedor de que quando as gerações mais velhas já têm todas as respostas, os mais jovens surgem e mudam todas as perguntas. E eu a imaginar que, acaso fôssemos no carro de Baiôa, e se pudesse, eu iria atrás, sem cinto de segurança, debruçado sobre a parte da frente do habitáculo, com uma mão em cada um dos encostos dos bancos da frente e com a cabeça espetada entre eles. Dali, a visão seria panorâmica e as respostas às minhas perguntas, tal como quando era criança, chegar-me-iam com uma rapidez mais condizente com a curiosidade e as expectativas que tinha. Conduzir ali era em tudo diferente de fazê-lo em Lisboa, dado que se mostrava desnecessário o medo dos motociclistas e dos ângulos mortos, bem como não comparecia a ansiedade provocada pelos engarrafamentos.

Cruzávamos herdades de ricos lavradores, gente com morada fixa em Moura ou por vezes em Lisboa. Em cada herdade, havia uma casa grande, para o lavrador, e outra, pequena, para os caseiros. Os filhos dos lavradores iam dos montes para a vila, para ali estudarem até à quarta classe. Os que iam e vinham atravessavam o rio de barco, que naquela época estava bem cheio metade do ano. Era terra de boa barrada, a melhor da região. O rio dava para tudo. As mulheres lavavam a roupa e os homens lavavam os caracóis dentro de redes. E pescavam, claro. Pescava-se muito barbo, sobretudo com um garfo, um garfo grande. E boga, tenca e carpa. Também se pescava de tresmalho. Faziam-se súcias junto ao rio, comia-se ensopado e caldo de peixe. Comia-se, bebia-se e cantava-se. Era assim a súcia, a festa. E era o moleiro que passava as crianças das herdades, no seu barquito de tábuas. Algumas crianças, poucas, ficavam em casa da professora. Estavam com os pais ao fim de semana. Os que seguiam os estudos iam para Beja e depois para Lisboa ou Coimbra, mais tarde, imediatamente antes do 25 de Abril, um ou outro também para Évora, mas depois veio a revolução e isto mudou tudo, explicou-me Baiôa. Os montes hoje estão abandonados, poucos são os donos que neles vivem, nem já os empregados, que, como têm carros e tratores, moram nas aldeias. Agora veem-se os olivais todos alinhadinhos, mas as terras aparentam mais solidão. Eu absorvia aquelas informações sentindo-me um pacóvio, dado que na cidade ninguém supõe que ser lavrador possa significar ser rico. Mas estava com fome. E Baiôa não só prometeu fazer-me um caldo de peixe, como me deu a receita: num tacho largo, fazes um refogado com alho, cebola, salsa, tomate e pimento, depois água e, quando ela levantar fervura, pões os peixes – o ideal é o barbo. E depois come-se assim: sopa de pão no prato e o caldo por cima. E vinho, claro.

Os deleites das experiências físico-químicas

Seguíamos, finalmente, viagem. Avançámos em direção a Mourão, passámos Reguengos de Monsaraz e continuámos para norte, pela nacional 255, rumo ao Alandroal e a Vila Viçosa. Avistámos a serra de Ossa, que separa a planura a que me vinha habituando de outro mundo mais acidentado e onde a terra se mostrou mais atrevida, elevando-se frequentemente. Mas era para aquela que os geógrafos consideram a sua irmã gémea que nos dirigíamos, a serra da Malparida, talvez menos conhecida por ser um pouco mais baixa – segundo as informações que encontrei na internet, terá 571 metros – e que dista dela poucos quilómetros, lá para os lados de Estremoz, e à qual se chega passando por São Lourenço de Mamporcão e São Bento de Ana Loura, na estrada tosca que segue para Monforte e atravessa Felgueira Nova, localidade que fiquei com vontade de visitar, por nela se darem acontecimentos inexplicáveis, verdadeiros fenómenos – já ali haviam crescido couves azuis, em determinado ano as frutas nas árvores terão nascido salgadas, durante uma temporada várias casas caíram logo que prontas e, drama maior, panelas de sopa temperadas com sal originaram caldos doces independentemente da mão que os preparasse. Quando, logo adiante deste alentejano Entroncamento, se passa por Fajuste, vira-se à direita e, pondo as rodas em asfalto do bom, começa-se a subir a serra, em direção ao Santuário de São Gonçalo da Cobrição, onde se juntam gentes por razões da ordem da fertilidade do corpo e do coração.

Por uma questão de prudência, dado que a partir de dada altura havia automóveis por todo o lado, estacionámos o carro no começo da última subida. Quando nos apeámos, senti o sol a escaldar no cachaço. Dirigimo-nos a uma roulotte de cachorros e farturas e aviámos duas minis geladas cada um, antes de vencermos a pé os metros finais da subida.

São Gonçalo terá aparecido sobre a serra da Malparida em meados dos anos 40 do século xx, embora não haja consenso quanto à data e aos contornos da aparição. Há ainda quem garanta que voltou a 27 de julho de 1970, mas a primeira aparição foi bastante para afamar aquele monte, e a elevada atratividade que evidencia, tanto junto de santos como de fiéis, terá que ver com o facto de aquelas terras serem abençoadas. O santuário localiza-se num planalto relativamente pequeno, mas inesperadamente verdejante. Os crentes dizem que é assim por acreditarem ali ter sido enterrado, algures no século xvi, um pedaço do santo lenho trazido da terra santa e sobrevivente a várias batalhas mais ou menos santas. Não espanta, portanto, que São Gonçalo ou outros confrades que visitem este Portugal possam querer por lá passar, em turística peregrinação. E as gentes também não se fazem rogadas e buscam lá no alto soluções para problemas que carregam no interior dos corpos e das almas. As mulheres que não conseguem engravidar vão lá, às escondidas dos maridos, sentindo-se culpadas por carregarem rochosas infertilidades nos ventres, muitas vezes com as mães, pedir ao santo que as ajude a emprenhar. As solteiras recorrem a ele para que as torne mais bonitas e em geral mais atraentes, ou simplesmente mais sortudas ao amor, por isso não me espantou muito que ao lado da loja de artigos religiosos se encontrem, dando seguimento ao tão estimulado espírito empreendedor dos portugueses, um cabeleireiro e uma loja de roupas, calçado e acessórios para mulheres, que no final das consultas ao santo sempre param por lá para se embelezarem. À chegada ao santuário, compram velas, imagens do santo, terços, escapulários, crucifixos, imagens de Nossa Senhora de Fátima, medalhas e chaveiros religiosos, ímanes, peúgas com imagens do Papa Francisco e até peluches alusivos a São Gonçalo da Cobrição. À saída, pensam já em novos penteados, unhas de gel, botas de cano alto, vestidos, pulseiras e outros acessórios profanos. Aparecem também casais desesperados e rapazes sabedores da vontade das encalhadas em encontrarem companheiro. Por vezes, explicou-me Baiôa, a coisa funciona – isto é, São Gonçalo atende aos pedidos – e há casais que ali se juntam. A fórmula tem séculos: elas sorriem, eles avançam. Quando eles são tímidos, o que não é raro, elas colocam-se discretamente nos campos de visão deles e mexem de modo mais ou menos exuberante nos cabelos. Outras ajeitam as alças do vestido, para atraírem os olhares deles para os decotes produzidos por soutiens mágicos. Eles pavoneiam-se de mãos nos bolsos, conversando uns com os outros, esperando atrair o olhar de alguma, que mais tarde faça o favor de corresponder com um sinal. Outros ainda perseguem as presas e buscam-nas incessantemente com o olhar. Muitos agarram-se aos telemóveis, como é da natureza dos dias que vivemos, e recorrem a aplicações que facilitam a aproximação e o contacto. Depois, é vê-los dar ao dedo em conversas que não teriam coragem de ter frente a frente. Umas e outros, por vezes, têm sorte e não é incomum, passados uns minutos, estarem a lambuzar-se atrás das casas de banho ou do café. Vários dos casais recém-formados, aliás, não aguentam a intensidade da ajuda do santo, sentem um amor súbito tão pujante, que imitam os casais que buscam soluções para a infertilidade e param os carros logo uns metros abaixo, junto a um campo de futebol de terra batida que se converte num estacionamento em hora de ponta, e no desconforto dos automóveis ajuntam pele com pele para fazerem rápido e bom uso da bênção, não vá o efeito passar. Gente de todo o Alentejo, gente do Ribatejo e até do Algarve e das Beiras acorria frequentemente ao santuário, com fé no santo dom.

Parece-me tratar-se São Gonçalo da Cobrição de um santo que, mesmo que criado como tantos para corrigir desigualdades, dá mostras de ter comprovada e imediata serventia. Aliás, há poucos preservativos abandonados no chão, o que confirma, estou em crer, a validade da minha opinião e que a maioria está mesmo determinada a fazer germinar a semente atrás de um qualquer arbusto. Noutros tempos, afiançou-me Baiôa, determinavam as autoridades multas para quem procurasse frondosas vegetações para a prática de atos atentatórios contra a moral e os bons costumes, tais como o inocente dar a mão a outrem, ou, por ordem crescente do preço das multas: pôr a mão naquilo, aquilo na mão, aquilo naquilo, aquilo atrás daquilo e a língua naquilo. Mas isso era noutras paragens e noutra época, garantiu. Agora não. Agora, os que não tinham sorte acabavam muitas vezes a observar os automóveis em que o amor acontecia e dentro dos quais os jovens casais se ofereciam aos deleites dos ensaios e das práticas corporais. Outros iam aliviar-se para os campos ou para o arvoredo, onde, aqui e ali, surpreendiam em primeiras experiências casais recém-formados. Contam no café que já apanharam duas raparigas abraçadas. Depois disso, já ninguém acredita nelas quando dizem que são só amigas. Também aventam que por vezes apanham dois rapazes em beijos paneleiros entre a vegetação, mas que, tirando as mulheres, naquele lugar, ninguém se importa. Não se trata, todavia, de aceitar os mariconsos, explica Baiôa, mas de constatar a diminuição da concorrência. E eu que não me espantasse ao saber que também meretrizes procuram aquele lugar abençoado em busca de um amor diferente daquele que comerciam e que faz com que os filhos ouçam dos colegas maldosos, que sabem que elas alugam os corpos a homens famintos, coisas como: és filho de uma nota de dez euros. Com os seus grandes poderes fecundantes, São Gonçalo da Cobrição ajuda todas: putas, frígidas, inférteis, feias, gordas e velhas. Os homens, esses, não precisam de auxílio, visto não sofrerem de qualquer problema, claro está. Ainda que – mesmo que culpando-se a elas próprias – muitas daquelas mulheres ali estejam, certamente, para pedir por eles ou para eles – o que em todos os casos equivale a dizer que estão também a pedir por elas e para elas, facto que de total justiça se revestiria não fosse o trabalho ficar todo a cargo delas. Procuram ajuda para resolver a falta de desejo ou o mau desempenho dos respetivos e, em muitos casos, até mesmo a total ausência de funcionamento da virilidade dos seus amores. São, vê-se nos olhos de todas, mulheres tristes. Sentem-se desacompanhadas pela fortuna e imerecedoras de tamanho castigo; invejam a felicidade da próxima, chegam mesmo a cobiçá-la e a não se reconhecer nas maldades que desejam a outras mulheres de maior sorte. Algumas arrependem-se e outras pedem perdão ao padre. Mas, logo depois, veem-nas de mão dada, sorridentes, observam-nas a jantar fora, seduzidas, cruzam-se com elas, grávidas ou carregando bebés ao colo, encontram-nas nas redes sociais em fotografias de casamentos ou luas de mel que lhes parecem perfeitas, ou durante sorridentes férias em família passadas em praias que julgam de sonho, e odeiam-nas. Odeiam-nas. Percebem que a magricela da Liliana casou com o Tiago do 12º B e que a convencida da Rita, mesmo estando gorda, está noiva do João, que agora ainda é mais giro. A Mariana do café já não é balofa e agora anda sempre de saltos altos, a Andreia usa umas madeixas mesmo giras, raios a partam. Mesmo a Paula, que casou com o André Gordo, ou a Ivone contabilista, que encontrou um namoradito estrábico e baixote, estão melhor do que elas. Valha-lhes São Gonçalo, e aquele reduto último de esperança, que truques de outro tipo já tentaram todos. As encalhadas já fizeram cursos de maquilhagem, já gastaram todas as economias em roupas, já foram mais longe do que gostariam em conversas na internet ou em encontros desconfortáveis dentro de carros, já namoraram algumas vezes (demasiadas, na opinião dos pais), mas os homens, já se sabe, são todos grãos da mesma mó, farinha do mesmo saco, e não há meio de aparecer um em condições, se calhar mais vale mesmo é fazer como se vê nas séries de televisão e se lê nas revistas e ficar solteira. Algumas chegam a convencer-se de que estão melhor sozinhas, nem precisam de homens para nada, têm emprego e até já compraram casa própria, a prestação nem é alta e o carro está pago ou perto disso, os pais dão uma ajuda, por isso mais vale viver a vida e pronto, os bebés até dão demasiado trabalho e filhos são sempre uma prisão. Mas, à noite, desacompanhadas nas camas grandes e frias, ou nos fins de semana de chuva que passam sozinhas enfiadas no sofá, enroladas em mantas, a comer cereais, até mesmo as que arranjam um cãozinho ou um gatinho para lhes fazerem companhia e que os enchem de beijos e estrangulam com abraços carentes, sentem vontade do amor, sonham com famílias como as dos filmes que passam à tarde. Por seu turno, aquelas cujas preces têm que ver com a fertilidade, já experimentaram desde posições dignas dos melhores malabarismos circenses, tentando facilitar a vida aos agentes fecundadores, passando por semanas em que só comeram batata-doce, atum, grão-de-bico, maçã, ameixa e outros alimentos que as mães dizem e a net confirma que contribuem para estimular a ovulação, e tentaram, naturalmente, suplementos e comprimidos vendidos na farmácia e comprados com vergonha. Não é para mim, é para uma amiga minha, disseram quase sempre, mesmo quando do outro lado do balcão nenhuma pergunta lhes foi feita. Algumas chegam a desfazer comprimidos azuis na sopa dos maridos, para lhes aumentarem o vigor, ou na esperança de que o remédio lhes espevite os desejos adormecidos, ou até reencaminhe para casa as vontades direcionadas para a vizinha da frente, para a colega mamalhuda do trabalho, ou para a cunhada que entretanto cresceu. Para lá de remédios, contorcionismos e outras ginásticas, soube de técnicas curiosas. A minha favorita foi-me contada pela Ti Zulmira e devidamente testada pela própria e pelo seu falecido marido quando eram novos: segundo este método ancestral, as mulheres devem privar os parceiros de prazeres – isto é, obrigá-los a castidade – durante um período de sete dias a contar do fim do sangramento mensal e, nas situações extremas, acaso elas próprias aguentem tão longa privação e respetiva contagem, durante treze dias mais um a contar do início do ciclo menstrual e, portanto, com o auge da fertilidade feminina. O dia extra, do qual os homens só têm conhecimento no final do anunciado período de abstinência, tem como intuito enlouquecê-los e embrutecê-los para o dia seguinte. Durante a privação sexual, por conta da qual os mais vorazes se viam em estados de intensa ansiedade, não era pouco frequente que o remédio tivesse o efeito contrário e certos homens se aliviassem em lupanares instituídos ou improvisados, ou sobretudo através do onanismo. Nos casos em que tal cedência ao facilitismo da tentação não acontecia e se cumpria o objetivo de os homens se encherem de conteúdo amoroso, elas vestiam as melhores peças de lingerie, faziam as camas de lavado e aqueciam os quartos para, finalmente, os receberem. Findo o coito, deixavam-se ficar pelo menos cinquenta minutos na cama, de pernas e bacia ao alto contra a parede, para que a gravidade as ajudasse a emprenhar de vez. Valha-lhes a todas São Gonçalo da Cobrição é o que se me dá a pensar em função destas tragédias afetivas e libidinosas. Baiôa disse-me, e quem sabe se não tem razão, que são mais fortes os amores que nascem profanos e mais quebradiços os que se julgam seguros desde o arranjado começo por proteção divina.

Os rapazes levam gel no cabelo, óculos escuros e camisas passadinhas a ferro pelas mães. Encostam-se aos muros os que se armam em sedutores, aproximam-se sorridentes os mais espertos e corajosos, acumulam-se à porta do café outros, bebendo minis e fumando cigarros que, mais tarde, hão de tentar disfarçar recorrendo a pastilhas elásticas de mentol ou de morango, por acharem que as moças preferem doçuras. Muitos vão de moto e estacionam--nas ali mesmo, em cima do passeio, junto ao café. Outros aparecem em carros azuis, verdes ou amarelos, com acrescentos que parecem prateleiras para vasos, os vidros escurecidos entreabertos, a música eletrónica muito alta, os ruídos dos motores a lembrar tratores de competição. Os melhores têm matrículas francesas ou suíças e em agosto são às dezenas.

110

No santuário

Nas imediações do santuário, havia gente por todo o lado. Chegavam de carro, em autocarros fretados ou de câmaras municipais ou juntas de freguesia, de moto e de bicicleta e até mesmo a pé. Além dos jovens esperançosos, compareciam também, em muitos casos, os pais. Tanta gente em busca do amor.

Deu-se-me a pensar que o amor tem passado o tempo onde eu não estou. E que talvez esteja mesmo ali. Toda aquela gente ia ao santuário com essa esperança. A maioria dos pais apresentava-se com ar domingueiro ou emprestando ao dia uma solenidade de comunhão, que uma oportunidade daquelas sem dúvida merecia: homens entradotes, de gravatas verde-alface ou azul-bebé pousadas sobre barrigas inchadas, vestindo fatos escuros com risquinhas brancas, cujas calças se assemelhavam a sacos de batatas; mulheres sufocando dentro de apertados blazers cor-de-rosa ou amarelo-canário, que berravam ao lado da sobriedade dominical dos maridos e respetivo cinzentismo militante, tentavam equilibrar-se em cima de finas andas, que se prendiam entre os paralelos do parque de estacionamento e dos arruamentos financiados pela autarquia, através de um quadro de apoio extraordinário, criado para investir no turismo religioso, motor da economia local e devidamente assinalado numa placa com uma bandeirinha azul adornada por doze estrelinhas formando um círculo. São Gonçalo da Cobrição merecia e os poderes que evidenciava justificavam toda a dedicação humana e financeira.

Sem me ter precavido em relação à necessidade de aposta na indumentária, Baiôa tocou-me com o cotovelo e perguntou, para minha surpresa: vês aquela magrinha, que está sempre a mexer no cabelo? Apontou olhos e nariz para a direita, soerguendo as sobrancelhas, para me indicar a localização da rapariga. Confesso que, por instantes, acreditei que Baiôa fosse dizer-me que era neta ou até, sabe-se lá, filha dele, que a mãe fugira com ela nos braços, poucos dias depois do parto, por ele ser alcoólico, toxicodependente e não trabalhar, e que aquela era a única oportunidade que tinha de a ver, dado que o tribunal não lhe havia concedido direito a visita semanal. Teria sido divertido se esta breve ficção encontrasse correspondência na realidade, mau grado o que um currículo daqueles significaria para Baiôa, mas tal não aconteceu, tampouco a minha imaginação se aproximou logo das intenções do velho. Depois acrescentou: era boa para ti. Como não soubesse o que dizer, deixei-me ficar calado. Ela fazia e desfazia tranças com uma enorme facilidade, enquanto o pai conversava sobre carros e futebol com outros homens. Tinha um cabelo belíssimo e sabia-o – talvez até o usasse como arma. Notei como era bonito o pescoço dela, ali mesmo abaixo da nuca. E as orelhas. Distraí-me depois a ver uma rapariga de saia plissada. Tinha uns braços carnudos, e certamente morenos, que haviam de me fazer muito bem à vista, se não trouxesse o casaquinho de malha por cima. Essa está com a avó, esclareceu Baiôa. Também está ali a irmã, que ainda é muito miúda, mas que promete. E a própria avó, que a ti não há de interessar-te, foi uma mulher muito apetecível, conheço-a de vista. Hoje está assim, coitada, mas já foi vistosa. Eu fiz que sim com a cabeça e ele continuou. Não gostas do andar daquela ali? Olha para a esquerda. A que está com aquele fulano alto. É, provavelmente, das mulheres mais elegantes do mundo a andar de saltos altos – podia dar aulas. Eu continuava a dizer que sim com a cabeça, não porque não tivesse opiniões a emitir sobre cada uma daquelas mulheres, mais ou menos novas, mais ou menos gordas, melhores ou piores nas artes sacras de mexer no cabelo ou de caminhar, mas porque me invadia a mesma surpresa que visitou o leitor nestas últimas linhas, por não estarmos ambos a contar com o facto de aquele homem, aquele mesmo Joaquim Baiôa até então tão absolutamente discreto no que concerne ao sexo feminino, aquele velho esquecido naquela aldeia agonizante, aquele velhinho incógnito à sombra de uma árvore centenária, estivesse atentíssimo a todo o relicário de um santuário a mais de cem quilómetros da terra onde vivia e a fazer uma imersão no eterno feminino. Só mais tarde percebi que, ao galar esta e aquela, comentando as virtudes das moças, atitude que nunca eu lhe havia sequer imaginado, Baiôa agia como as cegonhas que batiam asas junto das crias, para as ensinarem. Do modo que conhecia, e não o censuro, o meu amigo havia-me ali levado para me arranjar parelha e procurava acordar os meus ânimos.

Aqueles comentários foram semeando em mim uma quase incontrolável vontade de tocar o corpo alheio. Não almejava sequer o bom fim ou nada de muito libidinoso. Seduziam-me, isso sim, a ideia de pousar a mão na cintura da mulher que caminhava à minha frente, no ombro despido da rapariga que passava – oh, como eu sempre gostara de ombros! –, no braço estreito – oh, como eu sempre apreciara braços delgados! –, ou na mão delicada – oh, como eu sempre admirara dedos finos! – de uma donzela casadoira. Por vezes, também as mães me atraíam o olhar. Havia-as peitudas e de quadris experientes, assinalava Baiôa. E porque não?, perguntava-me eu.

Ao meu lado, elevando-se num delírio tão etéreo como mundano, tão impregnado de carga onírica como de realidade, tão cruelmente distante para o velho que era como duramente próximo para o jovem que sabia já ter sido ou gostaria de ser novamente, Joaquim Baiôa não parava de observar as mulheres e de partilhar comigo esses avistamentos de especialista. A finura dos tornozelos também lhe agradava. Destacava a doçura dos sorrisos, mesmo que de afilhada para padrinho ou de filha para pai, o caimento de uma écharpe que revelava ombros esculpidos, o inevitável e sagrado balançar das ancas, o brinco pendente. Não quero que se pense mal dele, mas confesso que até desconfiei quando, em certo momento, notei que tinha a mão direita no bolso.

Quando o começo da missa levou ao esvaziamento do largo, fomos – como dezenas de outros homens – para o café, em busca de refrigério para os corpos e para as ideias, e ali bebemos algumas minis.

III

UM HOMEM DE SONHO

IGNORO JÁ SE FOI da quarta ou da quinta vez – o leitor sabe como são os homens no que toca a datas especiais – que fomos ao santuário. Baiôa dizia até que era melhor eu passar a ir sozinho, que a presença dele contraproduzia. Confrontado, porém, com a minha desmotivação, percebendo que aquela ideia começava a cansar-me, obrigava-me então a enfiar-me no carro, punha-se no lugar do pendura, e lá seguíamos, conversando sobre a obra em curso, a cor dos campos, ou contando-me ele uma história antiga. Chegados ao santuário, Baiôa emudecia, afastava-se, punha-se à sombra a fingir dormitar, tentando com isso estimular-me a observar quem também por ali estava em busca do amor. Eu dizia-lhe que, se o objetivo era procurar mulheres atraentes no meio daquela pequena multidão, era preferível regressar a Lisboa, ir até à praia, passear no Chiado, comprar um bilhete para um festival de verão, ou enfiar-me nos bares dançantes do Cais do Sodré, onde havia mais opções e talvez – e aqui falava o meu provincianismo de menino nascido e criado na capital – mais compatíveis comigo. E havia ainda o Tinder e outras hipóteses muitíssimo práticas de procurar o amor sem sair de casa. Mas Baiôa, com aquele ar arcano de quem sabe mais do que diz, acabava por se fartar dos meus lamentos (que, em rigor, eram moderados, porque existia esperança em mim) e sentenciava: meu amigo, não é para procurar o amor que aqui o trago; a escolha pode até já estar feita e eu trago-o cá apenas para que o encontre.

Aquele tom misterioso, quase profético, desconcertava-me. Já aqui dei conta do modo como eu me havia afastado da transcendência e confesso agora que até tenho sido um militante de uma certa fortuitidade, desenvolvendo uma crença crescente no acaso, mas encontrar algo que se deseja e não se procura parecia-me ainda altamente improvável. Tal ideia consistia até, de acordo com o que me era permitido ver e concluir, em mais do que entregar o destino ao acaso, era em absoluto descrer num dos axiomas base da razão, a estruturante ligação entre causa e efeito a que chamamos causalidade. Mas numa causalidade efetiva e não acidental. Pois, se eu queria algo, não deveria evidentemente procurá-lo? Concedo que, ao aparentar aquilo que é, a busca ativa possa afugentar o que é buscado, daí eu ser um adepto de uma postura moderada – não me via deitado, à espera de milagres, nem a calcorrear caminhos de lupa na mão. No entanto, ir para um santuário frequentado por centenas de pessoas, domingo após domingo, e ficar sentado a aguardar por um efeito desejado parecia-me o mesmo que pescar no rio sem lançar a linha. Lançar rede, já o disse, também não jogava com o meu feitio, pelo que uma postura intermédia talvez nem fosse má ideia, porquanto alinhada com a lógica da causa eficiente, ou talvez até, e sobretudo, acreditando numa causalidade não linear, mas antes complexa, decorrente de múltiplos fatores. Pus-me até a estudar as várias contrariedades descritas por Oliveira Martins na sua Teoria do Acaso, uma sucessão de acontecimentos que origina a mudança, para tentar perceber se deveria confiar no fortuito e continuar aquela estranha busca passiva. Sucede que o meu temperamento não me permitia a inércia. Por mais que eu procurasse domar o meu espírito inquieto, o resultado afigurava-se sempre o mesmo: era o meu espírito inquieto a domar-me a mim e a obrigar-me a um comportamento muito prevalente entre as crianças e a que em ciência se chama não parar quieto. Por isso, enquanto Baiôa se mantinha sentado, à sombra, eu passeava-me de mãos nos bolsos, como se não fosse nada comigo, micando apenas ao de leve uma ou outra rapariga bonita. Que fique claro que esse admirar de uma ou outra moça não constituía a minha postura permanente. Dizem-me, aliás, que me punha a olhar para os canteiros ajardinados, ou a admirar a férrea existência dos postes de iluminação, numa tentativa de normalização comportamental que, admito, talvez fosse um pouco exagerada. A esta distância, imagino-me o larápio que se afasta do local do roubo, de mãos atrás das costas, e assobiando para o lado. Mas nunca quieto.

Faltaria à verdade se não dissesse que, apesar de tudo, confiava em Baiôa e que, por isso, dava uma oportunidade ao saber de ancião do qual era portador. E, em rigor, não o fazer seria um desrespeito para com a crença transbordante que inundava aquele lugar. As pessoas chegavam ali e eram invadidas pelo sagrado. Sente-se uma atmosfera especial, uma paz interior, sente-se claramente, diziam, quando uma vez por lá topei com uma repórter de um jornal. Percebemos que o amor está para vir, acrescentavam as mais otimistas. E, certo de que a fé é outra expressão do medo, eu sorria perante aquela confiança um pouco tola, polvilhada de doce ingenuidade. Para não aguardar o toque divino, e ainda que de modo comedido, eu continuava a caminhar e a procurar. Em busca da mudança, sentia que tinha de ser o que fazia para mudar aquilo que até então tinha sido.

DEUS INTERCEDEU POR MIM NO JOGO DA VIDA

No Santuário de São Gonçalo da Cobrição, havia de tudo. Ou talvez não houvesse de tudo, admito, mas havia muita coisa – aliás, como em todo o lado, o que para gente da capital como eu constituía motivo de espanto – e isso era o suficiente para entreter a minha alma curiosa. Enquanto aguardava um tropeço feliz, observava quem lá estava. Encostado à capela, um rapazola mandava baforadas de vapor de água a partir de um daqueles cigarros acachimbados, que na aparência lembram canetas futuristas. Talvez tentasse atrair a atenção das raparigas através do seu tabaco aromatizado, mas, com tamanho fedor, custava-me a crer que alguém conseguisse estar a menos de doze metros dele. Por outro lado, e dado que esperanças e medos tantas vezes se cruzam nos espíritos humanos, talvez tivesse sentido receio de que o SG Ventil lhe afetasse em demasia o hálito (a namorada anterior não gostava nada de que ele fumasse), pelo que, sendo o moço portador da esperança de acabar a tarde aos beijos atrás de alguma moita, supus que tivesse decidido trocar os cigarros de todos os dias por aquela traquitana produtora de um odor tão adocicado quanto pestilento. Enquanto espreitavam o ecrã de um telemóvel, três raparigas com não mais de dezoito anos cochichavam junto às casas de banho, umas construções paralelepipédicas, de cor branca e pintura imaculada, mas de aparência não mais do que modesta. Eu ia a entrar, mas deixei-me estar a higiénica distância, observando e escutando. Disseram que não, obrigado, a um homem gorducho, com ar de cauteleiro, ou de revisor de comboio, que vendia rosários de plástico a dois euros. Trazia-os às dezenas nos pulsos, outros mais – muitos mais – a espreitar de dentro dos bolsos das calças cinzentas e largueironas, e umas centenas dentro de um saco do Minipreço, no qual transportava também, escondidos no fundo, grossos abre-cápsulas de forma fálica, que tentava impingir a cinco euros aos rapazes dizendo-lhes que eram amuletos infalíveis: a cada dez minis abertas com aquele pénis de madeira, uma rapariga cair-lhes-ia nos braços. Minutos depois, vi-o recolher pela porta das traseiras ao Snack Bar São Gonçalo, dentro e fora do qual não faltavam homens de várias idades a emborcar minis.

Entre estas e outras observações, às quais se acrescentam momentos vários de escuta, não só das humanas conversas, mas também do pipiar dos pássaros escondidos dentro das copas das árvores, juntaram-se outros momentos oferecidos aos meus demais sentidos. Também o meu tato foi convocado. Não digo que não me tenha, até ali, passado pela cabeça dar serventia às minhas mãozinhas nos corpos de algumas raparigas, mas não foi isso, evidentemente, que aconteceu – e não o lamento, porque deus deve ter intercedido por mim no jogo da vida.

A dado momento, na verdade, funcionou o tato de outra pessoa. Senti um ligeiro toque no ombro e virei-me. Uma mulher baixa e razoavelmente elegante fitou-me nos olhos e, entrelaçando os dedos de modo frenético, disse: desculpe, mas a minha filha não para de tremer. A minha tentação imediata foi responder-lhe que não era médico, mas a senhora continuou: foi desde que nos cruzámos com o senhor. E, por segundos, eu fiquei sem saber se ela se referia a mim ou ao altíssimo. Baiôa aproximou-se um pouco, talvez por achar que a minha interlocutora se adequava mais à idade dele do que à minha. Era uma mulher com bom ar, aparentando cinquenta ou cinquenta e cinco anos vividos com cuidados, de cabelo escuro e liso, que usava pouco acima do pescoço. Era morena, tinha um sorriso franco, o nariz fino e o rosto pouco marcado por rugas. Gesticulava muito enquanto falava; as mãos eram pequenas, os dedos estreitos e compridos, e não usava aliança. Talvez tudo isto tenha atraído Baiôa, ou então talvez tenha sido aquela intuição aguda que a experiência lhe tinha já dado a dizer-lhe que estava para chegar um momento importante. E a verdade é que, mesmo que tivesse outro tipo de intenções, a mulher nem olhou para ele – continuou a olhar-me fixamente, suplicante, e eu, sem perceber nada do que estava prestes a acontecer, mantive-me a ouvi-la. O senhor se calhar não vai acreditar – e eu voltei a pensar em deus e no quão estranho era um observador privilegiado não entender alguma coisa –, mas a minha filha diz que há vários meses que não para de sonhar com um homem igual ao senhor. A mim? Sim, a si. Ora venha daí. Ela está ali sentada. E, então, instantes antes de eu começar a desabar, apontou para uma rapariga de cabelo escuro e comprido, muito liso, um cabelo que me era em absoluto familiar, sentada num dos bancos de jardim dispostos circularmente em torno da praceta que ficava nas traseiras da capela. Estava encolhida, como se a apoquentasse uma dor de barriga, e eu começava a sentir-me encolher também. A senhora agarrou-me na mão, com aquela determinação que nos momentos-chave só nas mães se vê, e puxou-me até junto da filha. Ao cabo de dois ou três passos na direção dela, eu vi, eu tive a certeza. Ela não me via ainda, mas já sabia. Tinha os olhos muito abertos e apontados para a calçada. E tinha tudo o resto que eu já conhecia. O recorte do queixo, o pescoço, o nariz e também a boca, escondendo ainda aquele sorriso único e inesquecível, eram sem qualquer dúvida dela. Senti um enorme arrepio, senti a pele enrijecer, os pelos dos braços e das pernas a esticarem-se e os músculos a retesarem-se, senti um aperto na garganta e um calhau a ocupar o lugar do estômago, senti tudo isso e ainda mais coisas – soube e senti que, sentada naquele banco de jardim, sabedora já daquilo que eu só então acabava de perceber e sentindo o mesmo ou talvez mais do que começava a tomar conta de mim por inteiro, estava a mulher que durante dois meses aparecera quase diariamente nos meus sonhos.

Antes de desaparecer, a mãe disse: filha, está aqui o senhor dos olhos verdes. Ao mesmo tempo que fiquei a saber que era o senhor dos olhos verdes, a rapariga corou e, sem contudo nos olhar, disse, baixinho: eu sei. Depois, ergueu-se – Baiôa não sei onde estava e a mãe dela evaporou-se nesse momento – e apontou na direção dos meus olhos verdes os seus olhos castanhos. Eram cor de avelã, eram em forma de amêndoa, eram doces, eram tudo isso e muito mais ao mesmo tempo. Eram olhos que sorriam, sorriam muito, eram olhos que falavam, falavam sem qualquer dúvida, e era comigo que falavam, era a mim que me diziam (como suponho que os meus também lhe dissessem a ela) tudo de uma forma tão absolutamente dita, tão cabal, como nunca até então eu tinha ouvido aos melhores cantores, ou lido nos textos dos melhores poetas. Tivemos a certeza e não foi preciso falar. O rosto dela dizia tudo e suponho que o meu também. Os olhos e a boca iluminaram-se-lhe. Ela ofereceu-me aquele sorriso que eu tão bem conhecia, fresco e claro, como um lago na planície queimada pelo sol de agosto. Logo após esse beijo sem lábios nem boca, um demorado e mútuo olhar, o tato foi finalmente convocado. Agarrei nas mãos frias dela entre as minhas mãos quentes e o mundo desligou-se por completo. Sentia-lhe a pele, que não era a pele macia de quem tem pele macia. Era outro tecido. A caxemira das epidermes. Eu deambulava por outras dimensões. Foi como estar em Times Square em hora de ponta, com milhares de pessoas enchendo o espaço, e incontáveis ruídos chegando de todas as direções, e entrar só com ela no elevador do mais alto dos edifícios, escapando ao bulício e ascendendo aos céus, ou a tudo o mais a que houver para ascender. Com o fechar das portas e o arranque rumo ao paraíso, findou-se o ruído, desapareceram as outras pessoas, ficámos só os dois, num túnel de silêncio e de partilha.

Esta situação durou até que Baiôa me pôs a mão no ombro e me agitou. Abanou-me algumas vezes, até eu regressar daquele transe. Olha o que estás a fazer, disse-me ele. Eu senti então um calor intenso e percebi que vinha das pernas. Olhei para baixo e vi que uma poça se formava por debaixo e à volta dos meus pés. Sim, é verdade, naquele momento inesquecível, eu urinava pernas abaixo. Mas não pense o implacável leitor, aquele que se está já a rir e a troçar de mim, que me acomete algum tipo de vergonha em relação ao sucedido. É evidente que um certo embaraço eu terei sentido, mormente por me encontrar em frente dela, da respetiva mãe e no meio de centenas de pessoas. Note-se, porém, e é de elementar justiça salientá-lo, que, ao presenciar vários pequenos episódios, daqueles que a todo o instante acontecem, mas que só percebemos se realmente estivermos predispostos a ver, desde a postura gabarolas do fumador malcheiroso à estratégia comercial do vendedor de falos de madeira, acabei por me esquecer do motivo que me levara àquela parte do santuário e que era, justamente, ir à casa de banho. O que equivale a dizer que, apesar daquele triste e constrangedor momento – e é facto inegável que o foi, ainda que mãe e filha o tenham atribuído à emoção do momento, o que até abonou a meu favor, dado que passei a ter a sensibilidade como virtude primeira –, apesar, dizia eu, de me ter mijado pernas abaixo diante da mulher amada e da minha futura sogra, a verdade é que foi graças ao facto de ter optado por beber várias cervejas que me dirigi para aquela parte do santuário, com o objetivo de ir à casa de banho, e que foi por ter visto o fumador de cachimbo e o vendedor de abre-cápsulas fálicos que me detive a alguns metros dos sanitários, dando-me assim ao olhar dela, que tinha instantes antes saído com a mãe da capela. Não teria ela, portanto, visto o meu desmazelo, os jeans e os sapatos puídos, a camisa amarrotada por falta de convívio com o ferro de engomar, o penteado abstrato e outros estranhos atrativos. Felizmente, pelos vistos, era assim também que eu lhe aparecia nos sonhos. E eu acredito. Também ela me tinha aparecido tal qual a vi naquele dia, com a blusa fina a prometer a pele logo abaixo e com a saia travada a modelar um andar cuja melodia e o compasso nem a irregularidade da calçada conseguia prejudicar. Nessa mesma noite, cujas horas, ininterruptamente, passámos a trocar mensagens – quem diria que o telemóvel seria o meu melhor amigo? –, ela contou-me que raras vezes se vestia daquele modo, o que não só deu vigor à noção de que os meus sonhos já apontavam para aquele dia, isto é, de que o onírico como que ensaiava o real, e que iríamos encontrar-nos, como também robusteceu a certeza de uma paixão recíproca e de um amor para sempre como sentido único para a vida e resposta exclusiva à finitude. Perante um acontecimento daquele tipo, defronte de tais evidências, em que poderia eu acreditar senão nisso? Naquele primeiro encontro, não demos um beijo como nos filmes, mas, agarrando as mãos um do outro, desatámos a rir, ela ria e chorava, eu só ria, porque não tenho jeito para chorar de alegria, mas tremiam--me a boca e os olhos, e ríamos ambos, de mãos dadas, vivendo um reencontro que era também uma primeira vez. Nunca nos tínhamos encontrado à luz do dia, apenas à noite nos havíamos visto, mas a vida real dava-nos agora a possibilidade que só os sonhos tinham proporcionado, o que era quase inacreditável, se não estivéssemos acompanhados de testemunhas que mais tarde nos poderiam confirmar, e foi o que fizeram, que tudo aquilo tinha mesmo acontecido. Ela disse que foi o destino escrito pelo Senhor e encomendado a São Gonçalo, louvados sejam um e outro, para todo o sempre. Eu nada disse, além de que bendito seja Joaquim Baiôa e respetivas ideias – e, naquele momento, senti que ele teria em mim um fiel amigo até, pelo menos, à minha morte. Foram muitos os abraços em que envolvi aquela ossatura quando chegámos a Gorda-e-Feia. Olhe que me parte todo, rapaz, dizia ele, sorrindo até exibir a falta de um dentito logo após o canino do lado direito.

113

EM VIGÍLIA, FOMOS VENCENDO LONGAS NOITES
E EXTENSOS DIAS

NÃO SE PENSE QUE encontrar o amor me trouxe grande sossego. Em virtude de várias circunstâncias, os primeiros meses de namoro foram à distância. Até pensei ir ao santuário de São Gonçalo da Cobrição bendizer os telemóveis aos pés do santo e louvar a existência da internet perante o senhor que olha por ele e por nós. Foi agarrado ao telemóvel com o entusiasmo cavalgante da paixão que recomecei as minhas noites de vigília. Passei no escuro horas sem fim, a trocar mensagens, a conversar e tentando encurtar a distância através de videochamadas.

Mas a incapacidade de dormir não tinha que ver somente com o entusiasmante princípio de uma nova vida. Eu já sabia que rondava por ali a morte, escondida nos recantos sombrios, enfiada nas casas arruinadas, esperando oportunidades com igual tempero de paciência e sofreguidão. Por isso, equilibrava precariamente os meus dias entre a alegria de sentir nascer aquilo que acreditava ser o que eu sempre quisera e a tristeza do anunciado fim daquilo que há tão pouco a vida me dera, e que eu encarava como sendo tudo o que tinha, e tão cedo se preparava para me retirar.

Baiôa oscilava entre a dor de ver partir os dele e a incerteza que a própria situação acarretava. À medida que as previsões do Dr. Bártolo se iam confirmando, mais os medos se apoderavam dele: o receio, maior naquele momento, de o médico, simplesmente, não ter registado a data da sua morte, mas ela poder acontecer até antes das mortes dos amigos, impedindo-o de os ajudar e de concretizar a tarefa a que se tinha proposto; o receio, então menor mas efetivo, de nunca morrer e ser obrigado a ficar a assistir ao lento desaparecimento de todos e de tudo, ainda por cima com aquele corpo já cansado que habitava.

Assim sendo, à medida que se aproximavam aqueles que sabíamos serem os mais funestos dos dias que nos estavam reservados, aumentava a nossa ansiedade. O pior eram as noites. As minhas insónias regressaram, mas Baiôa não dormia mais do que eu. Passei a acompanhá-lo nas caminhadas noturnas, mas não arrastávamos os pés para muito longe das casas dos que sobravam – a Ti Zulmira e Zé Patife –, não fosse dar-se o caso de o Dr. Bártolo ter errado as previsões por uns dias, ou até mesmo de a morte ter apanhado pouco trânsito no caminho até aos leitos dos nossos queridos amigos. De manhã, eu mergulhava-me em café para unir a vigília à vigilância que decidimos ser minha tarefa diurna. Baiôa não podia abandonar as empreitadas e estranho seria, tanto para a Ti Zulmira como para Zé Patife, verem-no sem trabalhar, a rondar-lhes os passos.

Desse modo fomos vencendo longos dias, não deixando de, com a naturalidade que nos era possível emprestar a tal situação, ir convivendo com os quase-mortos, que não aparentavam essa condição. No que respeita aos meus ânimos, diga-se que em muitos momentos fui tentando lidar com a estranha sensação de ter em mim felicidade numa altura que deveria ser de grande tristeza. Afortunadamente, para bem da imagem que tenho de mim próprio, logo depois vinha de facto a tristeza obnubilar a alegria tola da paixão. Num abrir e fechar de olhos, tudo estava no fim. A minha vida naquela aldeia – e a própria aldeia – estava prestes a terminar.

114

E se eu nunca morrer?

Tens pão no armário e batatas assadas no frigorífico. A janela do quarto ficou aberta. Toma os comprimidos.

Dizia isto um primeiro bilhete pousado na mesa da cozinha de casa de Baiôa, no qual, por acaso, reparei de uma vez que lá fui. Tome-se por certo que, tirando uma ou outra exceção, não tenho por hábito ler o que não me diz respeito. A minha mãe sempre mo proibiu. Foi de facto por acaso. Mas, nem um mês depois, voltei a avistar uma folhita, dessa vez deixada sobre a banca da cozinha, e essa incluía uma informação extra. Se o primeiro bilhete me fez imaginar que Baiôa talvez tivesse saudades de ler recadinhos domésticos e os escrevesse para si próprio, simulando a existência de uma mulher na sua vida, e dos cuidados dela, tal como fazia com as cartas que a ele próprio enviava, da vez seguinte entendi os propósitos daquela pequena folha de bloco pautado e que dizia: Deixaste roupa na máquina, as janelas ficaram abertas, toma os medicamentos, assinado: tu.

Escrevendo cartas a amigos mortos e, em não podendo obter resposta, tratava de impedir a própria espera. Mas isto era diferente. Dirigia-se a ele mesmo, porque via liquefazer-se e desaparecer cano abaixo a capacidade de se lembrar das situações mais comezinhas. Deparava-se com coisas que não se lembrava de ter feito: um tacho de esparguete, uma máquina de roupa a lavar, uma parede rebocada.

Percebeu o processo em que se encontrava, leu no livro do Dr. Bártolo e na internet páginas e páginas de informações teóricas e de relatos de casos reais que apontavam somente para a evidência de uma progressiva e irreversível perda de capacidades e, por consequência, de autonomia. Foi só nessa altura que confessou. Perguntou-me: e se eu deixar de ser capaz de limpar o traseiro? Temi que a minha silenciosa resposta o pudesse conduzir à óbvia conclusão de que o que não tem solução solucionado está – e, por ali, isso significava a corda ou a caçadeira. Atirou-me depois outra pergunta para a qual não tive resposta: e se eu ficar muito, muito doente, acamado, e mesmo assim não morrer? Como assim?, respondi, para ganhar tempo. Ele fitou-me com os olhos bem abertos, as sobrancelhas erguidas, abriu as mãos e perguntou: e se eu nunca morrer?

115

A Ti Zulmira morreu

Saltam noites, refeições e outros retemperos – os dias em que nos morrem aqueles de que gostamos muito tornam-se os mais compridos que vivemos e por vezes estendem-se ao longo de meses e até de vários anos, plantando-se na nossa existência como inultrapassáveis. Como se, no nosso calendário, cada dia passasse a ter sempre duas folhas: uma que se arranca e outra que fica. Ou, se preferirmos, como se a nossa vida tivesse a partir de então dois tempos: o que passa e o que não passa. Os dias que ficam são aqueles que de modo mais fácil se distinguem dos únicos dois que, durante um existir normal, não têm vinte e quatro horas: o do nosso nascimento e o da nossa morte.

A aldeia iria ainda – e em pouco tempo – conhecer a maior das solidões. Com a morte de Zé Patife, não desapareceram os seus comentários ou historietas. Eu continuava a ouvi-los. Quando morreu a Ti Zulmira, não cessou a minha vontade de a escutar ou de lhe fazer perguntas. Não havia era a possibilidade de receber respostas. E em breve eu partiria para uma nova vida e Baiôa ficaria sem ter com quem concordar ou discordar. Valha-vos deus, diria ela, se nos soubesse em tal situação.

Como forma de a homenagear, poderei dizer que a Ti Zulmira era uma mulher especial. A ausência de aventuras na própria vida levava-a a viver com entusiasmo as vidas dos outros, quer fossem personagens de telenovelas, quer se tratasse das vizinhas, de cujos dramas se alimentava com intensidade e dedicação. Não perdia a novela da tarde, porque, por ser uma reposição, lhe permitia reviver com preparada emoção os acontecimentos mais dramáticos, mas gostava especialmente, muito mais do que de qualquer outro enredo, dos episódios da vida real da Fadista. Revisitava-os com o mesmo fulgor com que lembrava o último episódio da telenovela, para o qual se aprontava durante vários dias. Não comia nem bebia nas horas anteriores, para vontade nenhuma a obrigar a ir à casa de banho, e por precaução levava para junto do sofá um penico que, segundo me disse, nunca precisara de usar, mas cuja presença ao seu lado lhe era imprescindível. Sem ele ali, ao meu ladinho, não estou em sossego. Fechava as portadas, trancava a porta e desligava o telefone para que não a pudessem interromper. Concentrava-se nos frames como os cirurgiões nos pequenos cortes de veias e artérias. No final, chorava saudades antecipadas das personagens e, claro está, por não ter ainda aquelas tecnologias que permitiam voltar atrás nas emissões e ver tudo outra vez.

Repartia comigo as tristezas mais rijas, naqueles momentos em que o ânimo era um muro de pesadas pedras a abater-se sobre ela. Partilhávamos uma consternação do foro da injustiça quando, depois de horas infindas ao telefone, de pedirmos auxílio em longas cartas e mensagens de correio eletrónico que se perdiam no vento, víamos à luz do dia mais soalheiro que as desigualdades mais impressionantes subsistem num país que se diz democrático e que abre as pernas para os turistas, oferecendo-lhes tudo, e esquece os que de cá são, mormente se instalados nas periferias dos mais periféricos lugares esquecidos do interior. A Ti Zulmira e eu sofríamos em conjunto – e por isso mutuamente nos apoiávamos – com a falta de desenvoltura da nossa ligação ao mundo, e desperdiçávamos horas a fazer poesia amarga com termos como coaxial, fibra, gigabite, adsl, router, modem, 4g, satélite, ited, largura de banda, power line, download e upload. A dificuldade de acesso a um bem essencial como a internet condicionava o nosso viver e, pior do que isso, ou talvez não tão mau na prática, mas simbolicamente mais doloroso, fazia-nos sentir cidadãos de segunda, gente com menos direitos do que a que habita as cidades, sobretudo as maiores. Não havia forma de podermos dispor de uma ligação com uma velocidade satisfatória. Paz tínhamos, pão também, habitação idem, graças a Baiôa, a saúde não nos falhara ainda e de bom grado trocaríamos a educação – porque também não havia por ali quem tivesse idade para frequentar escolas – pela internet.

À noite, mandava-me sempre uma mensagem através do WhatsApp dizendo: é hora de desligar o telemóvel, noite feliz.

Morreu e eu senti-me, de repente, pontapeado pela realidade.

116

A Ti Zulmira morreu mesmo

Bati à porta e nada ouvi do outro lado da madeira. É assim que recordo o momento em que tive a certeza de que ela tinha morrido: bati à porta e nada ouvi do outro lado da madeira. Aquele silêncio só poderia ser o silêncio da morte.

Peguei de imediato no telemóvel e tentei telefonar a Baiôa, mas não tinha rede. Corri então a chamá-lo, mas ao fim de quatro ou cinco metros pensei: e se ela ainda estiver viva? E se ela estiver apenas inconsciente? Dei meia-volta, corri em direção à porta, abri-a sem perguntar nada, vi-a deitada na cama, como se dormisse. Chamei-a, pus-lhe a mão no rosto e arrepiei-me. Corri então de novo para a rua, gritei Baiôa, Baiôa, Baiôa e segundos depois encontrei-o já a descalçar as luvas.

Horas mais tarde, ao telefone, a minha mãe disse-me: tu sai-me daí, filho! Estão todos a morrer. Tu sai-me daí, que ainda morres também. Como é evidente, eu não saí. E a minha mãe e o meu pai lá vieram, conduzindo o seu Renault azul-marinho, que a minha mãe considerava um carro triste, num dia triste. Dizia que se um dia ainda tirasse a carta, haveria de ter um carro amarelo ou encarnado. A minha mãe dizia muita coisa e, enquanto ao telefone me ordenava que deixasse a aldeia, eu lembrava-me da Ti Zulmira e das nossas conversas. Na véspera, tinha-me contado como era a primeira metade do século XX em Portugal. A dada altura, deixou claro que se vivia mal, naquele tempo. Asseio havia pouco e tomava conta das casas e dos corpos todo o tipo de pestilências, coisas até difíceis de imaginar. Uma vez, era ela miúda, e um rato entrou-lhe saia acima e acabou a dançar-lhe dentro das cuecas. Era verdade verdadinha. Uma hora mais tarde, já me dizia coisas positivas daqueles tempos de infância. Ao que parece, no final dos anos 1930, as pessoas eram muito educadas, respeitadoras e felizes.

Fiquei abraçado às recordações até bem depois do funeral. Talvez só ao ver as cinzas atiradas ao rio, como fora seu desejo, eu tenha tido consciência efetiva da morte da Ti Zulmira. Por ingenuidade, ou quem sabe se por fantasiosa morbidez, quando, num velório, vejo o morto, acho sempre possível – e os jornais, por vezes, reportam casos desses – que o corpo ali estendido esteja apenas a repousar mais demorada e afincadamente e que, de repente, aquela pessoa que deixou de ser pessoa inspire, recomece a respirar, espirre ou tussa, como se estivesse engasgada com uma morte apenas passageira. Com a Ti Zulmira foi assim: eu não tirava os olhos dela, enquanto velávamos o corpo, até ele ir para o crematório.

O que me custou vê-la estendida. Foi-se logo uma mulher daquelas. Tantas pessoas poderiam ter ido no seu lugar, tantas pessoas sem as quais o mundo passaria muito bem, mas morreu mesmo Zulmira Veneranda Encerrabodes, a mais beata e fascinante das mulheres da região. Que deus a guarde.

Nos dias que se seguiram àquele doloroso fim, eu olhava para a casa dela e percebia que também a casa dela olhava para mim, tentando dar a entender que tudo estava na mesma, que tudo estava igual. Mas não estava. Entrei nela e o relógio da cozinha ainda contava os segundos. Percorreram-me então o rosto as primeiras de muitas lágrimas gordas.

Baiôa, se era cada vez mais o espelho do tumulto interior, pior passou a apresentar-se quando sobre ele se abateu a tristeza provocada pela morte da Ti Zulmira. Era a imagem do desânimo. Não lhe caíam apenas as peles do rosto, eram também os ombros, os braços e os olhos, sobretudo os olhos, que ameaçavam tombar para o chão. É impossível esquecer aquele olhar desalentado, aquele corpo a esmorecer. Dava a ideia de que, a qualquer instante, o iria encontrar todo escangalhado no chão. Apresentava-se assim, em derrocada, e eu não sabia o que dizer-lhe. Não o olhava de cima, não estava em situação de lhe deitar o braço e erguê-lo.

É grande a capacidade da tristeza para se inscrever na memória. Como é que podem agora os dias nascer sem a Ti Zulmira? O peso das lágrimas que choramos pela morte das pessoas de quem gostamos equivale ao peso da nossa vida inteira, ou talvez mais. Falei muito deste assunto por mensagens com o meu novo amor, que recentemente tinha perdido a avó materna. A vida é um grande autocarro, é como um comboio, que segue sempre e que deixa gente nas paragens. Isso enraivece-nos, revolta-nos, faz implodir dentro de nós o maior dos sentimentos de injustiça e de fúria. E que podemos nós fazer senão insultar o motorista, mesmo que os pássaros, dançando entre o arvoredo seco, anunciem a esperança no amanhã?

117

Regar os tomateiros

Não seria ajuizado nem correto da minha parte dizer certas coisas de aparência heroica ou salvífica, por isso não as vou dizer. Mas, no que respeita aos meus medos, posso partilhar que o maior era, sem sombra de dúvida, que Baiôa, face a todas as circunstâncias, tentasse matar-se. Como se não lhe bastasse a tristeza imensa de ver partir toda a gente, ele sentia a decadência tomar-lhe conta das ideias, e eu temia que procurasse agir de modo tão definitivo que conseguisse enganar a própria morte. O facto de, por hipótese, poder vir a nunca morrer não significava que não pudesse matar-se. Penso que estava convencido de que não morreria de causa natural, se é que isso pode dizer-se no contexto da morte, e que, vendo passar gerações pelo leito da sua cama articulada, ficaria anos e anos à espera de que alguém lhe desligasse a máquina da vida. Não queria. Não aceitava. Preferia ser dos que decidem. O que sei sobre os que decidem é que, porque não querem ser dos que vão morrendo, desenterram de dentro deles os mais ímpios e bravos instintos e agem de forma a serem parte do grupo dos felizardos que vivem primeiro e morrem depois. Não seria correto nem produziria qualquer efeito, dizia eu antes de ser interrompido, revelar certos aspetos deste episódio derradeiro. Corria até o risco de exagerar um pouco – a imaginação sempre a escapar à realidade – e de induzir o leitor em erro. O facto é que, naquela altura, eu vivia já preocupado com Baiôa (ainda que, para ser honesto, deva dizer que essa apreensão coabitava nos meus pensamentos com um intenso entusiasmo por passar o dia a corresponder-me por mensagens com ela). Num dos dias de trabalho na nova ponte – tão nova que o parto, segundo sei, nunca foi concluído –, quando regressei de uma ida a casa, vi-o dormir um sono pesado, um sono que lembrava a morte. Quando o acordei, encontrei-o de sorriso ao contrário, muito pouco palavroso e visivelmente confuso. Parecia não saber o que estava ali a fazer e, quando por fim começou a dizer alguma coisa, perguntou-me se a avó já tinha posto a sopa na mesa e lembrou que era preciso ir regar os tomateiros.

118

Nos confins da sorte e na raia do infortúnio

Se penso em Zé Patife, ainda o vejo, de bengala na mão direita, a percorrer a rua que fielmente o levava à taberna, com o rio defronte, marginando a aldeia. Morava três casas abaixo da casa dos meus avós. Conheci-o já naquela forma tosca de viver derrotado, um modo de estar que existe em contraponto face ao dos que sucumbem de pé, como eu pensava vir a ser o caso de Baiôa. Havia nele muito de autocomiseração. Por isso, ouvia-o atentamente, sem o contrariar ou sequer questionar. Baiôa contou-me — e esta é a parte mais significativa do perfil que ora traço — que Zé não tinha problema nenhum na perna.

Andava há semanas a pôr remendos no passado, quando, desaustinado, sentindo-se nos confins da sorte e na raia do infortúnio, decidiu agarrar-se a um desbloqueador de conversa. Foi há mais de vinte anos. Apareceu com ele na taberna, queixando-se de uma dor muito forte na perna direita. É aqui em cima, dizia, mas também me dói o joelho... e em baixo. Por vezes, contava que tinha sido na oficina, mas, noutras circunstâncias, dizia ter acordado cheio de dores. Quando confrontado com a incompatibilidade das duas versões, respondia, atrapalhado: foi na oficina, mas já me doía há uma série de dias! Assumiu essa personagem e gostou. Nos dias seguintes, as pessoas paravam-no na rua, perguntavam-lhe o que tinha acontecido, de que sofria, se as dores eram muito fortes, sugeriam-lhe até tratamentos e remédios populares, em suma, presenteavam-no com momentos de atenção que nunca tivera. Sinto uma dor terrível na perna, respondia. A situação dele não era normal, não o negava. O próprio Dr. Bártolo considerava-a um verdadeiro caso de estudo. Falava muito da situação dele com outros doutores de Lisboa e do Porto – e tinha ideia de que até com um de Coimbra. Infelizmente, nem os médicos sabiam dizer que maleita estranha era aquela, e o povo compadeceu-se ainda mais, como é da natureza das pessoas sãs face às aleijadinhas. Zé Patife nunca mais largou o viciante adereço da doença e, de tanto representar o coxeio, fez com que a perna, num adoecimento forçado, não soubesse outro papel no representar da locomoção. Por isso o imagino também, calçada fora, caminhando como quem escreve um ponto e vírgula, depois outro e logo outro a seguir, de casa para a taberna e da taberna para casa.

119

A MORTE DA BENGALA

TALVEZ ELA PUDESSE TÊ-LO amparado no instante da queda, ou pelo menos ter--se solidarizado com o companheiro de tantos anos no doloroso momento em que ele se finou, mas isso só poderia ter sucedido caso, nessa altura, mantivesse o seu porte delgado – ou asténico, diria o Dr. Bártolo – e não estivesse reduzida a cinzas. Foi cremada à falsa fé, em resposta a uma súbita irritação que, no entender do doutor, se enquadraria com grande naturalidade num perfil ciclotímico. Naquela noite, regressado da taberna, depois de uma derrota humilhante do seu Sporting, só os dois em casa, a aldeia em absoluto silêncio, Zé Patife agarrou nela e, com a força ainda contida nos seus pícnicos braços, partiu-a ao meio contra o joelho e atirou-a para a lareira. Assim terminou uma relação de vinte anos entre ele e a fidelíssima bengala, sem a qual durante algumas horas – não muitas – se deu a um andar estrafalário.

120

A MORTE DE ZÉ PATIFE

NUM DIA DE SOL, morreu José Isidro Banhita Canhão, mais conhecido por Zé Patife, e eu admito que chorei muito mais do que alguma vez supus ser possível chorar-se por alguém cuja morte já nos tinha sido anunciada. Como sabíamos que se finaria naquele dia, ao contrário dele, que nunca teve noção da existência da lista preditiva do Dr. Bártolo, fizemos questão de tentar passá-lo integralmente com ele.

Nervosos, pusemos os bombeiros de prevenção. Tinham de ter a velha ambulância a postos, junto ao rio, com a maca pronta a sair e as galochas calçadas. E que tivessem o depósito cheio, para seguirem para Évora, para Beja, ou para Lisboa. Baiôa, que era quem dizia isto aos bombeiros, não sabia depois explicar-lhes por que diabo, em vez de ficarem à espera, não levavam já o homem ao hospital, se ele andava a sentir-se tão mal. Eu acudia, tentando de algum modo explicar que Zé Patife ainda não estava a sentir-se mal, mas que, provavelmente, tal como sucedera nos dias anteriores, em quase todos os dias anteriores, na verdade, ele se iria sentir mal naquele dia e que o importante era estarmos preparados, de prevenção, para o caso de isso, porventura, eventualmente, quem sabe, acontecer, como tudo parecia indicar, enfim. Pois então mas e se a coisa não foi ontem grave, perguntava o Toni Bombeiro, porque é que a gente há de se preocupar hoje? Da forma que podíamos, tentávamos manter os bombeiros por perto. Creio que acabámos por vencê-los pelo cansaço. Havia em nós a secreta mas ingénua esperança de conseguirmos salvar o nosso amigo. Nem era aldrabice nenhuma que tivéssemos sugerido a Zé Patife, eu próprio o disse a Toni Bombeiro, levá-lo no dia seguinte ao hospital. Estás a arfar mais do que o costume, mentiu Baiôa. Mas o nosso amigo achou aquilo um disparate e recusou-se. Nós, como é evidente, não podíamos dizer-lhe que ele iria morrer, ainda que, num lampejo de coragem ou de irresponsabilidade, eu tenha estado quase a fazê-lo. É evidente que do quase à concretização vai a distância que cada um quiser, quase sempre – quase! – bem maior do que a ocupada por cinco letrinhas, mas a situação era angustiante e pedia valentia. A dada altura, estávamos em casa dele, os três em frente ao televisor, ele sem perceber o porquê daquele repentino interesse pelo seu tugúrio, e Baiôa achou que talvez fizesse sentido, já que Zé Patife iria morrer naquele dia, ele ver a aldeia uma última vez. Já lhe tínhamos proporcionado um último conforto dos sentidos, levando-lhe, para o efeito, logo de manhã cedo, um queijo de Azeitão e um vinho que ele considerou uma pomada espetacular. Mas tudo aquilo o confundiu bastante. Insistia que não fazia anos e que não havia razão para o presentearmos daquele modo, sobretudo tão cedo. Teimou e tornou a teimar, até que, de repente, não fosse a nossa gentileza desaparecer, acabou por admitir, sorridente, que aquele queijinho nem ia mal com o pão, e que o vinho que leváramos, um reserva 2007, de Reguengos de Monsaraz, não caía pior do que o café. Saímos então à rua e era penoso vê-lo caminhar sem a bengala. Ainda tentei que se apoiasse em mim, mas ele rejeitou a ajuda. Caminhava como se tivéssemos bebido não uma, mas vinte e oito garrafas de vinho. Ao quarto passo sozinho, tropeçou, desequilibrou-se, eu ainda tentei deitar-lhe a mão, mas o homem era pesado e a malha da camisa fugiu-me por entre os dedos. Então, foi ver aquele corpanzil dar meia-volta no ar sobre uma só perna, parecia ballet, os braços como um espantalho e o corpo como um pião, até que, catrapus, caiu de costas e se ouviu uma martelada seca e rápida: páque.

Baiôa ajoelhou-se com uma velocidade que eu não lhe conhecia, mas os olhos do amigo já estavam fechados e o peito deixara de se mover. A imagem daquele final ficou inscrita na minha cabeça em letras tumulares. O rosto continuava vermelho, não o tinha poupado o vinho. Vieram então os bombeiros, de galochas calçadas, tentar um infrutífero reanimamento. Pelo telefone, olhando-nos de lado, Toni Bombeiro falava em provável comoção cerebral, com paragem cardiorrespiratória, em consequência de traumatismo cranioencefálico grave, não tão certo como nós de que aquele aspeto adormecido representava justamente a passagem àquela condição a que chamam sono eterno, odiosa imagem de adormecer e não voltar a acordar. Ao menos, que servisse para sonhar, terei talvez pensado, enquanto, disso lembro-me bem, o outro bombeiro se afastava, de telemóvel colado à orelha. Todos falavam, mas eu não ouvia. Efabulava, para fugir à realidade. Antecipava de várias formas o momento em que Zé Patife acordaria e todos festejaríamos essa finta à morte mais do que uma vitória da seleção nacional no campeonato do mundo. Mas Zé Patife parecia não querer voltar. Talvez lhe tenha dado para sonhar com os seus pratos favoritos: caldo de couve, miga de agrião (apanhado junto ao ribeiro) com cebola assada, massa com feijão-branco e massa com grão e azeite. Era a ementa da infância, que ele repetia por mão própria num velho fogão desde a morte da mulher. Tal como o ventre, tinha as bochechas volumosas de gula e a boca sempre cheia de recordações. Como haveria ele de conviver mais com o presente, se tudo nele eram lembranças? A aldeia era velha, a casa também, os móveis e a maioria dos pertences tinham décadas, ele próprio era velho. Como encher de presente o dia de hoje e vislumbrar nele um pouco de futuro, se ele estava atafulhado de tralhas velhas? Com o envelhecimento de tudo, vinha a aceitação do final.

Já eu não estava assim tão preparado para tantos finais infelizes. No hospital de Beja, sentado numa qualquer cadeira de um corredor indiferenciado de todos os outros, as lágrimas escorriam-me pelo rosto. Quando Baiôa se aproximou, percebi logo que mensagem trazia. Então, levantei-me e comecei instintivamente a recuar, creio até ter suplicado para ele não falar – não, não, não, não fale, não diga isso –, mas ele não me ouviu, eu falava para dentro e ele não ouvia, não me ouviu pedir-lhe para não me dizer que Zé Patife tinha morrido. Não saber era mais do que não aceitar a morte, era como se ela não tivesse acontecido, era como se o Zé não tivesse morrido.

A ressurreição de Zé Patife

A EDUCAÇÃO PARA A fé capacita-nos sobretudo para aceitar o que de outro modo é inaceitável. Com tanta benzedura e oração, não posso dizer que a minha mãe não tenha tentado dar-me esse conforto, mas eu nunca consegui acreditar, nunca senti ponta de fé. Durante a adolescência, cheguei até a tentar enganar--me, procurando sem sucesso convencer-me de que a fé estava entre nós como está o ar e que, com igual naturalidade, eu também a sentiria se dela conscientemente me desligasse e lhe permitisse inundar-me a alma como o ar nos enche os pulmões e neles deposita o oxigénio que nos sustenta. Nessa altura, quando as notícias falavam em défice, a minha mãe – relembro a imagem dela, a olhar para o televisor, envergando um avental em tons lilás e segurando entre panos uma assadeira acabada de tirar do forno – queixava-se de imediato do défice de fé. Défice de fé é o problema dos políticos e deste país, dizia. Essa era, de resto, a sua grande mágoa face ao lugar onde nascera, uma falta de fé desgraçada.

De todo o modo, não tenho motivo para o ocultar: a morte de alguém próximo traz-nos dores e angústias existenciais urgentes e, durante vários dias, acreditei na ressurreição. Note-se que emprego o termo com minúscula, isto é, não passei subitamente a crer no retorno de Cristo ao terceiro dia, pelo que talvez seja mais claro dizer que acreditei na possibilidade de ressuscitação de Zé Patife. Não era uma crença consciente, entenda-se; de alguma forma, eu como que sentia que era possível Zé Patife reaparecer diante de nós, não por via de um milagre, mas porque a realidade que eu conhecera até então não comportara nunca a ausência dele.

Numa ou noutra ocasião, terei imaginado, admito, o seu ressuscitar, mas não era esse o meu estado de espírito permanente. Nessas alturas, como referi, eu efabulava. Imaginava, por exemplo, o instante em que nos viessem comunicar que o diagnóstico da sua morte fora precipitado, talvez fruto de uma anomalia na morte, que também era falível e por vezes até incompetente. Quem sabia se não teria havido uma desarticulação dos fatores por norma conducentes, ou tidos como inevitavelmente conducentes, à morte? Como num motor, ou num relógio, que durante anos funciona com ritmada precisão e, a dado momento, subitamente, para. A morte é algo tão definitivo, que o nosso cérebro demora a adaptar-se à ausência de alguém e ao facto de um corpo a dada altura estar em funcionamento e, instantes depois, estar desligado para sempre. Custa a crer que possa haver quem não estranhe encontrar um indivíduo no café, e com ele até trocar algumas palavras, e no dia seguinte vê-lo estendido e mudo num caixão, a caminho de um buraco fundo e pronto a ser coberto com terra. Isso não só aconteceu comigo, mas também estranhos pensamentos e sensações se apoderaram de mim.

Cheguei, imagine-se, a sentir falta daquilo que falta nenhuma me fizera até então – bem pelo contrário. Por ser absolutamente irrelevante, não trouxe a qualquer das páginas anteriores a seguinte informação: Zé Patife deixava os sapatos à porta de casa e não se pode dizer que fosse um mau hábito. Dizia que não queria a casa a cheirar mal, e o mínimo que me ocorre acrescentar é que essa era uma decisão sensata, apesar de não saber se o odor estava mais concentrado naquele par de sapatos que sempre trazia, se nos pés que o calçavam. Pois veja bem o leitor para quão longe debandou a minha sensatez depois do desaparecimento de Zé Patife, uma vez que – assumo-o sem medo do ridículo – até do terrível mau cheiro que diariamente os seus pés emanavam, e que se sentia tanto na rua como vindo de baixo da mesa da taberna, até desse cheiro, que feria o olfato como o sol fere os olhos, eu senti falta. Fez-me, admito, uma tremenda falta ouvi-lo falar sozinho. Zé Patife, necessitado das palavras que a própria boca lhe dizia, conversava com ele próprio sobre tudo. Nas vésperas da sua morte, apanhei-o a falar sobre o tempero do jantar. Pensei até que estivesse ao telefone com alguém: diz lá se não está um espetáculo este guisadinho como o que fazia a tua mãe. E prosseguia, perguntando e respondendo, uma única voz se ouvindo numa casa onde há nove anos morava com a solidão. Outras coisas o apanhei a dizer à surdez de um caminho ou de um quartilho meio vazio. Baiôa era diferente. À surdez respondia com mudez e nesse vazio comunicava e se entendia consigo e com os outros. Depois da morte do amigo, pouco mais disse.

BAIÔA SEM DATA PARA MORRER *401*

122

A MORTE ACONTECIA PERTO

À GUARDA, QUANDO ESTA apareceu no hospital para nos interrogar, ofereceu as suas últimas intervenções mais do que monossilábicas. Para o diabo que vos carregue, murmurou, mal os viu aproximarem-se. Depois, às perguntas dos agentes da autoridade, respondeu secamente: chamei os bombeiros porque pensei que ele fosse ter um ataque; porque andava a sentir-se mal desde terça-feira; porque ele não queria ir ao hospital nem ao médico; quisemos dar uma volta a pé, apanhar ar; é evidente que não o empurrámos; não, não nos desentendemos com ele. A dada altura, fartou-se daquilo, olhou o militar da Guarda nos olhos e disse-lhe: oiça, senhor guarda, quando eu tinha a sua idade, muitos crimes de sangue se deram por aquelas bandas. Tudo servia para matar: caçadeiras, facas, pedras, foices, sacholas e até os punhos cerrados, por motivos maiores ou menores. Mas uma coisa toda a gente que nasceu por ali naquele tempo sabe: amigo não mata amigo.

Eu corroborava o que Baiôa dizia e, de meia em meia hora, atendia o telefone à minha mãe, para lhe dar conta dos chamados desenvolvimentos. Sentia-me um repórter em cenário de guerra, alguém que não só tem de viver a tragédia, como ainda de a narrar a quem, felizmente, nela não está. Via-me como um apontador: aqui morreu fulano, ali enforcou-se sicrano, acolá foi encontrado morto beltrano. Em Lisboa, as mortes eram mais notícias do que testemunhos. Os vizinhos, ou os tipos que se estampavam na estrada, iam morrer longe, ao hospital. A morte acontecia na televisão, era coisa que eu via no jornal no dia seguinte. Ali era diferente. Ali, a morte acontecia perto, as pessoas morriam perto, morriam em casa e longe de tudo, morriam a poucos metros de mim e, pior do que isso, ali, as pessoas morriam muito.

Veio depois a autópsia ilibar-nos, dado que a deteção de um coágulo explicou que a queda e o traumatismo craniano tinham sido provocados por um súbito e fulminante enfarte. Eu comecei então a conseguir dedicar-me mais ao meu futuro do que a sofrer aquele presente cada vez mais passado. Sentia, não digo que não, uma certa culpa por não sofrer tanto quanto supunha adequado, mas, a pouco e pouco, as insónias más foram sendo substituídas por vigílias das boas. As noites deixaram de me parecer longas e a luz da manhã começou a surpreender-me por entre as portadas após horas agarrado ao telemóvel fazendo planos com ela.

123

A que horas chega o Zé?

Passei a vigiar-lhe os movimentos, como ele próprio me sugerira que fizesse com os potenciais suicidas. Enorme, a diferença estava no facto de o doutor ter previsto a data de morte desses e não a dele.

Certa manhã, deteve no ar o pincel de caiar e perguntou-me pelo balde da cal, que estava mesmo ao seu lado direito, como eu próprio lhe indiquei com um simples gesto acompanhado de um está aí provavelmente contraído e monossilábico. Um longo silêncio se interpôs entre nós até que voltou a mergulhar a cerda do pincel no líquido leitoso e retomou a tarefa. Umas poucas de vezes esfregou ainda o branco novo no branco velho, dando luz à parede entristecida, até que, perante uma ausência de resposta da minha parte, o seu olhar de súbito escureceu. A que horas vem o Zé?, perguntou, sem deixar de fitar a parede a que ia dando ânimo. O Zé?, respondi, a medo. Sim, o Zé. E continuou a dar ao braço. Compreendendo, emudeci. E, segundos mais tarde, Baiôa voltou a parar a caiação, dirigiu o rosto macilento para mim e insistiu: sim, a que horas ficou o Zé de cá vir ter? Ele não ficou de trazer um pincel novo? Eu não soube disfarçar. E também não soube explicar. Não fui capaz de dizer nada que pudesse contrariar o embaraço – e talvez até um certo pânico – que os meus gestos denunciavam. O silêncio, que se alongava, foi gritando cada vez mais a necessidade de ser parado com palavras. Diz alguma coisa, pedia. Fala, explica, muda de assunto, mas, por amor de deus, diz alguma coisa, não deixes que, depois da surpresa e da dúvida, eu instale a certeza na cabeça do velho. Faz alguma coisa, se lhe queres bem. Mas eu estava gelado sob o sol daquela manhã e não vislumbrava formas de explicar, não me ocorriam mentiras piedosas nem nada que não fosse dizer-lhe que o Zé não tinha ficado de vir ter connosco, ou melhor, que o Zé não poderia ir ter connosco, aliás, que o Zé nunca mais poderia vir ter connosco, porque o Zé, porque o Zé, Baiôa, o Zé morreu. E foi o que disse: mas o Zé morreu.

124

MUITAS VEZES VOLTARIA A PERGUNTAR

MUITAS VEZES HAVERIA DE voltar a perguntar-me por Zé Patife e a reagir com sorrisos descrentes – oh, não morreu nada, morreu agora! –, ou com indiferença – ai foi? – à única resposta que eu lhe consegui sempre dar – o Zé morreu –, mas, naquela ocasião, anunciando o que de forma perene haveria de lhe suceder, o nexo e o tino ausentaram-se das suas ações e Baiôa desatou a dizer que não, que não podia ser, em absoluto apanhado de surpresa por uma notícia falsa, implausível, no seu sentir imoral, até, mas que tinha mais de dois meses e um difícil luto.

Ingenuamente, comecei por meter-me no carro e ir à farmácia comprar-lhe suplementos para a memória, milagres enfiados dentro de frasquinhos que era evidente que não tinham sido abençoados, porque nenhum efeito produziram, nem mesmo misturados com as infusões que, quer no saber dos antigos, quer nas modernas páginas da internet, se mostravam tão promissoras. Passou a beber litros de uma infusão de alecrim, cujo único aspeto sedutor era o facto de possuir uma cor que se assemelhava à da cerveja, mas também a enfiar alecrim em tudo o que era comida – creio que até sandes de alecrim comeu. Inalar óleo essencial de alecrim poderá até ter constituído um poderosíssimo regenerador da memória para os 763 senhores que nos Estados Unidos se sujeitaram ao experimento em busca de passados perdidos, mas também se mostrou totalmente ineficaz para Baiôa, que, não se resignando, passou também a beber chá branco em vez de café, pelas propriedades benignas para o cérebro que por esse mundo fora se anunciam. Agarrado aos livros de mezinhas, lutava contra o horror da perda dele mesmo – um escoar da identidade por um ralo fundo. Também várias vezes o vi a preparar uma mistela que, apesar de numa primeira fase lembrar um mojito, juntava à hortelã pedacitos de raiz de gengibre e, por fim, um pozito que fiquei a saber ser curcuma e que de imediato tingia a água de um amarelo repugnante e que me lembrava algo que apenas por boa educação me vou escusar de mencionar.

No centro de saúde, a Dra. Aida animou-o, explicando-lhe, com desmedida sensibilidade, que o que estava a suceder-lhe era normal na idade dele e que pouco haveria a fazer senão ir controlando os sintomas, isto é, não mais do que assistir da primeira fila à própria decadência. Aquilo revoltou-me. Não havia nada a fazer? Mandava-se assim a pessoa ir morrer lentamente para casa? E se fosse o pai dela? Esquivando-se das perguntas que eu atirava sem cessar, a médica acabou por marcar, num neurologista do hospital de Beja, e que quem é do distrito talvez conheça, o Dr. Flávio Teodósio, uma consulta à qual Baiôa nunca chegou a ir. À saída, aproveitando o facto de pela vigésima sexta vez nessa manhã ele ter ido verter águas com fragrância de alecrim, sugeriu-me que, às perguntas por gente querida mas já falecida, eu respondesse que vinha já, que estava atrasada, que tinha ido às compras, ou coisa que o valesse. Tolamente, nunca fui capaz de me desvincular da verdade quando a mentira se mostrava tão mais útil, tão mais adequada e justa para com o coração do meu velho e doente amigo.

125

A MORTE A FALAR-LHE AO OUVIDO

E, DE UM DIA para o outro, começou a dizer coisas estranhas, a trocar letras e a misturar palavras. Verbalizava bizarrias como açã massada, valoé era, ou marroz alandro. Dia após dia, a condição dele piorava e também o corpo começou a desobedecer-lhe. Não segurava o martelo com a firmeza necessária para acertar na cabeça do prego. Não caiava na direção correta. Fugia involuntariamente do caminho enquanto se dirigia para determinado sítio, ou, durante a locomoção, punha o pé direito de lado, arrastando-o, em vez de o apontar para a frente, provocando tropeços e quedas. As mãos tremiam-lhe ao pegar nos copos, coisa que ele passou a fazer apenas quando me via olhar para o televisor, ou quando eu me dirigia à casa de banho.

Consciente do próprio declínio, iria tentar matar-se? E, acaso fosse essa a sua intenção, fá-lo-ia o quanto antes, para não sofrer com a consciência da degradação que vorazmente o tomava? Ou suicidar-se-ia apenas quando visse que não possuía condições para se bastar a si próprio? Procuraria tratar dos assuntos pendentes antes de o fazer? Avisar-me-ia? Só o triste facto de os meus pensamentos se abeirarem destas hipóteses já me indispunha e me deixava ansioso. Esconderia um frasquinho de veneno de ratos, para diluir com vinho, dentro da mesa de cabeceira? Teria posto já a caçadeira debaixo da cama? Prenderia uma corda na alfarrobeira do quintal? Ou a gravata dos casamentos e batizados, usada pela última vez em 1996, no puxador de uma porta? Usaria o canivete que sempre trazia na algibeira para fazer cortes nos pulsos e assistir deitado ao escorrer da vida? E, ao optar por uma destas hipóteses, será que morreria mesmo?

Até que a morte, que há muito por ali andava, levando uns atrás dos outros, começou a sentar-se junto dele e falar-lhe ao ouvido. Dizia: aproveita enquanto podes, que eu um dia destes venho buscar-te. Mas ele não podia já aproveitar, não conseguia trabalhar, não tinha forma de fazer com que valesse a pena. Interrogava a morte e perguntava-lhe quando, quando é que me vens buscar. Só que a morte, já se sabe, não é de confiança e nada lhe dizia, nunca respondia. Assim foi durante demasiados meses, ao longo dos quais a cada dia a vida para ele valia menos a pena.

De um momento para o outro, em vez de reerguer paredes para outros viverem, via-se fechado em casa, a morar dentro da velhice e da doença. Temia nunca vir a sentir o cheiro da morte, mas, anunciando a chegada dela, ele aí estava, ácido, fétido, impossível de ignorar. E não fez por menos: começou por avisar, ceifando tudo à volta daquele homem velho e magro, isolando-o no meio de um campo vasto, espiga frágil ao vento; depois, invadiu o ar com o seu odor e impôs a sua presença; por fim, deu-lhe umas pauladas na cabeça e sentou-se a vê-lo tombar.

Semana e meia depois de pela primeira vez me perguntar pelo desaparecido Zé Patife, Baiôa já não queria sair de casa. A muito custo o consegui arrastar para o completar de tarefas que rapidamente deixou de conseguir cumprir, não só por se baralhar com as técnicas, mas também por ter ficado trémulo dos braços e carecente de forças tanto neles como nas pernas, que de somente finas passaram a finas e dançarinas. Para além do medo de esquecer tudo, manifestava uma única preocupação. Num momento em que a lucidez ainda ocupava a maioria das suas horas, disse-me: uma pessoa sem memória é uma pessoa que não é, mas o pior é se, mesmo que já não seja, continua sendo.

Dia após dia, Baiôa se fazia mais temente do acamado estado a que, enquanto a morte esfregava um olho, chegou. Desanimado, deixou-se ficar dois dias na cama, mijando para um baldito apenicado e nada aceitando comer, e, ao terceiro, quando enfim consegui ser tão piedoso quanto o necessário para com uma mentira o convencer a acompanhar-me à biblioteca do Dr. Bártolo a fim de verificarmos determinada hipótese para o problema dele no livro do médico, Baiôa já não se teve nas canetas e tombou de lado, surpreendendo-me, e indo bater com o ombro na mesa de cabeceira. Não mais me perdoarei por tamanho descuido e negligência.

Seis dias depois, trouxe-o de volta a casa a mesma ambulância que o havia socorrido por conta da clavícula partida. Não consegui que o mantivessem mais tempo no hospital, apesar da complacência da médica responsável pelo serviço. Quando a doutora se lhe dirigia, assomavam-lhe às palavras todas as réstias de lucidez, num esforço para lutar pela própria vontade que jamais hei de esquecer. Magérrimo, de olhos caídos e com as ideias cada vez mais confusas, Joaquim Baiôa não queria ficar acamado num hospital, temia com horror a possibilidade cada vez mais provável de, efetivamente, não estar previsto nos mecanismos da existência o fim do seu percurso, tal como o Dr. Bártolo decerto teria concluído, e de, por isso, ficar para sempre confinado a uma cama, sem pensar e sem se mexer, mas com um fiozinho de vida eternamente por quebrar, impedindo-o para sempre de partir. Mesmo estando em desuso a imagem de um deus castigador, eu perguntava-me se aquilo não seria uma punição dos céus por algo que ele pudesse ter feito, um ato de grande maldade enterrado no passado e que me fosse desconhecido, como tanta coisa sobre ele continuo hoje sem saber, mas que pudesse justificar uma penitência tão pesada.

Durante aqueles dias, o velho voltou a surpreender-me. O desânimo não o abandonava, mas tratou de comer e de fazer tudo quanto mandaram os médicos. Apesar de claramente deprimido, habitava-o uma estranha determinação.

126

As mãos seriam as minhas

Baiôa queria ter-se em casa, para, enquanto ainda não estivesse totalmente desvalido de força e de juízo, completar a tabela do Dr. Bártolo com o dado em falta, ao invés de ficar a esperar em sofrimento por um fim que poderia nunca vir. Disso, eu já não tinha qualquer dúvida, embora ele tenha demorado a dar--mo a entender com clareza. Era evidente que preferia estar em casa, mas só se tivesse condições para isso. Ficar no hospital seria a maior das misérias: anos e anos ligado a uma máquina, à espera de que uma alma piedosa, ou uma lei humana, se decidisse a desligá-la. E, mesmo assim, talvez o fio da vida não se quebrasse em definitivo. Por alguma razão o doutor não tinha registado a data da morte dele. Assim, por saber estar a encolher por dentro, queria robustecer-se por fora, para poder decidir o que fazer a uma vida em que a ausência de um fim anunciado se misturava com a garantia de um prazo de validade ultrapassado. Estava, pelo menos, certo de que nele a perda total de faculdades não resultaria no fim da vida.

Frustrava-o o facto de ainda há tão pouco tempo estar ativo nas suas tarefas salvadoras da aldeia e de agora se ver e sentir assim, a encolher por dentro. O cérebro dele era um balão perdendo ar gradualmente, a cada dia mais vazio de tudo o que já tivera. Em breve, ficaria mirrado a ponto de não conseguir decidir e de agir já se tornar uma impossibilidade. Ficaria vela pequenina sobre mesa velha, em ambiente escuro, de chama mirrada e pavio curto, mas nunca apagada. A menos que viesse uma rajada e a extinguisse. Ou voltaria o fogo miúdo a atear-se, como naquelas velinhas dos bolos de aniversário? Estaria o coração dele programado para voltar a bater? Os pulmões para recomeçarem a bombear o ar?

Era tão profunda a crença que tínhamos no que o médico deixara escrito, que um e outro percebemos, ou julgámos perceber, que Baiôa enfrentaria a eternidade como um doente em coma. Até adoecer, e embora nunca tivéssemos falado abertamente dessa hipótese, acreditávamos que para sempre ficaria como estava – velho, mas ativo. Face às novas evidências, tão contrárias a esse cenário, não nos restava pensar que, acaso o fim não chegasse, até ele o levaríamos. A vontade seria a dele, as mãos seriam as minhas.

127

Deu-se o que sempre se dá

Foi por amor que disse adeus àquela terra infecunda que me habituei a olhar com desvelo. Um final – chamem-lhe ofensa, ação iníqua, ou até flagício, chamem-lhe o que quiserem – que representou também um recomeço. E aquela, convenhamos, foi uma amizade que me salvou de mim. A solidão obriga-nos a refletir e eu confiei que essa seria a solução para aquele que era. E foi, mas somente em determinada medida, porque estar só nos deixa num estado de nudez perante nós próprios e eu não estava preparado para me olhar ao espelho, nunca me habituara a ter tempo para pensar. Só que ali era fácil conhecer o tempo. Era ver um gato ou uma ave de rapina a caçar: um detém-se, absolutamente imóvel, na terra; a outra, planando no ar, observa; esperam ambos o melhor momento e obtêm a máxima recompensa por conta desse refrear dos intentos, dessa resistência ao impulso do que é mais fácil. Para os observar em ação, eu mesmo tinha de reproduzir a quietude e a paciência próprias dos animais caçadores: para lhes caçar a espera com os olhos, tinha de fazer movimentos lentos, pausados, sem pressa.

De início, a observação não me servia e eu procurava saber tudo sobre cada coisa na internet. Só mais tarde fui capaz de contemplar sem ajuda, para ser a própria natureza a apresentar-se e não alguém que desconheço; só mais tarde fui capaz de me guiar pelas minhas sugestões e não pelas de outrem. Por isso, a decisão final foi minha. É curioso que o Dr. Bártolo não tenha deixado uma linha escrita sobre este assunto, como se adivinhasse que essas páginas seriam escritas por outra pessoa.

Foi-se um homem que passeava a sua velha alma pelos campos e a espalhava com um pincel nas paredes muito brancas das casas que caiava. Foi-se um amigo.

Aqui chegados, talvez o leitor tenha já percebido que andei a evitar o desfecho, como se não referir problemas os anulasse, ou significasse a inexistência deles. Nunca quis que este relato soasse a confissão, ou que por entre as páginas se pudesse sentir o odor cobarde do arrependimento. Se há vontade que mantenho é a de crer na forma como tudo terminou. Todos – pessoas, animais e plantas – precisam de um final. Talvez o mundo precise também de um fim, e o fim do mundo de Joaquim Caieiro Baiôa começou a desenhar-se na minha cabeça quando ele adoeceu. Acordámo-lo tacitamente.

Termino este relato. Na narração de qualquer história, a única garantia de um final feliz – e não é isso que todos procuramos? – consiste em terminá-la antes da desgraça, que sempre acabará por chegar. Ficará, portanto, por aqui o que até estas linhas me trouxe. Não me perguntem o que aconteceu a Baiôa. Antes de ter a coragem necessária para dar início a este texto, cheguei a pensar que o deixaria naquele estado, longe de poder entregar-se à sua aldeia, onde achei que ainda hoje estaria, sem data para morrer. Mas talvez o leitor suponha que não o fiz. A sorte não é nossa. O acaso não nos pertence. Demoramos talvez demasiado a entender isto. Somos apenas o tempo que temos e o passado faz-se cada vez mais longo, disse-me ele, e é a única coisa que interessa. O futuro, esse, só conta quando se é jovem, porque é do tamanho das searas da minha infância. Hoje, é uma coisa assim – e apontou para a unha roída do dedo mindinho –, curtinha, curtinha. Recordo estas frases como as últimas de Baiôa, mesmo sabendo que muitas outras palavras lhe saíram pela boca nas semanas seguintes, até eu ter de partir.

Depois, deu-se o que sempre se dá, por mais que repetidamente nos assustem com os anos mais quentes e secos desde que há registos: começaram as sementes rebeldes vencendo a terra e a cada dia mais se via a vegetação desentranhando-se, até formar campos cheios de ervas bravias vivendo a promessa de uma vida extraordinária. Mais tarde, passariam do verde ao amarelo, recuperando a memória do trigo. Veio de seguida o calor, noites e dias se passaram, umas e outros de tempo se alimentando, até que, meses mais tarde, o verão viajou para África e o sufoco parou. Aconchegadas pelo vento, as árvores fizeram companhia umas às outras nas noites frias. Com as chuvas, coelhos, lebres e raposas recolheram às tocas. Andorinhas, abelharucos, milhafres e cegonhas bateram asas para outras latitudes.

ESTE LIVRO, COMPOSTO NA FONTE FAIRFIELD
FOI IMPRESSO EM PAPEL PÓLEN NATURAL 70G/M² NA ESKENAZI.
SÃO PAULO, BRASIL, EM MAIO DE 2023.